KB020885

흑월 下

흑월 · 下

1판 1쇄 찍음 2015년 10월 7일
1판 1쇄 펴냄 2015년 10월 14일

지은이 | 무연
펴낸이 | 고운숙
펴낸곳 | 봄 미디어

기획 · 편집 | 정수경, 박혜진

출판등록 | 2014년 08월 25일 (제387-2014-000040호)
주소 | 경기도 부천시 원미구 소향로17, 304(두성프라자) (우)420-864
영업부 | 070-5015-0818 편집부 | 070-5015-0817 팩스 | 032-712-2815
E-mail | bommedia@naver.com
소식창 | http://blog.naver.com/bommedia

값 9,000원

ISBN 979-11-5810-145-9 04810
979-11-5810-143-5 04810(세트)

※파본은 구입하신 서점에서 교환하여 드립니다.

※이 책은 봄 미디어를 통해 독점 계약되었습니다.
저작권법에 의해 보호를 받는 저작물이므로 무단 전재와 무단 복제를 엄금합니다.

흑월 下

장편 소설
무연

목차

第六章 · 결심

"비키라 하였다!"

황제의 고함에 대신들이 두려움에 고개를 숙였다. 하지만 정작 물러나야 할 지안은 조용히 눈을 감을 뿐이었다.

곁에 있어야 할 지안이 점점 멀어져 간다.

그녀를 찾아낸 사람은 바로 자신이었다. 산속에 숨어 있는 그녀를 황궁까지 데려와 현원에까지 올린 사람이 바로 그였다.

그런 지안이 선택한 사람은 자신이 아닌 이미 한 번 그의 손에 죽은 황태자였다.

용납할 수 없는 일이다. 아무리 지안을 아껴도 절대 받아들일 수 없는 일이었다.

"짐이 널 죽이지 못할 것이라 생각하느냐?"

황제의 외침에도 지안의 움직임은 조금도 변하지 않았다.

도리어 그런 그녀를 말리듯 주저앉아 있던 제하가 힘겹게 몸을 일으키고 있었다.

이 자리는 제하의 목을 베기 위한 자리였다. 저 둘이 서로를 지키느라 자신을 희생하는 모습 따위 보려고 만든 것이 아니었다.

분노에 찬 고함을 지르며 황제가 잡고 있던 시위를 놓았다. 어차피 목숨 앞에서 감정은 불필요했다. 자신을 죽이기 위해서 무슨 수를 써서라도 살아남을 지안이었다. 그런 지안이 자신의 화살을 맞을 리가 없었다.

하지만 황제의 바람과는 달리 화살이 목전까지 가 있음에도 지안은 전혀 미동하지 않았다.

"아악!"

황제의 비명과 동시에 제하가 지안의 허리를 잡아챘다. 허벅지에서 느껴지는 고통에 정신이 아득해졌지만, 이를 악문 채 지안을 안고 땅을 굴렀다.

날카로운 파공음과 함께 지안이 있었던 자리에 화살이 박혔다. 간신히 화살을 피한 제하가 지안에게 소리를 높였다.

"황궁을 나가라고 했잖아! 왜 여길 왔어! 왜!"

제하의 고함에 지안이 물끄러미 그를 바라보았다. 화가 날 대로 난 그와는 달리 지안의 입가에는 희미한 미소가 생겨났다. 생각지 못했던 지안의 미소에 제하의 말문이 막혀 버렸다.

"너! 이 상황에 그게 무슨……."

"당신이 잘못되었을까 무서웠어요."

"너……."

"다행이에요."

지안의 무모한 행동에 한 소리 하려 했건만, 저런 말을 하니 화를 내기도 무안한 상황이 되어 버렸다. 제하의 행동이 움츠러든 사이, 자리에서 일어난 지안이 자신의 옷을 찢어 상처가 심한 허벅지에 단단히 묶었다.

"조금만 견뎌요. 곧 나갈 수 있어요."

"현원은 짐을 더는 시험하지 마라!"

황제의 고함이 주변에 울려 퍼졌다. 그 고함에 뒤에 있던 대신들이 연신 불안한 표정으로 황제와 둘을 연달아 바라보았다. 황제의 경고에도 지안은 말없이 제하의 팔을 잡고 그를 부축하였다.

둘에게 지금 상황은 좋지 않았다. 하지만 지안은 무언가를 기다리는 듯 제하를 부축하면서도 황제를 연신 지켜보고 있었다.

"이야기는 여길 빠져나간 후에 하자. 단단히 각오해. 작정하고 혼낼 테니까."

제하의 낮은 엄포에 지안이 미소를 지은 채 고개를 끄덕였다.

황제의 병사들에게 둘러싸인 상황만 아니라면, 그리고 사람을 홀리게 하는 미소만 아니었다면 속에 쌓여 있는 말을 다 쏟아 냈을 것이다.

지안에게 필요한 것이 시간이라면 얼마든지 벌어 줄 수 있었다.

"나는 선제 폐하이신 광효제와 문현황후 사이에서 태어난 휘령이다. 아명은 연제하. 황제는 제 손으로 아우를 다시 죽이는 우를 범할 것인가!"

제하의 외침에 눈치를 보던 대신들 사이에서 파란이 일었다. 하지만 정작 황제는 코웃음을 치며 이를 부정하였다.

"얼굴 거죽만 비슷한 놈이 살려고 거짓을 말하는 것인가! 네 진정 짐의 화살로 목이 꿰뚫려야 그 입을 다물 것인가!"

"폐하의 왼쪽 어깨에 나 있는 흉터는 휘령을 자객에게서 구하려다 생긴 것이지 않은가? 그때 자객을 보낸 이는 선제 폐하께 원한을 가졌던 거기장군. 하지만 선제의 명으로 수하인 진동장군으로 바뀌었다. 그대들이 직접 보고 겪은 그 일조차 모른다며 부정할 것인가?"

제하의 말이 계속될수록 주변의 대신들이 술렁거렸다. 증인을 위해 데려온 대신 중에는 선제 때부터 있었던 이들이 상당했다. 그때의 일을 직접 보지 않았으면 모르는 일, 몇몇 이들이 황태자 전하가 살아 있으셨다며 목소리를 높였다.

상황이 좋지 않게 흘러가자 황제가 흑관에게 시선을 주었다. 황제의 시선을 따라 숲의 곳곳에 숨어 있던 흑관들이 활에 시위를 걸었다. 동시에 황제 또한 자신의 활에 화살을 놓고 시위를 걸었다.

'반드시 심장을 꿰뚫으리라.'

어차피 이곳에서 전부 죽여 버리면 그만이다.

이미 죽은 휘령은 되돌아올 필요가 없다. 살기 어린 시선이 제하를 향해 꽂혔다.

발이 다쳐 움직이지도 못하는 놈 따위 화살 하나면 충분하였다.

"컥!"

시위가 걸려 있던 화살에 붉은 피가 튀었다.

"폐하!"

피를 토하는 황제의 곁으로 대신들과 흑관 절반이 달려왔다. 몸을 휘청거린 황제가 활을 바닥에 떨어뜨렸다. 손으로 입술을 훑으니 붉은 피가 손가락에 짙게 묻어 나왔다.

피를 토하는 황제를 크게 뜬 눈으로 보던 제하가 옆의 지안을 보았다. 모두가 술렁이는 분위기 속에서도 담담한 얼굴의 지안이 황제에게 입을 열었다.

"폐하께서는 중독되셨습니다."

사내의 목소리가 여인의 미성으로 바뀌었다. 황제를 부축하던 대신과 주변의 모든 시선이 지안에게로 향하였다. 피부가 따가울 정도로 시선이 강렬했지만, 지안은 담담하였다.

"소인의 몸에 묻어 있던 독이 폐하를 중독시켰습니다. 폐하를 원하지 않는 소인을 억지로 안으려 하셨기에 폐하의 손에서 벗어나기 위해 몸에 독을 묻혔습니다."

지안의 말에 피를 쏟은 황제의 눈이 커졌다.

말문이 막힌 황제를 조용히 응시하던 지안이 떨리는 숨을 길게 내쉬었다.

"아버지인 중서령과 가문의 복수를 하려 했습니다. 폐하와 함께 죽는 길을 택하려 했지만 살려야 할 분이 계셨기에 해약을 먹었습니다."

"컥, 커억."

머리카락을 잡아 뜯는 것처럼 고통스러웠다. 속을 헤집어 놓는 고통에 황제가 입술을 깨물었다. 온몸이 뒤틀리는 통증에도 황제의 핏발 서린 눈은 지안을 향해 있었다.

황제의 모습을 오랫동안 지켜보던 지안이 고개를 돌려 제하를 바라보았다. 당황한 그를 보다 다시 황제를 향해 눈을 돌렸다.

"앞으로 두 번의 토혈 뒤엔 해약도 소용이 없을 것입니다."

지안이 선언하자 흑관들조차 분위기에 휩쓸렸다. 흑관의 부축을 받던 황제가 결국 한쪽 무릎을 꿇었다. 입가를 적신 붉은 피가 바닥에 한 방울씩 떨어졌다.

"소인과 휘령 전하를 황궁 밖으로 내보내 주십시오. 그럼 해약을 내어 드리겠습니다."

지안의 말에 분노에 찬 황제가 고함을 질렀다.

분하고 원통한 일이었지만 지금으로써는 대안이 없었다.

반 시진 후, 지안과 제하를 태운 마차가 황궁 밖으로 서둘러 나갔다.

같은 시각, 해약을 먹은 황제의 눈에는 여전히 붉은 핏발이 서 있었다. 힘껏 쥔 주먹에서 흐르는 피가 바닥에 한 방울씩 떨어지고 있었다.

❀ ❀ ❀

황궁을 나오자마자 초조히 기다리던 사도가 둘에게 다가왔다. 작정하고 제하를 죽일 생각이었는지 대신들의 입궁조차 막은 황제는 영에게서 해약을 받은 다음에나 굳게 닫았던 문을 열었다.

사도의 보호 아래 본가에 도착한 제하는 곧바로 치료부터 받았다.

제하가 의원에게 치료를 받는 내내 몇 걸음 떨어진 곳에서 지안이 그 모습을 하나도 빼놓지 않고 눈에 담고 또 담았다. 그런 지안이 신경 쓰였는지 치료를 끝낸 의원이 달래듯 조용한 목소리로 말하였다.

"다리의 상처는 시일이 걸리겠지만 팔이나 다른 곳은 삼사일만 요양하시면 괜찮아지실 것입니다. 그러니 아가씨께서도 마음 놓으십시오."

의원의 말에 지안의 얼굴이 그제야 밝아졌다.

이만 나가 보라는 제하의 손짓에 고개를 숙인 의원이 나가고 둘만이 남자, 그가 지안을 말없이 쳐다보았다. 잔뜩 화가 난 시선에 놀란 지안이 그의 앞으로 다가왔다.

"무슨 일 있어요?"

얌전한 강아지처럼 다가오는 지안을 보던 제하가 손을 뻗어 그녀를 품으로 끌고 왔다. 둘 사이에 있던 거리가 단숨에 좁혀지고, 제하가 가슴에 얼굴을 묻자 지안의 얼굴이 붉게 달아올랐다.

아직 붕대로 가슴을 동여매고 있었지만 붕대 너머로 그의 숨소리가 느껴지니 숨조차 쉽게 내쉴 수 없었다. 다친 그를 부끄럽다며 밀어낼 수도 없었고, 이대로 있자니 심장이 뛰는 소리를 들키기라도 할까 겁이 나기도 하였다.

"제하."

"연기하 그놈과 같이 죽으려 했다고? 그리고 뭘 몸에 발라?"

제하의 말에 지안이 급히 숨을 삼켰다. 그의 상처에 신경 쓰느라 잊고 있었던 일이 생각나자 몸이 빳빳하게 굳어 버렸다. 당혹스러운 지안이 빠져나오려 하자 그의 팔이 허리를 단단히 휘감았다.

다친 사람이라고는 생각되지 않을 힘에 도망가려던 지안이 결국 제하의 어깨를 손으로 감쌌다.

"당신이 금옥에 갇혔다고 하니까요. 황제에게 해코지라도 당하면…… 당신이 여희처럼 위험해질 수도 있는 일이잖아요. 차라리 황제가 죽고 그 책임을 내가 진다면…… 미안해요. 잘못했어요."

말이 계속될수록 굳어지는 제하의 표정에 결국 지안이 고개를 숙였다.

참으로 그녀다운 생각이자 그녀만이 할 수 있는 선택이었다. 황제가 하루만 더 늦게 자신을 죽이려 했다면 지금 그가 보고 있었을 것은 지안의 시신이었다.

잡고 있던 팔을 끌자 그녀가 얌전히 그의 품에 안겼다.

아무리 싫은 소리를 해도 지안은 단 한 번도 잘못했다는 말을 꺼낸 적이 없었다. 자신이 결심한 일에 한해서는 후회를 하지도, 되돌아보지도 않는 그녀였다.

황궁에 갇혀 있는 동안인지 아니면 산에서였는지는 알 수 없어도 삶에 미련이 없던 그녀가 조금은 바뀐 느낌이었다.

"네가 죽고 나만 살아남았다면 목숨을 구했다며 기뻐했을까? 어쩌면 여희가 죽고 난 뒤의 네 모습을 지금쯤 내가 하고 있었을지도 모르는 거야."

"……."

차라리 목소리를 높여 네가 잘못한 것이라며 화를 내면 마음이 훨씬 편했을 것이다. 낮은 목소리로 다독이듯 말을 꺼내니 더욱 얼굴을 들 수 없었다.

"살…… 거예요. 이제부터는 죽는다는 생각 안 할 거예요."

제하의 품에 얼굴을 묻은 지안이 들릴 듯 말 듯 작게 속삭였다. 그녀의 선언에 굳어 있던 그의 눈매가 천천히 풀렸다. 여린 등을 어루만지니 지안의 입에서 작은 한숨이 흘러나왔다.

"그 고집 한번 꺾기 진짜 힘들다."

"그게 아니라……."

"나랑 살자."

항변하려던 지안의 말문이 제하의 의해 막혀 버렸다. 품에서 빠져나와 제하를 바라보자 그의 손이 지안의 뺨을 조심스럽게 어루만졌다. 가벼운 말투와는 다르게 지안을 보는 그의 눈은 어느 때보다도 진지하였다.

"내 곁에서 나와 같은 곳을 바라보며 살아 보면 안 되겠나?"

살겠다는 말을 꺼내자마자 자신과 함께하자는 말을 하고 있었다. 그가 하고자 하는 말이 무슨 의미인지 되묻지 않아도 알 수 있었다.

더는 상단의 단주로 살 수 없었다. 상처를 치료하고 흩어져 있던 힘을 모으는 순간, 그는 휘령으로 나서게 될 것이었다.

사람의 욕심은 참으로 끝도 없었다.

그의 목숨이 위험했던 순간, 전혀 없을 것이라 생각했던 생의 욕심이 생겼다. 살고 싶다는 생각이 들자 이 사람 곁에서 머물고 싶어졌다.

뺨을 어루만지는 제하의 손 위에 지안이 자신의 손을 포갰다.

지안의 허락에 그제야 그의 입에서 안도의 숨이 흘러나왔다. 마르고 갈라진 지안의 입술 위에 제하가 자신의 입술을 포갰다. 그의 행동에 놀란 그녀가 몸을 움츠렸다.

"독이…… 아직 독이 남아 있을지도……."

"상관없어."

도망가려는 지안의 뒷머리를 잡은 그가 더 깊게 입술을 맞추었다. 갈라지고 마른 입술이어도 그를 흔들기에는 충분히 매혹적이었다. 까칠한 혀가 붉게 달아오른 입술을 스치자 닫혀 있던 입이 그를 받아들이듯 수줍게 열렸다.

열린 입안으로 들어온 그가 제 욕심을 채우듯 그녀의 입안에 자신의 흔적을 하나씩 새겨 넣었다. 부끄러워하던 얼굴에 열기가 차오를수록 지안에게서 가쁜 숨이 흘러나왔다.

힘들어하면서도 제하를 밀어내지 않는 지안이 무척이나 고왔다. 좀 더 이대로 있고 싶었지만 그녀 또한 쉬어야 할 때였다.

입술을 떼자 지안이 연신 숨을 들이마시고 내쉬었다.

그저 바라보고 있는 것만으로도 지금까지의 불안을 모두 보상받는 기분이었다.

제하가 보기만 할 뿐, 전혀 움직이지 않자 지안이 먼저 그의 품을 파고들었다. 품에 안겨 드는 지안에게 얼굴을 묻으며 제하가 기분 좋은 미소를 지었다.

❋ ❋ ❋

워낙 체력이 좋은 제하였기에 상처는 빠르게 회복되어 갔다. 평소처럼 걷는 것이 어려울 뿐, 다리의 상처도 제법 많이 아물어 있었다. 의원이 나가자 옆으로 온 지안이 붕대가 감겨 있는 제하의 상처를 보았다.

"괜찮아요?"

"아. 이제 별로 안 아프군. 뛰지는 못해도 걷는 건 괜찮을 것 같은데 말이야."

"조심하라고 했으니 답답해도 참아요."

지안의 만류에 제하가 답답한지 긴 한숨을 내쉬었다. 다른 건 몰라도 어지간한 상처는 빨리 아무는 체질이었다. 다리가 불편한 것은 사실이었지만 벌써 열흘이 지났다. 부지런히 돌아다니고 일을 처리해도 모자랄 판에 방에 이러고 처박혀 있으니 도리어 시간이 더디게 흘러갔다.

더군다나 다친 제하를 수발하느라 지안은 그의 곁에서 좀처럼 떨어지지 않았다.

제하도 그녀가 곁에 있는 것이 좋았지만, 아무리 그래도 그 또한 사내였다. 마음을 열어 받아들인 여인의 매끈한 피부가 닿을 때마다 욕심이 나는 것이 사실이었다.

미간을 잔뜩 좁힌 제하가 굳은 표정으로 있자 걱정된 지안이 그의 이마에 손을 갖다 대었다. 상처 때문에 열이라도 있는지 알아보고자 하는 행동이었건만 지안의 손길이 느껴지자 제하의 몸이 움찔댔다.

"아무래도 의원을 다시 부르는 게 좋겠어요. 혹 화살에 황제가 수를 쓴 것일지도 몰라…… 아앗!"

일어나서 나가려는 지안을 제하가 팔로 끌었다. 남색 비단 옷이 지안의 움직임을 따라 허공에서 흩날렸다. 졸지에 제하의 몸 위로 올라앉은 자세가 된 지안의 얼굴이 붉게 달아올랐다. 당황해하는 그녀의 어깨에 그가 얼굴을 묻었다.

"제하. 누가 들어오면 어쩌려고요."

"단주든 황태자든 간에 나도 사내다. 이렇게 겁 없이 다가오면 어쩌자는 거야."

붉어진 얼굴이 터질 듯 달아올랐다. 여인의 얇은 옷에 닿는 제하의 손길이 평소보다도 뜨겁게 다가왔다. 제하를 보던 시선이 닫힌 창으로 향하였다. 어두운 밤하늘만큼이나 주변의 기척조차 느껴지지 않았다.

전에는 옆에서 같이 잠들어도 알 수 없었던 것이, 제하를 받아들이자마자 외면하려 해도 자꾸 인식되었다. 심장이 터져 버릴 듯 빠르게 뛰었다.

"이제 겨우 날 사내로 봐 주고 있는데 더 달라고 하면 염치없는 놈이겠지?"

"아직 상처가 낫지 않았는데……."

"너에게 자꾸 욕심이 생긴다."

속삭이는 그의 목소리가 지안을 흔들었다. 제하만이 욕심을 가진 것은 아니었다. 지안도 그에게 욕심이 생겼다. 여인이 사내를 욕심낸다 하면 조신하지 못하다 할 수 있었지만 그녀도 제하를 가지고 싶었다.

하지만 지금까지 사내로 살아온 지안이었다. 여인에 대해 알지 못하는 그녀가 그에게 제대로 맞출 수 있을지 걱정되었다.

지안의 손이 제하의 목을 어루만졌다.

"여인이 어떻게 해야 하는지 난 하나도 몰라요. 어쩌면…… 많이 실망할 거예요."

"모르면 알아 가면 되는 거지."

"상처가 벌어지면…… 아!"

단단히 여미고 있던 옷의 고름이 풀어졌다. 미끄러지듯 내려가는 비단옷이 지안의 팔에 걸렸다. 얇은 소복 너머로 지안의 하얀 피부가 희미하게 보였다. 어깨와 팔을 어루만지자, 조금 전보다 강하게 그의 열기가 느껴졌다.

"하아."

닫혀 있던 입술이 작게 열리고 더운 숨이 흘러나왔다. 그의 다리 위로 앉아 있는 지안을 올려다보며 제하가 온몸에 치미는 욕망을 간신히 가라앉혔다.

"싫으면 지금 말해. 아직은 참을 수 있으니까."

제하의 몸에서 느껴지는 열기가 조금만 잘못 건들면 온몸을 태워 버릴 듯 뜨거웠다. 참기 힘든 상황임에도 그는 지안이 싫으면 물러나겠다는 말을 하였다.

지안의 손이 제하의 얼굴을 기억하듯 천천히 어루만졌다.

그녀를 바라보는 눈도, 날카로운 코와 고집스러운 입술까지도, 한숨이 흘러나올 정도로 아주 천천히 그의 얼굴을 애무하던 지안이 고개를 숙여 그의 입술에 자신의 입술을 맞추었다.

무언의 허락.

그녀의 동의에 인내가 그대로 끊겼다. 둘 사이에 거치적거리는 옷이 하나씩 바닥으로 떨어졌다. 제하의 손이 지안에게 닿을 때마다 그녀를 가리고 있던 옷가지가 몸을 타고 흘러내렸다.

“제……하.”

사내에게 보여 주는 나신이 부끄러운지 지안의 가는 팔이 작은 몸을 연신 가렸다. 그녀의 입장에서는 부끄러워 하는 행동이었지만 제하의 눈에는 심장을 떨리게 하는 매혹이었다.

지안을 따라 옷을 모두 벗은 그가 침상에 그녀를 눕혔다. 아직 덜 아문 다리가 거슬렸지만 지금은 상처보다도 품에 있는 지안을 안고자 하는 욕심이 더 컸다.

“곱다.”

제하의 말에 지안의 눈이 곱게 휘었다. 다른 사람들에게는 여전히 표정의 변화가 없는 지안이었지만, 제하에게만큼은 종종 이렇게 사람을 홀리게 하는 미소를 지어 보였다.

고운 눈 옆에 입술을 맞춘 그가 열기에 달아오른 그녀의 입술을 찾았다. 삼키고 삼킬 때마다 지안은 점점 더 달금해졌다.

제하의 혀에 휘감긴 작은 혀에서 나오는 체액을 남김없이 빨아들이며 고운 선을 가진 어깨를 지나 소담하게 오른 가슴을 손안 가득 잡았다.

"아앗!"

생소한 감각에 입을 맞추고 있던 지안이 작게 탄성을 질렀다. 붕대로 감겨 있을 때는 몰랐지만, 손안 가득 잡히는 지안의 가슴은 부드럽고 소담하였다. 손에 힘을 주니 그의 손길에 따라 가슴 모양이 바뀌었다. 정점에 있는 작은 꽃을 손으로 비틀자 점점 솟아오르며 단단해졌다.

"제하. 잠시만…… 흐읏."

제하의 입술이 지안의 입술에서 가는 목으로, 그리고 하얗게 오른 가슴 위에 멈추었다. 하얗게 오른 소담한 가슴을 입에 담고 빨아들이니 온몸에 알 수 없는 전율이 일었다. 자신 외에는 누구도 허락하지 않았던 곳에 사내가 흔적을 남길 때마다 지안의 몸이 작게 떨렸다.

가슴의 작은 꽃이 사내의 혀에 닿자 여인의 피부가 붉게 달아올랐다.

고개를 뒤로 젖힌 지안의 입에서 열기에 찬 숨이 가쁘게 흘러나왔다. 그녀가 숨을 내쉴 때마다 오르내리는 가슴을 몇 번이나 만지고 입술을 맞춰도 만족은커녕 점점 더 갈증을 느꼈다.

가슴이 붉어지도록 빨아들이고 삼키던 제하의 입술이 편편한 배로 내려왔다. 가슴을 움켜쥐었던 손이 매끈한 허리를 지나 유려한 곡선의 엉덩이를 잡았다.

"거기는…… 안…… 하윽."

편편한 배에 입술을 맞춘 것도 잠시, 그의 입술이 지안의 가장 여린 곳에 닿았다. 자신조차 부끄러워하며 보지 못했던 곳에 제하의 혀가 닿자 지안의 허리가 활처럼 휘었다.

안 된다며 다리를 모았지만 그러한 반항조차 허벅지를 잡고 누르는 그의 손에 무산되었다. 주인을 닮아 여리고 작은 여성이 그의 입술이 닿을 때마다 촉촉하게 젖어 들었다.

부풀대로 부푼 남성이 이제는 참지 말라며 제하를 흔들었다.

그제야 여성에서 입술을 뗀 제하가 몸을 들어 지안을 내려다보았다. 사내를 모르는 몸이 열기에 휩싸이자 지안은 자신도 모르게 울먹이고 있었다.

"제하…… 어떻게 해야…… 나는……."

가쁜 숨을 내쉬며 혼란스러워하는 지안의 눈 끝에 제하가 입술을 맞추었다.

지안의 얼굴 이곳저곳에 입술을 맞추던 그가 한계까지 치달은 듯 미간을 좁혔다.

"이제 넣을 거야."

제하의 말에 힘겹게 눈을 뜬 지안이 그를 바라보았다.

"아플 거야."

"괜찮, 괜찮아요."

지안의 가는 팔이 제하의 목을 감았다. 배려해 주는 그가 좋았다.

이 사람이라면 조금은 아파도 견딜 수 있다.

"당신을 주세요."

앞의 사내를 가지고 싶다. 여인으로서 욕심낼 수 있다면 이 사내만큼은 오롯이 자신의 것으로만 소유하고 싶었다.

"당신이라면 참을 수 있을…… 흐읏."

지안의 속삭임에 제하가 이성 따위 던져 버렸다. 엉덩이를 붙잡은 그가 천천히 지안의 여성 안으로 자신의 남성을 밀어 넣었다. 괜찮다는 말을 했지만, 제하의 남성이 들어올수록 지안의 입에서는 참는 듯한 신음 소리가 새어 나왔다.

지안의 안은 너무나도 작고 여려서 안에 들어온 것만으로도 남성을 단단히 조였다. 그를 받아들이느라 버거운 지안이 힘들어하고 있었지만, 그녀의 안으로 들어온 제하는 온몸이 녹아 버릴 정도로 아늑한 쾌락을 느꼈다.

그저 욕구를 해결하기 위한 여인이었다면 사정 따위 보지 않고 움직였을 것이지만, 지금 그를 받아들인 여인은 평생을 함께하고자 하는 귀한 이였다. 미간에 힘을 주며 제하가 자신을 참아 냈다.

힘들어하던 지안이 잠시 후, 괜찮다며 미소를 지어 보였다.

"제하. 괜찮아요."

괜찮다는 말에도 제하는 힘겹게 자신을 지켜 냈다. 그냥 안에 넣었을 뿐인데도 이렇게 힘들어하는데 움직이다 보면 분명 지안은 까무러칠 것이다.

주저하는 제하를 보고 있던 지안이 고개를 들어 그의 입술에 자신의 입술을 맞추었다. 얽히는 혀로 서로의 타액이 섞여 들어가고, 그 상태에서 지안이 제하의 허리에 팔을 감았다.

"제하를 주세요."

혀가 엉킨 채 속삭이는 목소리에 제하의 미간이 꿈틀댔다. 이런 소리도 낼 수 있는 여인이었던가? 속삭이는 목소리가 제하를 연신 흔들어 댔다. 무릎을 굽힌 지안이 그가 편히 들어올 수 있도록 다리를 벌렸다.

"당신을 주세요."

지안의 여성이 제하의 남성을 힘껏 조이자 간신히 버텨 왔던 인내가 그대로 무너져 내렸다. 지안의 허벅지를 붙잡은 그가 거침없이 허리를 움직였다. 여성을 가득 조이던 남성이 빠져나가는 것도 잠시, 버거울 정도로 큰 그가 다시 안으로 들어왔다.

폭풍처럼 휘몰아치는 그의 움직임에 지안이 흐느꼈다. 고통스러운 신음은 언제부터인가 색에 젖어 들었다. 아랫배가 울릴 정도로 깊게 들어오는 그가 버거우면서도 온몸으로 느껴지는 기운에 지안이 자신을 놓아 버렸다.

"하아! 하아!"

자신의 입에서 어떤 소리가 나고 있는지조차 느끼지 못했다. 지금 이 순간, 느껴지는 것은 안을 가득 채우는 제하와 그를 받아들이고 있는 자신뿐이었다. 온몸에 이는 전율이 지안을 집어삼킬 듯 매섭게 휘몰아쳤다.

행위가 정점에 다다른 순간 지안의 허리를 붙잡은 그가 낮은 신음과 함께 자신을 풀어 놓았다. 온몸을 가득 채운 쾌락의 끝에서 지안이 몸을 떨었다.

그의 이마에서 떨어진 땀이 지안의 가슴을 적셨다. 온몸이 땀과 체액으로 가득했지만 싫지 않았다. 뜨거운 숨을 내쉬며 제하가 지안의 가슴에 얼굴을 묻었다. 그녀의 손이 땀에 젖은 제하의 얼굴을 조용히 감쌌다.

아직 지안의 내면에 제하의 남성이 남아 있었지만 개의치 않았다. 도리어 그와 한 몸이 된 기분에 지안이 행복한 미소를 지었다.

격한 정사 후, 힘이 빠져 버린 둘은 기절하듯 서로의 품에서 잠들었다.

❋ ❋ ❋

이마와 코에 닿는 간지러운 느낌에 지안이 감고 있던 눈을 떴다.

"일어났나?"

온몸의 힘이 빠져 버린 듯 손가락 하나 움직일 수 없었다. 힘겹게 고개를 드니 잠에서 깬 그가 지안을 내려다보고 있었다.

"언제 일어났어요?"

"글쎄? 잠이 깊게 들기가 쉽지 않더군."

"네? 무슨……."

말을 잇던 지안이 붉게 달아오른 얼굴로 제하의 시선을 외면했다. 격한 정사 후, 그대로 잠이 들었으니 지안이나 제하나 옷 하나 걸치지 않은 나신의 상태였다. 피부로 생생히 느껴지는 그의 감촉에 지안이 숨을 삼켰다.

"우선 일어나야…… 아얏."

당황한 지안이 몸을 일으키려 했지만 온몸에서 느껴지는 고통에 작은 비명을 질렀다. 도망가려는 지안을 보던 제하가 그녀를 끌어 자신의 몸에 더욱 밀착시켰다. 생생하게 느껴지는 그의 몸피에 지안이 당황하였다.

"이미 다 만져 놓고 뭐가 부끄러워서 그러는 거지?"

"그거야…… 그건……."

"그건 뭐?"

당황하는 그녀와 달리 제하의 입가에는 연신 즐거운 미소가 가득하였다. 왠지 자신 혼자만 신경 쓰는 것 같은 기분에 지안이 미간을 좁혔다.

그의 말대로 어차피 볼 건 다 본 사이고, 만질 것도 다 만진 사이였다. 새삼스레 부끄럽다고 계속 밀어내자니 자신 혼자 유난을 떠는 듯한 느낌이었다.

도망가려던 지안이 해 볼 테면 해 보라는 듯 자신의 몸을 그에게 더욱 붙였다. 나긋하고 부드러운 여체에 제하가 눈썹을 꿈틀댔다.

"그렇다고 이런 식으로 다가오면 또 안아 버린다?"

"부끄러워하는 게 아니라는 걸 보여 주는 것뿐이라…… 흡."

종알종알 항변하는 입술을 제 욕구에 따라 멋대로 삼켜 버렸다. 풍만한 가슴을 손으로 힘껏 쥐고, 가는 허리를 팔로 휘감자 지안의 피부가 그새 붉게 달아올랐다. 안으면 안을수록 사람을 미치게 하는 몸이었다.

다시 안아 버릴까? 그리하면 지친 지안은 그대로 기절할 것이다.

아쉬운 마음을 삼키며 지안을 떼 놓자 버둥거리던 그녀가 버럭 목소리를 높였다.

"당신 정말!"

지안이 흘겨봐도 그는 연신 기분 좋은 미소를 지을 뿐이었다. 저런 미소를 보며 화를 내 봤자 자신만 손해였다. 짧은 한숨을 내쉬며 지안이 그의 어깨에 얼굴을 묻었다.

그러자 그의 손이 지안을 다독이듯 작은 등을 천천히 토닥였다.

"황태자로 돌아가지는 못하겠지만 왕 정도는 될 거야. 내가 자신의 목을 노리는 것을 알고 있으니 가까운 곳에 두고 날 끊임없이 감시하겠지."

제하의 말에 지안이 고개를 들어 그를 바라보았다.

맑고 까만 눈이 그만을 보고 있었다. 이제부터 시작이었지만 두렵지는 않았다.

"왕의 부인은 피곤한 자리이지만, 함께 있자."

그 어떤 말보다도 함께하자는 말이 그녀의 심장을 울렸다. 제하의 목에 얼굴을 묻으며 지안이 작게 속삭였다.

"나 혼자 두고 가지 마요."

"지안아."

"황제에게 다치지도 말고, 나쁜 일도 당하지 마요. 나 혼자 두지 마요. 그럼 같이 있을게요."

작게 속삭이는 목소리였지만 그 안의 깃든 감정은 처절했다.

황제가 남긴 상처는 지독한 것이어서 제하에게 마음을 연 지금까지도 그녀를 괴롭혔다. 지안을 안은 팔에 힘을 주며 제하가 고개를 끄덕였다.

"이제 그럴 일 없어."

그의 목소리를 들으면 들을수록 왈칵 눈물이 치솟았다.

우는 모습을 보이고 싶지 않아 지안이 손으로 얼굴을 가렸다. 지안의 상처를 다독이듯 울음을 그칠 때까지 제하가 그녀의 등을 천천히 다독였다.

❋ ❋ ❋

대전에 사도가 들어오자 초조하게 기다리고 있던 대신들이 우르르 다가왔다. 죽은 줄 알았던 황태자가 돌아왔다.

그것도 오랫동안 그들과 밀접한 관계를 맺고 있었던 태성 상단의 단주가 실은 죽은 줄 알았던 황태자라는 사실은 황궁을 발칵 뒤집어 놓았다.

"사도. 소인들이 들은 것이 사실이오? 정말로 전하시란 말이오?"

"진정 전하시라면 이 일을 어찌해야 하는 것이오? 전하께서는! 폐하께서 황태자 전하의 목을 벤다 하시는 것이 아니오?"

대신들의 물음에 사도가 고개를 저었다.

"이번에는 그리하시기 어려울 것이오. 더군다나 그분의 곁에는 중서령의 따님도 함께 계시지 않소? 그때야 권좌의 주인이 누가 될지 모르는 혼란의 시기였지만, 지금은 아니니 폐하께서도 선불리 전하에게 검을 휘두르기는 힘드실 것이오."

제하의 일을 꺼내면서 자연스럽게 지안의 이야기까지 흘렸다. 전부를 보이지 않되 그들을 흔들 여지를 주라는 명을 받았다.

"그나저나 폐하께서 곁에 두셨던 현원이 송정기의 딸이었다니 꿈에도 생각하지 못하였소. 혹 사도께서는 알고 계셨던 것이 아니오?"

대신의 물음에 사도가 고개를 저었다.

"알고 있었다면 먼저 폐하께 말씀드렸을 것이오."

"그럼 전하께서 먼저 아시었다는 것인데 어찌하여 폐하께 말씀드리지 않은 것이오? 혹여 폐하를 노리고 전하께서 수를 쓴 것일 수도 있지 않소?"

멀지 않은 곳에서 들려오는 서늘한 목소리에 사도와 대신들의 눈이 소리가 난 쪽으로 향하였다. 언제 들어온 것인지 차가운 눈의 남훈이 사도를 노려보고 있었다. 남훈의 도발에 사도의 눈이 작게 찌푸려졌지만 곧 표정을 원래대로 돌렸다.

남훈의 도발에 절대로 넘어가지 말라는 제하의 당부가 머릿속을 가득 채웠다.

지금 당장 남훈과 황제를 향해 검을 세울 것이 아니었다. 가능한 한 황제가 섣부르게 움직일 수 없도록 제하의 존재를 대신들에게 각인시키는 것, 그것이 사도가 해야 할 일이었다.

"만약 승상께서 말씀하시는 목적대로였다면 현원이 굳이 사내로 있을 필요가 없지 않겠소? 그런 수는 사내보다는 여인으로 있는 것이 더 나을 것 같소만?"

사도의 받아침에 남훈의 눈썹이 꿈틀댔다. 하지만 남훈을 제외한 이들은 맞는 말이라며 고개를 절로 끄덕였다.

"무엇보다도 전하께서는 황태자로서 폐하께 검을 겨눈 것이 아니지 않소. 불경스러운 말씀이오나 폐하께 검을 겨눌 생각이

셨다면 사냥터가 아니라 병사를 일으킨 후에 말씀하셨겠지요."

"사도! 말을 삼가시오! 병사라니!"

"승상께서 너무 깊게 받아들이고 계시지 않소이까? 이 상황에서 중요한 것은 황태자 전하께서 살아 돌아오셨다는 것이지요."

남훈의 고함에 사도가 대수롭지 않다는 듯 손을 저었다. 여유로운 사도와 화가 난 남훈의 모습을 대신들이 지켜보았다.

"황제 폐하 납시오."

내관의 목소리와 함께 문이 열리고, 용포를 입은 황제가 대전 안으로 들어섰다.

황제의 모습에 고개를 숙인 대신들이 각자의 자리로 옮겨 갔다. 날카로운 눈이 고개를 숙인 대신들 하나하나를 매섭게 훑어보았다. 황제의 시선을 받은 대신들은 더욱 깊게 몸을 숙였다.

하지만 그뿐이었다. 옆에 있는 이들과 눈을 맞추는 대신들의 머리는 조용한 분위기와는 달리 바쁘게 움직이고 있었다. 황제만의 세상이었던 원하국에 죽지 않고 나타난 제하는 우물에 던진 돌처럼 큰 파문을 일으켰다.

❃ ❃ ❃

"저기…… 사도."

대전에서의 조례가 끝난 후, 퇴궁하려는 사도의 뒤로 대신 몇몇이 다가왔다. 연신 주변을 살피며 말을 잇지 못하는 대신들을 보던 사도의 눈에 의심의 빛이 감돌았다.

"무슨 일인데 그리 조심하시는 것이오?"

"누가 듣기라도 하면 어쩌려고 그리 큰 소리로 말하는 것이오!"

능청스럽게 물어보는 사도를 말리며 대신이 주변을 바쁘게 살폈다. 어디에도 사람의 모습이 보이지 않자, 작게 한숨을 내쉰 그가 사도에게 작은 목소리로 물었다.

"황태자 전하께서는 어디에 계시오?"

"그걸 어찌 물어보는 것이오? 전하는 안전한 곳에서 편히 계시지요."

"우리가 전하를 뵙고자 한다면 사도께서는 자리를 마련해 주실 수 있는 것이오?"

대신의 물음에 사도의 입가에 희미한 미소가 감돌았다. 벌써 움직일 것이라고는 예상하지 못했건만, 아무래도 제하의 계획이 적중한 듯하였다. 제하의 위치를 알게 되면 당장에라도 만나러 갈 기세인 이들을 보며 사도가 짐짓 모른다는 표정을 지었다.

"피치 못할 사정으로 전하께서는 요양이 필요하시오. 그리고 그대들도 알다시피 아직 제대로 정해진 것이 없지 않소. 전하께서는 어느 때보다도 조심하셔야 할 시기라고 생각하오."

기다리라는 말에 대신들의 눈가에 초조가 깃들었다. 그들의 반응을 조심스럽게 살피며 사도가 눈을 좁혔다. 이 기세라면 제하가 생각한 시간보다 훨씬 더 빠르게 힘을 모을 수 있었다.

"꼭 얼굴을 봐야만 힘을 실어 드리는 것은 아니지 않소?"

"무슨 말씀을 하시는 것이오."

의뭉스러운 사도의 말에 대신들이 조급히 되물었다.

그들과 시선을 마주하며 사도의 손이 턱수염을 느긋이 쓸었다. 뜸을 들이는 행동에 답을 기다리던 대신 중 하나가 성급히 입을 열었다.

"난 중서령의 도움을 받아 이 자리까지 올랐소. 과거의 일을 되돌릴 수 없다는 것은 알고 있지만, 만약 그분의 따님이 황태자 전하의 곁에 계시는 것이라면 지금이라도 도움이 되고 싶소."

대신의 말에 남은 사람들이 동조하듯 고개를 끄덕였다. 아직 이들을 믿을 수는 없었지만, 적어도 이들을 이용하여 다른 대신들을 흔드는 일 정도는 가능할 듯싶었다.

주변의 기척을 살핀 사도가 그들만이 들릴 만한 작은 소리로 바쁘게 입을 움직였다.

❋ ❋ ❋

대신들의 움직임이 심상치 않자 남훈이 직접 움직였다.

황궁의 분위기가 제하의 중심으로 흘러가는 이상, 그를 직접적으로 건들 수는 없었다. 대신 남훈이 노린 것은 제하가 아니라 곁에 머물고 있는 지안이었다.

현원으로 있는 동안 지안이 황제를 독살하려 했던 죄를 대신들에게 밝힐 생각이었다. 청렴결백의 상징이었던 송정기의 딸이 황제에게 독을 먹인 일은 둘에게 충분히 흠이 될 수 있는 것이었다. 나쁘지 않다는 생각에 남훈이 일을 꾸미려는 순간 제하가 서신을 보내왔다.

하얀 백지에 찍혀 있는 인장 하나, 하지만 그것이 주는 여파는 상당하였다.

황제의 옥새.

옥새를 돌려받고 싶다면 지안의 일을 덮고 자신이 돌아오는 것을 막지 말라는 의미였다. 결국 사냥터에서 있었던 일도, 제하에 대한 일도 조용히 덮는 수밖에 없었다.

속수무책으로 지안과 제하를 놓친 황제는 광기에 자신을 완전히 놓아 버렸다.

"아!"

침소의 참상에 내시감이 말을 잃었다.

황태자의 일로 눈 밖에 나자 내시감은 바로 죄의 대가를 치르겠다며 스스로 방에 들어가 나오지 않았다. 비록 폭군이었지만 그가 모셔야 할 주인인 황제를 저버리고 황태자를 도왔다.

본디 자리를 내려놓고 물러나야 함이 맞았지만 그나마 황제를 잡을 수 있는 유일한 사람이라며 주변에서 말리는 터에 차마 물러나지도 못하였다.

그렇게 자신의 방에서 죗값을 치르고 있을 무렵, 살려 달라며 내관들이 그에게 달려왔다. 영문도 모른 채 달려온 황제의 침소, 보는 것만으로도 심장이 내려앉을 정도로 안은 살벌했다.

황제가 쥐고 있는 검에서 흐르는 피가 한 방울씩 바닥을 적셨다. 내관과 궁녀로 추정되는 시신이 침소 곳곳에 널브러져 있었다. 검에 잘린 가구와 침구들, 떨어지고 부서진 물건들로 방 안은 엉망이었다.

"내시감인가?"

"폐하."

"현원은 어디에 있느냐? 아무리 찾아도 오질 않는구나."

황제의 말에 내시감이 숨을 삼켰다.

지안이 제하와 함께 황궁을 나간 후 소식이 끊겼다는 것은 누구보다 황제가 잘 알고 있었다. 그럼에도 황제는 지안을 데려오라며 이 사달을 만들어 냈다.

무릎을 꿇은 내시감이 깊게 고개를 숙였다.

"폐하. 현원은…… 송정기의 딸 송지안은 이미 황궁을 나가지 않았습니까?"

"송정기의 딸? 딸이라…… 황궁을 나갔으면 다시 데려오면 되지 않는가?"

"폐, 폐하."

"원하국의 전부가 짐의 것이거늘 찾아오면 그만이지 왜들 꾸물거리고 있는 것이냐? 현원을 데려오란 말이다!"

황제의 검이 허공을 스치자 잘린 새김문이 굉음을 내며 바닥에 떨어졌다.

"폐하! 통촉하여 주시옵소서."

내시감의 목소리가 방을 울렸지만 황제의 귀에는 어느 것도 들리지 않았다. 갖지 못한 여인에 대한 열망과 되살아온 휘령이 주는 압박에 황제는 점점 스스로를 잃고 있었다.

허망하던 마음속에 불길이 일었다. 스스로 잠재울 수 없는 분노가 그를 끊임없이 괴롭혔다.

자신조차 어쩌지 못할 감정을 진정시킬 곳이 필요했다. 여인을 안아도, 살려 달라는 내관과 궁인을 죽여도 변하는 것은 없었다.

"지안아."

황제의 입에서 힘없이 나오는 이름에 내시감이 고개를 더욱 숙였다.

그를 증오해도, 그를 죽이려 해도 상관없었다. 방향을 알 수 없는 혼돈 속에서 황제의 머리를 채운 것은 지안의 낮지만 부드러운 목소리였다.

부끄러워하는 지안의 허리를 감싸고 여린 어깨에 얼굴을 묻을 수만 있다면, 가는 목에 입술을 묻고 살 내음을 맡을 수만 있다면 지금 느끼는 고통 따위 단번에 사라질 것 같았다.

"현원을 데리고 오라. 당장 찾아오란 말이다!"

황제의 고함이 침소 밖의 통로에까지 울렸다.

하지만 황제의 앞에 몸을 숙인 내시감도, 통로에 서 있는 남훈도, 황제의 곁을 지키는 내관과 궁인들 중 누구도 황제의 명을 따르는 이는 없었다.

❀ ❀ ❀

"역시 따라가면 안 되겠죠?"

지안의 물음에 제하가 미소를 지었다. 그의 말없는 대답에 지안이 시무룩해졌다.

걸을 수 있을 정도로 다리의 상처가 회복되자 제하는 채훈과 사도에게 맡겨 놓았던 일을 스스로 처리하기 시작하였다.

황제를 견제할 힘을 키우는 것도 중요했지만, 무엇보다 그가 신경 쓴 부분은 휘령이 돌아오는 것에 대한 파장을 최소화하는 것이었다.

휘령은 황제와 대립하기 위해 황궁으로 돌아오는 것이 아니라 본래 자신의 자리로 돌아오는 것뿐이라며 상황을 줄여 나갔다.

"너까지 따라오면 대화 대신 검이 오고 갈 텐데, 아직 그럴 때는 아니거든."

제하의 말에 지안이 조용히 고개를 끄덕였다. 많은 설명을 하지 않아도 그녀는 현재 상황을 누구보다도 잘 이해하고 있었다.

지안이 나간 후, 반쯤 미친 황제가 황궁을 발칵 뒤집었다는 소문이 곳곳에 돌았다. 지안을 데리고 오라며 검을 휘두르는 터라 남훈조차 함부로 다가가지 못하고 있다는 이야기가 들려왔다.

오늘은 황제와 대립하기 위함이 아니라 휘령으로 돌아가기 위한 날이었다.

준비를 끝낸 제하가 앉아 있는 지안에게로 고개를 숙였다. 마음과 몸을 함께하자 지안은 제하에게 전부를 내보였다. 제하에게 맞춰 지안이 고개를 들자 그가 부드러운 입술에 짧게 입술을 맞추었다.

"초조하겠지만 여기서 기다리고 있어. 정 불안하면 채훈의 일을 좀 도와주든가. 상단을 정리해야 하니 손이 필요할 거야."

워낙 규모가 큰 상단이라 정리하기가 쉽지는 않았지만 휘령으로 돌아가기 위해서 해야 할 일이었다.

물론 상단을 이어받은 사람 또한 제하의 사람이었지만 어찌 되었든 이제 태성 상단은 휘령의 것이 아닌, 그가 지원해 주는 상단으로 바뀌어야 했다.

자리에서 일어난 지안이 제하의 옷매무새를 다시 한 번 정돈하였다.

"나가자."

제하의 말에 지안이 고개를 끄덕였다.

준비를 끝낸 제하가 밖으로 나오자 대기하던 채훈이 고개를 숙였다.

"전하."

전하라는 단어에 제하의 입가에 복잡한 미소가 감돌았다.

옥함에 담겨 있는 것을 채훈이 제하에게 조심히 내밀었다.

황제의 옥새.

최종적으로 황제와 거래하는 데 필요한 물건이었다. 지금 당장은 휘령으로 돌아가기 위해 황제에게 넘길 물건이었지만, 반드시 다시 찾아올 것이다.

옥새가 담긴 함을 받아 든 제하가 고개를 돌렸다.

걱정이 묻어 나오는 시선을 받는 것만으로도 몸의 긴장이 조금은 풀렸다. 복수조차 접은 채, 자신의 곁에 남은 그녀가 고마웠다.

"다녀올게."

그의 말에 지안의 입가에 옅은 미소가 생겨났다. 오직 자신에게만 지어 주는 미소에 심장이 떨렸다.

준비되어 있는 마차에 제하가 오르고, 그 뒤를 많은 이들이 따랐다.

❋ ❋ ❋

황궁의 가장 중심에 놓여 있는 명일궁 앞, 황제가 살기 어린 눈으로 제하를 노려보고 있었다. 보는 눈만 없었다면 당장에라도 검을 뽑아 휘두를 것 같은 모습에 제하의 입가에 비뚜름한 미소가 감돌았다.

황제에게는 옥새를, 대신들에게는 그들의 약점을 돌려주고 본래의 자리로 돌아왔다.

황태자 대신 제후에 봉해져 휘령 공 정도로 불리게 되겠지만 제하는 상관없었다.

황제의 동생으로 제후가 된다 한들 달라지는 것은 하나도 없었다. 여전히 황제는 권좌에 앉아 있었고 현재 그와는 비교가 안 될 정도의 힘과 권력을 가지고 있는 것 또한 사실이었다.

'되찾을 것이다.'

본래 자신의 자리였다. 힘없고 무능했던 황태자는 이제 없었다.

더군다나 이제 자신에게는 지켜야 할 여인이 있었다. 전처럼 어이없이 제 품의 여인을 빼앗기지는 않을 것이다.

지안이 포기한 복수, 그것을 직접 제하가 이뤄 줄 것이다.

그녀에게 마음 편히 자신의 삶을 누릴 수 있는 세상을 만들어 줄 생각이었다.

황제가 서 있는 계단 바로 앞에서 제하가 걸음을 멈추었다.

"황제 폐하."

제하의 인사에도 황제는 묵묵부답이었다. 자신이 죽인 이가 살아 돌아와 제 목 바로 밑에 검을 겨누고 있으니 황제 입장에서는 분노가 치밀 일이었다.

하지만 황제에게 몸을 숙이고 있는 제하도 그다지 좋은 기분은 아니었다.

언젠가는 반드시 그 자리에 서서 제 아래에 무릎을 꿇고 있는 황제를 내려다보는 날이 있을 것이다. 지금은 그것을 위해 참는 것일 뿐이었다.

어느 때보다도 깔끔하고 정갈한 모습으로, 제하가 황제를 향해 깊게 몸을 숙였다.

"소인 휘령, 형님 폐하께 인사 올립니다."

❋ ❋ ❋

"휘령을 현번의 제후로 봉하고자 한다."

황제의 말에 대전에 일대 소란이 일었다. 다시 살아 돌아왔어도 제하가 황태자로 돌아갈 수는 없는 일이었다. 제후로 돌아오는 것이 최선이기는 했지만, 현번이라는 지역이 문제였다.

"폐하. 원하국에서 현번은 척박하기로 손에 꼽히는 곳이옵니다. 이제야 제자리로 돌아오신 휘령 공께서 책임지시기에 너무나도 가혹한 처사이옵니다."

사도의 간언에 황제의 눈이 꿈틀댔다. 하지만 그와 동시에 기다렸다는 듯 남훈이 입을 열었다.

"현번이 험한 곳이기는 하나 도성에서 가까운 곳이고 또한 사람이 많지 않은 곳이니 이제야 황족으로 복귀하신 휘령 공께서 신경 쓰실 일이 거의 없을 것이오. 어찌 사도께서는 무조건 안 된다는 말만 꺼내고 있는 것이오?"

"현번이 어떤 지역인지 승상께서도 아시지 않소? 조금은 안정적인 곳을 맡으신 후에 현번을 받으셔도 충분할 일이오!"

"태성 상단의 단주로 계셨던 만큼 휘령 공께서는 충분히 현번을 다스릴 능력을 가지셨소. 사도는 휘령 공을 무시하시는 것이오?"

팽팽한 분위기가 대전에 무겁게 가라앉았다. 섣불리 남훈의 편도, 그렇다고 사도의 편도 들 수 없는 상황 속에서 대신들이 연신 둘의 분위기를 살폈다. 누구도 함부로 나서지 못하는 상황에 발끈한 사도가 한 걸음 앞으로 나갔다.

그 순간, 제하의 눈이 사도를 말없이 말렸다.

가만히 있으라는 제하의 명령에 입술을 깨문 그가 한 걸음 뒤로 물러났다.

사도를 제 사람처럼 부리는 제하를 황제가 못마땅한 눈으로 노려보았다.

"휘령 또한 현번이 마음에 들지 않는가? 하나 황태자로 돌아올 수도 없는 것이 아닌가?"

황제의 조롱에 제하의 눈이 날카롭게 변하였다. 왜 현번을 그에게 내주었는지 묻지 않아도 훤하였다.

척박하여 정착한 사람조차 거의 없는 곳이었다. 제후라는 그럴듯한 지위만 있을 뿐, 힘을 키워야 하는 제하에게는 쓸모없는 땅덩이나 다름없었다.

"폐하께서 주시는 곳이니 기쁜 마음으로 받아들여야지요. 황은이 망극하옵니다. 폐하."

"휘령, 너에게 어울리는 땅이 될 것이니라. 황족이 누리는 특권만큼이나 그 책임 또한 무거우니 성심성의껏 현번을 다스려 보거라."

황제의 말에 제하의 눈이 차갑게 가라앉았다. 겉으로는 황족의 책임이라는 말을 하고 있었지만, 실상은 척박한 현번과 제하의 위치가 똑같이 하찮다는 의미를 담고 있었다.

황제의 조롱에 화를 내는 대신 제하의 입꼬리에 미소가 생겨났다.

"폐하께서 내려 주신 현번을 보란 듯이 키워 보이겠습니다. 혼자서는 어려운 일이나 소인의 곁에는 현원이었던 현명한 지안이 같이 있으니 곧 달라진 모습을 보실 수 있으실 것이옵니다."

지안이라는 말에 황제의 눈가가 딱딱하게 굳었다. 여전히 황제의 약점은 지안이었다. 순식간에 달라진 황제의 모습이 통쾌하면서도 불쾌하였다.

이제 지안은 자신의 여인이었다. 그 사실을 알고 있으면서도 황제는 쉽사리 그녀를 포기하지 않았다. 척박한 현번의 제후가 되든, 황제의 시험을 받든 상관없다.

황제에게 지안과 관련된 여지는 단 하나도 주지 않을 것이다.

❀ ❀ ❀

땅거미가 서서히 내려앉는 어스름한 저녁에 제하의 손이 지안을 끌어당겼다. 자신의 다리 위에 지안을 앉힌 그가 가는 목에 얼굴을 묻었다. 등을 감싸는 제하의 손을 붙잡으며 지안이 고개를 숙였다.

"영이 올 거예요."

"왔다가 다시 갈지도 모르지."

제하의 입술이 지안의 목을 여미고 있는 옷 사이를 헤쳤다. 단단히 묶여 있던 옷이 그의 손길에 하나씩 풀어져 미끄러지듯 몸에서 흘러내렸다. 최상급의 도자기보다도 유려한 어깨에 열기에 찬 입술을 묻자 고개를 젖힌 지안에게서 더운 숨이 흘러나왔다.

안 된다며 밀어내지도 않았지만 그를 받아들이는 지안의 눈은 왠지 모르게 복잡하였다. 그녀의 뺨에 손을 감싼 그가 허리를 당겨 자신의 몸에 닿도록 끌어당겼다.

"아!"

살에 닿는 것은 비단옷의 감촉이었지만 느껴지는 것은 그녀를 열망하는 그의 열기였다. 처음 안겼던 그날 이후로 기억조차 나지 않을 정도로 수없이 그를 받아들였지만, 그는 만족하기보다 거의 매일 밤, 그녀를 안으려 하였다.

"무슨 생각을 그리 골똘히 하지?"

솜털이 난 귓불을 지분거리며 제하의 손이 남아 있는 지안의 옷을 모두 벗겼다. 아직 옷을 입고 있는 제하와는 달리 혼자만 나신이 되자 지안이 팔로 몸을 가렸다.

어느새 붉게 달아오른 피부를 눈으로 즐기며 그의 손이 어깨부터 전신을 어루만졌다.

"좀 부끄러워서요."

"부끄러워?"

가는 팔로 몸을 가리는 지안을 그가 안아 들었다. 방의 차가운 공기에 지안이 그의 품을 파고들었다.

침상에 지안을 눕힌 제하가 급한 갈증을 해소하듯 그녀의 입술에 입을 맞추었다. 알몸에 차가워져 있던 그녀의 입술에 열기에 찬 사내의 입술이 닿자 가냘픈 몸이 작게 떨렸다.

오므리고 있는 지안의 다리 사이로 제하의 무릎이 천천히 밀고 들어왔다. 팔을 감싸고 있던 손이 쇄골을 지나 봉긋하게 솟은 가슴을 감쌌다.

"하아."

제하와 입을 맞추고 있던 지안에게서 옅은 한숨이 흘러나왔다. 제하의 열기에 전염되듯 뜨거운 숨이 얽힌 혀 사이로 가쁘게 내쉬고 들이마셔졌다. 지안의 입에서 나오는 전부를 삼킬 기세로 입술을 점령하던 그가 얼굴을 숙여 턱에 입을 맞추었다.

"왜 부끄러운지 이야기 안 해 줄 건가?"

"안 한 게 아니라…… 당신이 못 하게…… 하윽."

손안 가득 잡히는 가슴의 중앙, 붉게 달아오른 꽃을 손가락으로 비틀자 지안이 허리를 뒤틀었다. 단정하고 차분한 그녀가 유일하게 흐트러지는 시간, 평소의 그녀도 좋지만 이 순간의 모습은 그에게 참을 수 없는 유혹이었다.

목에 입술을 묻자 뛰는 맥이 생생하게 느껴졌다. 그가 입고 있는 옷을 거칠게 벗었다. 온몸을 휘감는 열기를 참아 내며 지안이 힘겹게 대답하였다.

"혼인도 하지 않은 여인이 사내에게…… 하앗."

가슴 끝의 꽃을 강하게 빨아들이는 그의 행동에 그녀가 입술을 깨물었다. 오므리려는 다리 사이로 성이 잔뜩 난 사내의 남성이 닿았다. 낯설진 않지만 여전히 어색한 감각에 지안의 눈이 동그래졌다.

사내의 혼을 흔들어 놓을 것같이 매혹적이면서도 또 이런 모습을 보여 줄 때의 그녀는 저절로 미소가 지어질 만큼 여리게 느껴졌다.

"곧 내 부인이 될 여인을 취하는 것이 잘못된 행동인가?"

"그건……."

"아니면 나 몰래 다른 생각이라도 가지고 있는 건가?"

"무슨 소리를! 아니에요! 그런 게 아니고…… 흡."

가쁜 숨을 내쉬는 지안의 얼굴을 감싼 그가 작게 열린 입술을 덮쳤다. 그와 동시에 촉촉이 젖어 든 여성 깊숙이 남성을 밀어 넣었다.

"하아."

하복부 깊이 밀려오는 통증에 지안이 숨을 삼켰다. 입안에 맴도는 신음이 입술을 점령한 그에게도 느껴질 만큼 애처로웠다.

고통스러워하는 지안과는 다른 신음을 삼킨 그가 침상에 손을 기댔다. 남성에 세세하게 느껴지는 지안의 감촉이 그를 미치게 하였다. 그 외에는 누구도 들어오지 못했던 여성은 언제나 제하에게 상상 이상의 쾌락과 갈증을 동시에 안겨 줬다.

고통스러운 숨소리가 가라앉자 지안의 팔이 제하의 목을 감쌌다. 움직여도 괜찮다는 말 없는 허락에 그의 굵은 팔이 허리를 휘감았다.

천천히 움직이는 허리에 맞춰 꼿꼿이 선 남성이 그녀의 깊숙한 곳을 들어갔다 나가기를 반복하였다. 살과 살이 맞닿는 소리에 여인이 내는 목소리가 섞여 들어갔다.

"제……하."

자지러지듯 색에 젖은 교성이 아니더라도 행위 중간중간 지안의 입에서 나오는 그의 이름이 미칠 듯 좋았다. 함께하는 이 순간, 둘 사이에는 원수인 황제도, 누구도 없었다. 상대에게 자신을 맡기고, 상대의 움직임에 맞춰 가며 서로만을 몸에 각인시킬 뿐이었다.

"하앗!"

빠르게 오르내리는 가슴 사이에 얼굴을 묻은 그가 더 깊숙이 여성에 자신을 묻었다. 거칠게 할수록 지안이 힘들다는 것은 알고 있었지만 그러한 것을 배려하기에 그 또한 한계였다.

폭풍이 휘몰아쳤다. 거친 사내의 움직임에 맞춰 가던 여인의 허리가 휘었다. 한계가 온 여인에게서 작은 애원이 들려왔지만 정사의 쾌락에 이성을 놓은 사내의 움직임에는 조금의 자비도 없었다. 정신을 놓지 않으려는 여인이 사내의 어깨를 움켜잡았다.

"흐읍."

격정적인 움직임의 끝, 지안의 몸에 자신을 밀착시킨 그가 짧은 신음과 동시에 그녀의 안에 자신을 풀었다. 온몸을 가득 채우는 그의 정에 지안이 몸을 떨었다.

강렬히 남은 정사의 흔적과는 반대로 지친 몸이 빠르게 무너졌다. 분신을 빼자 힘이 빠진 지안이 그의 품에 쓰러지듯 매달렸다.

기절하듯 잠에 빠진 지안을 안아 든 그가 나른한 숨을 내쉬었다. 지안의 이마에 송골송골 맺혀 있는 땀을 닦아 낸 그가 열기가 남아 있는 입술을 대었다. 그리곤 늘어져 있는 몸피를 다독이듯 어루만지며 눈을 감았다.

❀ ❀ ❀

눈을 뜨니 아스라이 내려앉은 달빛이 고요히 방을 채우고 있었다. 눈을 몇 번 깜박인 지안은 고개를 들어 옆에서 잠든 제하를 조용히 응시하였다.

그녀를 지키기 위해 귀하게 가지고 있던 옥새를 황제에게 넘기게 되었다. 자신 때문이라며 지안은 자책했지만 정작 옥새를 넘긴 제하는 그녀를 다독일 뿐 별다른 말을 꺼내지 않았다.

제하를 바라보던 지안의 눈이 달빛이 들어오는 창으로 향하였다. 해가 뜨려면 몇 시진은 더 있어야 할 듯하였다. 다시 누우면 잠이 들 것 같았지만, 왠지 모르게 더는 자고 싶은 생각이 들지 않았다.

그때, 창을 보고 있는 지안의 어깨를 사내의 굵은 팔이 껴안았다.

"깼어요?"

조심한다고 했건만, 언제 깬 것인지 제하가 그녀의 어깨에 입술을 묻었다. 그의 팔이 자연스럽게 지안의 허리를 감싸고 부드러운 가슴을 손에 넣었다.

그의 손길에 지안의 몸이 작게 떨렸다. 그녀가 주는 떨림을 느끼며 하얀 어깨에 제하가 입술을 묻었다.

"꿈이라도 꿨나?"

제하의 말에 지안이 고개를 저었다.

"그냥 잠이 깨서요."

"흠."

제하의 입에서 편안한 숨이 흘러나왔다.

지안은 이제 제하만을 사내로 봐 주었다. 이렇게 같이 있는 순간이 꿈일지도 모른다는 생각이 들 정도로 막연하게 느껴질 때가 있었다.

꿈이든, 꿈이 아니든 상관없다. 지금 곁에 있는 여인은 그가 그토록 함께하기를 바랐던 지안이었다.

"황궁에 데려가기 싫다."

제하의 속삭임에 지안의 눈 끝이 내려갔다. 제하에게 몸을 기댄 지안이 허리를 감싸고 있는 그의 팔을 손가락으로 천천히 쓸어내렸다.

혼인을 하지 않은 사이라는 것을 알면서도 제하의 품에서 안정을 찾았고, 그의 품에서 잠들었다. 아무것도 입지 않은 채, 함께하던 순간이 부끄러웠던 것도 잠시 이제는 그가 없으면 불안해지기까지 하였다.

"어쩔 수 없는 일이잖아요."

괜찮다는 어조였지만, 그 안에 깃든 감정은 복잡했다.

자신에게 위협이 될 제하를 견제하듯 황제는 그를 도성의 동쪽, 현번 지역의 제후로 봉하였다. 척박하고 험한 곳이라 많은 이들이 거절한 곳이었지만, 제하는 황제의 제안을 받아들였다.

도성에서 말을 타고 두 시진이면 도착하는 거리, 가까운 곳에 두고 제하를 감시할 생각이었겠지만, 그 말은 반대로 제하 또한 가까운 곳에서 황제를 주시할 수 있다는 것이었다.

여기까지는 제하가 생각한 대로였다. 하지만 문제는 그다음이었다.

급할 정도로 빠르게 일을 처리한 황제는 제하의 곁에 있는 지안을 불러들였다. 공식적으로는 스승 송정기의 딸인 지안을 만나 위로하겠다는 것이었지만, 그게 진심이 아니라는 것은 누구라도 알 수 있는 사실이었다.

"제하와 같이 가는 걸요. 괜찮아요."

지안의 말에 제하가 소리 없이 숨을 내쉬었다. 당사자인 지안이 괜찮다고 하는데 자신이 안 된다며 투정을 부릴 수는 없었다. 완전히 평온한 삶이라 할 수는 없었지만 황궁에 들어가지 않는 것만으로도 지안의 얼굴은 전보다 나아져 있었다.

"제하?"

어깨를 휘감고 내려오는 긴 흑발도, 새하얀 피부도, 모두 자신만의 것이었다. 거짓이라고는 전혀 없는 눈이 이제는 자신만을 바라보고 있었다.

이제야 사내의 껍질을 벗고 제 모습으로 자신의 삶을 사는 지안을 황제가 들쑤시는 모습 따위는 볼 수 없었다.

"왜 그런 표정으로 보는 거예요?"

제하의 표정이 어두워지자 그를 바라보던 지안이 가까이 다가왔다. 제하의 손이 지안의 뺨을 조심스럽게 감쌌다. 제하의 손 위에 자신의 손을 포개며 지안이 편안한 숨을 내쉬었다.

"황제에게 널 보여 주기 싫다."

무슨 말이냐는 듯 지안의 눈이 커졌다.

하지만 제하는 진심이었다. 황제뿐만 아니라 할 수 있다면 사내라는 존재를 지안에게서 완전히 없애 버리고 싶었다. 그녀의 마음만 얻으면 진정될 것이라는 예상과 달리 시간이 지날수록 느껴지는 감정은 불안과 초조였다.

"지금 내 곁에 있는 사람은 제하잖아요."

속삭이는 목소리가 그의 불안한 마음을 어루만졌다. 곱고 현명한 여인, 지안은 알지 못했지만 그는 지금 이 순간이 황태자로 모든 것을 잃은 후 처음 느끼는 안정이었다.

제하의 굳은 표정이 조금은 풀리자 지안이 안도의 숨을 내쉬었다. 하지만 그것도 잠시, 그녀가 난감한 듯 눈을 내렸다.

"그래도 이젠 제하라고 부르기는 어렵겠어요."

"왜지?"

"정식으로 제후에 오르셨잖아요. 채훈도 제하를 전하라 부르고 있고, 주변에서도 휘령 공 내지 전하라 부르니 저도 맞춰야지요."

지안의 말에 제하의 눈이 날카로워졌다. 하지만 잠시 후, 긴 숨을 내쉰 그가 지안의 팔을 조용히 끌었다. 그가 이끄는 대로 지안이 얌전히 품에 안겼다.

"세령은…… 내가 죽는 그 순간까지 전하라 불렀었지. 그래 놓고 기다렸다는 듯 황제의 곁에서 황후의 자리에 올랐고."

제하의 말을 듣던 지안이 고개를 들어 그를 바라보았다. 지안의 여린 등을 손으로 천천히 쓸어내리며 제하가 말을 이었다.

"채훈은 내 유모 상궁의 막내아들이야. 본디 유모 상궁은 아이를 떼 놓고 황궁에 들어오는 것이 관례이나 선제께서 허락하시어 자식과 함께 황궁에서 살게 해 주었지. 내 숨이 끊어지기 직전에 그녀가 날 구하지 않았다면 난 죽었어."

"……."

"채훈과는 함께 자랐지만 결국 주종의 관계지. 다른 이들도 마찬가지일 테고 말이야. 그렇다면 적어도 내 곁에서 함께 있을 여인만큼은 그런 틀에 매이게 하고 싶지 않아. 상하 관계는 그들만으로 충분해."

말없이 제하를 보던 지안이 그의 목에 팔을 감았다. 품에 안긴 제하가 지안의 살 내음을 깊게 들이마셨다.

"제하."

언제나 부르던 이름이었음에도 지안의 입에서 옅은 떨림이 느껴졌다.

안고 있던 팔을 떼고 그녀를 바라보니 붉게 달아오른 얼굴이 애써 시선을 외면하고 있었다. 부끄러워하는 지안의 소담한 가슴에 그가 얼굴을 묻었다.

"아앗!"

"좋다."

가슴에 느껴지는 기운에 얼굴을 붉힌 것도 잠시 제하의 말에 지안의 입가에 옅은 미소가 생겨났다.

"제하."

크게 웃음을 터트리지도, 환한 미소를 보이는 것도 아니었지만 그럼에도 지안의 미소를 볼 때마다 그는 형용할 수 없는 감정에 휩싸였다.

"그렇게 웃으니 곱다."

제하의 말에 지안의 입가에 조금 전보다도 진한 미소가 생겨났다.

마음을 홀리게 하는 미소를 보던 제하가 지안의 입술에 자신의 입술을 대었다. 취하면 취할수록 달고 향기로운 입술에 그가 오랫동안 머물렀다.

❋ ❋ ❋

"폐하. 이 아이이옵니다."

어린 여인을 들인 젊은 사내가 몸을 깊게 숙였다. 침의를 입은 황제가 손을 들어 올리자 무릎을 꿇고 앉아 있던 궁녀가 여인의 얼굴을 들어 올렸다.

여인의 얼굴을 보던 황제가 눈을 좁혔다.

"비슷한 것인가?"

황제의 기색을 살피던 사내가 몸을 숙였다.

"시중인 소인의 목숨을 걸겠습니다. 물론 처음 보는 모습이야 현원과는 거리가 있사옵니다. 하지만 말투나 행동은 조용한 현원과 다름이 없습니다. 곁에 데리고 있으시다 보면 현원처럼 보일 수 있……."

말을 자르며 황제가 옆에 쌓아 놓았던 재물을 여인에게 던졌다. 눈이 휘둥그레질 정도로 값비싼 패물에 여인은 물론 시중의 눈조차 커졌다. 한 번도 접하지 못했던 패물에 여인이 주저하자 황제가 부드러운 미소를 지었다.

"짐이 내리는 포상이니라."

고민하던 여인이 황제의 허락에 미소를 지으며 패물을 손에 잡아 들었다. 하나라도 떨어뜨릴까 연신 패물을 안주머니에 넣고 또 넣었다. 그 모습을 보던 황제의 눈이 패물에서 눈을 떼지 못하는 시중에게 향하였다.

"시중은 왜 가만히 있는가?"

"네? 폐하. 무슨 말씀을……."

"저 패물은 그대에게도 내리는 것이니라."

황제의 말이 끝나자 연신 탐을 내던 시중이 여인에게 달려들었다. 패물을 빼앗기지 않으려는 여인과 하나라도 더 가지려는 시중 사이에서 몸싸움이 벌여졌다.

"시중! 폐하 앞에서 무엇하는 것이오! 당장……."

"내시감은 가만히 있으라."

황제의 만류에 내시감의 눈이 그에게로 돌아갔다. 몸싸움을 벌이는 시중과 여인을 재미있다는 표정으로 보던 황제가 자리에서 일어났다.

손을 내밀자 흑관이 자신의 검을 건네었다. 황제가 검을 들고 다가오고 있음에도 패물에 눈이 먼 이들에게는 아무것도 보이지 않는 듯했다.

"무엇이 현원과 비슷한가?"

황제의 살기 어린 목소리에 그제야 둘의 움직임이 멈추었다.

지안을 데려올 수 없다면 비슷한 여인이라도 끌고 오라는 명을 내렸더니만, 데려오는 것들마다 가관이었다. 처음에는 제 모습을 감추며 얌전히 있어도 황제가 던지는 재물을 보자마자 본색을 드러냈다.

"폐, 폐하."

말조차 꺼내지 못한 채, 시중의 목이 바닥에 떨어졌다. 비명을 지를 틈도 없이 황제의 검이 여인의 목을 꿰뚫었다. 둘에게서 뿜어져 나오는 피로 인해 방에는 혈향이 가득했다.

"키킥."

스산하면서도 살기 어린 황제의 웃음에 모두가 숨을 삼켰다. 웃음을 터트린 황제가 천장에 시선을 둔 채, 검을 휘둘렀다. 검을 휘두를 때마다 비명과 무너지는 소리가 들렸지만 멈추지 않았다.

무엇이 베였는지도, 누구를 죽였는지도 신경 쓰고 싶지 않았다.

그의 눈은 황궁을 떠나 현번에 가 있었다. 실제로 그럴 수는 없었지만, 그의 눈에는 모든 것이 선명히 보이는 기분이었다. 제하가 어떤 눈으로 지안을 보고 있을지 굳이 상상하지 않아도 훤하였다. 언제나 지안은 황제의 품에 안길 때마다 몸을 떨며 피하려 하였다.

"그놈에게는 스스로 안겼을까?"

어쩌면 환한 미소로 그를 향해 웃어 주고 있을지도 모르는 일이었다.

재물로 곁에 둘 수 있는 여인이라면 이렇게 갈망하지 않았을 것이다. 누구도 지안을 대신할 수 없다. 허공을 향해 황제가 손을 뻗었다.

당장에라도 잡힐 듯 지안이 눈에 어른거렸다.

"지안아."

미소를 지으며 황제를 바라보던 지안이 눈을 돌렸다. 그녀의 시선이 향한 곳은 황제가 아니라 제하였다.

"짐을 보거라."

아무리 불러도 지안은 황제를 보지 않았다. 제하가 팔을 뻗자 지안이 안겨 들었다.

황제의 눈이 터진 핏줄로 붉어졌다. 검을 쥔 손이 분노로 파르르 떨렸다.

놔줄 수 없었던 유일한 존재를 가장 증오하는 사내에게 빼앗겼다.

자신만이 가질 수 있는 여인, 누구도 그에게서 지안을 빼앗아 갈 수 없다.

"지안을 데려와라."

"폐하. 고정하시옵소서."

"지안을 데려오란 말이다!"

곁에서 말리던 내관의 심장에 검을 박은 황제가 날이 선 고함을 질렀다. 황제의 분노에 내시감까지 나섰지만 달라지는 것은 없었다.

긴 밤이 끝나고 해가 떠오를 때까지 황제의 패악은 멈추지 않았다.

❋ ❋ ❋

원래의 자신으로 돌아온 지안에게 가장 큰 변화는 역시나 의복이었다. 처음에는 갖은 색의 고급스러운 비단과 생전 처음 만져 보는 화려한 장신구에 손사래를 쳤었지만 제하의 옆에 있으려면 구색을 맞춰야 한다는 영의 설득에 조금씩 익숙해지려 노력하기 시작하였다.

"영. 미안하지만 서둘러 줄 수 있나요? 조금 후에는 나가야 할 것 같아요."

머리치장을 하던 영이 지안의 말에 괜찮다는 미소를 지었다.

"전하께서 천천히 준비하라 하셨습니다. 시간은 넉넉하니 걱정하지 마세요."

영의 말에 지안의 눈이 좁아졌다. 시간이 바뀌었다는 말은 없었다. 바뀌었다면 분명 제하가 그녀에게 알려 줬을 것이었다.

결국 제하는 황제를 일부러 기다리게 할 속셈이었다. 단순한 심술일지도, 아니면 다른 생각이 있는 것일 수도 있다. 정확한 심중은 알 수 없었지만 그와 함께 살아가는 삶을 선택한 지안이었다.

더 묻는 대신 지안이 흐트러진 자세를 바로잡았다. 그런 지안의 머리를 치장하며 영이 물었다.

"그런데 아가씨께서는 답답하지 않으세요? 전하께서는 아가씨에게 전혀 이야기하지 않으시잖아요."

영의 물음에 지안이 잠시 골똘히 생각에 빠져들었다. 지안에게 물었지만 대답을 기대하지 않은 듯 영의 손은 부지런히 치장에 열을 올렸다. 한동안 조용히 앉아 있던 지안이 담담한 목소리로 말을 꺼내었다.

"제하는 답답한 사람이죠. 자신이 생각한 계획이 있으면 주저 없이 밀어붙이면서도 그게 무엇인지 속 시원히 말해 주진 않아요. 그 때문에 처음에는 칼부림까지 했었죠. 그래도…… 막상 말하려니 어렵네요."

말을 잇던 지안이 미간을 좁혔다. 어떻게든 말을 이으려는 지안의 모습에 영이 괜찮다며 말리려 하였다. 하지만 그 순간, 제하가 들었다는 말과 함께 문이 열리고 준비를 끝낸 그가 방 안으로 들어왔다.

"전하."

치장하던 손을 내린 영이 제하를 향해 고개를 숙였다. 그녀의 인사를 받는 둥 마는 둥 지안에게 다가간 그가 빙긋 미소를 지었다. 일어나려는 지안을 말린 그의 시선이 고개를 숙이고 있는 영에게 향하였다.

"난 신경 쓰지 말고 마저 끝내거라."

"송구하옵니다. 전하. 서둘러 끝내겠습니다."

준비를 마친 제하와는 달리 지안은 아직 몇 가지 더 해야 할 치장이 남아 있었다. 천천히 하라는 명령에 손을 너무 느리게 놀린 것이 화근이었다. 당황한 영이 깊게 고개를 숙였다.

"천천히 하라 하지 않았느냐? 신경 쓰지 말고 네가 하던 대로 계속하거라."

제하가 당황하지 말라며 손을 저었다. 제하를 신경 쓰느라 아무것도 못 하는 영과 달리 그의 신경은 오직 조용히 앉아 있는 지안에게로 향해 있었다. 결국 둘 사이의 분위기를 보던 지안이 나섰다.

"영, 괜찮아요. 계속해도 돼요."

다독이는 지안의 말에 몸을 숙이고 있던 영이 조심스럽게 고개를 들었다. 그녀를 보는 지안과 말을 꺼낸 제하의 분위기가 노여움과는 거리가 멀자 영이 안도의 숨을 내쉬며 지안의 곁으로 다가왔다.

스스럼없이 대해 주는 지안은 편했지만 속을 알 수 없는 제하는 불편하였다. 마음 같아서는 밖에서 기다려 주기를 바랐지만, 그는 지안의 곁에 있을 생각인지 꿈적도 하지 않았다.

영의 손이 다시 움직이자 지안의 눈이 제하를 바라보았다.

"왜 그렇게 쳐다보지?"

"황제를 자극해서 좋을 건 없잖아요."

지안의 말에 제하의 한쪽 입꼬리가 올라갔다. 제하의 손이 분을 바른 지안의 뺨을 가볍게 쓸어내렸다.

"그냥 심술을 부리고 싶을 뿐이지."

"황제에게는 뭐라고 말할 건데요?"

"마차가 고랑에라도 빠졌다고 하면 되지 않은가."

능청스러운 대답에 지안이 눈을 좁히며 뺨에 있는 그의 손을 자신의 양손으로 감쌌다. 여러 말을 하지 않아도 그녀가 제하에게 전하고자 하는 뜻은 충분히 전달되었다. 자신의 목숨을 몇 번이고 버리려 했으면서도 제하가 조금이라도 위험해지는 일을 걱정하며 피하고자 하였다.

"이번까지만 할 테니 그렇게 걱정하지 마."

지안의 입가에 미소가 생겨났다. 그제야 굳었던 얼굴이 풀어지자 제하의 표정이 밝아졌다.

둘의 모습을 간접적으로 보던 영은 조금 전에 했던 물음에 대한 답을 찾을 수 있었다. 지안의 말대로 제하는 자신의 계획에 대한 말을 전혀 하지 않았다.

아니, 실제로 그럴 필요가 없었다. 둘 사이에 무언가를 말하고 상의할 필요는 느껴지지 않았다. 굳이 말을 하지 않아도 현명한 지안은 신중한 제하의 의중을 곧잘 파악하고 그에 맞는 조언을 하였다.

입이 무겁고 행동을 조심하는 사람을 신뢰하는 제하에게 있어 지안은 누구보다도 믿고 마음을 줄 여인이었다.

"끝났습니다. 전하."

치장을 끝낸 영이 몸을 숙이며 뒤로 물러났다.

지안이 자리에서 일어나자 제하의 손이 자신의 짝을 찾듯 긴 옷소매 사이로 그녀의 손을 붙잡았다. 제하의 손을 붙잡으며 지안이 그의 곁을 나란히 걸어갔다.

마차에 오르자 준비하고 있던 이들이 천천히 황궁으로 향하였다.

❋ ❋ ❋

길게 늘여져 있는 대신들의 가장 끝, 상석에 황제와 황후가 나란히 자리하고 있었다.

그를 향해 늘여져 있는 붉은 길로 지안이 걸음을 내디뎠다. 황제의 바로 아래, 이제는 하나뿐인 동생이자 현번의 제후에 오른 제하가 그녀를 보고 있었다.

다른 사람들의 눈에 제하의 표정은 여유로웠지만, 지안의 눈에 보이는 그의 얼굴은 불안과 초조가 가득했다. 그런 그에게 괜찮다는 눈길을 준 지안이 황제의 앞까지 걸어갔다.

본래의 모습으로 황제의 앞에 서는 날이 온다면, 분명 그 어느 때보다도 불안하고 떨릴 것이라 생각했다. 하지만 그러한 생각과는 달리 황제에게 가까워질수록 이상할 정도로 마음이 평온하였다.

"송정기의 딸, 송지안이 황제 폐하와 황후마마를 뵈옵니다."

현원이었을 때의 낮은 목소리는 아니었지만 여전히 또렷하고 침착한 목소리였다. 지안이 황궁에서 나간 후, 깊게 가라앉았던 황제의 눈에 처음으로 빛이 들어왔다. 늘어지듯 권좌에 앉아 있던 황제가 몸을 일으켜 지안을 보았다.

그동안 조금 안정이 되었는지 지안의 얼굴은 전보다 나아져 있었다.

"고개를 들라."

황제의 말에 몸을 숙이고 있던 지안이 고개를 들었다.

'아…….'

객주에서 봤었던 그 모습 그대로였다. 삶의 의욕을 느낄 수 없던 황제의 심장이 조용히 뛰기 시작하였다. 볼수록 시선을 사로잡았다. 여인으로서 손색없는 고운 외모에 현원으로 있었던 때의 침착함과 신중함은 이미 마음을 빼앗긴 황제를 다시 흔들어 놓았다.

"현원으로 보아 왔던 것과는 또 다르구나."

황제의 말에 지안이 다시 몸을 숙였다. 시선을 외면하는 것 같은 행동에 황제가 눈을 좁히며 자리에서 일어났다.

"폐하. 무슨 행동을!"

돌발 행동에 놀란 세령이 제재하려 했지만 이미 황제는 권좌에서 내려와 지안의 앞까지 걸어간 뒤였다. 황제의 행동에 조용했던 대신들이 연신 수군거렸다. 그리고 그런 황제의 행동을 긴장한 제하가 하나도 빼놓지 않고 지켜보고 있었다.

황제의 행동에 지안이 조금이라도 무서워한다면 제하는 그를 막을 생각이었다.

가까이 다가온 황제가 한쪽 무릎을 꿇고 지안의 턱을 손으로 잡아 올렸다. 황제의 손길에 지안이 고개를 들어 그를 바라보았다.

고요한 시선이 황제를 말없이 응시했다.

예전의 지안은 제하의 것도, 누구의 것도 아닌 황제만의 것이었다.

하지만 지금은 그렇지 않았다. 지안이 머무는 곳은 제하의 궁이었고, 지안이 잡고 있는 손은 황제의 것이 아니라 제하의 손이었다.

가라앉았던 질투가 서서히 황제의 이성을 흔들어 댔다.

"네 아비와 참으로 똑같구나."

그녀의 아버지인 송정기를 제 손으로 죽였으면서도 지안을 대하는 황제의 태도는 여전하였다. 황제를 물끄러미 보던 지안이 그 너머의 제하를 바라보았다.

아닌 척해도 지안과 황제의 사이를 초조한 눈으로 보고 있었다. 황제가 조금이라도 그녀를 건드린다면 당장에라도 막을 기세인 제하를 보던 지안이 황제를 바라보았다.

황제는 무서웠다. 하지만 황제 너머에 제하가 있다.

"자식이 부모를 닮는 것은 당연한 일이지 않겠습니까?"

지안의 답에 황제의 입가에 미소가 감돌았다.

언제나 지안의 답은 간결해 마음에 들었다. 이런 그녀를 제하에게 줄 수 없었다.

지안과 눈을 맞추던 황제가 몸을 일으켰다.

몸을 돌려 제하를 바라보니 그를 죽일 것처럼 노려보고 있었다. 제하의 눈을 바라보던 황제가 불쾌한 듯 한쪽 입꼬리를 올렸다.

제하에게 내주기에 지안은 무척이나 탐이 나는 여인이었다.

지안에게 어울리는 자리는 고작 제후의 곁이 아니라 황제의 옆이었다.

"짐의 스승이었던 중서령의 여식을 어찌 모른 척할 수 있단 말인가?"

고개를 숙이고 있던 지안의 미간이 작게 찌푸려졌다. 또 무슨 속셈이란 말인가. 왠지 모를 불안감이 몸을 휘감았다. 설마 하는 마음으로 지안이 고개를 들었다.

그녀의 눈을 응시하며 황제가 말을 이었다.

"본디 원하국은 가문이 멸문된 여인을 보호하기 위해 세가 있는 귀족의 양녀로 들이거나 황제가 직접 보증이 되는 관례가 있다."

"폐하?"

지안의 부름에 황제가 미소를 지었다.

억지여도 상관없다. 어차피 자신은 광기에 정신을 놓았다는 폭군이었다.

지안만 자신의 품으로 데려올 수 있다면, 제하의 곁에서 떼어 올 수만 있다면 무슨 짓이든 할 생각이었다.

"짐이 직접 송지안의 보증이 되겠다. 궁에 머무를 처소를 마련할 터이니 지안은 그곳에 머물도록 하라."

황제의 말이 끝났는데도 지안의 입은 열리지 않았다. 너무나도 갑작스러운 상황이라 무슨 말을 어떻게 꺼내야 할지 알 수 없었다.

멸문된 여인들을 황궁에서 궁인으로 쓰거나 궁녀로 쓰기 위해 만들어 놓은 관례를 저렇게 이용할 것이라고는 생각하지 못했다. 순식간에 일어난 일에 어떻게 대처해야 할지 방법이 떠오르지 않았다.

물론 제하와의 사이를 밝히면 간단했지만, 자칫 혼인도 안 한 귀족 여인을 건드렸다는 오명을 그가 뒤집어쓸 수도 있었다. 그렇지만 황궁에 마련된 처소에 들어서는 순간, 황제가 무슨 짓을 할지 눈앞이 깜깜하였다.

"형님 폐하. 소인 휘령, 폐하께 드릴 말씀이 있사옵니다."

지안이 답을 찾지 못할 때, 한 걸음 앞으로 나선 제하가 황제 앞에 무릎을 꿇었다. 황제를 제외한 모두의 시선이 제하에게 향했고, 그의 행동에 황제가 미간을 좁혔다.

"지금은 송지안의 일을 먼저 정리하는 것이 우선이다. 휘령은 기다리라."

"그녀에 관한 일이옵니다. 수많은 정무로 고되신 폐하께서 굳이 그녀의 일까지 신경 쓰시지 않았으면 하는 바람에서 올리는 말씀이옵니다."

제하의 말에 황제가 몸을 돌려 그를 노려보았다.

말은 무척이나 정중했지만, 그를 보는 제하의 눈은 차가웠다.

세상의 눈 따위, 대신들의 간섭 따위, 황제의 방해 따위 제하는 아무런 관심이 없었다.

황제의 동생으로 제후의 자리에 오른 지 얼마 되지 않았지만, 황제가 이런 식으로 지안을 압박한다면 제하 또한 가만히 있을 생각은 없었다.

이제야 자신을 보며 미소를 지어 주는 지안이었다.

지킬 것이다. 하늘 아래 가장 단단한 울타리를 그녀에게 만들어 줄 것이다.

"형님 폐하의 자비로 본래의 자리로 돌아왔으니 이젠 소인도 기반을 다질까 하옵니다."

"휘령은 무슨 이야기를 하고자 하는 것이냐?"

불안함을 느낀 황제가 살기 어린 눈으로 제하를 노려보았다. 숙이고 있던 고개를 든 제하의 눈이 황제에게서 당황한 지안으로 향하였다. 지안이 아직은 아니라며 하지 말라는 시선을 보냈지만 여유로운 미소를 지은 그가 황제를 향해 입을 열었다.

"지안과 혼인을 하려 합니다. 허락해 주십시오. 폐하."

❀ ❀ ❀

"황후마마."

"잠시만, 잠시면 된다."

밖으로 나온 세령이 향한 곳은 편전이 있는 명일궁이 한눈에 보이는 언덕이었다. 처소로 돌아가야 한다는 상궁의 말에도 세령은 무언가를 찾는 듯 오랜 시간 궁을 내려다보았다.

"아!"

원하는 것을 찾았는지 세령이 언덕에서 한 걸음 더 앞으로 향하였다. 그런 그녀가 걱정된 상궁이 세령의 긴 옷자락을 붙잡았다.

상궁의 행동에도 세령의 눈은 명일궁의 문에 고정되어 있었다. 대신들이 빠져나간 후, 열린 문으로 제하와 지안이 모습을 드러냈다. 앞서 걷던 제하가 무슨 생각인지 뒤에서 따라오는 지안을 잡아 옆으로 끌었다.

'전하.'

지안과 혼인을 하겠다는 제하의 말에 황제는 안 된다며 목소리를 높였다. 혼인을 하겠다는 제하와 반대하는 황제의 사이에 일촉즉발의 분위기가 흘렀다.

누구도 나서지 못하는 상황에서 지안이 입을 열었다. 그녀의 설득에 황제는 뜻을 거두었지만 혼인을 허락하지는 않았다.

"전하."

"마마. 이러시면 안 됩니다. 어서 돌아가셔야 하옵니다."

상궁의 만류에도 세령의 눈은 둘에게 고정되어 있었다.

주변을 의식한 듯 지안이 제하에게 뭐라 말을 했지만 들리지 않는 것인지 안 듣겠다는 것인지 그녀를 옆에 둔 채 그가 다시 걸음을 옮겼다. 연신 입을 놀리던 지안도 결국 제하의 곁에서 나란히 걷기 시작하였다.

"세령아."

"황후마마!"

제하의 목소리가 머리를 스치자 세령이 몸을 비틀거렸다. 놀란 상궁이 처소로 돌아가자는 말을 꺼냈지만 지금 그녀는 상궁의 말에 대답할 겨를 따위 없었다.

예전에도 그는 마음에 둔 여인이 뒤를 따르는 것을 좋아하지 않았다. 황궁의 여인들은 황제나 황태자가 허락하지 않는 한 절대 함께 걸을 수 없다. 황후인 세령도, 단 한 번도 황제의 옆을 걸어 본 적이 없었다.

유일하게 한순간, 제하와 함께일 때만큼은 그와 함께 마주 보며 걸을 수 있었다. 황태자의 신분이어도, 황궁의 법도여도 대수롭지 않은 듯 그는 마음을 준 여인과 나란히 걸었다.

적어도 그때만큼은 세령도 황태자와 함께 걷는 것을 당연하게 생각했었다. 그때의 세령은 황태자의 연인으로서 모든 이들에게 존경과 부러움을 받던 존재였다.

"내가 무슨 잘못을 그리했는가?"

"마마."

"아버지께서 하라는 대로 했을 뿐이다. 이리 하면 평생을 후회 없이 편안히 살 수 있다는 약조를 받고 저분을 버린 것뿐이다. 그런데 결국 이게 내 희생의 결과란 말인가! 이게!"

"마마! 진정하시옵소서."

상궁의 만류에도 발작처럼 외치는 세령의 목소리는 조금도 가라앉지 않았다.

힘들겠지만 황태자 한 사람만 버리면 모든 것이 나아지리라 생각했다. 하지만 나아진 것은 하나도 없었고, 황궁에 갇힌 그녀는 겨우 이름만 황후로 불리는 껍데기일 뿐이었다.

황제는 그녀 따위 지나가는 궁인보다도 못한 사람으로 보고 있었다. 아버지인 남훈은 여식보다도 그녀를 방패로 내세워 얻는 권력이 우선이었다.

"무엇을 위해서! 내가 왜…… 왜!"

죽었다 생각한 제하가 살아 돌아왔다. 목소리도, 행동도 바뀌었지만 곳곳에서 보여 주는 모습은 자신의 여인을 배려하는 황태자였다.

적어도 그의 곁에 있었던 때만큼은 껍데기가 아니라 빛이었다.

"나의 사내였다."

여전히 그와 있었던 매 순간을 또렷이 기억하는 그녀였다.

상궁에게 안긴 채 세령의 눈이 둘을 좇았다. 그와 함께 가던 지안이 걸음을 멈추자 제하 또한 걸음을 멈추었다. 제하의 옷에 붙은 마른 나뭇잎을 지안의 손이 떼어 냈다. 옷을 정리해 주는 지안을 바라보던 그의 손이 그녀의 뺨을 감쌌다.

주변에 인기척이 없자 지안의 손이 뺨에 닿은 제하의 손을 감쌌다.

"저 자리는 원래 내 것이었다."

"황후마마. 이러시면 안 되십니다. 어서 처소로 돌아가시옵소서."

"왜 내 자리에 저 계집이 있는 것이냐?"

"황후마마!"

가득 고여 있던 눈물이 얼굴을 타고 흘러내렸다.

그때로 돌아갈 수 있다면 얼마나 좋을 것인가. 살아 있느니만 못한 지금의 삶에는 미련조차 남지 않았다.

자신이 있어야 할 곳은 이곳이 아니다.

누구의 관심도 받지 못한 채 자리만 지키는 황후 따위 자신과 맞지 않았다.

다시 돌아온 제하는 황제에게서 본래의 자리를 되찾으려 할 것이다.

"실수는 누구나 할 수 있다."

"마…… 마마?"

"나도 실수를 했을 뿐이야."

"무슨 말씀을 하시는 것입니까?"

"실수는 되돌리면 그만이지."

자신이 무슨 말을 꺼내고 있는지 세령 본인조차 알지 못했다. 다만 손톱이 파고들 정도로 힘껏 움켜잡고 있던 손에서 흘러내리는 한 줄기 피만이 그녀가 무슨 마음을 먹었는지 보여주고 있었다.

❀ ❀ ❀

툭.

마차 밖의 풍경을 보던 제하의 어깨에 익숙하면서도 생소한 기운이 느껴졌다. 풍경에서 어깨로 고개를 돌린 제하가 소리 없는 미소를 지었다.

평소였다면 절대 제하의 어깨에 기대서 잠드는 일은 없었을 것이다. 하지만 지안에게 황궁은 여전히 힘든 곳이었고, 그런 곳에서 한나절 이상 있었으니 지쳐 쓰러질 만하였다.

"채훈아."

지안이 깨지 않도록 조심하며 제하가 창밖의 채훈을 불렀다. 얼마 지나지 않아 말을 탄 채훈이 제하가 앉아 있는 창으로 다가왔다.

“전하. 부르셨습니까?”

“마부에게 천천히 움직이라 전하거라.”

빨리 움직이라는 명령을 내릴망정 천천히 가라는 명령은 하지 않던 것이 제하였다. 무슨 일이 있으시냐며 물으려는 찰나 채훈의 눈에 잠든 지안의 모습이 보였다.

묻지 않아도 알 수 있는 일에 채훈이 고개를 숙이며 마부에게로 다가갔다.

잠시 후 전보다 느려진 속도로 마차가 움직이고, 제하의 눈이 잠들어 있는 지안에게로 향하였다.

살겠다는 말을 한 이후로 그녀도 변하기 시작했다. 예전에는 물불 안 가리며 황제를 죽이는 데 전부를 걸었던 지안이 이제는 살아가려 노력하고 있었다.

‘예전의 너였다면 편전에서처럼 행동하지 않았겠지.’

과거의 지안이었다면 황제를 상처 입힐 생각으로 자신은 휘령의 여인이 되었다는 말을 꺼냈을 것이다. 자신을 아낄 생각은 전혀 하지 않은 채, 황제를 흔들 생각으로만 행동했을 그녀였다.

자신만의 세상에서 머물던 지안이 좀 더 넓은 곳을 보기 시작하였다.

덜컹.

돌부리에 걸렸는지 마차가 굉음을 내며 흔들렸다. 그 여파 때문인지 잠들어 있던 지안의 눈이 작게 떠졌다.

"아직 가야 한다. 더 자."

"그래도 일어나야……."

눈을 비비며 잠을 깨려는 지안을 제하가 품에 안았다. 잠에서 깨기는 했지만 정신을 차리기는 쉽지 않은지 지안이 연신 고개를 저었다. 그런 지안을 진정시키듯 제하의 큰 손이 등을 천천히 두드렸다.

"더 자도 돼."

낮은 목소리가 지친 지안을 다독이듯 부드럽게 울렸다. 머리는 이만 일어나야 한다며 채근하고 있었지만, 이상할 정도로 눈이 떠지지 않았다.

"미안해요…… 조금만 더…… 잠깐이면 되니까."

잠에 취한 목소리가 점점 낮아졌다. 깊게 잠이 든 지안이 제하의 품에서 무방비 상태로 기대 왔다. 지안이 편하게 잠들 수 있도록 자세를 고쳐 준 제하가 안겨 있는 그녀의 등과 어깨를 천천히 토닥였다.

이제 겨우 시작이었다. 황제는 여전히 굳건했고, 그 뒤에는 오랜 기간 부와 권력을 쌓아 온 남훈이 있었다. 원하는 미래를 꿈꾸는 것은 초조하고 불안했지만, 이렇게 단둘이 있는 시간을 누리는 것만으로도 예전에는 느끼지 못했던 안정을 느낄 수 있었다.

자신의 자리를 되찾는 것도 중요했으나 품에 안겨 있는 이 여인을 지켜 내는 일 또한 무엇보다도 중요했다. 지안을 잃는다면 무너지는 사람은 황제가 아니라 자신이 될지도 모른다.

'그럴 일은 없어.'

지안은 세령과는 다르다.

그녀는 제하를 배신하지도, 그의 심장에 검을 꽂지도 않을 것이다.

마음의 상처가 얼마나 지독한 것인지 아는 여인이기에, 그를 배신하여 상처를 주는 행동 또한 하지 않을 것이다. 그렇기에 그녀 앞에서는 자신을 마음껏 보일 수 있었다.

지켜 낼 것이다. 지금 잡고 있는 그녀의 손을 절대 놓지 않을 것이다.

궁에 도착하고 마차의 문이 열릴 때까지 그의 손은 오랫동안 지안을 다독였다.

第七章 · 연인

시간은 흘러 한 달이 지나갔다.

도성에서 가깝다는 것 외에 별다른 이점이라고는 없는 현번에서 다시 시작하기란 쉬운 일이 아니었다.

"땅이 풍요로운 것도 아니고 그렇다고 채취할 자원이 있는 것도 아니니 이곳에 백성을 모으고 조세를 걷기란 쉽지 않을 것 같습니다."

채훈의 보고를 듣는 제하의 눈이 깊게 가라앉았다. 상단을 가지고 있기는 하지만 휘령으로 돌아온 이후 자신의 영향력을 최대한 줄인 상태였다. 또한 아무리 상단의 재물이 많다 한들 땅만 넓은 현번에 투자할 수도 없는 일이었다.

"사람도 없고, 땅도 별로고…… 황제가 나에게 내어 줄 만한 땅이었군."

제하의 말에 채훈의 주변에 앉아 있던 이들이 긴 한숨을 내쉬었다. 이제야 간신히 황족으로 제후의 자리에 올랐지만 역시나 출발은 쉽지 않았다. 방법을 모색할 생각으로 사도와 휘령에게 호의를 가진 귀족들을 데려오게 했으나 몇 시간째 의견을 주고받아도 또렷한 방법은 나오지 않았다.

입을 굳게 다문 채, 고민하던 제하를 지켜보던 이가 입을 열었다.

"차라리 전하의 명령으로 현번 주변의 백성들을 강제로 끌어오는 것은 어떻겠습니까? 전하의 명령이니 주변의 귀족들 또한 함부로 말하지는 못할 것입니다."

그의 의견에 눈치를 보던 이들이 기다렸다는 듯 맞장구를 쳤다.

"우선 사람이 있어야 조세도 거둘 수 있으니 나쁜 방법은 아니옵니다. 조세를 걷기 시작하면 자금을 마련할 수 있어 기반 또한 빠르게 잡혀 나갈 것입니다."

동조하는 의견이 흘러나오자 주저하던 이들조차 괜찮은 방법이라고 입을 열었다. 하지만 그들을 보는 제하의 표정은 그다지 좋지 않았다. 현번은 관심도 없는지 휘령에게 자신을 알릴 기세로 이야기를 꺼내기에만 급급해하고 있었다.

그들의 얼굴을 하나씩 머리에 익히던 휘령이 바로 옆에 앉아 있는 사도를 쳐다보았다.

"이런 무리를 데리고 있느라 그대도 골치 꽤 아팠겠군."

제하의 독설에 떠들기 바빴던 이들의 말문이 단숨에 막혀 버렸다. 제하의 말이 무슨 의미인지 깨달은 사도가 굳은 표정으로 고개를 숙였다.

사도를 보던 눈이 다시 앉아 있는 대신들을 천천히 훑었다. 속마음을 꿰뚫어 보는 것처럼 날카롭고 서늘한 시선에 눈을 마주쳤던 이들이 화들짝 놀라 고개를 숙였다. 오랫동안 말없이 그들을 바라보던 제하가 순간 빙긋 미소를 지었다.

"오늘 일부러 여기까지 와 주어서 진심으로 감사하오. 오랜 시간 대화를 하다 보면 힘든 것은 당연지사. 여러분의 의견은 내 생각해 보겠소."

살기 가득한 시선으로 노려보는 것도 잠시, 미소를 지으며 자리를 정리하는 제하의 행동에 모두가 고개를 갸웃했다. 하지만 이만하자는 제하에게 의중을 물어볼 수도 없는 노릇이었다.

결국 채훈의 안내로 자리에서 일어난 이들이 하나씩 밖으로 나갔고, 방에는 제하와 사도만이 남았다.

"소인. 고개를 들 수 없사옵니다."

사도의 말에 보기 좋게 짓고 있는 제하의 미소가 싸늘히 변하였다. 나가라고 할 때 그들이 버텼다면 목을 베어 버렸을지도 모른다.

"황제가 저 상태니 밑에 있는 사람들 또한 제대로 된 이가 얼마나 있겠나?"

그의 비아냥거림에 사도가 고개를 깊게 숙였다. 어차피 그에게 사과를 받겠다는 생각으로 말을 한 것은 아니었다. 실제로 그의 세력이라 부를 수 있는 이들에게 특별한 것을 기대하지 않았다.

하지만 이건 상상 이상의 모습이었다.

"살길조차 만들어 놓지 않고 무조건 끌고 와 조세부터 내게 하라. 그게 적당한 방법이라며 목소리를 높이는 꼴이라니……
황제에게 배운 것이 그런 것밖에 없으니 저런 말이 나오겠지."

"자금이 먼저 확보되어야 다른 일을 할 수 있다고 생각하니 그리 말한 것일 테지요."

보호할 가치도 없는 이들이었지만, 우선은 그들의 힘이 필요했기에 사도가 애써 나간 이들을 두둔하였다. 사도의 생각을 알면서도 이미 치밀어 오른 분노는 쉽게 가라앉지 않았다.

미간을 잔뜩 좁힌 제하를 보던 사도가 소리 없이 긴 숨을 내쉬었다. 저 상태의 제하를 잘못 건드렸다는 큰 화를 입을 것이다.

입을 함부로 놀리는 자를 제하는 가장 경멸하였다. 지금은 잡고 있어야 하는 이들이라는 것을 알면서도 눈에 보이는 그들의 그릇이 마음에 들지 않은 것이리라.

"마음에 차지는 않으셔도 우선은 세력으로 데리고 있어야 하는 이들입니다. 지금은 그들을 넘기셔야 할 때이옵니다. 전하."

사도의 거듭된 말에도 찌푸린 미간은 좀처럼 펴지지 않았다. 숨 막히는 상황에 어찌 행동해야 할지 고민하던 사도의 귀로 지안이 와 있다는 시종의 목소리가 들려왔다.

문이 열리고 지안이 안으로 들어오자 반가운 마음에 사도가 자리에서 일어났다.

"이제야 인사드립니다. 안녕하셨습니까?"

미소를 짓지는 않았지만 사도를 반기는 지안의 목소리는 전보다 나아져 있었다. 그녀의 인사에 사도가 인자한 미소를 지어 보였다.

아끼던 벗의 유일하게 살아남은 딸.

제 어미를 닮아 용모가 수려했지만 하는 행동이나 말투는 올곧고 현명했던 송정기를 그대로 닮아 있었다.

지난번 황제의 앞에서도 흐트러짐 없는 모습으로 상황을 정리하는 그녀를 보며 벗을 떠올렸던 것은 절대 이상한 일이 아닐 정도로 지안은 그를 꼭 빼닮아 있었다.

“오랜만이구나. 잘 지냈느냐?”

사도의 물음에 지안이 조용히 고개를 숙였다. 마음 같아서는 지안과 좀 더 대화하고 싶었지만 제하의 분위기가 워낙 심각했기에 말을 삼켰다. 사도의 반응에 제하를 바라보던 지안이 고개를 숙였다.

“사도. 죄송하지만 잠시 자리를 비켜 주실 수 있으신지요. 공께 드릴 말씀이 있습니다.”

마침 적당한 상황에 지안이 자리를 비켜 주기를 부탁하자 사도는 서둘러 밖으로 나갔다.

방에 단둘이 남자 지안이 제하의 곁으로 다가갔다. 그녀가 바로 옆까지 다가갔어도 제하는 숨소리 하나 바뀌지 않았다.

아직 제하에 대해 모르는 것이 더 많았다. 마음을 연 것이 얼마 전이었고, 이제야 곁에서 그에 대해 알아 가는 중이었다.

하지만 이곳에서 나온 대신들의 투정을 듣는 것만으로도 그가 왜 이리 화가 났는지 알 수 있었다.

제하에게 더욱 가까이 다가가는 대신 그가 먼저 말을 꺼낼 때까지 조용히 기다렸다. 한참이 지난 후, 제하의 손이 지안을 자신에게로 당겼다.

"후우."

제 다리에 앉은 지안의 가슴에 얼굴을 묻은 그가 무거운 숨을 길게 내쉬었다. 연거푸 숨을 내쉬는 제하의 머리카락을 지안의 손이 쓸어내렸다.

무슨 일이냐며 묻거나 쓸데없이 호들갑을 떨었다면 치밀 대로 치민 분노가 가라앉지 않았을 것이다. 하지만 말없이 다가와 그가 진정할 때까지 기다려 주니 화를 내려야 낼 수 없었다.

"지안아."

"말씀하세요."

"이곳을 키우려면 자금과 사람이 필요한데, 자금은 어찌 해결할 수 있지만 어떻게 해야 이곳에 사람을 불러들일 수 있을까? 의견을 준 이들은 주변 지역에서 강제로 이주를 시키자고 하던데…… 너라면 어떻게 하겠나?"

"글쎄요. 잘 모르겠어요."

생각지 못한 대답에 가슴에 얼굴을 묻었던 제하가 고개를 들었다. 하지만 지안의 대답은 거기서 끝나지 않았다.

"전 이곳에 온 지 이제 겨우 한 달밖에 안 되었고, 궁에서 나가 본 적도 없어요. 그런 제가 이곳이 어떤지, 무엇이 나은지는 말하기 어렵죠. 하지만 터전을 잡고 사는 백성들을 이곳으로 데리고 오는 일만큼은 하시면 안 된다고 생각해요."

답이 나오지 않던 고민에 작은 해답이 스며들었다. 지안이 의도하고 말을 꺼낸 것인지는 알 수 없었지만 적어도 잊고 있었던 사실을 일깨워 주었다.

제하는 현번에 대해 아는 것이 하나도 없었다. 그저 마차를 타고 주변을 오고 갔을 뿐이었다. 사는 사람이 적고, 지형이 척박하다는 것만 알 뿐, 이곳의 사람들이 어떻게 살고 있는지 무엇이 문제인지는 알지 못했다.

상단의 거래야 사람을 상대하는 일이었고, 필요한 정보는 사람을 시켜 알아 올 수 있었지만 이 경우는 또 다른 문제였다.

문제가 풀리지 않는 이유는 의외로 간단했다. 현번을 모르는데 어찌 해결 방법을 찾을 수 있단 말인가.

"사람이 없는 곳이니 사람을 끌고 오면 해결이 될 문제 아닌가?"

이미 답이 정해져 있는 문제를 제하는 지안에게 일부러 꺼내었다. 질문을 꺼낸 의도를 모르는 그녀가 고개를 저었다.

"살고 있는 터전을 버리고 오는 것은 백성들에게 있어서는 엄청난 결심을 필요로 하는 일이지요. 그리고 온다 한들 이곳이 낯설어 적응하기란 쉽지 않을 거예요. 힘으로 밀어붙이면 당장은 성과가 보일 수 있겠지만 결국은 제자리, 아니, 어쩌면 더 안 좋은 결과가 나올 수 있어요."

언제 화가 났었느냐는 듯 제하의 입가에 진한 미소가 감돌았다. 열 사내를 데려다 놓고 머리를 맞대는 것보다도 더 확실한 답이었다.

마치 의중을 아는 것처럼 지안에게서 나오는 의견은 제하의 생각과 비슷하였다. 하물며 그가 생각하지 못한 것까지 잡아

내서 말해 주니 좀 전까지 멍청한 귀족들과 보낸 시간이 아깝게 느껴질 정도였다.

"그놈들이 아니라 너와 이야기할 걸 그랬다."

제하의 말에 지안의 눈가에 고운 곡선이 그려졌다. 품에서 빠져나온 그녀가 제하의 얼굴을 손가락으로 어루만졌다.

"제하가 이야기를 들어 주니 저도 말할 수 있었지요. 이제 답답한 문제는 좀 풀렸나요?"

"어느 정도는 풀렸다. 이젠 생각한 대로 움직여 봐야지."

제하의 말에 지안이 무슨 소리냐는 듯 눈을 깜박였다. 그런 그녀를 보던 제하가 장난기 가득한 눈으로 손을 내밀었다. 왠지 모를 꿍꿍이에 지안이 답을 해 달라며 재촉하였지만 그는 우선 잡으라는 듯 내민 손을 흔들었다.

어차피 고민해 봤자 알 수 없는 일, 지안이 제하가 내민 손을 붙잡았다.

한 시진 후, 제후 휘령의 궁에서 말 두 필이 궁을 빠져나왔다.

❀ ❀ ❀

"휘령이 궁을 나왔다?"

거듭된 정사에 지친 궁녀가 황제의 허리에 팔을 감은 채로 깊게 잠들어 있었다. 하지만 이미 욕구를 채운 황제에게 안겨 있는 궁녀는 파리보다도 못한 존재였다. 궁녀를 밀어내고 일어나자 대기하던 내관이 황제의 몸에 침의를 걸치었다.

황제의 손짓에 잠에서 깬 궁녀가 침소 밖으로 끌려 나가고, 곧이어 들어온 흑관이 황제의 앞에 무릎을 꿇었다.

"현원…… 송지안만을 데리고 궁을 나갔습니다. 흑관을 붙여 놓았으니 어디로 향하였는지 수시로 보고하겠습……."

"그럴 필요 없다."

황제의 말에 흑관이 고개를 들었다. 침의를 여민 황제가 굳게 닫혀 있던 침소의 문을 열었다. 차가운 밤바람이 황제를 스치고 지나갔다. 하지만 추위조차 느껴지지 않았다.

지안이 있을 때는 느끼지 못했던 공허함이 황제를 흔들었다. 눈을 감으니 멀지 않은 곳에 앉았던 지안이 책을 읊는 소리가 머릿속에 또렷이 들려왔다.

시간이 지날수록 지안을 향한 감정은 가라앉기는커녕 더욱 강렬해졌다. 여인을 이렇게까지 열망할 줄은 생각하지 못하였다. 이런 감정이 연모인 것일까? 어쩌면 연모이기보다는 품에 안지 못해 느끼는 단순한 욕구일지도 모른다.

무슨 감정인지 알지 못해도 상관없었다. 둘이 서로만의 시간을 보내는 모습은 보고 싶지도, 듣고 싶지도 않았다.

"실력이 좋은 흑관을 추려 놓아라."

"네. 폐하."

"수시로 보고할 것은 없으나 휘령의 움직임이 수상쩍다 판단되면 곧바로 움직여라. 그러다 휘령이 죽으면…… 그건 그거대로 괜찮은 일이 되겠군."

철저히 황제만을 위한 검, 그들에게 개인적인 의견이나 명령에 불복종은 있을 수 없는 일이었다. 휘령을 죽이라는 황제의 명을 받은 내관이 침소 밖으로 나가고, 혼자 남은 황제가 열린 창 앞으로 의자를 가져와 앉았다.

휘령이 지안만을 데리고 갔다면 목적은 뻔하였다.

현번에 대해 아는 것이 없으니 직접 자신의 눈으로 둘러보고자 함일 것이다. 동시에 황제를 자극할 겸 지안을 데리고 가는 것이리라. 열린 창을 바라보던 황제가 잡고 있는 의자 걸이에 힘을 줬다.

황제의 힘에 속수무책으로 의자 걸이가 부서져 나갔다.

제하가 흑관에게 죽을 것이라고는 생각하지 않았다. 운이 좋아 죽으면 다행이었고, 그게 아니면 또 그만이었다.

지안을 제하에게 빼앗긴 후, 지독한 공허가 황제를 끊임없이 괴롭혔다.

이런 고통을 자신 혼자 느낄 순 없었다. 조금이라도 방심하면 황제가 지안을 데려갈 수 있다는 것을 제하에게 알려 줄 생각이었다. 황제의 존재를 의식하며 끝없이 불안해하기를, 지안에게 휘령이 불안과 초조로 서서히 무너져 내리는 모습을 보여 주고 싶었다.

황제가 살아 있는 한, 둘은 절대 끝까지 함께하지 못할 것이다. 지금은 서로만 보이겠지만, 사람의 마음이라는 것은 결국엔 변하는 것이었다.

무너져 내리는 제하의 앞에서 지안을 안을 것이다. 그녀가 자신의 품에 안기는 모습을 반드시 제하에게 보여 줄 것이다.

창밖을 바라보는 황제의 눈에 뒤틀린 광기가 스며들었다.

❀ ❀ ❀

어두운 밤, 작은 마을에 젊은 남녀가 들어왔다. 하루 머물 곳을 찾는다며 들어온 이들에게 마을의 촌주는 외곽의 작은 집을 내어 줬다.

"밤늦게 죄송합니다. 날이 밝는 대로 떠나겠습니다."

젊은 사내가 고개를 숙이자 촌주가 대수롭지 않다는 듯 손을 저었다.

"사람의 왕래가 적은 곳이라 갑작스러운 방문이 낯선 것이지 불쾌한 것은 아니라네. 마침 빈 지 얼마 안 된 집이니 머물기에는 적당할 것이네."

"배려에 감사드립니다."

말과 행동은 간결하였지만 떠돌이답지 않게 절도가 있었다. 촌주는 물론, 마을 사람들에게도 일일이 죄송하다며 고개를 숙이니 늦은 밤에 들어왔어도 불평을 털어놓는 이는 없었다.

"이 부근에는 도적이 많아 밤늦게 다니는 것은 위험하지. 부인의 친정으로 간다는 것 같은데 맞는가?"

사내에게 물으며 촌주의 눈이 뒤에 서 있는 여인에게로 향하였다. 촌주의 시선에 여인이 조용히 고개를 숙였다. 부끄러워하는 여인을 가린 사내가 미소로 촌주의 물음에 답을 하였다.

"혼인 후 처음으로 가 봅니다만 현번의 지리에 익숙지 않아서 그런지 길을 잘못 들었습니다."

"잘못 만들어진 길이나 중간에 사라진 길도 상당하지. 사람도 적고, 몇 년 내내 많은 비가 와서 길이 엉망이거든. 그렇다고 이곳의 귀족들이 사라진 길을 만들어 주는 것도 아니니 말일세. 초행길에 힘들 것이네."

촌주의 말에 사내의 눈이 날카롭게 변하였다. 갑작스러운 변화에 촌주의 표정이 이상해지자 애써 표정을 되돌린 사내가 품에서 작은 주머니를 꺼내었다. 주머니에서 들려오는 소리에 촌주가 손을 저었다.

"뭘 이런 것을 주려는 것인가?"

"덕분에 이런 늦은 밤에 머물 곳을 찾았습니다. 약소한 금액이지만 부디 받아 주십시오."

몸을 낮추며 거듭 권하니 촌주가 못 이기는 척 주머니를 품에 넣었다. 아닌 척했지만 사내가 건넨 돈에 이미 마음이 기운 듯 입가에 연신 즐거운 미소가 깃들어져 있었다.

"밤이 늦었으니 쉬게. 머무는 동안 내 많이 도와주겠네."

촌주의 말에 사내가 깊게 고개를 숙였다. 촌주가 나간 후, 문을 닫은 사내가 눈을 찌푸렸다. 문이 닫히자 부끄러워하며 모습을 숨겼던 여인이 천천히 집을 둘러보았다. 곳곳에 먼지가 있기는 했지만 잠시 머물기에는 괜찮은 곳이었다.

집을 둘러보는 사이, 언제 다가온 것인지 사내가 뒤에서 여인을 안았다.

"후우."

길게 들리는 숨에 여인이 고개를 돌려 사내를 바라보았다.

"그러게. 내일 아침에 나오자니까요."

"그러면 또 이리저리 소문만 나겠지. 밖을 나갔다는 사실을 아는 사람은 황제 정도면 충분해."

황제라는 말에 지안의 눈이 커졌다. 하지만 그것도 잠시, 허리를 감싸고 있는 제하의 팔을 잡으며 지안이 낮게 속삭였다.

"하긴…… 그 사람이 모를 수는 없겠지요."

"열심히 주변을 살피겠지. 그 귀에 얼마나 들어갈지는 모르겠지만 말이다."

"그래도 아직 혼인도 하지 않았는데 부부라니 어색해요."

"혼인을 하지 않은 남녀보다 부부가 자연스럽지. 마을 사람들에게 호의를 얻기도 쉽고 말이야."

제하의 말에 지안이 조용히 고개를 끄덕였다. 등에 닿는 그의 체온을 느끼던 지안이 무엇인가 생각난 듯 그에게로 몸을 돌렸다.

"그런데 이런 방에서 잘 수 있나요? 나야 상관없지만……."

"왜, 허름하고 더러워서 못 잔다고 할까 봐?"

그의 말에 지안이 눈을 내렸다. 지안이 보아 온 제하는 언제나 최상의 옷에 깔끔한 모습뿐이었다. 그런 그가 이런 곳에 머물 수 있을까? 걱정되는 마음에 물어보기는 했지만, 왠지 모르게 세상 물정 모르는 도련님처럼 대해 버린 것 같았다.

제하가 말이 없자 조심스러운 눈이 그를 바라보았다.

"저기…… 내 말에 기분 상했다면…… 아앗!"

말을 채 잇기도 전에 지안의 몸이 제하에 의해 들렸다. 달라진 높이에 지안이 짧게 비명을 질렀지만, 제하는 말없이 침상으로 그녀를 데리고 갔다.

촌주에게 안내를 받는 동안 마을 사람들이 준비해 준 것인지 침상에는 두 개의 베개와 이불이 마련되어 있었다.

침상에 지안을 눕힌 후, 옆에 제하가 몸을 뉘었다. 그가 눕자 그녀가 품을 파고들었다. 여느 때처럼 지안의 등을 손으로 두드리며 제하가 편안한 목소리로 말하였다.

“이런 곳에서 못 쉬겠다면 너와 단둘이서 나오자는 말 따위 안 꺼냈겠지. 그리고 몸을 숨길 때 묵었던 곳에 비하면 이 정도면 무난해.”

대수롭지 않게 말하는 제하의 과거는 들을 때마다 복잡한 기분이 들게 했다. 정통 후계자임에도 제하는 자신의 삶을 누리기보다는 몸을 숨기고 황제와 마주할 힘을 키워야 했다.

“힘들죠?”

조심스러운 물음에 제하의 입가에 미소가 생겨났다. 과거에 힘들었냐는 물음은 받아 봤어도, 지금의 그를 보며 힘드냐는 물음을 하는 사람은 그녀가 처음이었다.

답이 없자 품에 안겨 있던 지안이 몸을 일으켰다. 지안의 손이 제하의 손을 말없이 붙잡았다. 삶이 힘들지 않다면 거짓이겠지만, 지금만큼은 언제나 짊어지던 삶의 무게가 무겁다는 생각이 들지 않았다.

시체로 황궁을 빠져나와 그림자로 몸을 숨기며 살아왔다. 스승의 배신에 몸부림치고 연인의 배신을 부정하며 마음속에 키운 것은 증오와 분노뿐이었다.

그런 삭막한 마음속에 천천히 그녀가 스며들었다. 권좌 외에 아무것도 보이지 않던 그가 그녀와 함께하는 삶을 꿈꾸기 시작하였다.

"이리 와."

그의 말에 지안이 다시 품에 안겨 왔다. 항상 머물던 궁은 아니었지만, 그녀와 단둘이 이러고 있으니 팽팽했던 긴장이 풀리는 기분이었다.

"씻어야 하는데……."

"잠시만 이러고 있자."

여인의 품에서 다시 안정을 찾을 것이라 생각하지 못했다. 짧다 할 수 있는 그의 생애에 가장 열렬히 연모했던 사람은 세령이었다. 세령과의 연모가 불이었다면 지안과 있는 이 순간은 흐르는 물이었다.

고요한 감정이라도 상관없었다. 어쩌면 그녀와의 시작이 과거의 불을 잠재울 정도로 더 깊게 그를 사로잡는 것일지도 몰랐다.

지안을 두드리던 손이 멈추고, 제하의 입에서 편안한 숨이 흘러나왔다.

어느새 잠든 제하를 지안의 까만 눈이 오랫동안 응시하였다. 제하가 깊게 잠들 때까지 지안이 조용히 곁을 지켰다.

❀ ❀ ❀

"집에 가는 길인가?"

아낙의 물음에 짐을 들고 가던 지안이 걸음을 멈추었다. 현원이나 궁에서의 모습이 완전히 사라진 그녀는 누가 보아도 갓 혼인한 여인의 모습이었다.

"그 집에 꿀단지라도 숨겨 놓았는가? 무엇이 그리 급해서 바쁘게 가는 것이야?"

"가군께서 기다리셔서요."

"혼인한 지 꽤 되었다면서 뭐 그리 가군을 찾아 댄단 말인가. 어차피 오지 말래도 오는 것이 집구석이거늘. 그리 잘해 준다고 사내가 알아주는 것도 아니란 말일세."

아낙의 말에 지안이 무안한 표정을 지었다. 잠시 머물게 된 새댁은 행동이 단정하고 조용했지만 좀처럼 표정의 변화가 없었다. 그나마 감정을 보여 주는 사람은 함께 왔다는 가군뿐.

일반 아낙들과는 다른 분위기를 풍기는 여인이었지만 그럼에도 사람들은 마을의 규칙을 지키고 따르는 젊은 부부를 마음에 들어 했다.

"그나저나 오늘 떠난다는 말을 들었는데 사실인가?"

아낙의 물음에 지안이 고개를 끄덕였다.

"짐 정리가 끝나는 대로 출발할 것 같아요."

"좀 더 머물지. 왜 벌써 떠나는가?"

떠난다는 지안의 말에 아낙이 아쉬운 표정을 지었다.

본디 하루만 머물고 떠날 생각이었지만, 마을의 환대에 사흘을 더 머물고 말았다. 아쉬워하는 아낙에게 몸을 숙인 지안이 다시 걸음을 옮겼다.

언제나 긴장의 연속이었던 황궁에서 벗어나자 지안조차 생각하지 못했던 평화가 찾아왔다. 잠깐의 시간이라는 것을 알면서도 잠깐이나마 모든 것에서 벗어난 삶은 하루하루가 새로웠다.

닫혀 있던 문을 열자 한동안 맡지 못했던 연초향이 코를 찔렀다. 지안의 눈이 열려 있는 창에 기대고 있는 제하를 바라보았다. 지안이 오면 떠날 생각이었던 듯 한쪽 벽에 촌주가 준비해 준 물건과 짐이 깔끔하게 정리되어 있었다.

조용히 문을 닫은 지안이 몇 걸음 떨어진 곳에서 그를 기다렸다.

최근 잘 피우지 않던 연초를 다시 피우기 시작했다는 것은 그에게 깊게 생각해야 할 일이 있다는 뜻이었다. 그런 그의 생각을 방해할 수는 없었다.

그의 입에서 나오는 하얀 연기가 열려 있는 창밖으로 흘러나갔다. 무슨 생각을 하는 것인지 오랫동안 지안이 그를 보고 있는데도 알아차리지 못하였다. 그럼에도 서운하거나 속상하지 않았다. 언제부터인가 생각에 잠긴 그를 기다리는 것이 그녀에게는 소소한 즐거움 중 하나가 되어 있었다.

"음?"

창을 응시하던 눈이 그제야 그녀를 바라보았다.

그와 함께 삶을 살아갈 것이라 생각하지 못했다.

포기했던 삶을 다시 살게 해 준 사람. 그가 없었다면 지안은 황제와 같이 죽는 선택을 했을 것이다.

연초를 끈 제하가 지안에게 손을 내밀었다. 가까이 오라는 손짓에 지안이 곁으로 다가갔다. 옆에 앉은 지안의 어깨에 그가 얼굴을 묻었다.

"인사는?"

"좀 더 머물라며 거듭 말리셨지만 어쩔 수 없는 일이잖아요.

죄송하다는 말씀을 드리고 왔어요."

"더 있고 싶어?"

그의 물음에 지안이 말을 삼켰다.

이대로 더 있고 싶은 것일까? 여희와 있을 때는 당연했었던 생활이 언제부터인가 돌아올 수 없는 것이 되어 버렸다. 겨우 사흘이었지만 지안에게는 어느 때보다도 마음 편히 머물렀던 시간이었다.

"그냥 이런 곳에서 조용히 머물까? 휘령이고, 황제고 다 무시하고 말이야."

이룰 수 없는 꿈이 제하의 입에서 흘러나왔다. 그럴 수 없다는 것을 알면서도 그에게서 나오는 말이 참으로 유혹적이었다.

"이룰 수 없는 꿈을 이룰 수 있는 것처럼 말하니 흔들리긴 하네요."

지안의 말에 제하의 입가에 쓴 미소가 돌았다.

이곳에서의 용무는 끝났다. 과분한 환대에 생각했던 시간보다 오래 머물러 버렸다. 그 덕분에 기대했던 것보다도 많은 정보를 얻을 수 있었다. 제하에게는 스쳐 지나가는 여러 일 중 하나일 뿐이었지만, 지안에게는 다르게 느껴졌다.

오랜 기간 그녀를 봐 온 것은 아니었지만, 사흘 동안 본 그녀의 얼굴은 편안해 보였다.

"원하면 말해도 돼."

황제와 그의 사이에 끼어드는 일만 아니었다면 이곳의 사람들처럼 자신의 삶을 살고 있었을 것이다. 그의 욕심 하나로 편안히 살 수 있는 그녀를 힘든 상황에 끌어들인 것은 아닐까? 그 때문에 지안이 힘들어진 것이라 생각하니 한동안 끊었던 연초를 다시 입에 물 수밖에 없었다.

"말해도 안 들어줄 거잖아요."

지안의 대답에 제하의 눈이 커졌다. 잠시 후, 실소를 터트린 그가 그녀를 안고 있는 팔에 힘을 주었다.

한결 편한 모습의 지안을 보는 것만으로도 심장이 뛰었다. 잘 웃지는 않았지만 궁에서 내내 느끼던 긴장이 풀린 듯 그녀의 얼굴에 생기가 아른댔다.

그녀에게 어떠한 삶이 나은 것인지 알면서도, 하물며 원한다면 그녀가 원하는 삶을 살게 해 주겠다는 말을 하고 있어도 실제 그에게는 그것을 들어줄 마음 따위 없었다.

"그래도 말을 꺼낼 수는 있잖아."

"누구에게나 각자의 자리가 있어요."

낮지만 또렷한 목소리로 지안이 말하자, 그가 귀를 기울였다.

"솔직히 여기에서의 사흘은 싫지 않았어요. 황궁에서의 삶은…… 당신도 알지만 긴장의 연속이었잖아요. 여기서 잠시나마 복잡했었던 것을 잊고 지내니 좋았어요. 하지만……."

"……."

"내가 살려고 했던 이유는 당신 때문이었으니까. 당신은 이런 곳에 있을 사람이 아니에요. 그렇다면 내가 있을 곳도 이곳이 아니에요."

지안의 이야기에 무슨 말을 어떻게 꺼내야 할지 알 수 없었다. 생전 처음으로 느껴 보는 벅찬 감정에 쉽게 입이 열리지 않았다.

살고자 하는 의지가 없었던 지안이 사는 것을 선택하자 그의 삶에 길이 생겨났다. 언제나 매달리며 무언가를 얻고자 했던 세령과는 달랐다. 조용히 곁을 지키면서도 그에게 올바른 길을 보여 줬다. 소소히 꺼내는 말에서 그녀의 마음이 느껴졌다.

"영특한 아이이니 전하의 배필로는 더없이 맞을 것입니다."

과거 중서령이 했었던 말이 뇌리를 스쳤다. 그때는 자신의 딸을 치켜세우느라 저런 말을 했다고 생각했다.

하지만 이제는 아니다.

누구도 그녀를 대신할 사람은 없었다. 현명하고 지혜로운 지안을 곁에 둘 사람은 자신뿐이었다. 지안의 이마에 흘러내린 머리카락을 손가락으로 넘기자 그녀의 얼굴에 옅은 홍조가 생겨났다.

그녀에게 예전의 삶을 돌려주지는 못한다.

대신 그를 선택했다며 후회하는 일은 절대 하게 하지 않을 것이다.

"떠나자."

제하의 말에 지안이 고개를 끄덕였다.

잠시 후, 어귀에 맡겨 놓은 말을 탄 둘이 마을을 빠져나갔다.

❀ ❀ ❀

허공을 가르는 검을 피한 지안이 도적의 손목을 후려쳤다.

"아악!"

짧은 비명과 함께 들고 있던 검을 떨어뜨린 도적의 목을 지안의 손이 깊게 파고들었다. 군더더기라고는 하나 없는 손짓이 물 흐르듯 움직일 때마다 그녀를 공격하던 도적들이 바닥에 쓰러졌다.

마을을 떠난 후로 세 곳의 작은 마을에 더 머무르며 정보를 모았다. 마을 안에서 사람들과 맞춰 지내는 것은 비교적 순탄하였으나 문제는 마을을 떠나 다른 곳으로 향할 때였다.

길을 지나는 내내 운이 좋으면 한 번, 많으면 세 번까지도 만나는 도적은 귀찮은 존재였다. 무기를 휘두르며 둘을 위협하였어도 지안의 눈에 도적들은 전혀 훈련이라고는 받아 보지 못한 이들이 대부분이었다.

굳이 검을 쓰지 않아도 제압이 가능한 사람들, 지안의 실력으로 충분히 상대할 수 있는 도적이었으니 제하는 굳이 말하지 않아도 뻔하였다. 도적을 제압하는 제하의 눈에 짜증이 잔뜩 담겨 있었다.

스무 명이었던 이들이 세 명으로 줄자 당황한 도적들이 부지런히 눈빛을 주고받았다. 하지만 행동으로 옮기기 직전, 어느새 다가온 지안의 손이 도적의 복부를 후려쳤다. 그녀의 돌발 행동에 놀란 다른 도적이 무기를 휘두르려는 찰나 어느새 그의 뒤로 다가온 제하가 도적의 혈을 손으로 가볍게 눌렀다.

"컥."

마지막 도적이 꽁지가 빠져라 부리나케 도망치고, 상황이 정리되자 지안은 품에서 꺼낸 천으로 땀이 맺힌 이마를 닦아냈다. 땀을 닦은 천을 내미니 괜찮다며 손사래를 친 제하가 쓰러진 도적을 향해 걸어갔다.

무언가를 찾듯 도적의 몸을 뒤지는 제하의 뒤로 지안이 다가갔다.

도적을 상대하는 내내 지안이 느꼈던 것을 제하 또한 느낀 듯 도적의 옷과 짐을 뒤지는 그의 손길이 분주하였다. 한동안 짐을 뒤지던 제하가 인상을 잔뜩 쓴 채, 몸을 일으켰다.

"지난번 놈들보다는 실력이 그나마 나은 편이라 기대를 했는데 말이야."

제하의 말에 지안의 눈이 내려갔다.

연이은 재해에도 황제는 현번에 어떠한 자비도 내리지 않았다. 조금만 손을 보면 충분히 결실을 볼 수 있는 땅이었지만, 현번 곳곳에 배치된 이들은 자신의 배를 불릴 생각으로 세만 거두었을 뿐, 백성들에게 개간을 생각할 여지나 연이은 재해를 회복할 배려 따위는 전혀 하지 않았다.

"작정하고 움직이는 이들이라면 흔적은 더 찾기 어려울 것이에요."

지안의 말에 제하의 눈이 날카로워졌다.

어찌해야 현번의 사정이 나아질 수 있는지는 방법을 찾았다. 하지만 전혀 생각지 못한 곳에서 문제는 다시 생겨났다. 먹고살기 힘들어서라는 이유만으로 따지기에는 마을과 마을 사이에 나타나는 도적의 수가 심상치 않았다.

지안이나 자신은 그들을 충분히 제압할 힘이 있었지만, 아무것도 모르는 마을 사람들이 막을 수 있을 리가 없었다.

마을과 마을이 고립되고, 사람의 교류가 멈추어 갔다. 사람의 흔적이 없으니 오가는 길조차 사라지는 것이 당연했다.

"작은 마을을 하나 더 가 볼까 했는데 생각이 바뀌었다."

도적의 수가 심상치 않다.

일부러 도적을 심어 현번을 이용 가치가 없는 땅으로 보이게 하려는 술수라 생각되었다.

"눈에 띄지는 않지만 중간중간 훈련을 받은 이가 있었어요. 조금 큰 곳으로 간다면 그때는 검을 써야 할지도 모르겠어요."

"죽이지는 않을 거잖아."

제하의 말에 지안이 조용히 그를 응시하였다. 그녀의 시선에 제하가 당해 낼 수 없다는 듯 고개를 저었다.

백성의 목숨을 위협하는 도적 따위 마음 같아서는 그대로 목을 베어 버리고 싶었다. 하지만 지안은 의미 없는 살생을 저지르는 일을 싫어하였다. 그녀가 싫어하는 일을 굳이 일부러 하고 싶지는 않았다.

제하의 말에 지안이 답하려는 순간, 얼굴에 차가운 물방울이 툭 떨어졌다.

쏴아아.

굵직한 방울이 툭툭 바닥에 떨어지더니 곧바로 폭우로 바뀌었다.

한 치 앞도 내다보기 어려울 정도로 쏟아져 내리는 빗속에서 제하가 지안의 손을 잡고 뛰었다.

“다 젖어 버렸네요.”

얼굴에 흘러내리는 비를 닦아 내며 지안이 얼굴을 찌푸렸다. 비에 흠뻑 젖은 여린 몸이 추위에 작게 떨고 있었다. 한참 동안 산을 뒤진 끝에 비를 피할 동굴을 찾았지만 이미 폭우에 여벌로 가져온 옷조차 완전히 젖은 뒤였다.

“그래도 부싯돌은 젖지 않았네.”

급하게 찾은 동굴에는 다행히 짐승의 흔적은 없었다. 동굴에 널브러져 있는 가지를 모아 불을 붙이니 차가웠던 동굴에 점점 열기가 채워졌다.

“급한 대로 이거라도 걸치고 있어.”

짐이 완전히 젖어 버린 지안과는 달리 제하의 짐에서 젖지 않은 모포가 꺼내져 나왔다. 모포를 받아 든 지안이 당혹스러운 얼굴로 그를 바라보았다.

젖은 옷 위에 모포를 덮을 수는 없었다. 어떻게 해야 하는지 제하에게 묻지 않아도 알고 있었지만 부끄러운 것은 어쩔 수 없었다.

젖은 옷과 물건을 바닥에 펼치던 제하가 눈을 돌렸다.

“안 볼 테니까 걱정하지 말고 벗어. 그대로 있다가 감모 들어.”

보지 않아도 그녀가 무슨 생각을 하는지 알고 있는 것처럼 제하가 몸을 완전히 돌렸다. 그의 등을 보던 지안이 젖은 옷을 하나씩 벗기 시작하였다. 비에 젖은 옷이 사락거리며 몸에서 벗겨지고 나신이 된 지안이 젖지 않은 모포를 몸에 걸쳤다.

비에 젖었던 몸에 마른 모포를 걸치자 천천히 체온이 돌아왔다.

그녀가 벗어 놓은 옷이 잘 마르도록 옮긴 제하가 젖은 옷을 입은 채 불 옆에 앉았다. 그 모습에 지안이 눈을 좁혔다.

"그러고 있으면 감모 들어요."

걱정스러운 눈을 보던 제하가 대수롭지 않다는 듯 말하였다.

"모포가 마른 게 그것밖에 없어. 이런 일로 감모 따위 안 걸려. 그러니까 잘 덮고 있어."

모포가 흘러내리면서 지안의 하얀 어깨가 보이자 제하가 눈을 좁혔다. 제하의 말에 모포를 다시 어깨 위로 올렸지만 그녀의 마음은 편하지 않았다.

불을 피웠어도 밖에서 내리는 비 때문에 동굴에는 한기가 남아 있었다. 그는 괜찮다고 했지만 지안의 마음은 무거웠다.

심지어 어두운 하늘에 짙은 땅거미가 드리우고 있었다. 밤이 되면 산은 순식간에 추워진다.

"…… 들어와요."

"뭐?"

지안의 속삭임에 불에 눈길을 주던 제하가 반문하였다. 피워 놓은 모닥불 때문인지 아니면 다른 것 때문인지 유난히 얼굴이 붉어진 지안이 그의 시선을 외면하였다.

"모포 안으로 들어오라고요. 그러다가 감모 들어요."

터질 듯 붉게 달아오른 모습이 궁에서 봤을 때와는 또 달랐다. 모포로 들어오라는 의미가 무엇을 의미하는지 알면서도 지안은 그에게 곁을 내주었다.

감정을 보여 주는 것조차도 조심스러워하는 그녀가 저 말을 꺼내기 위해 얼마나 고민했을지 눈에 선하였다.

"진짜 들어가도 돼?"

조금이라도 툭 건들면 터져 버릴 것처럼 부끄러워하면서도 지안이 고개를 끄덕였다. 제하의 입가에 짓궂은 미소가 생겨났다. 그녀에게는 괜찮다는 말을 했지만 젖은 옷에 들어오는 한기가 생각보다 추웠다.

입고 있던 옷을 벗어 던진 제하가 지안이 내어 준 옆으로 다가갔다. 마주하는 살결로 지안의 체온이 느껴졌다. 싸늘하게 내려갔던 체온에 열이 돌아오고 있었지만, 제하의 표정은 좋지 않았다.

반면 생각보다 제하의 피부가 차갑게 느껴지자 당황한 지안이 그를 바라보았다.

나신인 채로 그와 있다는 생각 따위 사라진 지 오래였다. 혹 오한이라도 생긴 것이 아닐까? 제하를 바라보니 확실히 열이 나는 듯 인상을 쓰고 있었다. 폭우가 내리는 상황에서 오한이 생기면 큰일이다. 지금 상황에서 줄 수 있는 것은 자신의 체온뿐이었다.

굳은 표정의 제하를 보던 지안이 용기를 내 그의 몸에 자신의 몸을 붙였다.

"너……."

"오한이라도 생긴 거 아니에요? 왜 미간을 그렇게 찡그리고 있어…… 까악!"

인상을 쓰던 제하가 지안의 팔을 끌어당겼다. 어느새 그의 몸 위에 지안이 올라탄 자세가 만들어졌다. 제하의 갑작스러운 행동에 지안이 항변하려는 순간 그녀의 허벅지 사이로 남성이 느껴졌다.

"간신히 참고 있는데 왜 자극하는 거지?"

제하의 말에 지안이 억울하다는 표정으로 입을 열었다.

"자극하는 게 아니라 인상을 쓰고 있었잖아요! 어두워진 산은 추우니까…… 오한이라도 생긴 줄 알았다고요. 그래서 옆을 내준 건데 이러는 건…… 하앗. 진짜 당신!"

여전히 차가운 손이 소담히 오른 가슴을 쥐었다. 손에 가득 잡히는 가슴에 힘을 주자 그의 손길대로 모습이 바뀌어 갔다. 한기에 차가워진 입술을 지안의 가는 목에 깊게 묻었다.

"여기서 이러면……."

"지안아. 추워."

"도적이라도…… 다른 사람이라도 오면……."

"눈치 없이 나타나면 죽여 버릴 거야."

냉기가 흐르던 제하의 손에서 점점 열기가 감돌았다.

궁을 나온 이후 침상에서 함께 잠들었어도 그는 지안을 안지 않았다. 궁에서는 하루가 멀다 하고 안았던 사람이 다가오지 않자, 상황이 상황인 만큼 조심하고 있는 것이라 생각했다.

하지만 그렇게 생각한 것은 그녀만의 착각. 제하는 조심하기보다는 마을과 마을을 오가는 동안 힘들어할 그녀를 생각하며 참고 있었을 뿐이었다.

간신히 억제했던 욕구가 연모하는 여인의 살결에 완선히 무너져 내렸다.

온몸을 떨게 하던 한기가 사라진 것은 아니었지만 그것을 느낄 정신이 없었다. 이미 성이 날 대로 난 남성이 제하를 재촉했지만 지안의 가슴골에 얼굴을 묻으며 참아 냈다. 여기서 이러면 안 된다며 지안이 밀어냈지만, 그는 이미 그녀의 허리를 굵은 팔로 단단히 잡고 있었다.

"제하! 풀어 줘요. 누가 보면 어쩌려고…… 읍."

안 된다며 밀어내도, 놓아 달라며 어깨를 잡아 뜯어도 그는 꿈쩍도 하지 않았다. 도리어 거부하는 그녀의 입술에 입을 맞추어 종알대는 말을 막아 버렸다.

지안의 혀뿌리를 뽑을 기세로 그가 열기에 찬 혀를 휘감고 그녀의 체액을 빨아들였다. 엉킨 혀에서 섞이는 체액을 거듭 삼키며 그의 손이 유려한 곡선의 어깨를 붙잡았다. 흘러내린 모포가 지안의 허리까지 내려왔지만 추위는 느껴지지 않았다.

가쁜 숨을 내쉬는 지안에게서 입술을 뗀 그가 뜨거운 숨을 내쉬었다.

"지금만큼은 네가 하자는 대로 못 하겠다."

멀지 않은 동굴의 입구에서는 끊임없이 폭우가 쏟아지고 있었다. 비를 피하고자 들어온 동굴이 실제로는 맹수에게 먹히기 위해 들어온 장소 같다는 착각까지 들었다.

그녀를 잡은 채 놓아주지 않는 맹수, 지안의 머리에서 위험하다는 경고가 계속 울려 댔다.

둘을 지배하던 한기는 완전히 사라졌다. 그의 눈에 깃들어져 있는 열망이 안 된다는 말 따위 들어주지 않을 것 같았다.

결국 고집을 꺾은 지안이 제하의 입술에 자신의 입술을 맞추는 것으로 허락의 뜻을 전하였다.

여인의 허락을 받은 사내가 기다렸다는 듯 광포하게 움직이기 시작하였다.

피워 놓은 모닥불에서 나오는 열기로 데워진 바닥에 지안을 눕혔다. 수줍게 열린 입안으로 그가 깊게 들어왔다. 그의 흔적이 곳곳에 각인되어 있는 여인이었지만, 안을 때마다 만족의 환희만큼이나 지독한 갈증을 동시에 느끼게 하였다.

"흐읏."

입술을 깨문 지안에게서 낮은 신음이 흘러나왔다. 그녀가 고개를 젖히면서 드러난 목과 쇄골이 그의 입맛을 돋우었다. 고개를 숙여 목에 입술을 깊게 묻으니 그녀의 맥이 또렷이 느껴졌다.

무엇 때문에 그러는 것인지 몇 번이고 흔적을 남겨도 부족하게 느껴졌다.

몸을 가리려는 손을 잡아 머리 위로 올리니 붉게 달아오른 지안이 애써 그의 눈을 외면하고 있었다.

"날 봐."

낮은 목소리에 지안의 눈이 다시 그에게 향하였다. 검지만 맑은 눈이 그만을 바라보자 억누르고 있던 욕망이 제하를 다시 부추겼다.

하얗고 깨끗한 피부도, 거듭 물리고 씹혀 붉게 부어오른 입술도, 녹아들듯 손에 감기는 피부도 모두 자신만의 것이었다.

"그렇게 보지 마요."

몇 번이나 그와 함께하였어도 저런 눈으로 자신을 바라볼 때면 지안은 숨조차 내쉬기 힘들었다. 그녀의 마음을 아는지 모르는지 그가 한숨이 나올 정도로 느긋하게 그녀의 몸을 눈에 각인시키듯 바라보았다.

부탁에도 꿈적하지 않자 그에게서 빠져나오기 위해 지안이 허리를 틀려 하였다. 하지만 그러한 움직임은 가쁜 숨을 내쉬며 오르내리는 가슴을 베어 무는 그의 행동에 무산되었다.

"하윽."

오므리던 다리 사이로 제하의 무릎이 천천히 파고들었다.

가슴 위에 작게 핀 꽃을 혀로 희롱하자 코를 간질거리던 살내음이 더 진해졌다. 까칠거리는 혀가 단단해진 유두를 스치자 입술을 깨문 지안의 입에서 약한 신음이 새어 나왔다. 그의 혀와 손길이 닿은 곳에 꽃망울이 터지듯 붉은 꽃이 피어올랐다.

세상의 어떤 과실도 그녀에게 견줄 수 없었다. 피부를 삼키고 빨아들일수록 보드라운 몸피가 그를 더욱 유혹하였다.

"달다."

가슴이 붉어지도록 희롱하던 제하에게서 더운 숨이 흘러나왔다. 반대편 가슴을 희롱하던 손이 편편한 배를 지나 허벅지 안의 여린 살에 닿았다. 제하의 손길에 놀란 지안이 다리를 오므리려 했지만, 사이를 파고든 무릎이 그녀의 행동을 막았다.

그녀의 행동이 멈춘 사이, 그의 손가락이 촉촉이 젖은 여성 안으로 들어갔다.

"하앗!"

여성으로부터 울리는 전율에 지안의 허리가 휘었다. 몸을 움츠리자 지안의 여성이 제하의 손가락을 단단히 붙잡았다. 손가락에 느껴지는 여린 살이 녹아들듯 부드러웠다. 제하의 손길에 처음 여인으로 꽃을 피운 곳이 또다시 그의 손길에 예민하게 반응하였다.

입술을 깨물고 신음을 삼키고 있었지만, 지안의 여성에서 흘러나오는 액이 제하의 손가락을 흥건히 적시고 있었다. 오직 그의 품에서만 흐트러지는 그녀의 모습에 힘겹게 참고 있던 이성이 결국 무너져 내렸다.

신음을 삼키느라 깨물고 있던 입술이 붉어지자 다시 그가 입술을 맞추었다. 혀와 혀가 엉키고 열기에 휩싸인 숨이 상대의 뺨을 간질였다.

전부를 쓸어내릴 기세로 내리는 폭우도, 모닥불의 소리도 더는 들리지 않았다. 여성에서 빠져나온 손이 지안의 허벅지를 붙잡았다.

들어오라는 듯 지안의 팔이 제하의 굵은 목을 휘감았다.

간지러운 숨이 귓불에 닿는 순간, 발기한 남성이 지안의 여성 안으로 들어왔다.

"흐읍."

아랫배 깊숙이 울리는 고통에 그녀가 눈을 질끈 감았다. 예민한 여성이 자신의 안으로 들어온 침입자를 가두듯 그의 남성을 힘껏 조였다.

그녀가 받아들일 때까지 기다려야 했지만, 그도 이미 한계였다. 실로 오랜만에 들어온 지안의 여성은 지금까지 쌓아 놓았던 욕구를 남김없이 쏟아붓고 싶을 만큼 매혹이었다.

"하아."

그의 입에서 뜨거운 한숨이 흘러나왔다. 반면 지안은 여전히 버거워 보였다.

실로 오랜만에 그를 받아들인 것이니 아프리라. 성난 그를 그대로 받아들이기에 그녀는 여전히 작고 여렸다.

"흐윽."

가볍게 허리를 움직이자 목을 젖힌 지안이 작은 신음을 흘렸다. 그를 충분히 받아들일 생각으로 할 수 있는 한 다리를 벌렸지만, 역시나 쉽지 않았다.

받아들이기 쉬운 고통은 아니었으나 제하이기에 참을 수 있었다. 목을 감고 있던 지안의 손이 아래로 내려와 등을 감쌌다. 동시에 그의 몸이 이끄는 대로 움직이기 시작하였다.

여성을 가득 채우던 남성이 빠져나가자마자 다시 들어왔다. 그가 안을 채울 때마다 기다렸다는 듯 지안의 여성이 남성을 붙잡고 놓아주지 않았다.

둘만이 함께하는 순간, 다른 것은 더 느껴지지 않았다.

동굴에 울리는 소리가 거슬렸던 지안이 제하의 어깨를 살짝 깨물었다. 그녀의 자극에 그의 행동이 더욱 거칠어졌다.

힘겨워하던 숨이 어느새 색에 젖은 신음으로 바뀌었다. 숨을 내쉬고 들이마셨지만 온몸을 태우는 불길은 잠잠해지기보다는 더욱 불타올랐다.

"하아! 하아."

그녀에게 자신을 각인시키듯 그의 움직임이 점점 더 강해졌다. 색에 젖은 신음이 정염에 이성을 놓은 그를 더욱 부추겼다. 그저 좋다는 것으로도 표현하기 어려운 열망이 그녀를 완전히 집어삼키라며 그를 흔들어 댔다.

자신의 여인이다.

그만이 그녀를 이렇게 안을 수 있고, 그녀의 몸에 자신을 새겨 넣을 수 있다.

"흐윽."

그의 움직임에 따라 속절없이 지안의 몸이 흔들렸다. 살이 부딪치는 소리가 동굴 안을 완전히 채웠다.

어린아이처럼 매달리는 지안을 자신에게 밀착시킨 제하가 뜨거운 숨을 토해 냈다. 핏줄이 도드라진 미간에 맺혔던 땀이 지안의 어깨에 한 방울씩 떨어져 내렸다.

허리를 든 지안의 엉덩이를 큰 손으로 감싼 그가 낮은 신음을 토해 냈다.

"하읏."

몸을 가득 채우는 그의 흔적에 지안이 비명을 삼켰다. 그의 등을 감싸던 손이 힘없이 늘어졌다. 눈앞이 새하얗게 변하였다. 아랫배를 가득 채우는 그의 정에 지안의 몸이 떨렸다. 동시에 그의 품에서 그녀가 정신을 잃었다.

늘어지는 그녀를 편안히 눕힌 그가 더운 숨을 토해 냈다. 힘없이 늘어져 있는 여성 안에 그의 남성이 남아 있었지만 빼고 싶지 않았다.

하물며 완전히 지친 그녀와는 다르게 아직 그는 여유가 있었다. 그녀의 여성에 남성을 묻은 채로 그가 지안을 안았다. 기진하여 잠든 그녀의 이마와 입술에 거듭 입을 맞춘 그가 땀에 젖은 가슴을 희롱하며 눈을 감았다.

나른하기는 했지만 잠들고 싶지 않았다. 지친 지안에게는 미안한 이야기였지만 오늘만큼은 그녀를 쉽게 놓아줄 생각이 없었다.

늘어진 지안의 몸을 희롱하며 그녀의 품에 그가 얼굴을 묻었다.

“이렇게 안을 생각이면 다음에는 미리 이야기해 줘요.”

지안의 말에 제하의 눈가에 보기 좋은 곡선이 생겨났다. 그의 품에 힘없이 안겨 있는 지안의 미간에 그가 짧게 입술을 맞추었다.

“그건 어렵지 않겠나? 사람의 본능이 돈 계산처럼 딱딱 나오는 것이 아니지 않나?”

“그래도 이렇게 안으면 몸이 남아나지…… 아앗.”

능글거리는 대답에 항변하던 지안이 미간을 찌푸렸다. 그 모습에 제하가 고개를 저으며 그녀를 다시 자신의 품으로 끌고 왔다. 속절없이 그의 품에 끌려오며 그녀가 힘든 숨을 길게 내쉬었다.

정신을 차리면 기다렸다는 듯 제하가 그녀를 품에 안았다. 몇 번을 안겼는지조차 생각나지 않았다. 무서운 기세로 내리던 비가 멈추고 타오르던 모닥불은 잠잠해져 숯이 되어 있었지만 참고 있던 욕구를 터트린 그는 쉽게 수그러들지 않았다.

가무러치듯 몇 번이고 정신을 놓은 후에야 거듭 안던 그에게서 풀려났다.

"그래도 한기는 사라졌지 않은가?"

"대신 손가락 하나 움직일 힘도 남지 않았죠."

"괜찮아. 천천히 출발하면 되지."

참고 있던 욕정을 완전히 풀어서인지 제하의 목소리는 평소보다도 느긋하였다. 목소리만큼이나 여유로운 손길이 지친 지안의 몸을 애무하였다. 이미 원하는 것을 얻어 낸 그에게 뭐라고 해 보았자 자신의 입만 아플 뿐이었다. 결국 불평을 꺼내는 대신 그의 품에 지안이 얼굴을 묻었다.

그녀를 다독이며 제하가 낮게 속삭였다.

"좀 더 자."

"너무 힘들어서 잠도 못 자겠어요."

좀처럼 나오지 않는 지안의 투덜거림에 제하가 낮게 웃음을 터트렸다. 역시 너무 몰아붙인 것일까? 하지만 내리 참고 있던 것이 터지자 진정시킬 생각 따위 들지 않았다. 그가 얻은 가장 귀한 보물, 아무리 탐하고 탐하여도 사라지지 않는 가장 향기로운 존재가 그의 품에 안겨 있었다.

"조금 후면 해가 뜨겠어요."

제하의 품에서 지안이 속삭였다. 그녀의 목소리에 몸을 맡기며 제하가 편안한 숨을 내쉬었다.

"제하."

"흠?"

"왜 나예요?"

지안의 물음에 그녀의 머리에 얼굴을 묻고 있던 그가 고개를 들었다. 지안은 내려다보는 그의 눈을 물끄러미 바라보았다. 원하국의 황제가 될 사내, 그의 곁을 택한 것이 잘한 일인지는 알 수 없다. 다만 그와 함께하고자 했던 선택을 후회하지는 않았다.

여희를 제외하고 그녀를 연모하며 아껴 준 사람은 그가 유일했다. 자신을 귀하게 여기라는 그의 말에 삶조차 아끼지 않았던 그녀가 스스로를 바꾸었다. 제하의 배려에 그를 마음에 담고 정인으로 받아들였지만 그가 왜 그녀에게 이렇게까지 해주는지는 알 수 없었다.

"당신의 지위라면, 지위를 떠나 상단의 단주였어도 훨씬 좋은 여인을 만날 수 있었잖아요. 그런 여인을 곁에 두었다면 지난번처럼 황제에게 죽을 뻔하지도 않았을 거예요."

"상처가 없는 여인은 싫다고 했지 않았나?"

"그래도 꼭 나일 필요는 없었잖아요. 난…… 황제가 날 어떻게 보고 있는지 알잖아요."

흔들림이라고는 전혀 없는 눈이 제하만을 바라보고 있었다. 어깨를 어루만지던 손이 지안의 작은 뺨을 감쌌다. 그의 손에 지안이 얼굴을 기대었다.

그녀가 왜 이런 질문을 했는지는 알 수 없다. 다만 지금 그녀가 원하는 것은 그의 진심이었다. 지안의 정수리에 턱을 기댄 그가 잠시 주저하듯 고민하더니 천천히 말을 시작하였다.

"처음 황궁에서 널 만난 날, 그리고 황제에게 엉망이 된 널

두 번째 만났던 날. 넌 이해하지 못하겠지만 그냥 신기했어. 황제에게 그렇게 망가지고도 참는 널 보는데 뭐라고 해야 하나……."

"……."

"이 여인이라면 황제에게 무너지진 않겠다는 생각이 들었지. 그래서 황제를 죽일 검으로 만들려고 했어. 물론 그랬다면 지금쯤 피를 토하며 후회할 사람은 황제가 아니라 나였겠지만 말이야."

제하의 품에 얼굴을 묻으며 지안이 그의 말에 귀를 기울였다.

"몸을 가누지 못할 정도로 무서워하면서도 정작 황제 앞에서 넌 같은 사람이라 생각하지 못할 정도로 대담하고 침착했지. 좋은 머리로 그때그때 상황을 빠져나오는 소인이었다면 이용하고 버렸을 텐데…… 넌 억지로 빠져나오려고 하지 않으면서 상황을 잘도 해결하더군."

"난 그렇게 대단한 사람이 아니에요."

얼굴이 붉어진 지안이 제하의 시선을 피하듯 눈을 감았다. 부끄러워하는 그녀의 이마에 짧게 입술을 맞추며 제하가 말을 이었다.

"아니라고 하겠지만 너는 누구보다 함께하는 사내에게 빛을 보여 주는 여자야. 황제도 그것을 아니 너에게 더욱 집착하는 것일 테지. 그 황제 덕분에 난 여전히 불안하지만."

눈을 감고 있던 지안이 고개를 들어 제하를 바라보았다.

그녀가 가진 빛을 알기에 불안하고 초조하였다. 하지만 그녀 앞에서 그런 모습을 함부로 내보일 수 없었다.

혼인을 하지 않았을 뿐, 제하에게 지안은 이미 부인으로 받아들인 여인이었다.

세상의 그 누구도 지안을 대신할 수 없다. 그녀를 황제에게 빼앗기는 순간 제하는 무너져 내릴 것이다.

"황제에게 널 여인으로 보냈다면……."

그저 말일 뿐인데도 소름이 끼쳤다.

황제의 곁에서 그의 여인으로 사는 지안의 모습은 상상조차 하기 싫었다.

어쩌면 광기에 미쳐 있는 황제가 그녀를 만나 예전의 모습으로 돌아가 있었을지도 모르는 일이었다. 자신을 놓고 무모한 짓을 하던 황제가 그나마 조용했을 때가 바로 지안이 현원으로 곁에 머물 때였다.

하지만 이것은 어디까지나 가정일 뿐이었다.

지안을 품에 안은 사람은 제하, 자신이었고 이제 그녀가 바라보는 사람은 그 하나뿐이었다.

"내가 황제에게 가는 일은 없어요. 그런 일은 일어나지 않아요."

제하의 속마음을 꿰뚫듯 지안이 단호한 목소리로 말을 이었다.

"내 삶의 의미는 당신이니까."

말을 끝낸 지안이 부끄러운 듯 그에게 다시 얼굴을 묻었다.

낮은 목소리로 속삭이는 말은 제하에게는 처음으로 받아 본 위로였다. 더군다나 지안이 해 준 말이었기에 와 닿는 의미는 남달랐다.

지안을 안은 팔에 힘을 주며 제하가 그녀의 귀에 작게 속삭였다.

그의 고백에 안겨 있는 지안의 눈이 커졌다.

시선과 시선이 마주하는 사이 대화는 없었지만 감정은 충분히 얽혀 들었다. 크게 뜬 눈으로 제하를 응시하던 지안이 미소를 지으며 속삭였다.

"연모해요."

지안의 귀에 속삭였던 말이 그녀의 입을 통해 다시 똑같이 흘러나왔다.

함께할수록 빛이 되는 여인.

그녀의 입술에 그가 조용히 입을 맞추었다.

❀ ❀ ❀

결국 해가 중천에 뜬 다음에나 둘은 밖으로 나왔다. 다행히 젖었던 물건들은 비가 온 이후에 분 바람에 어느 정도 말라 있었다. 푹 쉬고 나왔어도 여전히 몸이 이곳저곳 쑤셔 댔다. 색이 짙은 옷으로 가리고 있었지만 목부터 온몸 곳곳에 그의 흔적들이 남아 있었다.

"아야."

동굴에서 나온 지안이 작게 신음을 흘렸다. 그녀의 모습에 제하가 눈 끝을 내렸다.

앞서던 그가 지안에게로 돌아와 손을 내밀었다. 참을 수 있는 고통이기는 했지만 왠지 모르게 어리광을 피우고 싶어졌다.

"당신 때문이에요."

"그렇게 치면 너 때문이기도 해. 너만 보면 참기 힘들거든."

태연히 말을 받아치는 제하를 보며 지안이 고개를 저었다. 어차피 그를 이길 수 없다. 결국 말싸움을 포기한 지안이 그의 손을 잡은 채, 산길을 걷기 시작하였다.

하지만 몇 걸음 걷기도 전에 무언가를 느낀 지안이 가던 걸음을 멈추었다. 그녀의 행동에 제하 또한 걸음을 멈추었다.

"왜?"

"지금 못 느꼈어요?"

"뭐가?"

분명 둘밖에 없는 산에서 다른 기운이 느껴졌다. 하지만 그녀보다도 검술 실력이 뛰어난 제하는 아무것도 느끼지 못했다는 표정이었다. 자신이 잘못 느낀 것일까? 혹 몰라 다시 기척을 살피니 좀 전과는 다르게 느껴지는 것이 없었다.

"누가 있는 것 같았는데……."

"지나가는 짐승이라도 느낀 것이겠지."

대수롭지 않은 제하의 행동에 지안이 고개를 갸웃거렸다. 짧았지만 분명 느낀 것은 사람의 기척이었다. 하지만 지금은 아무 기척도 안 느껴지는 데다 제하 또한 모르겠다는 표정이니 확실하다며 말을 꺼낼 수도 없었다.

"내가 잘못 알았나 봐요."

지안의 말에 제하가 잡고 있는 손을 끌었다. 순식간에 그의 옆으로 끌려온 지안의 팔에 제하가 팔을 감았다. 손을 잡은 모양새에서 팔짱을 낀 모습으로 바뀌자 지안이 제하에게 목소리를 높였다.

"정말 매번 이럴 거예요!"

"아무도 없는 숲이잖아. 뭘 그렇게 신경 써?"

어젯밤 이후로 그녀를 대하는 그의 행동이 전과는 또 달라져 있었다. 그의 얼굴에 깃들어져 있는 미소에 심장이 떨렸다. 저런 미소도 지어 보일 수 있는 사내였던가? 그녀의 생애에 사내의 미소에 이렇게까지 흔들리는 날이 올 줄은 생각도 하지 못했다.

팔에서 느껴지는 제하의 체온을 느끼며 지안이 미소를 지어 보였다. 그녀의 미소를 볼 수 있는 것은 자신뿐, 그 작은 독점욕이 제하에게 만족을 주었다.

"그런데 이렇게 천천히 이동해도 되는 건가요?"

제하와 함께 걸어가던 지안이 생각난 듯 물었다.

"일부러 나온 거니까 급하게 움직일 필요는 없다고 생각하는데?"

"그래도 지난번 마을에 말을 두고 온 게 좀 걸려요. 황제가 어떻게 나올지 알 수 없는 일인데 이렇게 오랫동안 궁을 비워도 될까요?"

"이참에 나도 쉴 생각으로 나온 거다. 그리고 이렇게 있는 것도 나쁘지 않잖아."

"뭐가요?"

"황제의 간섭 없이 이렇게 둘이 있는 건 처음이니까."

제하의 말을 듣던 지안의 눈이 커졌다. 하지만 이내 그녀의 입가에 편안한 미소가 생겨났다.

"그러니까 조금만 더 이러고 있자."

어차피 지금의 시간이 길지는 않을 것이라는 것을 알고 있다. 그렇다면 그의 말대로 잠깐이나마 이런 시간을 가지는 것도 나쁘지 않았다.

답을 기다리는 제하에게 지안이 고개를 끄덕였다. 그녀의 허락에 기분 좋은 미소를 지은 것도 잠시, 제하의 걸음이 멈추었다.

"아!"

"왜요?"

"동굴에 부싯돌을 두고 온 것 같아."

"다시 가지러 가면 되죠."

"여기 잠시 있어. 금방 갔다 올게."

"같이 가도 되는데요."

"밤새도록 괴롭힌 게 있는데 고생을 시킬 수는 없지. 그리고 아프다며, 내가 좀 괴롭혔어야……."

"어서 갔다 와요!"

빨갛게 익은 지안이 서둘러 갔다 오라며 제하를 밀었다. 못 말린다는 지안의 표정에 제하가 웃음을 터트리며 동굴을 향해 걸음을 재촉하였다. 지안의 기척이 느껴지지 않을 때까지 부지런히 움직이던 제하의 걸음이 멈추었다.

지안에게 보여 줬던 보기 좋은 미소도, 그녀의 전부를 감쌀 것처럼 드러내던 부드러운 기운도 어느 순간 완전히 사라져 버렸다. 감정조차 읽을 수 없는 차가운 눈이 아무도 없는 주변을 빠르게 훑어 내렸다.

황제의 검. 흑관들.

"미행을 하려면 조용히 하고 다녀야지."

제하의 낮은말에 숨어 있던 기척 몇 개가 희미하게 흔들렸다.

마치 그들이 어디에 있는지 아는 것처럼 미소를 지은 제하가 허공에 낮게 말하였다.

"거슬린다."

제하의 말이 끝나는 것과 동시에 짧은 비명이 울렸다. 바람이 불고 있지도 않건만, 울창한 나무가 거칠게 흔들리면서 매달려 있던 나뭇잎이 바닥으로 떨어졌다. 짙은 녹색의 나뭇잎 위로 붉은 피가 흥건히 묻어 있었지만 그것을 보는 제하의 눈은 태연했다.

거슬리던 기척이 완전히 사라지자, 제하가 허공을 향해 다시 입을 열었다.

"지안이 알아채기 전에 먼저 움직여라. 죽여도 상관없으니 흔적은 확실히 지우도록."

답을 들을 생각이 없는 듯 제하가 몸을 돌려 지안이 있는 곳으로 향하였다.

어차피 제자리로 돌아온 이상 제하도 몸을 사릴 생각은 없었다.

다만 이번만큼은 황제가 사람을 붙였다는 사실을 지안이 알게 하고 싶지 않았다.

지금은 그 모든 것들에서 그녀를 쉬게 하고 싶었다.

"찾았어요?"

바위에 앉아 있던 지안이 제하를 발견하고는 자리에서 일어났다. 일말의 자비조차 없이 차가웠던 눈이 다시 원래대로 돌아왔다. 그가 배려하고 아낄 사람은 지안뿐이었다.

황제의 뜻대로 움직여 줄 생각 따위 이제는 조금도 없었다.

지안에게 조금이라도 악영향을 줄 사람이라면 누구든 상관없이 목을 베어 버릴 것이다.

"알고 보니 짐에 그냥 있었어. 이제 출발하자."

제하가 손을 내밀자 지안이 그의 손을 붙잡았다.

황태자임에도 그는 함께 걷는 것을 좋아했다. 전에는 부담스러웠지만, 이제는 그의 배려가 순수하게 좋았다.

지안은 제하의 손이 이끄는 대로 따랐다.

❋ ❋ ❋

조용히 입궁하라는 세령의 전언에 내관 차림으로 입궁한 남훈이 자신의 귀를 의심하였다.

"지금 마마께서 하신 말씀을 소인이 잘못 들은 것은 아니겠지요? 휘령 공을…… 마마께서 심장을 찔렀던 그에게 돌아가시겠다는 것입니까?"

"당장은 아닙니다만 그에게도 길 하나를 만들어 놓을까 합니다. 아버지께서 도와주세요."

"이미 한 번 마마께 버림을 받은 이입니다. 사내는 본디 첫

정인에 대한 기억을 품고 산다지만 끝이 좋지 않았던 연모는 되돌아오기 어렵습니다. 차라리 폐하의 용종을 가지시옵소서."

남훈의 말에 세령의 몸이 작게 움찔댔다. 하지만 그것도 잠시, 다시 침착한 모습의 세령이 남훈을 바라보았다.

"최근 어사중승이 다른 맘을 먹고 있다는 이야기를 들었습니다. 사품(四品)일 뿐이지만 그를 따르는 무리가 제법 되지 않습니까? 그대로 놔두셔도 되겠습니까?"

황후가 된 이래 정치에는 전혀 관심을 가지지 않던 세령이었다. 하물며 황제의 방종에 껍질뿐인 황후가 된 후, 황제와 남훈에게 노골적인 불만을 표하던 그녀였다. 휘령의 대한 일 처리로 그녀에게 신경 쓰지 못한 사이에 무슨 일이 있었던 것일까?

회임이라는 말에 세령이 노골적으로 이야기의 방향을 바꾸었다. 말을 숨기는 데 뛰어난 아이는 아니니 몰아붙이면 무슨 생각을 하는지 알 수 있을 것이다. 하지만 생전 원하국 상황에 관심이 없던 세령이 무슨 생각으로 남훈에게 먼저 운을 띄우는지 궁금하기도 하였다.

"분명 무슨 수를 쓰고 있는데 아직 확실하게 모습을 드러낸 것은 없습니다. 능력과 수완은 좋지만 권력욕이 많은 자이니 주시하고 견제해야겠지요. 마마께서는 걱정하지 마시옵소서."

"만약 제가 어사중승을 만나야겠다면 아버지께서는 자리를 마련해 주실 수 있으시겠습니까?"

세령의 말에 남훈이 눈썹을 꿈틀댔다.

자신의 표정에서 어떻게든 정보를 얻으려는 남훈을 보며 세령이 미소를 지었다.

황제와 아버지가 무슨 일을 하든 관심 없었다. 어차피 그녀는 남훈과 황제 사이를 연결하는 끈일 뿐, 그 외의 가치는 없었다.

"어사중승을 왜 만나시려는 것입니까?"

"폐하께서 선제 폐하에게서 권좌를 강제로 가져왔을 때, 그때 그에게 작은 일 하나를 해 줬지요. 그 대가로 그는 내 부탁을 하나 들어주기로 하였습니다."

"어사중승은 교활한 자입니다. 굳이 그의 손을 빌리지 않아도 소인이……."

"휘령 전하와의 길은 소첩이 만들 것입니다. 아버지께서는 폐하와의 관계를 공고히 해 주세요."

"이도 저도 아닌 길 두 개가 만들어질 수 있습니다. 어설픈 길은 자칫 몰락을 가져올 수 있습니다. 폐하의 성정을 아시지 않습니까? 가문이 위험해질 수 있는 일이옵니다."

"폐하를 권좌로 올릴 때도 한 번 했었던 일이 아닙니까? 연제하와 연기하라는 두 개의 길 중에 후자를 택하셔서 지금의 권력을 만드셨잖아요."

"……."

"애매한 부탁은 하지 않을 것입니다. 사람 하나 구해 달라는 것과 현재 휘령 공이 어디에 있는지 물을 생각입니다. 사람을 찾는 일은 아버지보다는 어사중승의 능력이 훨씬 뛰어나지 않습니까?"

세령의 말에 남훈이 굳게 입을 다물었다.

자신의 딸이 무슨 생각을 하는지 대충은 감이 잡혔다. 황제와 휘령의 싸움에서 살아남는 사람을 택한다. 하지만 그렇게 쉽게 넘기기에는 걸리는 것이 있었다.

"왜 갑자기 휘령 공에게 길을 만들어 놓으신다는 것입니까?"

남훈의 물음에 탁자 위에 올려놓은 세령의 손가락이 작게 꿈틀댔다.

함께 있는 모습이 무척이나 고와 보였다. 예전의 세령이 지었던 표정과 똑같은 모습으로 그의 곁에 그녀가 있었다. 황제로도 모자라 제하의 마음까지 빼앗았다. 그저 멸문된 집안의 살아남은 계집인 주제에 그녀의 것이었던 그의 연모를 받고 있었다.

"황태자 전하의 곁에 있던 저는 누구보다도 빛났습니다. 아버지의 말씀을 듣고 황제의 손을 잡은 대가로 껍데기 황후가 되고 말았지요."

"황후마마."

"지금의 자리가 싫지 않습니다. 하지만 껍데기 황후는 싫습니다. 난 연모받으며 존중을 받는 황후가 될 자격이 있습니다. 나에게 그것을 이루어 줄 사내를 선택할 것입니다."

자신의 것을 하나도 빼앗기지 않을 것이다.

그녀만을 연모해 준 황태자였다. 옆에 있는 계집 따위 손을 써 없애면 그만, 첫정을 이야기하며 다가오는 세령을 그는 거부하지 못할 것이다.

"황궁을 나가게 손을 써 주세요. 나머지는 제가 알아서 하겠습니다."

세령의 말에 남훈의 입가가 딱딱하게 굳었다.

복수에 눈이 먼 황태자가 세령에게 흔들릴 리 없지만 또 모르는 일이었다. 길을 만드는 일은 쉽지 않지만 만약 세령이 만들 수 있다면 나쁜 일은 아니었다.

"현재 어사중승은 현번에 머물고 있습니다. 무슨 수를 쓰고 있는지 알 수 없으나 그가 머무는 곳에 유명한 절이 있다 하니 그곳으로 회임 기도를 가십시오. 나머지는 소인이 알아서 처리해 놓겠습니다."

회임 기도라는 말에 세령의 눈썹이 다시 한 번 꿈틀댔지만 그건 순간이었다.

실수한 것이다. 자신이 잘못한 것은 아무것도 없다.

이제라도 되돌릴 것이다. 두 개의 길을 만든다는 말을 했지만 그녀의 생각은 달랐다.

제하에게 황제의 자리를 돌려준다면, 첫정을 생각하여 자신을 한 번만 되돌아봐 달라고 몸을 숙이면 그는 그녀를 받아 줄 것이다. 목소리나 행동은 바뀌었지만 그는 결국 그녀를 연모하던 제하였다.

닫혀 있는 창으로 시선을 돌리며 세령이 굳게 주먹을 쥐었다.

❀ ❀ ❀

"폐, 폐하. 살려 주십시오."

두려움에 질린 태의가 몸을 깊게 숙였다. 지금의 공포를 보여 주듯 몸을 숙인 그의 손이 부들부들 떨리고 있었다. 하지만 황제의 눈은 떨고 있는 태의가 아니라 환하게 열려 있는 창을 향하고 있었다.

"살고 싶으냐?"

"폐하! 소인이…… 소인이 입을 잘못 놀리면 황후마마께서 목숨을 버릴 각오를 하라 하시어…… 살려 주시옵소서! 승상께서도 모르시는 일입니다. 폐하! 한 번만 자비를 내려 주십시오."

태의의 변명을 듣는 황제의 입가에 삐뚜름한 미소가 감돌았다.

필요하다 생각하여 거두었던 계집이 하나도 쓸모없는 것이었다. 치미는 분노를 삼키며 황제가 태의에게 물었다.

"한 가지만 더 물어보자."

"살려, 살려 주십시오. 폐하!"

"휘령은…… 그러니까 황태자 시절의 휘령은 황후의 비밀을 알고 있었는가?"

황제의 물음에 몸을 떨던 태의가 숨을 삼켰다. 자신만이 알고 있던 황후의 비밀을 황제가 알아 버렸다. 누가 황제에게 고했는지는 중요하지 않았다.

지금 살기 위해서는 진실을 말하는 방법밖에 없었다.

"황태자 전하…… 아, 아니 휘령 공께서는 조용히 입을 다물라 하셨습니다."

태의의 말에 황제에게서 작은 웃음소리가 흘러나왔다. 천천히 시작된 웃음은 어느새 침소를 울릴 정도로 크게 바뀌었다.

"크하하핫."

황제의 웃음이 점점 비웃음으로 바뀌자 태의가 몸을 떨었다.

"멍청한 놈이 아니냐? 황태자라는 놈이…… 황제가 될 예정이었던 놈이…… 크하하하핫."

배까지 붙잡으며 웃음을 터트리는 황제를 보며 태의는 물론, 침소에 대기하던 내관들 또한 공포에 질렸다. 즐겁다는 듯이 웃고 있었지만 황제의 분위기는 살기로 가득 차 있었다.

"나의 껍데기 황후께서는 먹지 않아도 될 약을 드시고 계신 것이었군."

"폐하."

"그런데 회임 기도를 가시겠다? 크크큭. 재미있는 일이다. 진심으로 나의 쓸모없는 황후께서는 재미난 일을 하시는구나."

"폐……."

살려 달라는 말을 태의가 꺼내는 동시에 흑관이 차고 있던 검을 뺀 황제가 일말의 주저 없이 그것을 휘둘렀다. 검이 움직인 자리, 태의의 목에서 뿜어져 나오는 피가 황제의 얼굴에 묻어 나왔다.

"내시감."

황제의 부름에 하얀 천을 가져온 내시감이 얼굴에 묻은 피를 닦아 냈다. 피를 닦아 내는 내시감을 보며 황제가 비릿한 미소를 지었다.

"그대는 누구의 사람인가?"

"소인. 황제 폐하의 사람이옵니다."

"휘령의 사람이 아니었던가?"

"소인의 목숨을 거두실 분은 폐하뿐이십니다."

황제의 눈에 짙게 깔린 살기가 좀처럼 사라지지 않았다. 자기가 저지른 죄의 책임만 회피하는 줄 알았더니만 맹랑하게 머리를 굴리는 법까지 알고 있는 계집이었다.

그런 계집 따위 필요 없다. 어사중승이든, 승상이든, 설령 황후든 간에 황제에게 가장 중요한 사람은 하나뿐이었다.

"네 충성심을 시험해 보마."

"폐하."

"황후의 회임 기도에 따라갈 내관을 내시감, 네가 직접 고르거라. 일거수일투족, 그 망할 것이 무엇을 하는지 알아 와야 할 것이다."

황제의 명령에 내시감이 깊게 고개를 숙였다.

쓸모없는 껍데기 따위 곁에 오래 두지 않을 것이다. 필요에 의해 붙잡고 있었던 것. 이제는 그 쓸모를 다했으니 새로운 주인을 위해 버릴 차례였다.

第八章 · 이목

"와!"

여느 마을과는 다른 모습에 관문을 들어서던 지안이 짧은 탄성을 터트렸다. 현번에 있는 다섯 개의 중간 행정구역중 하나인 이목은 지금까지 지나왔던 마을과는 확실히 달랐다.

바쁘게 오가는 사람들과 그들이 옮기는 짐, 귀를 얼얼하게 하는 시끄러운 소리와 함께 묘한 달콤한 향이 이목의 입구에서부터 지안의 눈을 가득 채웠다.

"사람이 정말 많네요?"

지안의 탄성에 제하가 눈을 좁혔다.

"여기가 이렇게 사람이 많은 곳이었나?"

분명 미리 알아본 바로는 다른 곳으로 지나가기 위해서 거쳐야 하는 지역이기는 했지만 이렇게까지 복잡한 곳은 아니었다. 갑자기 사람이 많아진 이유야 천천히 알아보면 되었지만,

좀 전부터 코를 자극하는 향기가 무엇인지 알고 싶었다.

"꽃이네요."

제하의 마음을 꿰뚫어 본 것처럼 말을 꺼낸 지안이 주변을 둘러보았다. 꽃이라는 소리에 제하의 눈이 주변을 빠르게 훑었다.

그러고 보니 옮겨 가는 짐 군데군데 꽃 내지 마른 꽃이 담긴 자루가 눈에 보였다.

"그래도 제법 머리를 쓰는 자가 있나 보군."

"네?"

"도성의 풍등 기억나나?"

알 수 없는 물음에 그녀의 눈이 부지런히 옮겨 가는 짐으로 향하였다. 그녀의 대답대로 이곳을 가득 채운 것은 꽃이었다. 하지만 꽃뿐만이 아니었다. 갖가지의 폭죽과 음식들, 부지런히 주변을 꾸미는 사람들의 모습이 보였다.

"한번 크게 놀아 보자는 심산이겠지. 그러면서 자연스럽게 돈을 긁어모으는 거고."

"하지만 길목마다 도적이나 산적이 가득한데 어떻…… 아!"

말을 꺼내던 지안이 짧게 탄성을 터트렸다.

이목은 행정적인 면보다도 도시와 도시를 연결해 주는 교통의 의미가 더 강한 곳이었다. 곳곳에 깔린 도적 떼를 뚫고 이곳까지 올 정도라면 재력과 병력이 어느 정도 갖춰진 이들뿐이었다.

"땅이 척박하다고 머리를 쓰는 놈이 없다고 할 수는 없겠지. 그리고 그 머리 좋은 놈이 누구의 사람인지는 알 수 없으니까."

제하의 얼굴에 즐거운 기색이 감돌았다.

"장사 중 또 재미난 것이 사람 장사지."

"나도 그 장사 중 하나였나요?"

지안의 물음에 제하의 입가에 보기 좋은 미소가 생겨났다. 저 미소만 보면 생각해 놓은 말조차 제대로 꺼낼 수 없었다. 그와 함께하는 시간이 늘어 갈수록 점점 더 당해 낼 수가 없다.

능구렁이. 불리한 일이 있을 때마다 그는 지안에게 일부러 저런 미소를 보여 줬다.

왠지 모를 심술에 지안이 그를 지나 앞서갔다.

"화났나?"

"몰라요."

갑자기 화를 내는 지안의 모습에 당황한 제하가 옆으로 달려왔다. 황궁이나 궁에서 보지 못했던 모습이 함께하면서 하나씩 드러났다. 그녀의 변화가 즐거우면서도 이 상황을 어떻게 해결해야 할지 난감하였다.

"처음에는 거래였잖아. 그게 장사라면 장사였다는 거지."

무엇이 문제인지 모르겠다는 제하의 행동에 지안이 걸음을 멈추었다.

매섭게 보는 눈에 괜스레 심장이 뜨끔거렸다. 황태자로 살아온 세월만큼이나 장사꾼으로 살아온 시간도 길기에 무시할 수 없었다. 더군다나 그가 상대할 사람은 원하국의 주인으로 있는 황제였다.

"나도 쓸모없었으면 버렸을 거란 이야기잖아요."

지혜로운 지안이 이때만큼은 조금 야속하였다. 그냥 모르는 척 넘어가 주면 안 되는 것일까? 그리고 이제는 거래가 아니지 않은가.

필요 없는 사람은 문제가 되기 전에 처리하는 것이 편하다. 하지만 이 상황에서 그런 말을 꺼내면 눈치 없는 놈에, 배려 없는 놈으로 눈 밖에 단단히 벗어날 것이다. 제하가 아무 말도 하지 않고 있자 쌩하니 지안이 그를 지나쳤다.

오뉴월 서리보다도 더 싸늘한 행동에 피가 바짝바짝 말랐다.

“내가 널 버렸을 리가 없잖아.”

“당신의 뜻대로 안 따랐다면 어떻게 나왔을지 모르는 일이죠. 그러고 보니 예전에도 한 번 그런 적이 있잖아요.”

지안의 말이 계속될수록 제하의 미간이 꿈틀댔다.

상상하지 못한 곳에서, 생각지 않았던 상황에서 위기가 닥쳐왔다. 웃자고 시작한 일을 죽자고 해결해야 할 판이었다.

온갖 방법과 생각이 다 떠올랐지만 이 상황에서 그가 할 수 있는 최선은 하나였다.

“잘못했어!”

제하의 말에 앞서가던 지안이 걸음을 멈추었다. 고개를 돌리니 어느새 다가온 제하가 놓치지 않을 기세로 지안의 팔을 붙잡았다.

“시작은 거래였으니까 그걸 부정하지 않아. 하지만 이젠 아니야.”

“…….”

“그러니까 앞서가려 하지 마!”

제하의 말에 지안의 눈이 그를 바라보았다. 왠지 모를 심술에 투정을 부린 것이었지만 막상 흔들리는 그를 보니 괜히 그랬나 싶은 후회가 생겨났다.

더군다나 앞서가지 말라는 말에 느껴지는 감정은 지안에게도 당혹스러웠다. 세령에게 받았던 배신이 상처로 남아 있는 그에게 자신의 행동이 상처가 될 줄은 생각지 못했다.

"못됐어요. 매번 이렇게 넘어가려 하잖아요."

정색하는 지안을 보던 제하의 입가에 미소가 감돌았다. 세령에 대한 감정이 남아 있진 않았다. 하지만 이 상황에서 지안의 마음을 돌릴 최상의 방법은 과거의 상처를 꺼내는 것이었다.

그의 예상대로 멀어졌던 지안이 단숨에 곁으로 다가왔다. 그녀의 손을 잡은 그가 좀 전에 봐 두었던 객주를 가리켰다.

"우선 쉬자."

쏘아보는 눈은 제법 매서웠지만 본디 지안은 마음이 여렸다. 하지만 이 사실을 아는 것은 자신뿐이면 족했다. 객주에 들어서자 제법 많은 사람들이 자리에 앉아 수선스럽게 말을 주고받고 있었다.

"어서 오십시오! 식사만 하고 가시겠습니까? 아니면 숙소를 잡아 드릴까요?"

"방 두 개……."

"부부다. 방은 알아서 안내해 줬으면 좋겠군."

지안의 입을 막은 제하가 객주의 주인 눈을 피해 사환의 손에 은전 몇 푼을 쥐여 주었다. 생각 외의 수입에 입이 귀에 걸린 사환이 환한 미소로 연신 몸을 숙였다.

"마침 두 분이 머물기에 좋은 방이 하나 있습죠. 이리로 오십지요. 나리."

지안이 제하에게 뭐라 말할 틈도 없이 사환이 둘을 이끌었다. 자신도 모르는 사이에 벌어진 일에 지안이 제하의 옆구리를 찔렀지만 정작 그녀를 잡고 계단을 올라가는 그는 태연하였다.

이러지도 못하고 저러지도 못하는 상황에서 사환이 안내한 곳은 둘이 머물기에는 부담스러울 정도로 크면서도 고급스러운 방이었다. 굳이 이렇게 큰 곳에 머물 이유가 없었다. 지안이 다른 방으로 안내해 달라는 말을 꺼내려는 찰나, 제하가 사환을 밖으로 내보냈다.

미처 말을 꺼내기도 전에 일어나 버린 일에 지안이 제하를 흘겨보았다.

❀ ❀ ❀

얼렁뚱땅 일어나 버린 일에 지안이 작게 투덜거렸다.

"이제 부부 행세는 안 해도 되잖아요!"

"굳이 안 할 필요도 없잖아?"

"그래도 아직 혼인도 하지 않았는데 조심한다고 해 놓고 실수라도 하면……."

"왜, 아이라도 생길까 봐?"

제하의 말에 지안의 얼굴이 붉게 달아올랐다. 다만 황제에게 어떤 식으로 이야기가 들어갈지 걱정되었을 뿐이었다.

그런데 생각하지도 못했던 아이라는 말이 나왔다. 무언가 대답을 해야 하는데 막혀 버린 말문이 좀처럼 열리지 않았다. 말없이 고개를 숙인 지안을 보던 제하가 천천히 다가와 그녀를 품에 안았다.

"나하고 혼인 안 할 건가?"

"그게 아니라 갑작스러워서 어떻게 말해야 할지 모르겠어요."

"널 닮은 아이면 아들이든 딸이든 상관없이 좋겠다."

작정하고 그녀를 흔들려는 것이 분명했다. 가볍게 나오는 말에 심장이 쿵쾅거렸다. 제하의 등을 감싸며 지안이 코끝에 감도는 그의 체향을 들이마셨다.

아직 혼인도 하지 않은 상태에서 아이를 꿈꾸는 일이 바람직하지 않다는 것은 알고 있다. 하지만 아주 잠깐이나마 아이라는 단어에 심장이 떨렸다. 아직 먼 훗날의 일이라는 것을 알면서도 잠시나마 꿈을 꾼 기분이었다. 제하의 품에서 벗어난 지안이 옅게 미소를 지었다.

시간이 흐르는 것조차 아까웠다. 궁으로 돌아갈 시간이 얼마 남지 않았건만, 이런 모습을 볼 수 있는 순간이 그에게는 새롭게 다가왔다.

"그러니까 방을 따로 쓸 생각은 하지 마. 그럴 일은 절대 없으니까."

제하의 엄포에 지안이 소리 없이 입술을 움직였다. 제하가 눈을 좁히며 노려보자 지안이 웅얼거리던 말을 밖으로 꺼냈다.

"비도 맞았었고, 며칠 내내 밖에 있었잖아요. 씻고 쉬려 했을 뿐이었다고요."

"으음? 같이 쉬어도 되잖아?"

"지난 일을 곰곰이 생각해 봐요. 당신이 날 쉬게 해 줬나."

지안의 말에 눈을 좁히던 제하가 불현듯 입꼬리를 올렸다. 그날 이후로 몸이 가는 대로 움직이기는 하였다. 내내 참았던 열망이 풀리자 억누르려 해도 쉽지 않았다.

"전에도 말했잖아. 널 보면 참기 힘들거든."

제하의 말에 지안이 한 걸음 뒤로 물러났다. 숲에서야 도망갈 곳이 없었어도 이곳은 아니었다. 지금만큼은 무슨 수를 써서라도 그의 품에서 벗어날 생각이었다.

"씻고 올게요."

"같이 씻을래?"

제하의 말에 지안의 몸이 그 자세 그대로 굳어 버렸다. 멈춰 버린 머리로 지금 자기가 들은 것이 잘못 들은 게 아닌지 몇 번이고 생각하고 또 생각하였다.

하지만 능글맞은 제하의 얼굴을 보는 순간, 그녀에게 다가오는 그의 행동이 거짓이 아니라는 것을 깨달은 순간 지안이 그 자세 그대로 비명을 질렀다.

"들어오지 마요!"

"어차피 나도 씻어야 하는데?"

"그러니까 나중에 씻으란 말이에요!"

"사고 안 치게 조심할 수 있는데…… 연모한다고 고백하자마자 소박맞는 건가?"

"소박은 아니니까 들어오기만 해 봐요! 방 당장 두 개 구할 거니까!"

입에서 불이라도 나올 것처럼 고함을 지른 지안이 목간으로 줄행랑을 쳤다. 거칠게 문이 닫히고 문고리가 걸리는 소리가 들리자 제하의 입에서 낮은 웃음소리가 흘러나왔다.

참아야 하건만 입을 비집고 흘러나오는 웃음을 참기 어려웠다.

진중하고 현명한 현원에게서 저런 모습이 있을 것이라 누가 생각하겠는가? 아니다. 어차피 다른 사람들은 몰라도 될 모습이었다. 철저하게 두르고 있던 긴장이 풀린 지안을 볼 수 있는 사람은 자신 하나만으로도 충분하였다.

잠시 후, 씻고 나온 지안이 조심스럽게 방으로 들어왔다. 하지만 방에 있어야 할 제하의 모습이 보이지 않았다.

"제하?"

주변을 둘러보던 지안의 눈에 탁자에 놓여 있는 서신이 띄었다.

잠시 나갔다 올게. 쉬고 있어.

짧은 글임에도 그다운 힘이 느껴지는 필체였다. 그녀에게 말도 없이 나가다니 어디에 갔는지 궁금하기도 했지만, 왠지 모르게 서운하기도 하였다. 그녀는 그에게 전부를 보여 주고 있건만, 가까이 갈수록 그에게는 그녀가 모르게 숨기는 것이 조금씩 보였다. 어쩔 수 없다는 것을 알면서도 마음이 허전한 것도 사실이었다.

"하암."

괜찮다고 생각했으면서도 연이은 노숙이 힘들었는지 눈꺼풀이 자꾸 감기었다. 이렇게 늘어져 있으면 안 된다는 생각이 들면서도 한번 몰려온 잠은 쉽게 사라지지 않았다.

작게 하품을 한 지안이 침상에 몸을 뉘었다.

몸이 편해지자 긴장이 풀린 지안이 어느새 깊게 잠이 들었다.

❋ ❋ ❋

지안을 쉬게 한 제하가 향한 곳은 상단이 정보를 교환하는 곳 중 하나였다. 상단의 입구에 제하가 들어서자 기다리고 있던 채훈이 자리에서 일어났다.

"전…… 아니, 단주."

당황하는 채훈에게 괜찮다며 손을 저은 제하가 자리에 앉았다. 이야기해 보라는 그의 시선에 채훈이 주변을 둘러보며 목소리를 낮췄다.

"현번 곳곳이 깔려 있는 도적은 어사중승이 움직인 것으로 추정됩니다. 우연인지 의도인지는 알 수 없어도 현재 어사중승 또한 이목에 머무는 것을 확인하였습니다."

"어사중승이라…… 그럼 이곳에서 축제를 준비하는 것도 어사중승의 손길인가?"

"이곳의 목사인 여상현은 어사중승이 직접 황제에게 추천하여 자리를 준 자입니다. 하지만 행보를 보아하니 마냥 또 어사중승의 사람이라 치부하기는 어렵사옵니다."

채훈의 말을 들으며 제하가 톡톡 탁자를 손가락으로 쳐 댔다.

어사중승의 사람이되 마냥 그의 사람이라 칭할 수 없는 자. 궁금하기는 했지만 그를 만나는 일을 서두를 필요는 없었다. 지금 당장 해결할 일은 목사 여상현이 아니라 현번에 손을 뻗치고 있는 어사중승이었다.

"목사 일이 급한 것은 아니지."

"하지만 소인, 이해가 되지 않습니다. 어찌하여 어사중승이 현번에 관심을 가진단 말입니까?"

채훈의 물음에 제하가 생각에 잠겼다.

제하에게 필요한 것은 힘이 아니라 사람이었다. 사도의 능력을 의심하는 것은 아니었으나 사도와 함께하는 무리는 얻을 것이 없었다. 상단으로 축적한 부와 권력이 있기는 했지만 황제와 싸우기엔 부족했다.

그러던 와중 어사중승이 눈에 들어왔다.

권력은 적었지만 사람을 고르고 부리는 수는 뛰어났다. 노골적으로 힘을 위해서라면 어떠한 교활한 수도 쓴다는 어사중승이었지만 제 사람으로 만들 수만 있다면 무척이나 유용한 인물이 바로 그였다.

"현번은 척박하지도, 엉망인 땅도 아니었다. 다만 연이은 재해와 들끓는 도적 때문에 그런 소문이 돌게 되었지. 남훈의 입장에서 어사중승이 땅을 얻고 힘을 키우는 것을 달가워할 리 없다. 하지만 현번을 엉망인 땅으로 만든다면 남훈의 눈을 속이고 이곳을 삼킬 수 있겠지."

"단주."

채훈이 그를 불렀지만 대답할 겨를 따위 없었다. 예전에 지안에게 왜 어사중승을 황제에게 권했는지 물어본 적이 있었다. 제하의 물음에 지안의 대답은 간결했다.

남훈의 세력은 뛰어났지만 오롯이 그만을 위한 세력은 전체 삼분지 이뿐이었다. 삼분지 일은 어사중승의 세력, 그 때문인지 어사중승은 남훈을 맹목적으로 따르지 않는다는 것이었다.

지안의 선택은 나쁘지 않았다. 다만 지안이 황제에게 어사중승을 권했던 시기가 좋지 않았을 뿐이었다.

"내가 현번에 오지 않았다면 어사중승의 계획은 거의 들어맞았겠지."

"……."

"어사중승이 이곳에 와 있다는 것은 나와 할 말이 있다는 행동이겠군."

도적이 어사중승의 계획이라는 것을 알리자마자 그는 그다음 수를 내다보고 있었다.

몸을 숙인 채훈에게 제하가 물었다.

"이쪽 병사를 얼마나 데리고 왔지?"

"이목 안에는 오십 정도 머무르게 했습니다. 나머지 병력은 밖에서 기다리게 하였습니다."

"되도록 밖의 도적들과 대립하지는 말라고 해라. 어사중승의 병력을 함부로 건들 수 없지."

"네. 단주. 그리고……."

말을 흐리는 행동에 제하의 눈이 그를 다시 향하였다. 이야기해 보라는 제하의 말에 한참을 고민하던 채훈이 입을 열었다.

"황후가 회임 기도를 한다며 현번으로 출발하였습니다. 용한 절도 많은데 굳이 현번으로 가겠다며 고집을 부린 모양입니다. 이틀 정도 뒤면 이곳을 지나갈 듯하옵니다."

채훈의 보고에 제하의 입꼬리가 올라갔다.

현번으로 오겠다며 부렸다는 고집이 우스웠다. 회임 기도 따위 전혀 필요 없는 그녀였다. 그런데 뜬금없는 회임 기도를 위해 현번으로 오겠다니 너무나도 뻔한 술수였다.

그녀의 행동 따위 그다지 신경 쓰고 싶은 생각은 없었다. 하지만 그녀로 인해 지안이 신경 쓰는 일은 일어나면 안 되었다.

"이 주변에 절이라도 있던가?"

"북쪽 산에 있는 수옥사라는 절이 좀 묘한 소문을 가지고 있습니다. 산세도 험하고 무엇보다도 수심이 깊은 계곡이 절을 막고 있어 하늘이 허락하지 않는 한 들어갈 수 없는 곳이라는 말이 있습니다."

"하늘이 허락하지 않는 한?"

"물살이 워낙 세서 쉽게 건너갈 수 없는 계곡인데, 일 년에 두세 번 물이 마르는 현상이 일어난다고 합니다. 물이 말랐을 시기에만 절에 들어갈 수 있는데 그때 들어온 사람의 소원만을 이루어 준다는 이야기가 있습니다. 물론 그 물이 마르는 시기가 정해져 있는 것은 아니고 말이지요."

"기다리는 것을 싫어하는 황후가 그 절을 가겠다고 하였다. 그런 방법으로 가질 수 없는 후계라도 가져 보겠다는 것인가? 절은 그냥 핑계일 뿐이겠군."

"네?"

채훈의 반문에 제하가 불쾌한 미소를 지었다.

그와 세령, 태의만이 알고 있었던 비밀,

세령은 아이를 가질 수 없다.

하지만 그럼에도 연모하고 아끼었다. 선제가 알았다면 크게 반대했을 일이었으나 그때의 제하는 세령의 몸이 어떻든 상관 없었다.

그만큼 귀한 존재였다. 그의 삶에 유일한 여인이었다.

후계를 다른 사람으로 세우는 한이 있더라도 한때는 곁에 두고 싶어 했던, 무척이나 연모했던 여인.

"채훈아."

"네. 단주."

"어사중승의 일이 끝나는 대로 목사와의 자리를 마련해라."

"어사중승은……."

"황후든 어사중승이든 급한 쪽이 먼저 행동을 취하겠지. 대신 언제든지 움직일 수 있도록 대비를 단단히 해 놓아라."

최선의 결과는 무력의 충돌 없이 일이 마무리되는 것이었다. 하지만 할 수 없다면 결국은 병력을 일으켜 어사중승을 내쫓는 수밖에 없었다.

제하가 자리에서 일어나자 채훈이 따라 일어났다. 객잔까지 따르겠다는 채훈을 떼어 놓은 제하가 사람들이 부산하게 오가는 길을 천천히 걷기 시작하였다. 조금만 더 지안이 휴식을 취하게 하고 싶었건만, 주변은 둘을 가만히 두지 않았다.

'수옥사라는 곳을 가 볼까?'

세령이 이곳을 지나치든 머물든 그건 그녀의 문제였다. 다만 그녀와 지안을 만나게 하고 싶지 않을 뿐이었다. 어사중승의 일은 지안에게 이야기해 줄 수 있지만 세령의 일만큼은 그녀 모르게 처리할 것이다.

"저, 저기 나리."

객잔에 들어서자 하얗게 질린 사환이 그에게 달려왔다.

떨리는 손으로 서신을 건넨 사환이 도망치듯 사라졌다.

서신을 펼쳐 본 제하의 얼굴이 창백해졌다. 서신을 꾸긴 그가 지안이 머무르고 있던 방으로 달려갔다. 거친 소리를 내며 문을 연 제하가 방에 머물고 있을 지안을 찾아 댔다.

으득.

떨리는 손을 있는 힘껏 붙잡은 그가 이를 갈았다.

구겼던 서신을 펼치자 낯선 이름과 함께 어사중승의 직인이 찍혀 있는 것이 눈에 들어왔다.

"네까짓 것이 감히……."

기다리다 보면 어사중승이 움직일 것이라 생각했다.

하지만 이런 방향으로 그가 손을 쓸 것이라 예상하지는 못하였다.

방에 있어야 할 지안이 없었다.

도발이라면 용서하지 않을 것이다. 그녀의 손 하나라도 다친다면 그 대가를 반드시 치르게 할 것이다. 제하의 눈에 짙게 깔린 살기가 주변을 모두 베어 버릴 기세로 휘몰아치고 있었다.

❀ ❀ ❀

얼마 지나지 않아 잠들었던 지안이 눈을 떴다. 예상보다 빨리 깼는지 창밖의 해는 잠들기 전과 별 차이가 없었다. 피곤이 가시지 않았는지 침상에서 일어난 지안이 감긴 눈을 여러 번 비볐다.

"후우."

긴 숨을 내쉰 지안이 고개를 들었다. 그 순간 긴장이 풀려 있던 그녀의 몸이 굳었다. 예전에 한 번 모습을 보였던 이후 볼 수 없었던 여희가 그녀의 앞에 단정히 서 있었다.

"여희."

지안의 목소리에 여희의 입가에 고운 미소가 생겨났다. 예전에는 말을 하며 다가왔건만, 무슨 연유에서인지 이번에는 바라보기만 할 뿐 가까이 오지 않았다. 여희를 보던 지안이 침상에서 내려왔다.

"왜 아무 말도 없어요?"

지안의 물음에 미소를 지은 여희가 문밖으로 사라졌다. 갑자기 사라진 여희의 모습에 지안이 문을 열고 아래로 내려왔다.

조용했던 객주가 지금만큼은 소란스러웠다. 무슨 연유에서인지 중년 사내의 고함과 노파의 비명이 객주를 가득 채우고 있었다.

"허허! 나가라니까!"

"물 한 잔만 주시면 조용히 나간다 하지 않았소? 이 객주에서는 물 한 잔도 주지 않는 것이오!"

여희를 따라 계단을 내려온 지안의 눈에 화를 내는 주인과 주인에게 사정하는 노파의 모습이 보였다. 한눈에 봐도 온몸 가득 묻어 있는 먼지에 허름한 기색이 장사를 하는 입장에서 좋게 보일 리 없었다.

둘의 옆에 서 있던 여희가 손으로 노파를 가리켰다. 여희의 행동에 지안이 무슨 의미냐며 물으려는 찰나 투명해진 여희가 모습을 감추었다.

"이리 소란한 시기에 어찌 밖에 나오셨어요?"

지안이 계단에서 내려오자 제하에게 돈을 받았던 사환이 그녀에게 다가왔다. 사환을 보던 지안이 주인장과 승강이를 벌이는 노파를 가리켰다.

"무슨 일인가?"

지안의 물음에 사환이 귀찮은 표정으로 입을 열었다.

"떠돌아다니는 노인인데 꼭 저렇게 막무가내로 객주에 들어와 물이나 먹을 것을 달라며 떼를 쓰는 것으로 유명합지요. 이번에는 잘 피했나 싶었는데 재수 없게 저희 객주가 걸려 버렸지 말입니다."

화가 난 주인장이 몸에 달라붙은 노파를 억지로 떼어 내자 힘이 빠진 노파가 계단을 굴렀다. 그런 모습에 지안이 미간을 찌푸리자 사환이 얼른 입을 열었다.

"저래도 눈썹 하나 꿈쩍하지 않는 노파입지요. 부인께서 보시기 좋은 모습은 아니니 이만 올라가십시오. 어차피 저러다 제 풀에 지쳐 돌아갈 것입니다요."

사환의 말을 넘기며 지안의 눈이 노파를 천천히 살폈다. 확실히 객주에서 받아들이기에 노파의 몰골은 엉망이었다. 하지만 그래도 나이 든, 그것도 여인을 저리 박대하는 모습이 좋지 않았다.

지안이 품에 넣어 놓았던 은전을 꺼내 사환에게 건네었다.

"내 저 노파가 마실 차와 음식을 사겠네."

"아이고. 부인. 쓸데없는 자비이십니다. 저 노인은 당연한 듯 먹어 치우고는 인사도 없이 나갈 것이란 말입니다요. 이 근방에서 자자한 노인입니다. 더군다나 저런 허름한 몰골을 객주로 들이면 다른 손님들도 싫어하고요."

"음식을 먹을 동안만 부탁하겠네. 적은 돈은 아니니 잠깐의 불편함은 감수해 주면 안 되겠는가? 저쪽 구석진 자리에 앉아 있겠네."

그녀의 고집에 사환이 복잡한 눈으로 노파와 지안을 번갈아 보았다.

아는 사이는 아니었지만, 여희가 저 노파를 가리킨 것이 자꾸 신경이 쓰였다.

"에휴. 안 될 수도 있는 일이니 부인께서는 너무 기대는 하지 마십시오."

앞서 방을 나갔던 사내가 여인이 신경 쓰는 일 따위 일어나지 않게 하라며 돈을 두둑이 주지 않았다면 그녀의 부탁을 들어주지 않았을 것이다. 긴 한숨을 내쉰 사환이 승강이를 벌이는 주인에게 지안의 말을 전하였다. 인상을 찌푸리고 있던 주인이 사환이 내민 돈을 받고는 놀란 눈으로 지안을 바라보았다.

사환의 이야기를 들은 주인장이 알겠다며 고개를 끄덕였다.

잠시 후, 구석진 탁자에 음식과 차가 놓이고 노파와 지안이 자리에 앉았다.

지안의 존재와 상관없이 게걸스럽게 음식을 먹어 치울 것이라는 예상과는 달리 반대편에 앉은 노파는 음식과 차에 손 하나 깜짝하지 않았다.

자신 때문에 신경 쓰는 것이라 생각한 지안이 괜찮다는 듯 말하였다.

"이미 계산을 한 것이니 편하게 드셔도 됩니다."

"어찌 귀한 분 앞에서 함부로 식욕을 채운단 말입니까? 먼저 수저를 드시옵소서."

허름한 행색과 다르게 노파의 목소리는 또렷하고 힘이 있었다. 좀 전과 같은 사람인지 의심이 될 정도로 지금의 모습은 딴판이었다.

"저는 생각하시는 그런 사람이 아닙니다. 그저…… 과거의 이가 원하는 대로 했을 뿐입니다. 드십시오. 음식이 식습니다."

"장차 이 나라의 안주인이 되실 분 앞에서 어찌 그런 무례를 저지를 수 있단 말입니까? 먼저 드시옵소서."

대화를 할수록 알 수 없는 말뿐이었다. 그런 게 아니라며 지안이 몇 번이고 노파를 설득했지만, 주름진 손은 그 자리에서 꿈적도 하지 않았다. 결국 고집을 접은 지안이 앞에 놓인 차를 들어 한 모금 입에 갖다 댔다.

지안이 움직이자 그제야 노파의 손이 허겁지겁 음식을 입에 넣기 시작하였다.

정중한 말투와는 다르게 게걸스럽게 음식을 먹는 노파의 모습은 저절로 눈살을 찌푸리게 하였다. 알다가도 모를 행동이었지만 지안은 묻는 대신 식사를 다 할 때까지 말없이 기다렸다. 정중했던 말과는 달리 지안은 보이지 않는지 끊임없이 음식을 먹어 치우던 노파가 잠시 후, 만족스러운 숨을 내쉬었다.

"요즘엔 음식을 얻어먹기가 좀처럼 쉽지 않지요. 눈에 보이는 것이 전부라 생각하니…… 쯧쯧."

혀를 차던 노파가 앞에 앉아 있는 지안을 한동안 말없이 쳐다보았다. 기분 탓인지는 몰라도 눈을 마주할수록 알 수 없는 기운을 가진 노파였다.

"고작 죽은 시비가 가리킨 것만으로 거금을 들여 소인에게 음식을 사신 것입니까? 겨우 시비일 뿐이지 않습니까?"

노파의 물음에 지안의 눈이 커졌다. '과거의 이'라는 말을 했을 뿐이었다. 그런데 마치 지안의 모든 것을 보고 있는 것처럼 그녀에게 묻고 있었다.

상대할수록 묘한 분위기를 가진 노파였다. 행색은 비루하였지만, 지안을 보는 눈만큼은 누구보다도 힘이 깃들어져 있었다.

"시비였다고는 하지만 소중한 이였습니다. 명을 다하지 못하고 죽었지만 그래도 종종 곁에 나타나 이 사람에게 길을 보여 주었습니다."

진심이 느껴지는 말에 노파가 긴 숨을 내쉬었다.

지안의 전부를 읽듯 뚫어지게 보는 시선이 날카로웠다. 제하라도 같이 있었다면 지금의 묘한 기분이 무엇인지 물어볼 수 있었겠지만, 그럴 수 없는 상황이었다.

"그 시비가 아가씨에게 길을 보여 주기는 했지만 여기까지입니다."

노파의 말에 지안이 미간을 좁혔다. 여기까지라는 말이 왠지 모르게 거슬렸다.

"무슨 소리를 하시는 것입니까?"

"모든 일이 끝나고 아가씨께서 제자리를 찾았을 때, 그 시비는 다시 모습을 드러낼 것입니다. 잊지 마십시오. 오늘 이후로 나타나는 시비는 거짓입니다. 믿지 마십시오. 그리고 길을 열어 드리겠습니다. 정인과 함께 올라오시옵소서."

이야기를 할수록 점점 더 알 수 없는 기분이었다. 하지만 헛소리라며 치부하기에는 노파의 분위기가 워낙 진중하였다. 이상해하면서도 귀를 기울이는 지안을 보며 노파가 미소를 지었다.

"소인, 아가씨를 본 것으로 뜻을 이루었으니 이만 자리에서 일어나겠습니다."

자기 할 말만 끝내고 일어나는 노파를 보며 지안이 얼떨결에 같이 자리에서 일어났다. 정체를 알 수 없는 노파였지만 왠지 잡아야 할 것 같은 기분이 들었다.

"조금만 쉬었다 가시지요. 방이 있으니 거기서라도……."

"마마."

아가씨에서 어느새 마마로 호칭이 바뀌었다. 노파의 거침없는 말에 지안이 서둘러 주변을 둘러봤다. 하지만 관심을 가지고 둘을 지켜보던 사람들이 마치 약속이라도 한 것마냥 이쪽에 시선을 주지 않고 있었다.

꿈인가? 그렇기에는 너무나도 지금의 상황이 또렷했다.

당황하는 지안의 이마에 노파의 주름진 손이 짧게 닿았다.

따뜻했다. 때와 먼지에 엉망인 손이라고는 믿기 어려울 정도로 노파의 손은 따뜻하고 부드러웠다.

"방으로 돌아가시면 마마를 데려가려는 무리가 올 것입니다. 위험하지 않으니 따라가십시오."

"무슨 소리인지 자세히 이야기해 줄 수 없으신가요?"

지안의 물음에 노파의 입가에 부드러운 미소가 생겨났다. 순간의 착각이었을까? 허름했던 노파의 모습이 다르게 바뀌었다. 깨끗하고 인자한 미소, 주변을 압박하던 분위기가 어느새 모든 것을 포용할 기세로 지안을 휘감았다.

"현명한 분이시니 굳이 이 늙은이가 말씀드리지 않아도 닫힌 문을 활짝 여실 수 있으실 것입니다. 시비가 걱정되기는 하지만 마마께서는 강인한 군주가 곁을 지켜 주실 것이니 소인이만 원래의 자리로 돌아가겠습니다."

지안이 잡을 틈도 없이 노파가 밖으로 나갔다.

정신을 차리기도 전에 일어난 일에 지안이 떨리는 숨을 내쉬었다.

잠깐이마나 꿈을 꾼 기분, 하지만 다가와 탁자를 치우는 사환과 머릿속에 각인처럼 남아 있는 노파의 말이 현실이라는 것을 알려 주었다.

알 수 없는 기분으로 방으로 들어온 지안이 노파의 말을 생각하며 침상에 앉았다.

잠시 후, 객주 안이 소란스러워지며 한 무리의 사내들이 방으로 들어왔다. 어사중승의 명이라며 따라오라는 사내들의 협박에 지안이 자리에서 일어났다.

노파의 말을 전적으로 믿을 수는 없다. 하지만 지금의 상황은 그녀가 말한 대로 흘러가고 있었다. 안 된다는 주인장과 사환을 막은 사내들이 마차의 문을 열었다.

따라갈 수밖에 없는 상황, 지안이 열린 마차에 몸을 실었다.

❋ ❋ ❋

제 발로 따라왔다는 심복의 말을 들으며 어사중승은 조용히 앉아 있는 지안을 쳐다보았다.

송정기와 유남훈이 대립하던 시절, 그들의 권력 사이에서 어사중승이 할 수 있는 일은 남훈의 강압대로 손을 잡는 것뿐이었다. 송정기처럼 대세를 무시한 채, 권력을 휘두르는 것도 위험했지만 유남훈처럼 주변을 압박하며 힘을 추구하는 방법도 마음에 들지 않았다.

결국 마음에 들지 않는 것을 바꾸는 방법은 스스로가 힘이 되는 것뿐, 그렇게 하기 위해서 그는 오랫동안 여러 일을 준비해 왔다.

"오지 않겠다며 반항이라도 할 줄 알았다."

휘령의 연인이어도 지안의 신분은 여전히 몰락한 가문의 여인일 뿐이었다. 어사중승의 강압적인 목소리에 지안이 차분한 목소리로 대답하였다.

"죄를 지은 것이 없으니 끌려올 이유가 없고, 수를 쓸 생각이었다면 휘령 공에게 서신을 남기시지도 않으셨겠지요. 그런데 어찌 반항을 하겠습니까?"

가볍게 던지지 않았지만 입에서 나오는 말 한마디, 한마디가 핵심을 찌르는 것이었다. 황궁에서 현원으로 있던 지안을 종종 보며 욕심을 부릴 때도 있었지만 생각했었던 것보다 그녀는 손에 쥐고 휘두를 수 있는 패가 아니었다.

"황제에게 날 권한 이가 이제는 휘령의 곁에 머물고 있군."

이용할 수 있는 패가 아니라면 어사중승에게는 쓸모가 없었다. 그러던 와중 현원의 정체가 드러났고, 죽은 줄 알았던 휘령이 제자리를 찾았다.

그리고 지안과 휘령, 황제 사이에 얽혀진 연결 고리가 드러났다.

"황제에게 원한을 들켰으니 곁에 머물 수는 없지요."

"그 소리는 네 사사로운 복수를 위해 휘령 공의 곁에 머무르고 있다는 것인가?"

제하와의 거래에 우위를 점하기 위해 자신을 데리고 온 것이라 생각했었다. 하지만 대화를 할수록 지안은 자신의 생각이 틀린 것을 느꼈다.

어사중승이 하는 물음에 제하에 대한 이야기는 없었다. 그저 제하의 곁에 머무는 자신이 물음의 주제였다. 그는 무엇을 확인하고 싶은 것일까? 어사중승의 눈을 오랫동안 바라봐도 그의 의중을 알 수 없었다.

"소녀 따위에게 휘둘리실 휘령 공이 아니시라는 것을 어사중승께서도 알고 계시지 않습니까?"

"황후를 믿었다가 한순간에 모든 것을 잃었던 휘령 공이다. 이번에도 그러지 말라는 법이 어디 있는가? 그리고 수단으로 황후를 이용했었던 그때와는 달리 지금의 황제는 너를 수단 이상으로 보고 있지 않은가?"

"……."

"권력의 형태만 다를 뿐, 그때와 지금은 똑같은 상황이지. 아니 그런가?"

"적어도 저는 황제의 심장을 찌를망정 휘령 공의 심장을 찌르지는 않겠지요. 지금의 차이는 그것이 아니겠습니까?"

"뭐?"

지안의 말에 눈을 좁혔던 어사중승이 방이 떠나가라 웃음을 터트렸다. 잡혀 있는 상황에서도 말을 받아치는 수가 보통이 아니었다. 사내로 태어났다면 저 똑똑함에 목숨을 잃었을 것이다. 어쩌면 여인으로 태어난 것이 그녀에게는 천운이었을지도 모르는 일이었다.

지안을 내려다보면 어사중승이 옆에 놓여 있는 의자를 가져와 앞에 앉았다. 어사중승의 날카로운 시선을 마주했는데도 지안은 눈 하나 깜빡하지 않았다.

"사내였다면 그 대담함이 널 죽였을 것이다."

"……."

어사중승은 제 말에 미동도 하지 않는 지안의 멱살을 쥐었다. 코앞까지 끌려온 지안을 노려보며 그가 낮게 으르렁댔다.

"내가 추구하는 것이 권좌라면 어찌하겠느냐?"

"어사중승께서 추구하시는 목적은 권좌가 아니십니다. 권좌를 얻고자 하시는 것이었다면 휘령 공과 대화를 하려 하지도 않았을 것이고, 소녀를 이리 데리고 와 황제라는 운을 띄우시지도 않으셨을 테지요. 무엇보다 소녀를 살리셨겠습니까?"

지안의 이야기를 듣는 내내 어사중승의 머리가 바쁘게 돌아갔다.

오랫동안 손을 써 댄 현번을 이렇게 잃기에는 아까웠다. 이 상황의 최선은 황제와 휘령 중 그에게 이득이 될 줄을 잡는 것이었다.

"황후는 사공의 자리를 약속했지. 내가 황제를 버리고 휘령 공의 편에 서게 된다면 그대는 무엇을 줄 수 있는가?"

어사중승은 황후와 지안을 놓고 거래를 하고 있었다. 황제와 제하만으로도 할 수 있는 거래였다. 그럼에도 지안과 황후에게 먼저 운을 띄운 이유는 하나였다.

암묵적인 지원.

황제에게 승상이 있듯 제하에겐 사도가 있다. 그들에게 버금가는 힘을 실어 달라는 그의 제안에 지안이 고개를 저었다.

"저에게는 그런 힘이 없습니다. 설령 그런 힘이 있다 한들 분란의 여지가 될 상황은 만들 수 없습니다. 다만……."

"무엇인가?"

"휘령 공에게 힘이 되어 주신다면 지금보다는 어사중승께서 바라시는 세상을 만들기에는 조금이나마 나아지지 않겠습니까? 적어도 휘령 공께서는 마음에 들지 않는다며 목을 베지는 않으실 테니까요."

멱살을 잡힌 채로 바로 앞까지 끌려와 있어도 지안의 입에서는 그가 원하는 말이 나오지 않았다. 현원이었을 때도 그랬지만 역시나 쉽지 않은 상대였다. 하지만 같은 편이 된다면 누구보다도 든든한 지원이 될 수 있는 여인이었다.

"이 상황의 우위는 나다. 지킬 힘 따위 아무것도 없는 네가 무슨 자신감으로 이리 겁 없이 군단 말인가?"

어사중승의 살기를 견뎌 내며 지안이 소리 없는 긴 숨을 내쉬었다.

어떻게 될지 알 수 없는 상황에서 태연한 척 행동하는 것은 힘든 일이었다. 그녀가 믿고 있는 것은 두 가지, 괜찮을 것이라 했던 노파의 말과 제하였다. 제하라면 어사중승의 직인과 이곳을 가리키는 이름이 적힌 서신만으로 그녀가 어디에 있는지 찾아낼 것이다.

제하는 아니라고 했지만, 이목에 들어서기 직전부터 지안은 사람의 기척을 종종 느꼈었다. 그녀의 생각과는 달리 황제의 사람일 수도 있지만, 예상하건대 제하의 사람일 가능성이 더 높았다. 그리고 지안은 그 가설에 자신을 걸었다.

"어사중승의 말대로 전 다른 이들보다 조금 더 멀리 볼 뿐이고, 아주 약간의 말재주가 있을 뿐입니다. 그런 저의 재주가 하나도 통하지 않는 분이 계시지요. 지금의 상황이 무섭습니다. 그럼에도 버틸 수 있는 건 휘령 공을 믿고 있으니까요. 곧 데리러 오실 것입니다."

지안의 말에 어사중승의 눈썹이 꿈틀댔다.

과거의 빚이야 황후가 원하는 사람을 찾아 주는 것으로 끝내기로 하였다. 기왕 이야기가 나온 김에 자신과 손을 잡자는 말을 꺼냈지만 어사중승은 생각해 본다고 했을 뿐, 받아들인다는 말은 하지 않았다.

힘의 균형이 양쪽 모두 팽팽할 때 여인을 보는 것이 어사중승의 방법 중 하나였다. 권력이야 황제나 휘령이나 특별나게 차이가 나지 않는다. 결국 그 상황에서 영향을 발휘할 사람은 의외로 사내가 아니라 여인이다.

유가의 힘을 믿어 보라며 자신 있게 말하던 세령보다 내어줄 것은 없으나 훗날의 가능성을 믿어 보라며 설득하는 지안에게 더 마음이 갔다.

"어사중승!"

"무슨 일이냐?"

"저기 객주에 병사들이…… 휘령 공의 병사들이 객주를 완전히 둘러싸고 있습니다!"

병사라는 말에 어사중승이 고개를 갸웃했다. 대략 파악한 병사의 수는 오십에서 육십 정도였다. 그런데 객주를 에워쌀 정도의 병사라니 믿을 수 없었다.

"어림잡아 백이 넘습니다. 이곳을 제외한 모두가 포위되어……."

심복의 말은 오래 이어지지 않았다. 문이 열리며 들어온 이들이 빠르게 어사중승의 주변을 지키고 있는 이들을 제압하였다. 비명을 지를 틈도 없이 쓰러진 심복을 지켜보던 그의 목에 서늘한 감각이 닿았다.

담담하게 말을 잇던 지안의 입가에 안도의 미소가 감돌았다.

등 뒤의 모습이 보이지 않았지만 그가 어떤 눈으로 자신을 노려보고 있을지 선하였다.

"내 여인을 잡은 손부터 놓는 것이 자네 목에도 좋지 않겠나?"

목소리를 듣는 것만으로도 심장이 내려앉는 기분이었다. 짙은 살기가 담긴 목소리에 어사중승이 잡고 있던 손을 뗐다.

"전하."

자리에서 일어나던 지안이 잠시 몸을 휘청거렸다.

"지안아!"

"아니에요. 그냥 계속 앉아 있어서 그래요."

어사중승의 앞에 있던 그녀와 휘령의 곁으로 다가가는 지안은 무언가 달라 보였다. 황궁은 물론 이곳에서조차 느낄 수 없었던 생기가 제하를 보자마자 생겨났다.

곁으로 다가간 지안이 검을 잡고 있는 제하의 손을 감쌌다.

"전하. 검을 거두세요. 어사중승께서는 아무 짓도 하지 않으셨어요."

"멱살을 잡고 있는 게 아무 짓도 안 했다는 것인가?"

"전하. 전 괜찮아요."

"……."

어사중승의 앞이었기에 전하라 부르고 있었지만, 그를 보는 지안의 눈은 평소와 똑같았다.

"말씀을 나누셔야 할 분과 이러시면 안 되세요. 전하."

지안의 거듭된 설득에 제하가 검을 거두었다.

하지만 여전히 마음에 들지 않는 듯 매서운 눈으로 몸을 숙인 어사중승을 보고 있었다.

감정을 진정시키듯 숨을 고른 제하가 지안의 눈 끝에 짧게 입술을 맞추었다.

"내려가면 채훈이 있을 거야. 같이 있어."

마음 같아서는 곁에 있고 싶었지만 지금은 자리를 비켜 주는 것이 맞았다.

고개를 끄덕인 지안이 밖으로 나가고, 어사중승을 자리에 앉힌 그가 반대편에 자리를 잡았다.

황태자였던 휘령에게서는 한 번도 느껴 보지 못했던 위압감이었다.

숨조차 내쉬기 어려울 정도로 무거운 분위기였지만 애써 어사중승이 고개를 들었다.

그런 어사중승을 살기 어린 눈빛으로 제하가 노려보았다.

❀ ❀ ❀

어사중승의 기억 속에 있는 황태자는 우유부단하고 유약한 이였다. 세령이 하자는 대로 끌려다니며 송정기나 유남훈의 의견을 자신의 의견처럼 생각하고 따르던 사내였다.

'다르다.'

구 년, 사람이 바뀌기에는 충분한 시간이었다. 모든 것을 잃고 시체로 궁 밖을 나갔던 황태자는 독기 품은 짐승으로 그의 앞에 다시 나타났다.

"현원, 아니 송정기의 딸 송지안의 일은 사과드리겠습니다."

"사과는 지안에게 해야지."

"억지로 끌고 온 것이라면 사과하는 것이 맞으나 그녀는 제 발로 직접 여기까지 온 것이니 사과할 이유가 없습니다. 그리고 소인에게 휘령 공의 힘이 되어 달라는 대담한 말씀까지 하시더군요. 문제는 황후마마와는 달리 소인의 조건을 단 하나도 받아들이시지 않았다는 것입니다만."

어사중승의 말에 제하의 입꼬리가 작게 올라갔다.

황제의 앞에서도 해야 할 말은 반드시 하던 그녀였다. 하물며 틀린 말로 고집을 피우는 것도 아니고, 말의 무게를 아는 그녀이니 대화를 할수록 어사중승이 말렸을 것이 뻔하였다.

"그럼에도 반박할 수 없었겠지. 틀린 말을 하는 성격은 아니거든."

"휘령 공을 믿기에 그리 대담하게 굴 수 있다는 말을 하더군요. 얼마나 힘을 실어 주신 것입니까? 그 여인이 휘령 공의 힘을 이용하여 사리사욕을 채울 수도 있는 것입니다."

"그렇게 보였나?"

제하의 물음에 어사중승의 눈이 날카로워졌다.

"그대의 눈에 송지안이 정인의 힘을 믿고 사리사욕을 채우는 여인으로 보였느냐 말이다."

"……."

거듭된 물음에 어떤 대답도 할 수 없었다.

사리사욕을 채우는 여인이었다면 세령처럼 행동했어야 했다. 나에게 힘이 있으니 너는 날 도와주면 된다는 말로 어사중승을 설득하려 했을 것이다.

"예전의 전하는 멍청하셨습니다. 황후가 심장이라도 뽑아 달라 했으면 뽑아 주실 정도로 줏대도 없으셨고, 옳고 그름을 생각할 이성조차 연모에 놓아 버리신 분이었지요."

어사중승의 독설에 제하의 눈에 묘한 빛이 감돌았다.

황태자 때 저런 독설을 들었다면 어사중승을 절대로 용서하지 않았을 것이다. 그런데 막상 이제 와서 저런 이야기를 들으니 화가 나기보다는 즐거운 기분이 들었다.

어느 누가 노골적으로 황태자의 치부를 건드릴 수 있단 말인가.

멍청하게 틀린 일에 옳다고 말하는 한심한 대신들보다야 훨씬 마음에 들었다.

"그때의 내가 권좌에 올랐다면 원하국을 망하게 할 사람은 황제가 아니라 내가 되었겠지."

변명하지도, 그렇다고 부정하지도 않았다. 마치 남을 평가하는 것처럼 태연히 자신을 객관화하는 제하의 행동에 어사중승이 긴 숨을 내쉬었다.

"황후는 소인을 사공으로 만들어 주겠다는 약조를 하였습니다. 다만 송지안이 내건 것은 조금은 특별했습니다."

"……."

"적어도 공께서는 힘을 추구한다는 이유로 목을 베지는 않을 것이라더군요. 소인이 추구하는 세상을 만들기에는 지금보다는 낫지 않겠느냐는 막연한 말을 꺼냈습니다."

"옳은 말만 골라서 했네. 적어도 지안을 납치했다며 네 목을 베지는 않았지 않은가? 황제였다면 이런 이야기를 할 새도 없이 검을 휘둘렀겠지."

"작금의 황제는 미쳤지요. 하지만 바보는 아닙니다. 좋은 머리만큼이나 교활하여 어떻게 지배를 해야 힘이 되는지 아는 자입니다. 그렇기에 휘령 공에게 힘이 되는 일을 하려면 목숨을 걸어야 합니다."

"나는 황제의 편에 선 그대를 살려 둘 것 같은가?"

입꼬리를 올려 가볍게 짓는 미소임에도 서늘한 살기가 느껴졌다. 황제에게서는 언제 죽을지 모른다는 공포를 느낀다면 제하에게서는 이용당하다 철저히 부서져 버릴 것 같은 절망이 느껴졌다.

황제를 상대하는 것만큼이나 힘겨운 상대였다. 어쩌면 지금 당장 느껴지는 기운만큼은 황제 그 이상이었다.

지안과의 대화가 앞으로 그가 추구해야 할 방향에 대해 선택을 할 수 있는 계기였다면 제하와의 대화는 철저한 압박과 자발적인 복종을 유도하는 방식이었다.

"두 분은 부정하실지 몰라도 폐하와 전하께서는 닮으셨습니다."

그의 말에 제하가 눈썹을 꿈틀댔다. 이복형제였기에 비슷한 부분이 있을 수는 있었지만 닮았다는 말만큼은 거슬렸다.

"듣기 좋은 말은 아니군."

"만약 두 분의 대화로 누군가에게 힘을 실어 줘야 하는 상황이 왔다면 전 폐하의 손을 들어 드렸을 것입니다. 어찌 되었든 현재 권좌의 주인은 폐하이시니까요."

"그 말은 나와 손을 잡겠다는 것인가?"

"베개송사를 무시할 수는 없지요."

"뭐?"

뜬금없이 나오는 베개송사라는 말에 제하가 알 수 없다는 표정을 지었다. 설명을 해 보라는 표정의 제하를 보며 어사중승이 말을 이었다.

"폐하와 전하의 사이가 호각인 상황에서 그 균형을 깰 수 있는 것은 대신들이 아닌 곁을 지키는 여인의 조언이 될 것입니다. 황후께서 제 아버지의 안목과 머리를 물려받으신 것 같지는 않으니 선불리 손을 잡기에는 어렵지 않겠습니까? 그리고……."

"그리고?"

"현번의 번비가 되실 분이 워낙 대담하시니 한번 믿고 목숨을 걸어 보는 것도 재미나지 않겠습니까?"

힘을 실어 주겠다는 어사중승의 말에 제하가 너털웃음을 터트렸다. 도대체 지안이 어떻게 말을 꺼낸 것인지는 몰라도 그녀 덕분에 손쉽게 어사중승과 손을 잡게 되었다. 어사중승의 권력이 자신에게로만 온다면 단번에 세력을 키울 수 있었다.

"나 또한 그대를 사공으로 만들어 줄 수는 없다. 하지만……."

"……."

"적어도 그대가 사공으로서의 능력을 입증한다면 그 자리를 얻는 데 무슨 어려움이 있겠는가? 그대가 나에게 검을 겨누지 않는다면 나 또한 그대가 원하는 자리에 힘을 실어 줄 의향은 있네."

두루뭉술한 말이었지만 전해진 의미는 어사중승의 조건을 어느 정도 수용한다는 것이었다. 상황이 빠르게 진전되자 어사중승이 제하를 향해 고개를 숙였다.

"현번에 뿌려 놓은 이들은 일주일 안으로 정리하겠습니다. 다만……."

다만이라는 말에 자리에서 일어나려던 제하의 행동이 멈추었다. 제하를 보던 어사중승이 고개를 숙인 채 말을 이었다.

"현번에 황후가 와 있습니다. 회임 기도라면 이곳이 아니라 남쪽의 각산사를 가는 것이 맞으나 수옥사로 오겠다며 고집을 부렸다 하니 조심하시옵소서."

그의 말에 제하가 고개를 끄덕였다.

거래를 끝낸 제하가 밖으로 나오자 채훈과 있던 지안이 그에게 다가왔다.

"잘되었어."

제하의 말을 들은 지안의 입가에 그제야 안도의 미소가 생겨났다. 제하의 뒤로 어사중승이 모습을 드러내자 그녀가 긴장된 눈으로 바라보았다.

지안의 시선을 받던 말던 제하를 마중 나온 어사중승은 깊게 몸을 숙였다. 어사중승의 인사를 받은 제하가 지안의 손을 잡은 채, 준비해 놓은 마차에 올랐다.

❀ ❀ ❀

방으로 돌아온 지안이 신을 벗으며 눈을 찌푸렸다.

"후우."

신이 벗겨진 발은 한눈에 봐도 심하게 부어 있었다. 어사중승이 머무는 객주로 끌려가는 도중 발을 접질렸다. 굳이 발을 접질린 사실을 어사중승이 알 필요는 없었기에 아파도 내색조차 하지 않았다.

하물며 납치된 것만으로도 데려온 병사 전부를 불러들이는 제하에게만큼은 절대 보일 수 없었다. 부어 버린 발을 손으로 만지자 다리를 울리는 고통에 지안이 입술을 깨물었다.

쉽게 낫지는 않겠지만 그래도 붕대로 묶어 놓고 조심하여 걸으면 며칠 안으로 부기가 가라앉을 것 같았다. 지안이 붕대를 꺼내 자신의 발에 감으려 할 때였다.

열리지 않을 것이라 믿었던 문이 열리며 제하가 안으로 들어왔다. 시선이 마주한 것도 잠시, 그의 눈이 지안의 부은 발로 향하였다.

"어…… 제하. 이건 말이죠. 그러니까…… 악!"

당황한 지안이 말을 잇지 못하는 찰나, 성큼성큼 다가온 제하가 퉁퉁 부은 지안의 발을 조심히 감쌌다. 이게 무슨 상처냐며 화라도 냈다면 뭐라 말이라도 꺼내겠건만, 지안의 발을 보는 제하는 아무 말도 하지 않았다.

제하의 손이 지나갈 때마다 지안의 눈이 파르르 떨렸다. 한

참 동안 지안의 발을 만지던 제하가 밖에 대기하는 이를 불렀다. 들어온 이에게 몇 가지를 지시한 제하가 지안을 안아 들었다.

"제하. 이건……."

"언제까지 숨길 생각이었지?"

"걱정할 것 같아서, 며칠만 조심하면 나아질 거예요."

"거짓말도 못하면서 숨길 생각부터 하는 건가?"

낮은 목소리로 묻는 물음에 어떻게 답해야 할지 난감하였다. 어사중승과 황제의 앞에서는 무섭기는 해도 그들의 말에 주눅이 들지 않을 자신이 있었다.

하지만 그의 앞에서 지안은 어떠한 수도 쓸 수 없었다. 특히나 화를 내지 않는 그는 진심으로 무서웠다.

"미안해요. 잘못……했어요."

"……."

지안의 사과에도 제하는 말이 없었다. 그의 정적에 지안이 불안해하는 사이 닫혔던 문이 열리며 찬물과 하얀 천을 가져온 시종이 탁자에 물건을 올려놓았다.

"내가 하겠다."

제하의 말에 시종이 밖으로 나가고, 차가운 물에 천을 충분히 적신 그가 지안에게 다가왔다. 자신이 하겠다는 말을 꺼낼 틈도 없이 차가운 천이 지안의 부은 발 위에 올려졌다. 다리를 울리는 차가운 기운에 지안이 몸을 떨었다.

말이 없는 것과는 다르게 지안의 발을 찜질하는 제하의 손은 조심스러웠다.

그러니 더 피가 바짝 말랐다.

"화났어요?"

지안의 물음에 제하의 손이 멈추었다. 하지만 그것도 잠시, 그의 손이 다시 그녀의 부은 발을 풀기 시작했다. 연이은 물음에도 그가 말을 하지 않자 지안의 입이 바짝 말랐다. 지안의 손이 냉찜질을 해 주는 제하의 손을 감쌌다.

그제야 외면하던 제하의 눈이 지안을 바라보았다.

"차라리 화를 내요."

화를 내라는 지안의 말에 제하가 복잡한 표정을 지었다.

그녀의 발이 왜 이렇게까지 부었는지, 지안이 그에게 왜 발을 접질린 것을 숨겼는지 굳이 묻지 않아도 알 수 있었다. 그런데 어떻게 그녀에게 화를 낸단 말인가.

냉찜질을 끝낸 그가 지안이 놓쳤던 붕대를 꺼내 부은 발을 단단히 묶었다. 욱신대던 발이 그의 치료에 한결 가벼워진 기분이었다. 하지만 발이 나아진 것과는 달리 마음은 무거웠다.

굳어 있는 제하의 품에 지안이 말없이 파고들었다.

"널 데려오면 상처 하나 없이 지킬 수 있을 줄 알았는데. 황제와 있을 때보다 상처가 드는군."

품에 안겨 있던 지안이 제하를 바라보았다.

그저 가볍게 발을 접질린 것뿐이었다. 그를 걱정시키지 않을 생각으로 숨기려 했던 것이 도리어 그에게 상처를 주었다. 그가 자책하는 모습은 보고 싶지 않다.

"황제의 곁에 있을 때는…… 죽어도 상관없다고 생각하면서도, 그를 죽일 수 있다면 무슨 일이든 할 수 있다는 생각을 하면서도 도망가고 싶었어요. 단 한순간이라도 좋으니 마음 편하게 지내고 싶었어요."

"지안아."

"제하가 걱정할까 봐 되도록 숨기고 싶었을 뿐이에요. 언제나 제하는 날 있는 그대로 받아 주니까. 당신 곁이 내가 머물 수 있는 유일한 곳이에요. 그러니까 자책하지 마요. 그냥 조심하지 못해서 접질린 것뿐이에요. 당신이 이러면 난 정말 어떻게 해야 할지 모르겠어요."

그의 품에 얼굴을 묻은 채 속삭이는 말에 맺혀 있던 응어리가 천천히 사라져 갔다. 그에게도 지안은 전부를 기댈 수 있는 귀한 이였다.

"이번만 넘어갈 거야."

그제야 지안의 입가에 안도의 미소가 생겨났다. 다른 이들에게는 여전히 무표정하고 말을 걸기 어려운 상대라 불리는 지안이었지만, 적어도 그의 앞에서 그녀는 편안한 모습으로 잘 웃었다.

그는 제 품에 안겨 있는 지안의 등을 천천히 쓸어내렸다. 그러자 지안의 입에서 편안한 숨이 길게 흘러나왔다.

"기왕 이야기가 나온 김에 내 병사들이 여기에 있는지 어떻게 안 거지? 어사중승에게 물어보니 내가 곧 올 거라 했다며."

"몰랐어요."

"뭐?"

"당신과 내내 있었는데 어떻게 알 수 있겠어요. 다만……."

제하를 바라보는 지안의 눈가에 처음 보는 장난기가 엷게

서려 있었다. 잘못 보았나 싶어 눈을 깜박였지만 그녀의 눈은 좀 전과 똑같았다.

"숲에서 종종 사람의 기척을 느꼈거든요. 황제의 사람일지도 모른다는 생각이 들었지만, 당신이 너무 태연해서…… 당신의 사람이라 멋대로 생각했어요. 그리고 내가 갇혀 있는데 당신이 가만히 있을 리 없잖아요. 그냥 지레짐작으로 맞춰 본 거예요. 그래도 맞췄잖아요! 제하 덕분에 난 살았어요."

목숨이 왔다 갔다 하는 상황에서 지레짐작만으로 저런 말을 꺼냈다는 지안의 행동에 제하가 헛웃음을 내뱉었다. 장난기 서린 미소가 그의 눈에 무척이나 달콤해 보였다.

침상에 지안을 눕힌 그가 붉게 달아오른 입술에 입을 맞추었다.

수줍어하며 피하는 대신 지안의 팔이 제하의 목을 안았다. 다리에 닿지 않도록 조심하며 제하가 지안의 입안에 자신의 흔적을 곳곳이 남기었다.

서로의 입에서 나오는 체액이 섞여 들어갔다. 여미고 있는 옷 사이로 대담하게 들어온 손이 여린 살을 거침없이 애무하였다. 제하의 어깨를 붙잡고 있던 작은 손이 수줍게 그의 옷을 벗겨 내렸다.

제하의 입술이 윗입술을 살짝 깨물며 턱 선으로 내려갔다.

그 순간 화들짝 놀란 지안이 그를 붙잡았다.

"왜?"

"다리 때문에…… 아직 못 씻었는데."

"다리만 조심하면 된다는 거지?"

씻지 못했다는 말은 이미 들리지 않는지 지안의 옷을 벗기는 그의 손이 더욱 부산해졌다.

그가 자신을 원한다. 그의 감정을 받고, 그의 전부를 가질 수 있는 사람은 자신뿐이었다.

달아오르는 열기에도 지안의 다리에 신경 쓰는 그의 손길이 좋았다. 그녀의 전부를 줄 수 있는 유일한 사내, 그의 온기에 얼굴을 묻고, 코끝에 스치는 체향을 느끼며 그를 받아들였다.

둘만의 시간이 꿈처럼 흘러갔다.

지안은 저만을 아껴 주고 배려하는 사내의 품에서 편안히 잠을 청하였다.

❀ ❀ ❀

작은 등불 하나에 의존한 채, 어사중승이 보내온 것들을 눈으로 빠르게 읽어 내렸다. 장사꾼 노릇을 하며 원하국이 어떻게 돌아가는지 알고 있었지만, 어사중승이 올린 서류에는 그가 알지 못했던 내용이 곳곳에 보였다.

궁으로 돌아가기 전까지 전부 읽어 놔야 할 내용들. 종이가 사락거리는 소리만이 적막한 방을 채웠다.

"……으음."

고른 숨을 내쉬며 자던 지안에게서 작은 신음이 들려왔다. 눈을 좁힌 제하가 서둘러 그녀에게로 다가갔다. 한동안 괜찮다 했건만, 다시 악몽을 꾸기 시작했는지 이마에 송골송골 땀이 맺혀 있었다.

"지안아."

제하의 부름에도 감은 눈을 찌푸릴 뿐, 그녀는 미동조차 없었다. 간간이 떨리는 몸이 굳이 더 지켜보지 않아도 뻔하였다. 침상으로 올라온 제하가 지안을 품에 안았다.

지안이 흘리는 땀으로 제하의 옷이 축축해졌다. 온몸을 비틀며 고통스러워하는 정도의 발작은 오지 않았으니 지금이라도 깨우는 것이 정답이었다.

안고 있는 팔에 힘을 준 제하가 지안의 귀에 또렷한 목소리로 말하였다.

"지안아. 꿈이야. 일어나자."

"제……하."

잠에서 깨지 못하는 지안에게서 그의 이름이 흘러나왔다. 자신의 꿈을 꾸는 것인가? 그렇다면 더더욱 깨워야 했다. 지안의 몸을 붙잡은 그가 가는 손가락의 끝을 이로 깨물었다 지안과 함께 있으면서 그가 찾아낸 방법이었다.

잇자국을 내지 않고 그녀가 잠에서 깰 만큼의 통증을 줄 수 있는 유일한 곳이었다.

"……제하."

"꿈이야. 지안아. 꿈이야."

지안의 손가락 끝을 깨물며 제하의 손이 그녀의 등을 토닥였다. 제하가 깨문 손가락의 끝이 부어오르고, 등을 토닥이는 손길에 힘이 들어갔다.

무슨 꿈을 꾸는지 지안에게서 제하를 부르는 소리가 연이어 들려왔다. 그럼에도 제하의 괴롭힘이 효과가 있었는지 지안의 목소리가 조금씩 잦아들었다. 잠시 후, 무거운 숨을 길게 내쉰 지안이 힘겹게 눈을 떴다.

"지안아."

운이 좋았는지 평소보다는 수월하게 그녀가 잠에서 깼다. 안도의 숨을 내쉰 그가 지안의 등을 천천히 쓸었다. 그의 손길에 어두웠던 지안의 눈에 서서히 빛이 돌아왔다.

"제하. 괜찮아요?"

지안의 물음에 제하가 눈을 좁혔다. 잠시 후, 그가 지안의 이마에 입술을 맞추었다.

"그럼 괜찮지. 무슨 꿈을 꿨는데?"

"황후가……."

"황후?"

제하의 물음에 고민하던 지안이 꿈을 이야기하였다. 어떤 일이 앞에 벌어졌는지는 알 수 없었어도 쓰러진 제하의 위에 황후가 검을 겨누고 있었다. 안 된다며 그에게 달려가려는 순간, 누군가가 지안을 붙잡은 채 놓아주지 않았다.

놓아 달라며 고개를 돌리는 순간, 보이는 모습에 숨이 멈출 것 같았다.

"여희라고?"

믿을 수 없다는 물음에 지안이 고개를 끄덕였다.

"왜 여희가 날 막고 있었는지 모르겠어요. 낮에 만난 노파도 이상한 말을 해서……."

노파라는 말에 지안이 생각났다는 듯 객주에서 있었던 일을 그에게 이야기해 주었다. 꿈도 꿈이지만 노파와의 일도 이상하였다. 객주에서 일어난 일은 사람을 시켜 알아보면 그만이었지만, 길을 열어 줄 테니 정인과 함께 오라는 노파의 말은 생각할수록 수옥사를 생각나게 하였다.

"하늘이 허락하지 않는 한 들어가지 못한다고 했던가?"

"뭐가요?"

이제는 좀 진정된 듯 제하의 허리를 팔로 감으며 지안이 고개를 들었다. 아무것도 입지 않은 그녀의 몸 위에 이불을 덮어 주며 제하가 생각에 잠겼다.

세령이 이곳에 있다는 것을 안 이상, 오래 머물 생각 따위 없다. 무엇보다 지안에게 황후의 존재를 알릴 생각이 없었다. 그녀의 다리가 회복되는 대로 돌아갈 생각이었지만 또 저런 소리를 들으니 그냥 넘기는 것도 안 될 것 같은 기분이었다.

"이 주변에 수옥사라는 절이 있다더군. 하늘이 허락한 사람에게만 절을 보여 준다는데…… 그냥 계곡 물이 좀 세서 가기 어렵다는 줄만 알고 있었거든. 길을 열어 준다라…… 가 볼까?"

"가도 돼요? 빨리 돌아가야 하는 거 아니에요?"

조심스러웠지만 지안의 눈은 이미 제하의 물음에 대한 답을 하고 있었다. 황제를 피해 몸을 숨기며 살았을 뿐, 지안은 호기심도 많았고, 새로운 것을 보는 것도 좋아했다.

궁으로 돌아가면 지금의 자유는 없다. 어쩌면 지금의 휴식이 처음이자 마지막 여유일 수도 있었다.

"우선은 접질린 다리부터 나아지면 가 보자."

제하의 승낙에 지안의 얼굴이 밝아졌다. 악몽을 꾸었어도 다행히 잘 넘기는 지안을 다시 눕힌 제하가 속삭였다.

“이제 다시 자.”

“제하는요?”

“미리 봐 두면 좋다며 어사중승이 보내온 게 있어서 말이지. 잠깐만 보고 잘 테니 먼저 자.”

제하의 말을 들은 지안의 눈이 다시 초롱초롱해졌다.

이미 깨 버린 잠이 곧바로 다시 올 리 없었다. 누워 있던 지안이 침상에서 일어났다.

“나 잠 다 깼는데.”

“그런 눈으로 볼 정도로 재미있는 내용 아니야. 오늘 내내 시달려 놓고는 또 뭘 보겠다는 거야?”

지안의 눈을 애써 외면하며 제하가 몸을 일으켰다. 그러자 누워 있던 지안이 침상 옆에 놓아 둔 속적삼을 몸에 걸쳤다.

“송지안. 너…….”

“잠이 올 때까지만 볼게요. 절대 귀찮게 안 할게요.”

동그란 눈으로 바라보는 눈이 제하에게는 치명적이었다. 말마따나 재미있는 내용도 아니었고, 무엇보다 오늘 내내 힘든 일을 겪은 지안의 몸을 생각하면 지금은 자게 하는 것이 맞았다.

“조금만 볼게요. 졸리면 더 보라 해도 그냥 잘 테니까…… 제하. 보고 싶어요. 안 되나요?”

그의 속마음을 알아차린 것일까? 제하를 붙잡은 지안이 작은 목소리로 애원하였다.

탁자로 가겠다며 아픈 다리로 바동거리는 지안을 보며 제하가 긴 한숨을 내쉬었다. 누구에게 하소연해 봤자 저 고집이 사라지겠는가? 하물며 저런 모습으로 사람의 혼을 흔들어 놓을 줄은 상상조차 하지 못했다.

결국 일어나려는 지안을 제하가 잡았다.

"침상으로 가져올 테니까 여기 있어."

"내가 가도 돼요! 좀 부었지만 걸을 수 있어요."

"다시 잘래?"

제하의 말은 짧았지만 효과는 곧바로 나타났다. 내려가겠다는 지안이 언제 그랬느냐는 듯 침상에 앉았다. 마치 주인의 손길을 기다리는 강아지처럼 기다리는 지안의 행동에 제하가 고개를 저었다.

탁자에 내려놓은 서류를 침상으로 가져오자 지안이 옆에 앉으라는 것처럼 이불을 걷었다. 지안이 마련해 준 자리에 앉은 제하가 가져온 서류 중 하나를 펼쳤다. 그러자 기다렸다는 듯 그의 팔을 감싼 지안이 제하가 펼친 서류를 조용히 보기 시작하였다.

여인이라면 전혀 관심 없을 내용에 집중하는 그녀를 보며 제하가 고개를 저었다.

"송지안의 고집을 누가 말리겠어."

"제하가 받아 주니까 고집도 부리는 거죠."

지안의 미소에 제하가 못 말리겠다는 듯 헛웃음을 터트렸다.

하지 말라며 말려 봤자 지안에게는 무의미한 일이었다. 그리고 굳이 설명해 주지 않아도 서류의 내용을 알아서 이해하니 굳이 그가 따로 설명해 줄 필요도 없었다.

하물며 그가 생각하지 못하는 부분까지 찾아내는 지안이었다. 해는커녕 도움이 되는 여인이니 하나라도 더 알려 주는 것이 모든 것에서 이득이었다.

침상에 편하게 자리 잡은 그가 빠른 눈으로 서류를 읽어 내리기 시작하였다. 간혹 이해되지 않는 부분이 나오기도 했지만 지안과 대화하며 차근차근 풀어 나가니 혼자 볼 때보다도 편하고 빠르게 상황이 정리되었다.

잠깐만 본다는 것이 결국 밤을 지새우고, 해가 떠오르는 새벽녘이 되어서야 잠이 들었다.

❀ ❀ ❀

현번에 들끓던 도적이 어느 순간 사라졌다는 소문이 돌기 시작하였다.

조만간 궁으로 돌아갈 터이니 때를 준비하라는 제하의 서신을 읽고 있던 어사중승이 예상치 못한 손님이 왔다는 소리에 자리에서 일어났다.

"황후마마."

세령에게 자리를 내어 주며 어사중승이 고개를 숙였다. 극진한 행동과 달리 어사중승의 눈은 미동도 없었다.

"어찌 이런 누추한 곳까지 어려운 걸음을 하셨나이까? 지난번처럼 소인을 부르셨다면 얼마든지 마마를 찾아뵀을 텐데 말입니다."

"지금 아쉬운 사람은 나니 내가 찾아오는 것이 도리겠지."

"마마께서 부탁하신 여인은 아직 찾지 못하였습니다."

"어사중승도 내가 회임 기도나 하러 왔다고 생각하는 것인가?"

세령의 말에 어사중승의 고개가 위로 올라갔다.

"그럼 회임 기도하러 오신 게 아니시라는 것입니까?"

아무것도 모른다는 그의 어조에 세령이 주먹을 쥐었다. 상대하면 할수록 의중을 알 수 없는 자였다. 따로 힘이 된다면 천군만마와 견줄 만한 힘이 될 것이나 승상인 남훈보다도 제 본심을 드러내지 않는 이여서 그런지 그의 의중이 무엇인지 알 수 없었다.

"그 애매한 태도가 도리어 힘을 얻을 기회를 놓친다는 생각은 안 하는가?"

세령의 도발에 어사중승의 입가에 옅은 미소가 생겨났다. 이주 전, 휘령을 만나기 위해 이목에서 기다리는 동안 승상의 명령으로 현번의 외곽에서 황후를 만났었다. 그때 이미 충분한 이야기를 했다고 생각했건만, 세령의 생각은 그와는 달랐던 듯하였다.

어차피 휘령이 궁으로 돌아가면 그와 손을 잡았다는 사실이 귀족들 사이에서 널리 퍼질 것이다. 차라리 이참에 세령에게 현실을 보여 주는 것도 나쁘지 않았다.

"소인의 태도가 모호하여 마마께서 수를 읽기 어려우신 것입니까?"

"네 감히!"

"휘령 공의 번비가 되실 분께서는 소인의 수를 읽어 내시더군요. 여인에게 그렇게까지 수를 읽혀 본 것은 생전 처음이었습니다."

번비라는 말에 세령의 눈이 커졌다. 잠시 후, 파르르 떨리는 손을 긴 옷자락에 숨기며 세령이 이를 갈았다.

"누가 번비란 말인가? 폐하께서 아직 혼인을 인정하지 않으셨는데 어찌 번비라는 말을 쓸 수 있단 말인가!"

"황후마마. 소인의 볼품없는 눈에도 두 분은 이미 혼례를 올린 것과 다름없는 모습이었습니다. 하물며 그 모습이 과거의 모습보다도 참으로 보기가 좋았습니다."

"뚫린 입이라 함부로 나대는 것인가!"

"그럴 리가 있겠습니까? 다만 마마께서 왜 여기까지 오셨는지 알기에 말씀드리는 것이옵니다."

어사중승의 말에 세령의 말문이 막히었다.

황제의 곁에서 내내 거짓된 가면으로 자신을 숨기던 세령이 제 모습을 드러냈다. 그 모습이 너무나도 추하여 손을 잡고 싶은 생각조차 들지 않았다. 자신의 눈에도 이런데 하물며 바뀐 휘령이라고 만족할까.

"황후마마의 위치를 자각하시라는 충언일 뿐입니다."

"훗날 내가 휘령의 곁에 있게 된다면 어찌하려고 이러는가? 새로운 황제가 형수를 위한다며 결단을 내릴 수도 있음이 아닌가?"

"말씀드리지 않았습니까? 현번의 번비는 마마의 배신으로 독기밖에 남지 않은 휘령 공이 무척이나 아끼는 여인이라 하였습니다. 그리고 한때 곁에서 모셨던 분이니 마마께서도 아시지 않습니까? 지금의 휘령 공은 예전의 유순한 분이 아닙니다."

어사중승의 단언에 세령의 몸이 휘청거렸다.

알고 있으면서도 외면하던 사실을 어사중승은 놓치지 않고 파고들었다. 그가 무슨 말을 하려는지 더 묻지 않아도 알 수 있었다.

하지만 인정하지 않을 것이다.

그가 얼마나 자신을 연모하고 아꼈는지 누구보다 세령이 잘 알고 있었다. 과거의 연이라는 것은 그렇게 쉽게 끊기는 것이 아니다.

"여지를 남겨 놓는 일이 쉬운 것은 아니지 않습니까? 힘든 길을 억지로 뚫으시는 것보다도 폐하의 후계를 만드시는 길이 더 쉽지 않겠……."

"네가 무엇을 안다고 멋대로 말하는 것이냐?"

결국 세령이 자리에서 박차고 일어났다. 더는 들어 주기 역겨웠다. 자신이 아니라 휘령에게 붙은 것이라 말하면 그뿐인 것을, 일부러 세령의 심기를 흐트러뜨리려는 계획이 분명하였다.

"그대가 휘령 공과 손을 잡았다는 것을 알면 폐하께서 용서하지 않을 것이네."

"마마께서는 참 알 수 없는 분이십니다. 폐하를 버리고 휘령 공의 곁에 있으실 생각을 하시면서도, 정작 위험한 순간에 찾는 사람은 폐하이시군요. 그러면서도 보증은 폐하가 아닌 가문을 말씀하시지요. 마마에게는 참으로 많은 길이 있으십니다. 그런데 그 길이 전부 쓸 만한 것들인지는 의심스럽군요."

“네 이놈!”

화가 난 세령이 탁자에 놓여 있던 찻잔을 들어 어사중승의 얼굴에 뿌려 댔다. 얼굴을 적신 차를 소매로 닦아 낸 그가 황후에게 고개를 숙였다.

“마마께서 부탁한 여인은 반드시 찾아내겠습니다. 물론 마마께서 소인과 하셨던 거래는 조용히 입안으로 삼킬 것입니다. 그 정도라면 빚을 정리하기에 충분하다고 생각되는데 마마께서는 어찌 보시는지요?”

어사중승의 물음에 긴 치맛자락을 휘날리며 세령이 몸을 돌렸다.

“내가 사람을 잘못 보았군.”

“살펴 가시옵소서. 마마.”

“오늘의 일을 훗날 반드시 후회할 것이네. 다시는 볼일이 없을 테니 그때 뵙겠다며 난리를 쳐도 소용없을 것이네.”

말을 끝낸 세령이 뒤도 돌아보지 않은 채, 밖으로 나갔다. 거칠게 내려가는 발걸음 소리를 들으며 어사중승이 몸을 일으켰다. 시종이 내민 수건으로 젖은 얼굴을 닦은 그가 눈을 좁혔다.

“딸의 그릇을 아는 승상의 입이 쓰겠군. 만들 수 없는 길만 자꾸 만들려는 딸이라니……쯧쯧.”

“어르신. 휘령 공에게 말씀을 드려야 하지 않겠습니까?”

“어차피 황후가 이곳에 온 이상 알고 있을 것이다. 어쨌든 그녀 덕분에 목숨을 한 번 구한 게 있으니 거래를 말할 수는 없겠지. 찾으라는 여인은?”

"열심히 뒤지고 있습니다만 좀처럼 비슷한 이를 찾기 어렵습니다. 시일이 좀 더 필요할 듯하옵니다."

"흠."

자리에 다시 앉은 어사중승이 긴 숨을 내쉬었다.

승상과 바로 관계를 끊기는 어렵다. 하지만 휘령이 궁으로 돌아가기 직전, 정리할 수 있는 건 서둘러 처리해야 했다.

"황후가 찾아 달라고 한 여인이 어떤 존재인지 알아 와라. 관계를 끊을 생각으로 받아들인 거래였지만 아무래도 섣불리 행동했다가는 내가 날 죽이는 자충수가 될 수도 있겠구나."

"네. 어르신."

"그리고 아침에 출발하겠다. 주인이 있는 땅에 불청객이 오래 머물 수는 없는 노릇이지."

어차피 결정한 이상, 어설프게 움직일 필요는 없다.

휘령에게는 사도가 있었지만, 바로 측근의 자리는 움직이는 사람이 쟁취하는 것이다.

다음 날 아침 어사중승이 떠났고, 제하는 세령이 이목에 있다는 보고를 받았다.

그리고 이목의 목사가 오랫동안 준비한 축제가 시작되었다.

第九章 · 서약

축제를 제대로 보려면 저녁에 나와야 한다는 주인의 말에 느긋이 준비를 끝낸 제하가 밖으로 나왔다. 계단을 내려가던 그가 걸음을 멈추었다. 눈앞에서 일어나는 믿을 수 없는 일에 눈을 좁혔다.

준비를 끝내고 기다리던 지안의 앞에 처음 보는 사내가 서 있었다. 지안은 평소와 똑같은 표정이었지만 문제는 그녀를 보는 사내의 표정이었다.

환한 미소와 경쾌한 목소리, 손짓 발짓 다 섞어 가며 행동하는 것이 경망스럽다 못해 꼴불견이었다. 사내가 저런 행동을 하는 이유는 딱 하나뿐, 관심 있는 여인에게 다가올 때였다.

"지안아."

사내의 이야기에 귀를 기울이던 지안이 뒤에서 들려오는 소리에 고개를 돌렸다.

지안의 입가에 미소가 생겼지만 사내의 표정은 딱딱하게 굳어졌다. 하지만 제하의 모습에도 사내는 피하거나 죄송하다며 몸을 숙이지 않았다.

속에서 불길이 활활 치밀어 올랐다. 황후가 될 여인이다. 자신에게만 전부를 보이는 이였다. 어디서 굴러 왔는지도 모르는 돌이 자신의 여인을 노리다니 있을 수 없는 일이었다.

“무슨 일 있어요?”

“아니.”

등 뒤로 온 그가 지안의 어깨에 머리를 기댄 채, 가는 허리를 팔로 감쌌다. 갑작스러운 제하의 행동에 놀란 지안이 고개를 돌려 그에게 속삭였다.

“제하! 갑자기 왜 이래요?”

“지안아. 그런데 이분은 누구야?”

기분 탓이었을까? 사내를 보는 제하의 눈빛이 사뭇 싸늘하였다. 갑자기 달라진 분위기에 지안이 괜찮다는 어조로 입을 열었다.

“그저 길을 물어보신 거예요. 처음 본 분을 그런 눈으로 보는 건 실례예요.”

지안의 목소리는 작았지만 그 효과는 순식간에 일어났다. 제하를 노려보던 사내가 지안의 한마디에 당당했던 표정을 무너뜨렸다. 주눅이 든 사내가 말을 얼버무리며 나가고, 그가 완전히 사라진 다음에야 제하가 지안의 어깨에서 얼굴을 들었다.

“누굴 어찌해 보겠다고 달려들어? 달려들긴!”

"무슨 소리를 하는 거예요?"

영문을 모르겠다는 지안의 표정에 제하의 눈이 커졌다. 저렇게까지 행동하는데 정말로 아무것도 모르겠다는 것인가? 다른 일은 알려 주지 않아도 척척 알아내건만, 남녀 간의 일은 지나가는 어린애보다도 더 모르고 있었다.

"사내가 저렇게 달려들 때는 관심이 있으니 날 보아 주시라는 말을 하는 것이랑 똑같은 거다."

"그냥 길을 물어보는 것뿐인 걸요?"

"길을 왜 객주 안에 있는 너한테 물어봐. 저기 널리고 널린 게 사람들인데!"

전혀 모르겠다는 지안의 모습에 결국 제하의 입에서 볼멘소리가 터져 나왔다. 그제야 제하가 말하는 바가 무엇인지 깨달은 지안이 자신도 모르게 입을 벌렸다.

당황하는 그녀를 보며 제하가 길게 숨을 내쉬었다. 황제로도 모자라 주변을 지나가는 사내조차 그녀에게 홀린 듯 다가왔다. 물론 지안은 제하가 보기에도 흠 하나 없이 고운 모습이었다. 고운 꽃에 나비가 다가오는 것은 당연한 이치였지만, 지안에게 그 이치를 적용하고 싶은 생각은 눈곱만큼도 없었다.

"더 늦으면 가기 힘들겠다."

어찌할 바를 모르는 지안을 향해 제하가 손을 내밀었다. 제하의 손을 물끄러미 보던 지안이 조심히 그의 손 위에 자신의 손을 갖다 대었다.

그래도 신경 쓰이는지 작은 목소리로 제하에게 해명하였다.

"그 사내와는 아무 일도 없었어요."

"알아. 네 표정이 평소와 똑같았거든."

지안의 손을 잡은 제하가 객주 밖으로 나오며 대답하였다. 그의 대답에 무슨 소리냐는 듯 지안이 고개를 갸웃하였다.

그녀의 이마에 흘러내린 앞머리를 넘겨 주며 제하가 보폭에 맞춰 걸음을 옮겼다.

"넌 나한테만 웃어 주거든."

"그, 그래요?"

본인의 행동임에도 알지 못했던 듯 지안이 다시 반문하였다. 이목의 목사가 작정하고 연 축제여서 그런지 꽃 향이 코끝을 진하게 감돌았다. 그는 지안의 손을 꼭 잡은 채, 사람들 사이를 지나갔다.

그녀는 모르겠지만 시간이 흐를수록 점점 얼굴에 빛이 돌아오고 있었다. 부서질 듯 위태로웠던 과거의 모습은 거의 남아 있지 않았다. 조만간 제하뿐만이 아니라 다른 사람들에게도 고운 미소를 보여 주게 될 것이다.

하지만 그것은 훗날의 일, 지금만큼은 지안의 미소를 자신만의 것으로 간직하고 싶었다.

"사내에게는 절대 웃어 주지 마."

"그러니까 몰랐다니까요. 그리고 사내라고 해 봤자……."

"너울이라도 씌워 버릴까? 아주 못 보게 말이야."

제하의 말에 지안이 걷던 걸음을 멈추었다. 웃고 있는 제하의 눈에서 예전에도 종종 드러냈던 기색이 희미하게 보였다.

"너울은 답답해요. 그리고 내가 있을 곳은 당신 곁뿐인 걸요."

사근사근 속삭이는 목소리가 제하의 투기를 가라앉혔다. 한 걸음 뒤에 떨어져 있는 지안의 팔을 이끌자 언제나처럼 그의 옆으로 그녀가 다가왔다. 곱게 치장을 한 눈 옆에 짧게 입술을 맞춘 그가 다시 걸음을 옮겼다.

어린애 같은 심보라는 것은 알고 있다. 그럼에도 그녀가 자신을 어떻게 생각하는지 알고 싶었다.

무척이나 곱고 고와서 놓아줄 수가 없다.

제 심장처럼 귀한 여인, 함께 걷는 것만으로도 전부를 얻은 것 같은 기분이 들게 하는 여인이었다.

"아!"

제하와 함께 걷던 지안에게서 짧은 탄성이 흘러나왔다. 지안의 탄성에 그녀에게 있던 시선을 정면으로 돌린 제하의 눈도 커졌다.

도성의 풍등 못지않은 모습이었다. 종류를 알 수 없는 여러 빛깔의 꽃이 길처럼 늘여져 있었다. 별생각 없이 축제를 온 이들도 화려한 모습에 시선을 빼앗긴 채 꽃이 가득 찬 길을 걷고 있었다.

"목사가 제법 수를 쓰는 자군."

"이런 모습은 처음 봤어요!"

옆에서 들려오는 목소리에 제하가 고개를 돌렸다.

드물게 상기된 모습의 지안이 주변을 정신없이 바라보고 있었다. 붉게 달아오른 홍조가 고운 모습을 더욱 돋보이게 하였다.

"수옥사 주변에 달맞이꽃이 그렇게 많다더군."

그의 말에 지안이 눈이 반짝반짝 빛났다. 단순한 미신일지, 아니면 수옥사의 누군가가 말만 떠들어 댄 것인지는 알 수 없었지만 한번은 가 볼 생각이었다.

"얼른 가요!"

흥분한 지안이 처음으로 제하의 팔을 끌었다. 처음 보는 그녀의 행동에 제하가 웃음을 터트렸다. 수옥사의 문이 열릴지 안 열리지 지안에게는 미안하지만 전혀 관심이 없었다.

이런 모습의 지안을 보는 것만으로 그는 아주 즐거웠다.

"어서요!"

지안의 재촉에 제하가 알았다며 고개를 끄덕였다.

부산 대는 사람들 사이로 제하와 지안의 모습이 숨어들었다.

❀ ❀ ❀

수옥사로 향하는 길은 앞선 길보다도 더욱 많은 사람들로 북적거렸다. 행여나 잡은 손을 놓치기라도 할까 지안이 제하의 손을 단단히 붙잡았다. 군데군데 치장되어 있는 꽃은 무척이나 고왔지만 예상외의 인파는 축제를 즐기기에 거슬렸다.

"이래서 길을 열어 주기나 하겠나?"

"수옥사의 길을 말씀하신 건 아니잖아요. 그리고 못 보면 할 수 없는 거죠."

달래듯 지안이 속삭이자 툴툴대던 제하가 말을 삼켰다. 하지만 제하의 말대로 워낙 인파가 많다 보니 절까지 가는 길조차 쉽지 않았다.

기회가 있다면 보고 싶기는 하였다. 하지만 이런 상황에서 욕심을 부리는 것도 억지로 느껴졌다. 굳이 절까지 가지 않아도 좋은 구경을 많이 했으니 지안은 서운해도 넘길 수 있었다.

"어?"

제하와 함께 걸음을 옮기던 지안이 자리에 멈춰 섰다. 그녀의 행동에 제하의 걸음도 함께 멈췄다.

"왜?"

제하의 물음에도 선뜻 답을 할 수 없었다. 자신이 잘못 본 것인가 싶어 눈을 비볐지만 지금 모습이 사라지지 않았다.

객주에서 보았던 노파가 사람들에게서 조금 떨어져 있는 곳에서 그녀를 보고 있었다. 지안과 눈이 마주치자 노파가 몸을 깊숙이 숙이고는 따라오라는 듯 몸을 돌려 숲을 향해 걷기 시작했다.

"제하. 저쪽 보여요? 지난번에 말했던 노파가……."

지안이 가리키고 있는 방향을 아무리 봐도 노파의 모습은 보이지 않았다. 귀신에 홀린 것도 아니고, 자신의 눈에는 아무것도 보이지 않건만 이미 지안은 제하를 끌고 노파가 간 방향으로 가고 있었다.

"보여?"

"저기 가시잖아요. 안 보여요?"

그녀가 하라는 대로 해도 되는지 의문이었지만 이미 확신을 하고 움직이는 지안을 말릴 수도 없는 노릇이었다. 사람들 속을 빠져나온 지안이 숲의 깊숙한 곳으로 그를 끌고 가기 시작하였다.

그런 그녀를 말리는 대신 제하가 주변의 기색을 살피며 산을 함께 오르기 시작하였다.

❀ ❀ ❀

산더미같이 있던 사람들도, 이곳저곳 피어 있던 꽃도 거의 보이지 않았다. 군데군데 이름 모를 산꽃만 조금 피었을 뿐, 이목과는 분위기가 현저히 달랐다.

계속 따라가야 할지 고민되었지만, 어차피 적이 나타나면 그에 맞춰 상대하면 그뿐이었다. 지안을 말리는 대신 제하가 주변을 살피며 함께 걸어갔다.

"아!"

한참을 앞장서던 지안의 걸음이 멈추었다.

"왜?"

"없어지셨어요."

"지금까지는 내내 보였고?"

"따라오라며 재촉까지 하셨는데……."

지안은 내내 보기라도 했지만 제하는 아무것도 모른 채 따라온 것이 벌써 반 시진이었다. 눈에 보이지 않는 것을 믿는 성격은 아니었지만 당황하는 지안을 그대로 두고 볼 수는 없는 노릇이었다. 제하의 눈이 주변을 빠르게 훑었다.

그러던 중 보이는 광경에 제하의 입꼬리가 올라갔다.

"이렇게 길을 열어 준다는 것이었나?"

"네? 뭐가 보여요?"

영문을 모르겠다는 지안을 곁으로 데리고 온 제하가 나무 너머의 모습을 보여 줬다. 눈을 좁히며 제하가 가리킨 방향을 보던 지안이 짧은 탄성을 질렀다. 어둑해진 숲 너머로 절의 것으로 보이는 지붕이 눈에 들어왔다.

"길을 열어 준다는 소리가 허튼소리는 아니었나 보네."

그의 말에 지안이 조용히 고개를 끄덕였다. 소문에서처럼 계곡물이 완전히 마르는 것은 아니었다. 하지만 물이 빠진 터라 놓여 있는 돌을 밟으면 반대편으로 충분히 건너갈 수 있었다. 사람들이 있는 곳에서는 여전히 세찬 물소리가 나고 있었지만, 적어도 둘이 건너갈 곳에는 물은 거의 보이지 않았다.

볼 수 없을 것이라는 생각에 마음을 접고 있었건만, 막상 수옥사에 갈 수 있게 되니 가슴이 두근거렸다.

제하의 손을 잡은 지안이 미끄러운 돌을 밟고 계곡을 건너기 시작하였다. 긴 치맛자락을 붙잡은 채, 돌다리를 건너고 험한 산을 천천히 오르니 무너지기 직전의 허름한 절이 둘의 눈에 들어왔다.

"생각보다 작은 곳이네요."

수옥사라는 절은 허름하였다. 오랫동안 사람의 손이 닿지 않았는지 곳곳에 먼지와 거미줄이 수북하였다. 빛이 바랜 문을 지나니 지안의 키만 한 석탑과 세 명 정도 들어갈 수 있는 작은 법당이 보였다.

"사람의 흔적은 없는 것 같군."

"아! 저기!"

법당 안에 들어서던 지안이 가운데에 놓여 있는 불상을 가리켰다.

"불상이 왜?"

"노파와…… 닮았어요."

"뭐?"

지안의 말에 제하가 눈을 좁혔다.

제하는 자신의 눈에 보이지 않는 것을 절대 믿는 성격이 아니었다. 어차피 미신이라는 것은 마음에서 만들어 내는 것, 눈에 보이는 것만 믿어도 머리 아픈 상황에 보이지 않는 것까지 신경 쓰고 싶지 않았다.

"설마 저 불상이 널 이끌어 줬다고 말하는 건 아니지?"

제하의 물음에 지안의 입가에 미소가 생겨났다. 그냥 스쳐가는 많은 노파 중 하나일지도 모른다. 그저 우연히 맞물린 상황일 수도 있다.

그럼에도 싫지 않았다. 소문과는 달리 허름하고 낡은 곳이었지만 왠지 모르게 편안하게 다가왔다.

"그래도 덕분에 들어온 거잖아요."

먼지가 가득 쌓인 법당에 들어선 지안이 노파와 닮은 불상 앞에 손을 모았다. 법당의 한쪽 끝에 선 제하의 눈이 지안을 물끄러미 바라보았다. 몇 달 전의 지안은 소원이 없다며 풍등 앞에서 당혹해하였었다.

그랬던 그녀가 건들기도 미안할 만큼 조용한 분위기로 손을 모으고 소원을 빌고 있었다.

"당신은 소원 안 빌어요?"

소원을 빈 지안이 법당에 서 있는 제하에게 물었다. 벽에 몸을 기대고 있던 그가 지안에게 손을 내밀었다.

"내 소원은 이루어졌어."

제하의 말에 지안이 무슨 소리냐는 듯 눈을 깜빡였다.

황제를 무너뜨리고 권좌를 찾는 일은 제하가 해야 할 일이지 소원이 될 수는 없다.

평생을 함께하길 바라는 여인은 이제 제 곁에서 자신만을 사내로 바라보고 있었다. 작은 빛조차도 없었던 눈에 밝은 빛이 돌았고, 죽어도 상관없다며 담담히 말하던 모습은 어느새 생의 욕심을 내며 살려 하였다.

죽을 것처럼 모든 것을 정리하던 지안이 살기 위해 노력하고 있었다.

그것만으로도 그는 원하는 것을 이루었다.

"그런데 무슨 소원 빌었어?"

제하의 물음에 지안의 입가에 장난기 가득 깃든 미소가 만들어졌다.

"비밀."

"하아?"

허탈하다는 제하의 표정에 지안이 작게 웃음을 터트리곤 어서 말해 보라는 그의 팔에 자신의 팔을 감았다. 사람들 앞에서는 부끄러워 하지 못했을 행동이었지만, 이곳에는 둘뿐이었다.

"풍등 때 빌었던 소원과 똑같은 거요."

"그때 소원을 빌었던가?"

"쓰지만 않았을 뿐이죠. 그래도 소원은 빌었어요."

환한 미소로 조잘조잘 대는 모습이 예전에는 볼 수 없었던 모습이었다. 지안의 이런 모습을 보는 것만으로도 그는 더는 바랄 것이 없었다.

"그래도 여기까지 왔는데 제하도 작은 소원이라도 말하는 게 낫지 않겠어요? 객주의 주인에게 들었는데 여기서 말한 소원은 꼭 이루어 준대요."

"본인이 겪은 것도 아닌데 무슨 확신으로 그런 말을 하는 거지?"

"또 모르는 일이잖아요."

축제 분위기에 들뜬 것인지 평소의 지안과는 확실히 달랐다. 침착하고 조용한 그녀도 좋지만 지금처럼 밝은 분위기의 지안도 좋았다. 가벼운 소원이라도 빌어 보라는 지안의 재촉에 제하가 걷던 걸음을 돌려 불상을 쳐다보았다.

"소원이라…… 혼인이나 무사히 치를 수 있게 해 달라고 해 볼까?"

"혼인이 무슨 소원이에요?"

얼굴이 붉어진 지안이 제하의 팔을 살짝 쳤다. 반면 대수롭지 않게 말을 꺼냈던 제하는 연이어 드는 생각에 미간을 좁혔다.

생각할수록 나쁜 소원은 아니었다. 남들은 수월하게 하는 혼인조차 둘에게는 쓸데없는 장애가 너무 많았다. 반드시 이루어 준다고 하니 이참에 한번 꺼내 보는 것도 나쁘지 않았다.

"차라리 여기서 혼인 서약이라도 맺을까?"

"네?"

이야기할수록 그의 말이 이해가 되지 않았다. 장난기가 가득 들어간 눈이 보면 볼수록 의뭉스러웠다. 미간을 좁혔던 그가 미소를 짓자 지안의 눈 끝이 떨렸다.

지안이 괜찮다며 말리려는 순간, 음흉하게 웃던 제하가 불상을 향해 몸을 돌렸다.

“나 연제하는 송지안을 부인으로 맞아 평생을 연모하며 살겠습니다.”

“…….”

“안 할 거야?”

“나 놀리려고 이러는 거죠?”

아무리 둘이 있어도 이런 식의 서약은 왠지 모르게 부끄러웠다. 더군다나 어디선가 누가 보고 있을지도 모른다는 생각을 하니 더욱 입이 떨어지지 않았다.

지안의 물음에 억울한 표정의 제하가 미간을 모았다.

“이곳에서 하는 말은 전부 들어준다며? 그럼 여기서 서약을 해 놓으면 이루어진다는 거잖아. 혹시…… 나와 혼인하기 싫다거나…….”

제하의 말에 놀란 지안이 격하게 고개를 저었다. 너무 놀라 말을 꺼내기 전에 행동으로 보여 주는 그녀가 강아지마냥 귀여웠다. 머리라도 어루만져 주고 싶었지만 제하는 이성으로 간신히 억눌렀다.

“나 송지안은…….”

손가락으로 톡 건들면 연기라도 날 것처럼 붉게 달아오른 지안이 힘겹게 입을 열었다. 그런 그녀가 힘들거나 말거나 제하의 눈은 지안만을 바라보고 있었다.

"연제하를 가군으로 맞아……."

시킨 게 미안할 정도로 지안은 숨조차 내쉬지 못하고 있었다. 멈추게 해야 할까? 하지만 그러기에는 지안의 모습이 무척이나 고와 보였다.

애원하듯 쳐다봐도 눈썹 하나 움직이지 않는 제하를 보던 지안이 두 눈을 질끈 감았다.

"평생을 연모하겠습니다."

서약을 하자마자 긴 숨을 내쉬는 지안을 보던 제하가 결국 웃음을 터트렸다. 제하의 웃음에 뭐라 하려는 찰나 그가 지안을 품에 안았다.

서약을 한 것이 싫지는 않았지만 평소에는 전혀 해 보지 않았던 것이기에 부끄러웠다. 제하의 품에 얼굴을 묻은 지안이 애써 그의 눈을 피했다.

"쉽지는 않겠지만."

몸의 열이 얼굴에 다 쏠린 것처럼 뜨거웠어도, 그의 목소리는 또렷이 들렸다.

지안의 가늘고 하얀 팔이 제하의 탄탄한 등을 천천히 쓸어내렸다. 서약하면서 시작된 떨림이 좀처럼 가라앉지 않았다. 떨고 있는 지안을 다독이며 제하가 말을 이었다.

"궁으로 돌아가면 혼인부터 하자."

그의 말대로 혼인하기 쉽지 않을 것이다. 그럼에도 혼인을 하자는 그의 말에 심장이 떨렸다.

이 사람과 함께라면 혼인이 쉽지 않아도 상관없다.

어차피 그녀가 곁에 머물 사람은 하늘 아래 그뿐이었다.

제하의 품에 얼굴을 묻은 지안이 고개를 끄덕였다. 품에 안겨 있는 지안의 떨림을 느끼며 제하가 그녀의 어깨에 얼굴을 묻었다.

❋ ❋ ❋

제하의 품에서 빠져나와 노파와 닮았다는 불상을 조용히 바라보던 지안이 품에서 은전 몇 개를 꺼내었다. 무언가를 찾던 지안이 결국 불상 아래에 꺼낸 은전을 내려놓았다.

"사람도 없는 곳에 굳이 불전을 놓고 갈 필요가 있나?"

제하의 물음에 지안이 고개를 저었다.

"길을 열어 주신 덕분에 보기 힘들다는 이곳도 보았고, 소원도 빌었잖아요. 불전이라도 하고 가야죠."

야무진 대답에 알겠다는 듯 제하가 고개를 끄덕였다. 지안의 말대로 수옥사의 현신이 안내를 해 준 것인지는 알 수 없었지만 덕분에 평소에는 상상도 못 했던 혼인 서약도 하였고, 지안의 새로운 모습도 충분히 보았으니 이 정도면 만족하였다.

불전을 내려놓고 나온 지안이 치맛자락을 들어 조심히 계단을 내려왔다.

"이제 가요."

제하의 손을 잡으며 수옥사를 나가려던 지안의 걸음이 멈추었다. 그녀의 행동에 제하 또한 멈춰 섰다.

"왜?"

"제하. 저거 보여요?"

지안의 손가락이 가리키는 방향으로 제하가 눈을 좁혔다. 마른 나뭇잎이 가득 쌓여 있는 곳에서 푸른빛이 어른거렸다. 달빛이 비추는 것이라 하기에는 비치는 빛이 유난히 밝았다.

"가 볼게요. 괜찮죠?"

그의 눈에도 보이는 곳이니 그녀가 가도 상관없을 것이다. 제하가 고개를 끄덕이자 치마를 붙잡은 지안이 걸음을 옮겼다. 걸음을 재촉하는 지안을 보던 그가 가까이에서 느껴지는 다른 기운에 고개를 돌렸다.

옆에 보이는 노파의 모습에 제하가 눈을 좁혔다.

노파를 보던 제하의 눈이 자연스럽게 법당의 불상으로 향하였다.

"비슷하군."

지안에게 하는 것과는 달리 노파에게 말을 꺼내는 제하의 목소리는 차갑고 딱딱하였다. 그가 모든 것을 받아들이는 사람은 지안뿐, 다른 사람을 대하는 제하의 행동은 상단의 단주였던 과거와 똑같았다.

"폐하. 이리 누추한 곳을 일부러 찾아 주시다니 진심으로 감사드리옵니다."

지안에게 마마라는 호칭을 썼던 것처럼 제하에게 노파는 폐하라는 말을 올렸다. 하지만 어리둥절했던 지안과는 달리 제하는 미동조차 없었다.

"내 여인을 홀리게 해 놓고는 와 줘서 고맙다는 말을 하는 것인가?"

"폐하께서 마마를 막지 않으셨으니 가능한 일이었지요."

노파의 극진한 말에도 제하의 분위기는 여전하였다. 노파를 보던 제하의 눈이 지안을 향하였다.

빛이 났던 것과는 달리 찾기가 쉽지 않은 듯 지안이 쌓여 있는 낙엽을 들추고 있었다.

지안을 보고 있는 제하의 뒤로 노파가 나지막이 입을 열었다.

"소인이 마마께 은덕을 입어, 훗날의 있을 일을 하나 알려 드렸습니다. 하지만 마마께서는 소인의 말을 잊어버리실 것입니다."

노파의 말에 제하의 눈이 작아졌다. 훗날에 있을 일과 지안이 잊어버릴 일이라는 것은 하나뿐이었다.

"그녀의 시비를 말하는 것인가?"

"본디 죽은 것이 살아 있는 사람에게 영향을 주면 안 되는 것이지요. 홀로 살아남으신 마마를 걱정하여 나타난 듯하옵니다만…… 역시나 문제는 죽은 사람이 아니라 산 사람 아니겠습니까?"

"시비의 존재를 이용할 사람이 있다는 것인가?"

"제하! 찾았어요!"

지안이 자신을 부르자 굳어 있던 제하의 얼굴에 옅은 미소가 감돌았다. 하지만 곧 노파의 말에 얼굴에 감돌던 미소가 사라졌다.

"폐하께서도, 마마께서도 쉽게 벗어나지는 못하실 것입니다. 다만 폐하의 빛을 잃으시면 무너지는 것은 황궁에 있는 그가 아니라 폐하가 되실 것이니 부디 조심하시옵소서."

화가 난 제하가 고개를 돌렸지만, 언제 사라진 것인지 노파의 흔적은 온데간데없었다.

지안을 잃으면 자신이 먼저 무너진다는 것인가? 그럴 일은 없다.

그녀와 혼인할 사람도, 그녀를 지킬 사람도 자신뿐이었다. 노파가 말하는 그런 상황 따위 무슨 수를 써서라도 막을 것이다.

"제하. 무슨 일 있어요?"

제하의 살기에 다가오던 지안이 걸음을 멈추었다. 지안의 표정이 굳어지자 언제 그랬느냐는 듯 제하가 몸의 살기를 풀었다.

"아무것도 아니야. 그나저나 뭘 찾은 거야?"

"이거요."

분명 좀 전까지 제하에게 짙은 살기를 느꼈었다. 하지만 아무것도 아니라며 넘기는 그에게 무슨 일이냐고 추궁할 수도 없는 노릇이었다.

대수롭지 않은 일이라 생각한 지안이 손에 들고 있던 것을 제하에게 보여 줬다.

"청금석이네?"

티끌 하나 없이 맑고 투명한 푸른빛이 달빛에서도 환하게 빛났다. 거래하는 물품으로 보기는 했어도 이 정도로 좋은 물건은 처음이었다. 잘 다듬어 지환이나 장신구로 만들어도 손색이 없을 상품이었다.

"궁의 장인에게 맡겨도 되겠다."

"그래도 이곳에 있던 물건인데 가져갈 수 없어요."

"네 눈에 띄었으니 너와 인연이 있다는 거다. 불전도 충분히 냈으니 가져가도 돼."

"하지만……."

"네 물건이 아니었으면 그 노파가 너에게 그걸 보여 주지도 않았겠지. 더 늦으면 산에서 내려가기 힘들어진다. 어서 가자."

그 노파라는 말에 지안의 눈이 동그랗게 변하였다.

"노파를 만났어요?"

달빛에 하얗게 빛나는 지안의 뺨을 제하의 손이 천천히 어루만졌다.

여희랑 관련된 일이라면 지안은 충분히 흐트러질 수 있다. 어떤 방식으로 그녀에게 해를 입힐지는 알 수 없었지만 자신이 좀 더 조심하면 될 일이었다.

"뭐라고 하셨어요?"

"그게 네 거니까 그냥 가져가라더군."

"진짜요?"

"싫으면 두고 가든가."

제하의 말에 지안이 재빨리 청금석을 뒤로 숨겼다. 가져가도 되냐며 주저했어도 내심 가지고 싶었는지 주운 청금석을 안주머니에 조심스럽게 넣었다.

"내려가자."

제하의 말에 지안이 고개를 끄덕였다.

두 손을 모아 법당의 불상을 향해 인사를 끝낸 지안이 제하의 손을 붙잡았다.

자신의 하나뿐인 빛.

황제든 누구든 상관없다. 과거의 상처로 그녀를 다치게 한다면 그 이상의 대가를 치르게 할 것이다.

수옥사를 나오며 그가 잡고 있는 지안의 손을 힘껏 붙잡았다.

❀ ❀ ❀

"도대체 감시를 어찌한 것이냐! 어찌했기에 둘을 놓칠 수 있느냐 말이다!"

세령의 호통에 무릎을 꿇고 있던 사내들의 몸이 움찔댔다. 객주를 나온 제하와 지안에게 사람을 붙였었다. 세령 또한 둘의 뒤를 뒤따랐다.

제하의 심장에 검을 꽂은 후, 단 한 번도 받아 보지 못한 연정이었다. 홀린 듯 세령은 둘의 모습을 눈에 담고 또 담았다. 하지만 그것도 잠시, 사람들에게 휩쓸려 둘을 놓치고 말았다.

감시하던 사람을 닦달하고, 따라온 상궁을 시켜 찾게 했지만 그 어디에도 둘의 모습은 보이지 않았다. 결국 세령은 머무는 객주로 돌아올 수밖에 없었다.

그녀가 머무는 객주는 지안과 제하가 머무는 객주의 반대편에 있는 것으로 위층에서 내려다보면 한눈에 원하는 모습이 보이는 곳이었다.

"마마. 고정하시옵소서."

"그 계집 때문이다. 그 계집 때문에……."

"마마!"

세령의 반응에 곁을 지키던 상궁의 얼굴이 창백해졌다.

언제부터 저런 생각을 하게 된 것인지는 알 수 없었지만 세령은 위험할 정도로 선을 넘고 있었다. 황궁에 있을 황제가 세령의 변화를 알게 된다면 가만히 있지 않을 것이다. 그 소리는 그녀를 감시하고 제 길로 모셔야 할 자신 또한 황제의 손에 죽임을 당할 수 있다는 것이었다.

"폐하께서 이 사실을 아시면 큰 사달이 날 것입니다. 속히 황궁으로 돌아가셔야 하옵니다."

"휘령 공을 만날 것이다."

"황후마마."

"회임 기도를 가겠다며 시간을 벌어 놓은 것이 있지 않으냐! 내 휘령 공을 만나기 전까지는 단 한 걸음도 움직이지 않을 것이야.”

상궁이 알던 세령은 고집을 피우기보다는 주변 상황에 눈을 감고 참아 내는 성격이었다.

그랬던 그녀가 변하였다. 참기보다는 의견을 말하였고, 적극적으로 정치적 상황에 관심을 가지기 시작하였다. 문제는 그 변화가 좋은 방향이기보다는 위험하다는 것이었다.

“황후마마.”

상궁의 만류에도 세령은 미동조차 없었다. 분노에 떨리는 주먹을 움켜쥔 채, 제하와 지안이 머무는 객주를 노려볼 뿐이었다.

나날이 야위는 그녀와는 다르게 제하의 곁에 있는 지안은 무척이나 빛났다. 마치 과거의 자신을 보는 느낌, 그렇기에 지금의 둘을 더욱 받아들일 수 없었다.

‘현원으로 그냥 머물고 있었어야지.’

황제도 미련하고 어리석었다. 색에 미쳤으면 무엇하는가? 곁에 있는 계집조차 사내로 알고 건들지 못하였다. 황제의 어리석은 행동 때문에 일이 여기까지 오게 된 것이다.

그가 진즉 지안을 여인으로 취하였다면 이런 일은 일어나지 않았을 것이다.

“황후마마. 저기!”

무릎을 꿇고 있던 사내가 무언가를 발견한 듯 객주 밖을 손가락으로 가리켰다. 생각에 사로잡혀 있던 세령이 자리에서 벌떡 일어났다.

마주하는 시선이 기분 나쁠 정도로 화사하였다. 지금까지 어디서 무엇을 했는지 객주 밖을 나갔을 때보다도 지안의 표정은 더 밝아져 있었다. 핏줄이 도드라지도록 주먹을 움켜쥔 세령이 이를 갈았다.

저 모습을 더는 두고 볼 수 없었다. 결심한 세령이 자리에서 일어나 일 층으로 내려갔다.

무슨 일이시냐는 주인을 밀치고 달려 나간 그녀가 둘을 향해 다가가려 하였다.

그 순간, 지안의 곁에 있던 제하가 고개를 돌렸다.

"아!"

놀란 세령이 걸음을 멈추었다.

마주한 것은 그저 시선과 시선이었다. 하지만 눈물이 그렁그렁 맺혀 있는 세령과는 다르게 제하의 눈은 차가웠다.

조심하고, 또 조심했건만 제하는 알고 있었던 것인지 지안이 객주로 완전히 들어갈 때까지 다가오지 말라며 경고의 시선을 보내었다. 그의 시선에 몸이 굳은 세령이 그 자리에 주저앉고 말았다.

"마마!"

놀란 상궁이 세령을 부축하였지만, 그녀의 시선은 오직 정면의 제하에게 향해 있을 뿐이었다.

"전하."

울음기가 섞인 부름이 세령의 입에서 흘러나왔지만 정작 제하에게 그녀의 부름이 들릴 리 없었다. 오랫동안 세령을 노려보던 제하가 주저 없이 객주 안으로 들어갔다.

"가야 한다."

"마마. 이러시면 아니 되십니다."

"내…… 내 전하에게 할 말이 있다. 전하께서 아셔야 할 일이 있단 말이다. 이거 놔라! 전하에게 가야 한단 말이다!"

당장에라도 일어나서 제하가 있는 곳으로 가려는 세령을 상궁이 온 힘으로 막았다. 지금도 충분히 위험한 상황이었다. 원하국의 황후가 제후인 휘령 공을 잊지 못해 이러고 있다는 소문이 돌기라도 한다면…… 생각만으로도 끔찍한 일이었다.

"이거 놓지 못하겠느냐! 넌 누구의 상궁인 것이냐! 이거 놓으란 말이다!"

"마마. 제발 고정하시옵소서."

상궁과 세령이 승강이를 벌이고 있을 때, 객주 안으로 묵색 옷을 입은 여인이 안으로 들어왔다. 세령의 앞에 무릎을 꿇은 여인이 깊게 몸을 숙였다.

"황후마마."

갑작스러운 여인의 등장에 둘의 승강이가 멈추었다. 흐트러진 옷을 정리한 세령이 여인의 앞에 섰다. 숙였던 몸을 일으킨 여인이 가지고 있던 서신을 세령에게 내밀었다.

"주인님께서 전해 드리라 한 서신이옵니다."

제하라고 적혀 있는 봉투를 본 세령이 빼앗듯 서신을 강탈해 갔다. 진정하려 했지만 떨리는 심장이 멈추지 않았다.

제하는 아직 자신을 잊지 않았던 것이다. 다가오지 말라는 눈으로 노려봤지만, 제하에게는 아직 자신의 자리가 남아 있었다.

두근거리는 손으로 봉투를 열어 보니 시간과 장소가 쓰여 있었다.

세령의 반응을 조심스럽게 본 여인이 다시 몸을 숙였다.

"주인님의 말씀을 전해 드리옵니다. 섣불리 행동하시면 주인님은 그 시간에 나오시지 않겠다고 하셨습니다. 하실 말씀이 있으시다면 그 시간에 그곳으로 나오시라 하셨습니다. 그럼 소녀는 이만 가 보겠습니다."

말을 끝낸 여인이 뒤도 돌아보지 않고 객주를 나갔다.

여인을 보던 세령이 떨리는 손으로 들고 있는 서신을 보았다.

그녀에게 다가온 유일한 기회. 무슨 일이 있어도 절대 놓치지 않을 것이다.

그의 곁에 있을 사람은 자신뿐, 그에게 권좌를 줄 수 있는 여인 또한 자신뿐이었다.

제하는 지안이 아니라 세령을 선택하게 될 것이다. 반드시 그렇게 만들 것이었다.

❋ ❋ ❋

세령과 만나기 위해 나온 제하의 눈에 보인 것은 밖에서 그를 기다리던 지안과 그녀의 곁에서 이야기를 꺼내는 사환의 모습이었다. 미소를 짓지는 않았지만 사환의 이야기가 흥미로운지 지안이 집중하고 있었다.

어려도 사환 또한 사내가 아닌가. 분명 싫다고 했거늘 그의 말에도 사내와 단둘이 있는 지안의 모습이 마음에 들지 않았다.

"일은 안 하고 여기서 뭐하는 거지?"

"아! 나리."

"여기 사환은 손님과 대화하는 것으로 돈을 받나 보지?"

제하의 싸늘한 말에 지안이 눈을 찌푸렸다. 기분 나쁜 일이라도 있었던 것일까? 기분이 가라앉아 보이기는 했지만 죄 없는 사환에게 화풀이하는 것은 좋지 않았다.

"제하. 무슨 말을……."

지안이 말을 꺼내려는 찰나 눈치 좋은 사환이 넙죽 몸을 숙였다. 한두 해 사환 일을 하는 것도 아니었고, 젊은 부부에게서 이런 모습을 종종 보았기에 사내가 왜 저런 반응을 보이는지 아는 그였다.

"죄송합니다. 나리. 잘못하였습니다. 그럼 부인 이만 물러가겠습니다."

말을 마친 사환이 지안에게 몸을 숙인 후, 빠른 걸음으로 사라졌다. 안으로 사라지는 사환을 미안한 눈으로 보던 지안이 제하를 향해 눈을 흘겼다.

하지만 이번만큼은 제하도 그냥 넘어가고 싶지 않았다. 보고 싶지 않은 세령을 만나는 일만으로도 이미 짜증이 날대로 나 있었다.

"사환도 사내잖아."

"저 사환은 날 당신 부인으로 알고 있잖아요. 그리고 그냥 객주에서 일어나는 이야기만 들었을 뿐이에요. 지난번도 그렇고, 왜 자꾸 그래요."

"단둘이 있을 때 들을 이유는 없잖아."

제하의 냉정한 말에 지안이 눈을 내렸다. 그가 왜 그런지 알면서도 왠지 모르게 서운하였다. 그녀에게 사내는 제하뿐이었다. 그 사실을 알고 있으면서도 다른 사내와 잠깐 이야기를 나누는 것조차 싫어하였다.

"그때의 사내도, 저 사환도 그냥 스쳐 가는 사람일 뿐이에요. 나한테는 아무 의미도 없다고요."

"그래도 싫어. 굳이 해야 할 이야기가 있다면 채훈이나 다른 사람을 시켜. 그래도 되는 일이야."

제하의 단호한 말에 지안이 눈을 내렸다. 작은 투기일 수도 있지만, 한편으로는 제하가 자신을 믿지 않는 것처럼 느껴졌다. 그를 생각하는 마음이 깊어질수록 서운함이 더 밀려왔다.

"나 못 믿는 거예요?"

"갑자기 그게 무슨 소리야?"

"날 믿으면 내가 누구와 무슨 이야기를 나누어도 믿어 줄 거예요. 그저 짧게 대화를 하는 것뿐인데도 이러면…… 날 못 믿는 걸로 느껴져요."

풀이 죽은 지안의 모습에 제하가 눈썹을 꿈틀댔다. 그녀를 믿지 않는다니 말도 안 되는 일이었다. 하늘 아래 그가 전부를 내보일 수 있는 사람은 지안뿐이었다. 그런 그녀가 누구보다도 귀했기에 어느 사내에게도 여지를 주고 싶지 않아서 그런 것이었다.

"그런 거 아니야. 널 안 믿는다니 내가 그럴 리가 없잖아."

조금의 주저도 없이 제하가 그녀의 말을 부정하였다. 그녀에게 상처를 줄 생각은 전혀 없었다. 자신의 행동이 억지라는 것을 알고 있으면서도 다른 사내의 곁에 있는 그녀를 볼 때마다 눈이 아득해질 정도로 화가 나고 불안하였다.

더는 말을 잇지 못하는 제하를 지안이 물끄러미 바라보았다. 속상한 것이 풀리지는 않았지만, 그와 말씨름을 하고 싶지는 않았다.

"알았어요. 조심할게요."

지안이 힘없이 대답하자 제하가 소리 없이 한숨을 내쉬었다.

그녀가 왜 그러는지는 알지만 사내와 단둘이 있는 모습만큼은 정말로 보고 싶지 않았다.

할 수만 있다면 그녀의 주변에서 사내를 전부 치워 버렸으면 하는 마음뿐이었다.

엄한 놈 때문에 지안에게 상처만 주고 말았다.

"이리 와."

제하의 품에 지안이 조용히 안겨 왔다.

지안의 등을 천천히 두드리며 제하가 작게 속삭였다.

"너 안 믿는 거 아니야."

"알고 있어요. 그냥…… 당신에게 어리광 부리고 싶었나 봐요. 내가 미안해요."

"갔다 올게."

지안이 고개를 끄덕이자 제하가 준비된 마차에 몸을 실었다. 출발한 마차가 완전히 사라질 때까지 지안이 그 모습을 오랫동안 바라보았다.

❀ ❀ ❀

상궁을 닦달하여 반나절 내내 한 치장이었지만 마음에 들지 않았다. 시간만 넉넉했다면 황궁으로 사람을 보내 두고 온 장신구들을 전부 가져오게 하고 싶었지만 그렇게 할 수 없었기에 할 수 있는 최선의 모습으로 세령은 치장하였다.

조금 후면 이곳으로 그가 올 것이다.

그를 떠올리는 것만으로도 몸의 떨림이 가라앉지 않았다.

"손님께서 오셨습니다."

상궁의 목소리가 들리고, 닫혀 있던 문이 열렸다.

"아!"

문이 열리며 들어오는 그의 모습에 세령의 눈가에 눈물이 글썽거렸다. 천천히 시작된 떨림이 그녀를 완전히 휘감았다.

"저, 전하."

울먹이던 세령이 그에게 안기려 달려 나가려는 순간, 차가운 눈의 제하가 몸을 깊게 숙였다.

"황후마마께서 이리 누추한 곳까지 어인 일로 오신 것입니까?"

세령의 걸음이 몇 걸음 가지 못하고 멈추었다.

"전하. 소녀예요. 세령이란 말입니다."

과거의 추억이라도 되살려 보자는 것일까? 자신이라며 다가오는 세령에게서 제하가 뒤로 물러났다.

한 공간에 같이 있는 것조차 구역질이 났다. 지안을 걱정시키기 싫어 적당히 핑계를 대고 나온 걸음이었다. 심장을 찌른 후부터 그녀와는 끝난 인연이라 생각했었다. 그렇게 생각하고 있었건만, 세령에게는 아닌 듯하였다.

그렇다면 이번에야말로 그가 직접 잘라 낼 것이다.

"황후마마. 이만 하시지요."

"전하!"

"귀하신 분께서 어찌 이러신단 말입니까?"

"황후인 저는 전하를 폐하로 만들 수 있습니다! 이제는 그럴 힘이 있단 말입니다!"

그가 일말의 여지도 주지 않자 결국 세령이 먼저 제하의 관심을 끌 만한 말을 던졌다. 시선을 외면하던 제하가 그제야 고개를 들어 그녀를 바라보았다. 멈춰 있는 제하에게 세령이 조심스럽게 다가갔다.

"그때의 전 어리석었어요. 가문을 위한 일이라는 말에 미처 생각하지 못했어요. 죄송해요. 정말로 죄송해요. 전하. 진심으로 믿어 주세요. 전하를 위한 마음은 예전이나 지금이나 달라지지 않았어요. 아니요. 더 간절하게 변했어요."

"……."

당장에라도 말을 자르고 싶은 것을 억지로 참아 내며 제하가 그녀의 뒷말을 기다렸다.

제하의 앞까지 다가온 세령이 그의 손을 붙잡았다.

"전하와 제가 손을 잡으면 돌아갈 수 있어요. 제가 도와드릴게요. 전하께서 당연히 앉으셔야 하는 그 자리, 전 드릴 수 있어요."

"대신 지안을 버리란 말입니까?"

"어쩔 수 없는 선택을 해야 할 때도 있지요."

세령의 말에 제하의 입가에 보기 좋은 미소가 생겨났다. 자신의 진심이 전해진 것인지 밝아진 제하의 표정에 세령 또한 미소를 지었다.

세령의 손을 잡은 제하가 다른 손으로 그녀의 뺨을 감쌌다. 뺨에 닿은 그의 손길을 느끼며 세령이 손을 포개었다.

"세상에서 가장 추한 사내가 어떤 자인지 아십니까?"

갑작스러운 제하의 물음에 세령이 모르겠다며 고개를 저었다.

그 순간 제하의 눈가에 짙은 살기가 맺혔다.

"과거의 정인을 제대로 정리하지 못한 사내지. 넌 날 그런 추하고 천박한 사내로 만들 생각인 것이냐?"

제하의 미소가 비웃음으로 바뀌고 세령의 뺨을 감쌌던 손이 그녀를 매섭게 쳐 냈다.

"사람을 죽여 놓고는 이제 와서 진심을 알아 달라? 더 간절히 변했으니 목숨을 구해 준 지안을 버리고 널 선택하라? 원하국의 황후께서는 참으로 뻔뻔한 말을 당연하다는 듯이 말씀하시는군."

"전하!"

제하의 독설에 세령이 소리를 질렀다. 하지만 제하의 말은 끝나지 않았다.

"그렇게 미안해서 도와줄 생각이라면 네 심장에 네가 직접 검을 꽂아라. 그럼 최소한 네 진심을 믿을 수는 있겠지."

허리춤에 차고 있던 단검을 세령에게 던지며 제하가 차갑게 일갈하였다. 이런 여인을 목숨까지 걸며 연모했던 자신의 꼬락서니가 우스웠다. 어사중승이 한심하다고 한 말이 수백 번 이해가 갔다.

자신의 앞에 놓인 단검을 본 세령이 창백한 얼굴로 제하를 바라보았다.

"전하께서는 누구보다 절 연모해 주셨잖아요. 저의 치부를 아시면서도 아껴 주셨잖아요? 그런데 어찌 죽으라는 말을 그렇게 쉽게 말씀하실 수 있으세요?"

세령의 항변에 제하가 어이없다는 듯 헛웃음을 터트렸다.

배신으로 끝나 버린 연모에, 남은 것은 정리하지 못한 감정의 잔재뿐이었다. 그녀에게 미련은 조금도 없다. 그때는 보지 못했던 모습, 이제야 알게 된 세령의 본모습은 구역질이 치밀 정도로 추하였다.

"처음이자 마지막으로 하는 부탁이다. 너의 자리에서 네가 할 수 있는 일을 해라. 네 사소한 행동이 지안이나 나에게 조금이라도 영향을 준다면 널 절벽으로 몰 사람은 내가 될 것이다."

"연모해요!"

방을 나가려는 제하를 세령이 붙잡았다.

"연모해요! 전하!"

"널 증오한다. 죽일 수만 있다면 내 손으로 지금 죽이고 싶을 만큼 너를 증오해."

제하의 말에 세령이 잡고 있던 손을 놓았다.

저런 눈을 가진 사내였던가? 제하가 자신을 저런 눈으로 볼 줄은 상상조차 하지 못하였다. 무언가가 잘못되었다. 그는 절대 자신에게 저런 말을 하지도, 저런 눈으로 보지도 않는 사내였다.

"그 계집 때문입니까?"

세령의 물음에 제하가 눈을 좁혔다. 지안이었다면 이런 분위기의 제하를 절대 건들지 않았을 것이다. 하지만 세령에게는 제하를 이해할 생각도, 지금 상황이 어떤지도 아무런 관심이 없었다.

어떻게든 자신의 마음을 그에게 알릴 생각뿐이었던 그녀가 차갑게 말을 내뱉었다.

"그 계집 때문입니다. 그 계집이 전하에게 저를 모함한 것이 분명합니다. 그녀의 말에 귀를 기울이지 마세요. 그녀가 전하의 목숨을 노릴 것입니……."

세령의 독설은 끝까지 이어지지 않았다. 제하의 손이 허공을 지나 세령의 뺨 바로 옆에서 멈추었다. 뺨을 치더라도 지금 느낀 불쾌감은 가라앉지 않을 것이다. 손에 검이 있었다면 제하는 세령의 뺨이 아니라 목을 베었을 것이다.

"내 눈에 네가 이렇게 보이는데 그 황제가 널 어찌 보고 있을지 뻔하군. 가 보겠다. 다시는 이렇게 볼일 따위 없을 것이다."

팔을 내린 제하가 방문을 열었다. 나가는 제하의 뒤로 세령이 달려 나왔다.

"저에게 돌아오시지 않으면 송지안을 죽이겠어요!"

"그전에 내가 널 죽일 수도 있겠지."

제하의 말에 세령이 바닥에 주저앉았다. 제하의 모습이 완전히 사라질 때까지 그의 뒷모습을 노려보던 세령이 그대로 정신을 놓았다. 정신을 잃은 상황에서도 깨물고 있던 입술에 한 줄기 핏줄기가 흘러내렸다.

❀ ❀ ❀

잠깐 만났을 뿐인데도 온몸의 피로가 한꺼번에 밀려왔다.

지안을 죽이겠다며 패악을 부리는 세령의 모습이 아직도 눈에 선하였다. 그가 변한 것처럼 세령 또한 변했다는 것인가? 아니다. 어쩌면 저 모습이 진짜 세령일 수도 있었다.

그도 지안을 만나지 않았다면 저런 모습으로 복수만을 외쳤을지도 모르는 일이었다. 세령의 모습을 생각하면 할수록 끔찍하였다.

저런 여인을 어떻게 연모하고 아꼈던 것인지 지금의 그로서는 전혀 이해할 수 없는 일이었다.

"아!"

지친 걸음을 옮기던 제하가 무언가를 발견한 듯 자리에서 멈추었다. 밤바람도 쌀쌀하건만, 무슨 연유에서인지 장옷을 걸친 지안이 밖에 나와 있었다. 밤바람이 찬지 손에 입김을 불어넣던 지안이 제하를 향해 고개를 돌렸다.

두근두근.

함께하는 시간이 계속될수록 점점 그녀에게 빠져들었다. 잠깐이라도 눈에 보이지 않으면, 손을 뻗었을 때 그녀가 다가오지 않으면 불안하였다.

제하를 발견한 지안이 종종걸음으로 그에게 다가왔다.

"왜 나와 있어?"

"잠이 안 와서요. 일은 끝났어요?"

지안의 물음에 제하가 고개를 끄덕였다. 지쳐 있는 제하를 바라보던 지안이 말없이 그의 손을 붙잡았다.

그가 누구를 만나고 왔는지 알고 있었다.

수옥사에 갔다 온 날, 세령의 목소리가 들렸다. 기분 탓이라 넘기기에는 너무나도 선명하였기에 제하 몰래 반대편 객주를 종종 살폈다. 그러던 어느 날 객주에서 나오는 세령을 보게 되었다.

그녀가 왜 여기까지 왔는지 알 수 없었지만 좋지 않은 기분이 들었다. 제하에게 세령에 대해 말하는 방법도 있었지만, 이상하게도 제하에게 그녀의 존재를 알리고 싶지 않았다.

결국 세령이 이곳에 있다는 사실을 지안은 조용히 묻었다.

"들어가요."

지금만큼은 지안의 담담한 목소리에 의지가 되었다. 그녀가 이끄는 대로 그가 조용히 따랐다.

"왜 안 물어봐?"

그의 옷을 받아 드는 지안에게 제하가 물었다.

"뭐가요?"

"누구 만나고 왔는지, 왜 나갔는지 안 궁금해?"

세령과 만나고 온 것을 아는 것은 아닐까? 애써 불안을 삼키며 그가 물었다.

황제만으로 충분히 힘든 지안에게 세령이라는 말도 안 되는 짐까지 주고 싶지 않았다. 궁으로 돌아갈 때까지 그녀에게 걱정이 될 만한 일은 절대 만들고 싶지 않았다.

"내가 물어봤으면 하는 거예요?"

"아니."

좀처럼 지친 기색을 드러내지 않던 그가 오늘만큼은 피곤해 보였다. 받아 든 옷을 의자에 올려놓은 지안이 몸을 돌려 제하의 품에 안겼다. 그녀의 어깨에 얼굴을 묻은 제하가 무거운 숨을 길게 내쉬었다.

"말하기 싫으면 하지 마요."

"힘들다."

"피곤하면 내가 재워 줄까요?"

"뭐?"

예상치 못한 말에 제하가 눈을 좁혔다. 제하와는 다르게 말을 꺼낸 지안은 진지하였다. 씻고 오라며 제하를 목간으로 밀며 지안이 말하였다.

"언제나 제하가 날 다독여 줬잖아요. 오늘은 내가 해 줄게요."

"누굴 애로 보는 것도 아니고."

"아이였으면 재워 준다는 말도 안 해요!"

이미 결심을 굳힌 것인지 제하가 툴툴대도 상관없다는 표정으로 지안이 미소를 지었다.

잠시 후, 침상에 앉아 있는 지안의 무릎에 제하가 머리를 베고 누웠다. 아이냐고 투덜댄 것도 잠시 지안의 무릎에 누우니 온몸을 무겁게 짓누르던 피로가 가라앉는 기분이었다.

"편해요?"

물음에 답을 하는 대신 제하의 팔이 지안의 허리를 휘감았다. 지안의 품에 얼굴을 묻고 숨을 깊게 들이마시니 세상을 다 얻은 기분이었다.

"지안아."

제하의 부름에 지안이 고개를 숙였다.

자신과 손을 잡지 않으면 지안을 죽인다고 소리쳤던 세령의 목소리가 아직도 생생하였다.

"불러 놓고 왜 말을 안 해요?"

"나 혼자 두고 어디 가지 마."

그의 말에 방심하던 심장이 다시 쿵쾅댔다. 세령과 만나서 무슨 이야기를 들은 것인지 그는 지독히도 피곤해하고 지쳐 있었다.

아닌 척 참고 있었지만 세령과 제하가 따로 만난 것만으로도 왠지 모를 불쾌감이 치밀었다.

심장을 찔러 놓고 이제 와서 제하를 힘들게 하는 것인지 이해가 되지 않았다. 더군다나 현재 그녀는 황후이지 않은가? 제하를 흔들어서 무엇을 얻으려는 것인지 생각할수록 알 수 없었다.

차라리 모르는 척 세령에 대해 물어볼 수도 있었지만 지안은 애써 말을 삼켰다. 복잡한 마음을 숨기듯 지안의 손가락이 이마에 내려온 제하의 머리카락을 쓸어내렸다.

제하에게서 편안한 숨이 길게 흘러나왔다. 나지막한 목소리로 지안이 그에게 속삭였다.

"가지 않아요."

"너는 변하지 마."

"……."

"너만큼은…… 그렇게 변하지 마."

잠결에 나지막이 읊조리는 말은 듣는 것만으로도 아팠다. 좀처럼 보여 주지 않았던 상처가 함께하는 시간이 늘어 가면서 그녀의 눈에 하나씩 들어왔다.

지안이 그를 믿는 만큼 제하도 그녀를 믿었다. 세령의 존재에 불같이 치밀던 화가 사그라졌다.

"당신 곁에 있을 사람은 나예요."

잠이 든 제하를 지안이 조용히 바라보았다. 조심스러운 손이 그의 얼굴을 감쌌다.

그녀에게는 제하 외에는 없었다. 어린아이 같은 고집에 맹목적인 집착이어도 어쩔 수 없다.

'당신 곁에 있을 수만 있다면 난 무엇이든 할 수 있어요.'

제하가 곁에 있기에 살려는 욕심이 생겼다. 그러니 누구에게도 여지를 주지 않을 것이다.

그의 손을 붙잡은 지안이 편안히 잠든 제하를 오랫동안 바라보았다.

해가 뜨기 전, 황후가 탄 마차가 황궁으로 서둘러 출발하였다.

삼 일 후, 이목의 목사까지 만난 제하가 지안과 함께 궁으로 돌아갔다.

❋ ❋ ❋

궁으로 돌아온 제하는 미뤄 놓았던 정무를 모두 끝낼 기세로 일을 하기 시작하였다.

현번의 대신들을 궁으로 부른 그는 본론부터 꺼내었다.

"지금 말씀하신 것이 사실이옵니까?"

"그럼 내가 거짓을 말할 이유는 무엇인가?"

거듭된 재해로 황폐해진 마을이 어느 정도 회복될 때까지 조세의 절반만 걷겠다는 선언에 대신들의 분위기가 술렁댔다. 양옆에 앉아 있는 대신과 바쁘게 말을 나누는 이들을 보며 제하가 의자에 몸을 기댔다.

"우선 기한은 이 년 정도로 생각하고 있다. 추후 그만큼 성과를 보인다면 절반까지는 어려워도 삼분지 일 정도는 감면할 수 있다고 생각한다."

"황궁에 내는 조세를 생각한다면 현번을 유지할 자금이 부족할 수 있습니다. 그에 대한 대책은 생각해 놓으신 것입니까?"

"없는 만큼 메우려면 자금을 마련해야겠지. 연이은 재해로 없어져 버린 길을 다시 만들까 한다. 현번 밖에서 사람을 끌어 모으려면 최소한 오는 길이라도 편해야 하지 않겠나? 그대들이 조금 도와준다면 일은 어렵지 않을 것 같다만 어찌 생각하오?"

"길을 만드는 데 필요한 자금을 대라는 것입니까?"

"그대들은 자금과 사람을 대고, 난 그 자금으로 필요한 재료와 일을 한 이들에게 품삯을 주면 되겠지. 물론 그대들에게 전부 책임지라는 것은 아니요. 할 수 있는 선에서 나 또한 지원을 해 줄 것이오."

"휘령 공의 명 하나면 사내들을 끌어모을 수 있습니다. 굳이 삯을 주고 그들을 부릴 필요가 있겠습니까?"

예상했던 물음이 나오자 제하가 기대고 있던 몸을 들어 허리를 세웠다.

제 창고에서 돈 나가는 것을 질색하는 저들에게서 털어 낼 수 있는 한 털어 내야 하는 것이 오늘 제하가 할 일이었다.

"조만간 농번기가 끝나고 농한기가 온다는 것은 알고 있다. 하지만 먹을 것이 부족한 백성은 농한기에도 먹고살 작물을 심는 걸로 알고 있다. 최소한 그런 그들의 삶을 흔들면서까지 해야 될 일이라면 그 대가를 주는 것이 당연하지. 그리고 그대들은……."

말을 멈춘 제하의 눈이 앉아 있는 이들의 얼굴을 하나씩 담았다.

"이미 충분히 많이 해 먹지 않았는가? 이곳이 너덜너덜해질 정도로 말이야."

제하의 말에 몇몇 대신의 몸이 움찔댔다.

입꼬리는 올라갔지만 그들을 노려보는 제하의 눈은 차가웠다.

"그걸 뒤지고 싶은 생각은 없다. 그대들의 뒤에서 누구의 지시를 받고 있는지도 말할 생각 또한 없다. 내가 원하는 것은 엉망인 현번을 되돌리는 것이지 그대들과 진흙탕 싸움을 하자는 것이 아니다. 그리고 이제 다른 지역의 대신들에게 무시당하는 것도 지겹지 않은가? 현번이 나아질수록 높아지는 것은 그대들의 위상이지 않은가?"

싫다는 말을 꺼내지 못할 정도로 차가우면서도 그가 꺼내는 제안은 거절할 수 없는 유혹적인 것이었다. 말로는 귀족이었지만 척박하고 볼품없는 현번 내의 관리라 제대로 인정받지 못하고 있는 것이 현실이었다.

대립 관계이기는 하지만 황제의 하나뿐인 동생이자, 어사중승과 손을 잡으면서 황궁에서의 입지도 무시할 수 없게 된 제하였다.

그의 뜻을 따르며 눈에 들 수만 있다면 권력을 얻는 일은 그다지 어려운 것이 아니었다. 하지만 잘못 줄을 서면 권력을 잃는 것뿐만 아니라 죽을 수도 있는 일이었다.

눈치를 보며 말을 꺼내지 못할 무렵, 뒤쪽에 앉아 있던 사내가 낮은 목소리로 입을 열었다.

"만약 소인들이 휘령 공께서 말씀하시는 대로 따른다면 공께서 지원하시는 태성 상단의 힘을 이용하실 것입니까?"

익숙한 얼굴의 등장에 제하의 입꼬리가 또다시 올라갔다. 제하보다 다섯 살 정도 위로 보이는 사내가 그를 도전적인 눈으로 보고 있었다.

이목의 목사.

필요한 만큼 지원해 주면 이상의 결과를 만드는 사내.

그의 호응을 이끌어 낼 수 있다면 현번의 세력을 장악하는데 어려움이 없을 것이라 했던 어사중승의 말을 떠올리며 제하가 그와 시선을 마주했다.

"우선 내가 기댈 만한 곳이 상단밖에 없지 않은가?"

"태성 상단이 원하국에 얼마나 큰 영향력을 주는지 알고 있습니다. 공의 말씀대로 현번에 가장 필요한 것은 교류입니다. 그리고 태성 상단에 막대한 영향력을 가지신 공께서 움직이신다면 오랫동안 침체되어 있던 현번에 큰 도움이 될 것입니다. 그것을 위한 길이라면 얼마든지 공의 뜻을 따를 수 있습니다."

막힘없이 나오는 목사의 말에 대신들 사이에 흐르던 부정적인 분위기가 흐트러졌다. 서로 대화를 하고 있지는 않았지만 나아질 수 있다는 목사의 말이 그들의 얇은 귀를 흔들고 있었다.

"솔직히 지금의 현번은 제후가 하사받은 봉토라 부르기도 부족한 땅이옵니다. 장사를 하러 오는 상인은 드물고, 백성들이 농사를 짓고 꾸준히 조세를 내어도 한 해를 넘기기 쉽지 않은 곳이옵니다. 풍족한 도성에 비하면 이곳은 변방보다도 살기 어려운 곳이옵니다."

"그대는 말을 조심하게! 어디 공 앞에서 그런 패악인 것인가!"

목사의 말을 듣던 대신 중 하나가 제하를 힐긋 바라보며 목소리를 세웠다. 그런 그의 행동을 제하가 손을 들어 막았다.

어떻게 하라 시키지 않아도 목사는 제하가 원하는 방향으로 움직이고 있었다. 좋다는 말만 계속해서는 이들을 설득할 수 없다. 그리고 굳이 쓴소리가 아니더라도 현번이 엉망인 것은 사실이었다.

"그래서 내 그대들을 부른 것이 아닌가? 힘든 일이지만 힘이 되어 달라는 부탁을 하려고 말이지."

"부족한 머리로 생각하였을 때 휘령 공께서 말씀하신 일은 충분히 가능성이 있는 일이옵니다. 다만 그 모든 일이 가능할 수 있는 바탕은 조세의 감면이옵니다. 하지만 현번 내에서만 조세를 감면한다면 분명 다른 곳에서 반발이 일어날 것입니다. 결국 폐하께서 직접 나서시게 될 것입니다."

목사가 하고자 하는 말을 깨달은 제하가 만족스러운 미소를 지어 보였다.

당장 곁으로 데려올 수는 없겠지만 목사로 두기에는 아까운 머리였다. 주는 대로 받아먹으려는 사람보다는 더 많은 걸 가져오기 위해 이를 드러내는 사람이 그에게는 더 필요했다.

이 년 동안 절반의 조세를 받는 행동은 목사의 말대로 쉽지 않았다. 꼬박꼬박 힘든 조세를 내는 평민들에게는 솔깃할 이야기였고, 귀족들에게는 제하의 행동이 독으로 보일 것이다.

제하를 눈엣가시로 생각하는 황제에게는 그를 공격할 절호의 기회가 될 수도 있는 일이었다.

"나는 상인만을 이곳으로 끌어올 생각이 아니다. 물건을 팔러 오면 무엇하는가? 살 사람이 없고 팔 사람이 없으면 장사꾼은 뒤도 안 돌아보고 떠나는 이들이다."

"……."

"사람이 없다면 사람을 끌어와야지. 조세를 감면하면 현번을 유지할 자금이 없다고 했는가? 그렇다면 조세를 낼 사람을 더 끌어오게 해야지. 그리고 목사가 말한 이 년, 그건 내가 무슨 수를 써서라도 지켜 내겠다. 그건 내가 감당해야 할 책임이

지 그대들이 걱정할 문제가 아니다."

부정적인 분위기가 점점 변하기 시작했다.

한번 해 본다 한들 그들이 손해 볼 일은 없었다. 하지만 그럼에도 바로 호응을 할 수 없는 이유는 황제였다.

현번이 발전할 수도 있는 기회였지만, 동시에 황제와 대립하는 휘령에게 현번의 귀족들이 힘을 실어 주는 모습으로 보일 수도 있었다. 광기에 찬 황제의 기행으로 불만이 쌓이기는 했지만, 여전히 황제의 영향력은 상당했다.

주저하는 대신들을 보며 제하가 힘든 숨을 내쉬었다.

어차피 곧바로 끝낼 것이라 생각하지 않았다. 이제 겨우 시작임에도 갈 길이 멀게 느껴졌다.

한 번은 해야 할 일, 생각을 정리한 제하가 그들을 다시 설득하기 시작하였다.

❁ ❁ ❁

"이야기가 길어지네요."

어두워진 밖을 보며 지안이 지나가는 말을 던졌다. 지안이 마실 차를 따른 영이 그녀의 앞에 따뜻한 잔을 내려놓았다.

"좀처럼 의견이 모이지 않는다고 하시더라고요. 어려운 문제니 쉽게 결론이 나지 않는 것 같아요."

영에게서 잔을 받은 지안이 김이 나는 차를 한 모금 입에 담았다. 담담했던 표정에 옅은 미소가 감돌자 비로소 영이 안도의 숨을 내쉬었다. 지척에서 모시는 지안은 절대 까다로운 주인이 아니었다.

다만 그런 지안에게 하나씩 받을수록 좀 더 좋은 것을, 차를 올려도 그녀의 입에 맞는 차를 올리고 싶었다. 혼인만 하지 않았을 뿐, 지안은 이미 궁의 안주인이었다.

지안은 아직은 아니라며 고개를 저었지만, 제하가 미처 신경 쓸 수 없는 궁의 내부를 살피는 사람은 지안이었다. 하물며 여희와의 기억이 있어서인지 궁에서 일을 하는 평민에게조차 함부로 대하지 않았다.

"좀 전에 채훈 부단주…… 아니, 채훈 종사께서 들어가셨는데 휘령 공에게서 나오는 분위기가 워낙 섬뜩하여 잠시 쉬시라는 말씀도 못 꺼내셨다고 하시더라고요."

제하가 휘령으로 돌아오자 채훈 또한 상단에서 물러났다. 다른 이들은 각자 원하는 자리를 받았지만 채훈은 제하의 곁에 머무는 것을 택하였다. 내심 채훈이 곁에 머물기를 바랐던 제하였기에, 그의 결정을 기꺼이 받아들였다.

"이야기가 자꾸 길어져서 그러겠죠. 그래도 상대를 배려해 주는 사람이니 곧 끝날 수 있을 거예요."

지안의 말에 영이 복잡한 눈으로 그녀를 바라보았다. 영의 눈을 바라보던 지안이 접었던 서책을 다시 펼쳤다.

"나쁜 사람은 아니잖아요."

"아…… 네."

나쁜 사람은 아니지만 무서운 사람이라는 것이 문제라면 문제였다. 지안이 모르는 것인지, 아니면 아는데도 외면하는 것인지는 몰라도 휘령 공이 모든 것을 받아들이는 사람은 지안뿐이었다. 상대를 압도하는 분위기는 약간의 거짓말도 할 수 없게 하는 힘이 있었고, 설령 거짓을 말하더라도 곧바로 알아채니 그의 앞에 있으면 영의 전부가 다 밝혀지는 기분이었다.

모셔야 하는 주인이었기에 어쩔 수 없었지만 같은 신분이었다면 절대로 상대하지 않았을 사람이었다. 심지어 이러한 생각은 영만 가지고 있는 게 아니었다.

"아가씨께서는 휘령 공이 안 무서우세요?"

무서우냐는 물음에 지안이 무슨 소리냐는 듯 영을 보았다. 지안의 시선에 영이 다시 말을 꺼냈다.

"다가가기 어려운 분위기를 가지고 계시기도 하고, 작정하고 말을 숨겨도 공께서는 곧잘 알아차리시잖아요."

"영은 제하가 어려운가요?"

지안의 물음에 영이 애써 말을 삼켰다. 괜한 이야기를 꺼낸 기분이 들었지만 영의 솔직한 심정이었다. 지안을 모시면서 시종으로는 과분할 정도의 지원을 받고 있었지만 역시 쉽지 않은 것은 사실이었다.

그녀가 모셔야 할 주인이 지안이 아니라 제하였다면 얼마 가지 못해 도망갔을지도 모르는 일이다. 대답하길 주저하는 영을 보던 지안이 펼친 서책을 다시 접었다.

"처음엔 나도 제하가 불편했어요. 솔직히 지금도 가끔 내 생각을 꿰뚫어 볼 때면 이 사람이 어디까지 알고 있는 건지 궁금할 때도 있어요. 그래도……."

궁으로 돌아오자마자 하루도 제대로 쉬지 못하는 그가 걱정되었다. 지안에게는 괜찮으니 신경 쓰지 말라 했지만 눈에 보이는 걸 외면할 수는 없었다.

"그 사람만큼 날 아껴 주는 사람은 없으니까. 나보고 살아 보자며 손을 내밀었던 사람은 그 사람밖에 없으니까. 그걸 아는데 어떻게 어려워하고 피하겠어요."

말을 끝낸 지안이 부끄러운지 창으로 시선을 돌렸다. 지안을 보던 영이 조용히 고개를 끄덕였다.

옅은 홍조를 띤 지안이 얼굴을 가리듯 영이 건넨 찻잔에 입술을 갖다 대었다. 하지만 이내 들었던 잔을 다시 내려놓았다.

"아가씨. 무슨 일 있으세요?"

"영에게 준다고 해 놓고 잊고 있었네요. 잠시만요."

자리에서 일어난 지안이 침상 옆의 서랍에서 작은 주머니를 꺼내었다. 그녀의 얼굴에 묘한 기대감이 서려 있는 것이 보인다면 영만의 착각일지도 모른다. 그럼에도 영에게 주머니를 건넨 지안의 얼굴은 상기되어 있었다.

"이목에서 산 건데 영에게 어울릴지는 모르겠어요."

지안에게 주머니를 건네받은 영이 묶여 있는 끈을 풀었다.

짙은 자줏빛 머리끈과 좀처럼 구하기 어렵다는 홍옥으로 만든 팔찌가 안에 들어 있었다.

아무 말 없이 영이 사 온 물건을 보고만 있자, 자신이 사 온 것이 마음에 들지 않는다고 생각한 지안이 풀 죽은 목소리로 입을 열었다.

"마음에 안 드나요?"

"……."

"역시 물어보고 살 걸 그랬나 봐요. 종종 여희가 팔찌를 끼는 걸 봤었거든요. 머리 장신구는 눈에 너무 띄어서 안 좋다고 했던 말에 끈으로 산 건데…… 마음에 안 들면 다른 사람 주거나 팔아도 돼요. 그냥 멋대로 산 거니까……."

"……이렇게 귀한 걸 어떻게 받아요. 아가씨."

가라앉은 영의 목소리에 지안이 하던 말을 멈추었다. 고개를 푹 숙인 영이 말없이 지안이 건넨 물건을 조심스럽게 만지고 또 만졌다.

"가져도 돼요."

"……."

"난 여희에게 받기만 했지, 준 건 거의 없었어요. 그때는 아무것도 몰라서 그녀가 주는 대로 받기만 했는데 이제 와 생각하면 그녀에게 아무것도 못 해 준 게 제일 후회돼요."

목소리를 비슷하게 따라 한다는 이점 하나로 지안의 시비로 들어왔다. 그저 필요한 만큼 쓰다가 버리면 그만인 그녀에게 지안은 많은 걸 해 주었다.

가족을 다시 만난 것만으로도 더는 바랄 것이 없다. 그런데도 지안이 그녀에게 건넨 선물이 부담스러우면서도 감사했다.

"여희가 죽은 후, 내 곁에 누군가가 머물 거라고는 생각하지 않았어요. 그래도 운이 좋아 영을 만났으니 참으로 다행이에요. 앞으로도 많이 부탁할게요."

감사히 쓰겠다는 말조차 죄송스러웠다. 그녀가 한 것은 지안의 치장을 도와주고, 다른 시비들처럼 그녀의 주변을 정리한 것뿐이었다.

받은 물건을 주머니에 넣은 영이 지안을 향해 고개를 숙였다.

"감사히 받겠습니다. 대신 아가씨께서도 이제부터는 소인에게 편하게 말씀해 주세요."

"그래도 아직은 어색한 걸요. 난 괜찮아요."

"아가씨께서는 괜찮으시지만 하실 건 하셔야 해요. 아가씨께서 소인을 시비로 대하셔야만 저도 편하게 아가씨께서 주시는 선물을 받을 수 있어요."

단호한 영의 말에 지안이 눈 끝을 내렸다. 제하와 혼인한 이후에나 하대할 생각이었다. 하지만 저리 단호하게 말하니 고집을 피울 수도 없었다.

그럼에도 막상 입에서 말이 나오지 않았다.

"당장 하려니 입이 안 떨어지네요."

지안다운 대답에 드물게 미소를 지은 영이 고개를 숙였다.

"내일부터는 꼭 하대해 주셔야 해요."

영의 말에 지안이 알겠다는 듯 고개를 끄덕였다. 그 순간, 제하가 왔다는 소리와 함께 닫혀 있던 문이 열렸다. 곧이어 피곤한 얼굴의 제하가 방으로 들어오자 찻주전자와 잔을 정리한 영이 제하와 지안을 향해 몸을 숙였다.

"이만 나가 보겠습니다."

"아! 잠깐."

나가려는 영을 제하가 붙잡았다. 생각지도 못한 그의 부름에 영이 걸음을 멈추었다.

"채훈에게 지시해 놓은 일이 있다. 오늘 안으로 채훈에게 가봐라."

지시해 놓은 일이라는 말에 영과 지안 모두 고개를 갸웃했다. 하지만 이미 용건을 끝낸 제하는 지안에게 다가갈 뿐이었다.

영문 모르는 눈으로 제하를 보던 영이 몸을 숙인 후, 밖으로 나갔다.

"무슨 지시요?"

영이 나간 후, 지안이 제하에게 궁금하다는 듯 물었다. 지안의 물음에 제하가 대수롭지 않은 얼굴로 답하였다.

"앞으로 네 시비로 있을 애잖아. 필요한 것 좀 가르치라 했어."

"영은 지금도 잘하고 있는 걸요?"

"네가 그저 적당한 가문의 여인이었으면 상관없는 일이지만 넌 현번의 번비가 될 사람이니까. 지금으로는 부족해. 필요한 건 바로 가르쳐야지."

지안을 침상으로 이끈 제하가 그녀의 허리에 팔을 감았다. 그녀의 살결에 얼굴을 묻으니 익숙한 체향이 그를 안정시켰다. 지안에게 얼굴을 묻은 제하가 긴 숨을 내쉬자, 그의 머리를 손으로 쓸어내리며 지안이 물었다.

"일이 잘 안 된 거예요?"

"거의 다 넘어왔는데 몇몇 늙은이가 고집을 안 꺾는군. 이건 벽 보고 소리를 지르는 것도 아니고…… 우선 오늘은 이만 하자 했다."

"갑자기 상황이 바뀌는 거니까요. 쉽게 받아들이기는 어려울 거예요."

"너였다면 하루가 아니라 한 번만 이야기했어도 알아들었을걸."

품에서 투덜대는 그의 목소리를 듣는 지안의 입가에 미소가 감돌았다.

그녀의 삶에 이렇게까지 절대적인 연모를 주고, 신뢰를 주는 사내는 없을 것이다. 누구보다도 그녀의 능력을 인정해 주고, 그녀의 품에서 자신을 모두 내보이는 이 사내를 어찌 피하고 두려워할 수 있겠는가.

"내가 사내였다면 당신에게 도움이 되었을 텐데요. 당신의 이야기를 들어 주는 것 외에 내가 해 줄 수 있는 게 없네요."

사내라는 말에 제하가 미간을 찌푸렸다.

지안이 사내라니 생각하기조차 싫었다. 목소리를 높이고 달려드는 사내놈이야 널리고 널렸다. 하지만 그가 마음 놓고 쉴 수 있는 사람은 지안뿐이었다.

"내 여인은 아주 무서운 소리를 아무렇지도 않게 꺼내는군."

제하의 말에 무슨 소리냐는 듯 지안이 눈을 깜빡였다.

"네가 사내였으면 이렇게 한 침상에 앉아 있지도 않았겠지. 그리고."

말을 끝낸 제하의 팔이 지안의 허리를 잡고 자신에게로 끌어왔다. 졸지에 그의 품에 안긴 지안이 붉게 달아오른 얼굴로 그를 바라보았다.

궁을 나와 현번을 같이 돌아다녔던 짧은 시간, 지안은 전보다 훨씬 나아져 있었다. 생기 도는 얼굴에 옅게 오른 홍조, 그의 몸에 감기는 여린 피부까지, 사내로 꾸미고 다녔던 과거가 거짓인 것처럼 현재 그녀의 모습은 곱디고운 여인 그 자체였다.

피곤했던 것도 잠시, 억눌러 왔던 열기가 그를 휘감았다.

조급한 손이 단단히 묶은 옷고름을 풀자 놀란 지안이 그의 손을 붙잡았다.

“힘들다면서요!”

“안 힘들어졌어.”

“내일도 대신들과…… 으읍.”

제하가 쫑알쫑알 대는 입술을 입술로 막아 버리자 힘들다며 밀어내던 손길이 언제 그랬느냐는 듯 그를 팔로 감쌌다. 취하고 또 취해도 달금한 입술에 그가 오랫동안 머물렀다.

부지런한 손길로 옷고름이 풀린 저고리를 가볍게 벗겨 냈다. 새하얀 살이 흐릿하게 보이는 얇은 속적삼 너머로 느껴지는 여린 피부가 그를 더 안달 나게 하였다.

거듭 씹고 빨아들여 부어오른 입술에서 입을 뗀 그가 열기로 가득 찬 눈으로 지안을 바라보았다.

“하아.”

가쁜 숨을 거듭 내쉬며 지안이 제하의 시선을 그대로 받아냈다. 힘들다고 할 때는 언제고 지금 지안을 바라보는 그의 눈은 한 번에 그녀를 꿀꺽 삼킬 기세였다.

내일을 생각하면 일찍 자라는 말이 목 끝까지 치밀었지만, 맹세하건대 그 말을 꺼내기가 무섭게 앞의 짐승은 이후의 여지도 없이 그녀를 한계 끝까지 몰아갈 것이다.

“옷…… 벗겨 줄게요.”

지안으로서는 제하의 열기를 가라앉힐 생각으로 꺼낸 말이었지만, 그에게는 그녀의 말이 간신히 잡고 있는 이성을 송두

리째 흔들리게 하였다. 동굴 이후로 마음껏 그녀를 안지 못했다.

밤은 길고, 그녀와 함께 있을 시간은 충분했다.

그녀의 말을 허락하듯 제하가 지안의 손을 자신의 옷고름 위에 갖다 댔다.

떨리는 숨을 길게 내쉰 지안이 제하와 눈을 마주쳤다. 열기를 진정시킨다며 꺼낸 말이 도리어 그의 욕망에 불을 지핀 것 같았다.

하지만 이미 도망칠 곳은 없었고, 말을 꺼내는 것은 그녀였다.

지안이 긴 숨과 함께 잡은 제하의 옷고름을 풀었다.

❀ ❀ ❀

지안이 무슨 생각으로 이러는지는 알 수 없었지만 그를 죽일 생각인 것은 분명했다. 제하의 옷을 벗겨 내는 손길에 혼이 빠진 것이 좀 전이었건만, 그의 맨몸에 남아 있는 흉터에 지안의 입술이 닿았다.

실상은 그녀가 먼저 다가감으로써 그의 열기를 조금이나마 진정시킬 생각이었지만 지안의 노력과 달리 제하는 그녀가 하는 대로 가만히 두느라 피가 바짝바짝 마르는 중이었다.

단단히 단련된 가슴근육 위로 가는 손가락이 그림을 그리듯 미끄러졌다. 손가락이 스친 곳에 어김없이 수줍은 입술이 닿았다. 길게 내려온 머리카락이 근육을 간질일 때마다 그의 눈썹이 꿈틀댔다.

몇 번이고 삼키고 빨아들였던 혀끝이 제하의 흉터에 닿았다. 녹아들 것 같은 따뜻한 감촉에 제하의 감각이 곤두섰다.

그의 손이 지안의 속적삼을 묶은 옷고름에 닿았다. 손가락에 약간의 힘을 주는 것만으로도 단단히 묶은 고름이 단번에 끊어질 것 같았다.

"안 돼요."

허리를 감싸고 있던 손이 옷고름을 풀려는 제하를 막았다. 그녀의 제지에 제하의 이마에서 한 줄기 땀이 흘러내렸다.

"날 말려 죽일 생각이지?"

"무리할까 봐 그러는 거잖아요. 이대로 조금만 더 있어요."

"뭐?"

그제야 지안의 의도를 깨달은 제하가 허탈한 미소를 지었다. 귀엽다고 해야 할지, 아직 사내를 잘 모르니 저런다고 해야 할지 생각할수록 웃음이 새어 나왔다.

재미있는 건 재미있는 것이고, 참기 어려운 건 또 참기 어려운 것이었다. 지안의 더운 입술이 목에 닿는 순간, 참았던 인내가 온데간데없이 사라졌다. 그녀가 아무리 그를 달랜다 한들 이미 치밀어 오른 욕망이 가라앉을 리가 없다.

아니, 도리어 그녀의 행동이 그의 욕심에 불을 질렀다.

"으읍."

지안의 허리를 감아 자신에게 밀착시킨 그가 더운 입술에 입술을 묻었다. 다급한 손이 지안의 옷고름을 뜯어 버렸다. 옷고름이 사라진 속적삼이 부드러운 살결을 따라 흘러내렸다.

가슴을 가리는 얇은 비단까지 뜯어내자 그가 원했던 지안이 모습을 드러냈다.

백자만큼이나 하얗고 부드러운 몸, 몇 번이고 품에 취해 최상의 만족을 얻었지만, 그럼에도 볼 때마다 탐하고 싶은 존재가 그의 앞에 있었다.

"하아. 하아."

숨을 쉴 수 없을 정도로 극한까지 몰아붙인 그가 입술을 떼자 지안이 가쁜 숨을 내쉬었다. 그녀가 숨을 내쉴 때마다 오르내리는 소담한 가슴이 그의 눈을 사로잡았다. 거치적거리는 지안의 옷을 전부 벗겨 낸 그가 그녀를 자신의 위에 앉혔다.

거칠어지는 그의 손길에 두려우면서도 알 수 없는 흥분이 그녀에게 생겨났다. 처음에는 아프고 힘들기만 했던 행위들이 언제부터인가 지안에게도 야릇한 기분이 들게 하였다. 허벅지에 닿는 그의 남성에 지안이 눈을 감았다.

이후에 어떤 일이 일어날지 이제는 충분히 알고 있다. 그럼에도 여전히 시작하는 것이 겁이 났다.

"눈 떠."

그의 말에 지안이 감았던 눈을 떴다. 맑은 눈에 서려 있는 혼란이 무엇인지 묻지 않아도 알 수 있다. 사내를 모르던 몸에 그의 흔적이 각인될수록 예전에는 알지 못했던 쾌락이 그녀를 깨웠다.

그의 손에서만 여인이 되었고, 그의 품에서만 활짝 피어났다.

"지안아."

손안 가득 잡히는 부드러운 가슴을 움켜쥐자 제하의 어깨를 잡은 손이 움찔 떨렸다. 허리를 감싸고 있던 손이 유려한 등을 한숨이 나올 정도로 느긋하게 어루만졌다. 등에서 느껴지는 열기에 지안이 허리를 세웠다. 가슴 위의 작은 꽃을 손가락으로 비틀며 그가 지안의 귀에 살짝 숨을 불어 넣었다.

"아앗!"

솜털이 가시지 않은 귓불을 살짝 깨물자 놀란 지안이 짧게 비명을 질렀다. 귓불까지 빨개진 귓바퀴를 미끄러지듯 혀로 애무하자 어깨를 잡은 지안의 손에 힘이 들어갔다.

그의 거듭된 애무에 예민한 여성이 촉촉이 젖어 들어갔다.

"그런 소소한 걸로 사내의 욕망을 잠재우진 못해."

"무슨…… 흐윽."

젖기 시작한 지안의 여성 사이로 성이 날 대로 난 그의 남성이 천천히 들어오기 시작했다. 그녀가 준비될 때까지 기다렸었던 전과는 달랐다. 그녀를 가득 채우는 그의 남성에 지안은 숨을 삼켰다. 온몸을 울리는 고통 속에서 피어오르는 야릇한 쾌감에 지안의 입에서 자신도 모르게 색에 젖은 신음이 흘렀다.

오롯이 자신만의 여인으로 있는 유일한 순간, 그가 남성을 깊게 밀어 넣었다.

"흐읍."

가는 팔이 제하의 목을 안았다. 굳이 말하지 않아도 서로가 무엇을 원하는지 알 수 있는 시간, 그가 제 몸에 그녀를 밀착시킨 채 허리를 움직였다.

성이 날 대로 난 그의 남성이 끊임없이 지안의 여성에 자신을 새겨 넣었다. 이성을 흐리게 하는 몽롱한 감각에 지안이 입술을 깨물었다. 하지만 그러한 노력조차 아랫배가 울릴 정도로 깊게 들어오는 그의 흔적에 무산되어 버렸다.

"흐읏."

머릿속에 무언가를 떠올릴 작은 시간조차 주지 않았다. 그를 따라 허리를 움직이는 지안을 붙잡은 그가 탐스러운 가슴을 입안 가득 머금었다. 까칠한 혀가 가슴의 정점을 거칠게 핥았다.

다디단 과실을 맛보듯 몇 번이고 입에 문 가슴을 삼키고 또 삼키었다. 그 와중에도 계속되는 움직임에 지안의 머릿속이 하얗게 변하였다.

온몸의 감각이 전부 깨어난 것처럼 생생하였다. 귓속으로 들리는 것은 상대가 내쉬는 거친 호흡뿐, 열기에 흐르는 땀이 서로의 몸에 묻어 나왔다. 지안의 몸을 침상에 눕힌 그가 한계에 치닫는 듯 더욱 격정적으로 허리를 움직였다.

거듭된 애무로 여성은 촉촉했지만, 그러한 도움이 무색할 정도로 그는 게걸스럽게 그녀를 먹어 치웠다.

"아흑."

참고 참았던 신음이 봇물처럼 터져 나왔다. 하복부에 치솟아 오르는 열기에 녹아 버릴 것 같았다. 참고 참았던 먹이를 한입에 삼켜 버리듯 그의 거친 움직임이 지안의 전부를 점령해 갔다.

지안의 여성은 언제나 그에게 새로운 즐거움을 알게 해 주었다. 물기가 차오른 눈이 그만을 바라보고 있다. 그 외에는 누구도 만지지도, 품에 안을 수도 없는 존재, 집착이어도 상관 없었다.

이 여인은 자신만의 사람이다.

그녀가 평생 동안 사내로 받아들일 사람은 자신뿐이다.

그의 움직임이 거칠어질수록 지안의 몸 또한 속절없이 흔들렸다. 온몸의 한계에 치닫는 정사의 행위가 막바지까지 폭풍처럼 몰아쳤다. 극한의 쾌락에 그가 묵직한 신음을 토해 내고, 사내의 품에 갇혀 있던 여인의 몸이 떨렸다.

"아……."

힘이 빠진 남성이 빠져나간 자리, 정사의 흔적이 지안의 여성에 묻어 나왔다. 손 하나 까딱할 기운도 없는 지안이 제하의 품에 힘없이 안겨 들었다. 땀에 젖은 머리카락을 떼어 낸 그가 하얀 이마에 입술을 맞추었다.

"우선 자."

몽롱한 정신 속에서도 그의 목소리가 또렷이 들렸다. 눈을 감은 지안이 고개를 끄덕였다.

"오늘은 조금만 더 괴롭힐 테니까."

지안은 움직일 힘조차 없건만, 아직 그는 부족한 듯하였다. 힘들다는 말을 할 기운조차 남지 않았다. 물기 어린 눈이 힘없이 감기자 그의 손이 땀에 젖은 그녀의 가슴을 희롱하기 시작하였다.

여인이 잠든 것을 알려 주듯 소담한 가슴이 힘없이 움직였지만, 그의 손은 멈추지 않았다. 지쳐 잠든 지안의 얼굴 곳곳에 입술을 맞추며 그의 손이 귀한 보물을 어루만지듯 그녀의 몸을 애무하였다.

얼마만큼의 시간이 흘렀는지 가늠조차 되지 않았다.

정신을 차리면 어느새 그녀의 위로 몸을 옮긴 그가 몇 번이고 탐하고 또 탐하였다. 그가 만든 흔적이 상흔처럼 그녀의 온몸에 남았지만 그는 멈추기보다는 더욱 난폭하게 날뛰었다.

새벽녘이 되어서야 만족한 제하의 품에서 지안이 기절하듯 잠들었다.

第十章 · 잔영

황제의 명으로 입궁한 제하가 내관을 따라 걸음을 옮기고 있었다.

대전에서 만나면 편할 것을, 황제는 다른 곳에서 제하를 보고 싶다며 내관을 따라오라는 명을 하였다.

재촉하는 내관의 말을 귓등으로 넘기며 느긋이 걷던 제하의 눈에 내관과 지안이 같이 걸어가는 모습이 보였다. 본능적으로 제하의 걸음이 자리에서 멈추었다.

"휘령 공. 폐하께서……."

"조용히 해라."

제하의 눈이 둘의 모습을 오랫동안 담았다. 그저 내관과 대화를 하는 것뿐이다. 그럼에도 예전에 느꼈던 투기가 다시 치밀었다.

'왜 조금도 의심하지 않는 거야?'

황제가 주인으로 있는 황궁에서 어떻게 저리도 평안하게 내관과 함께 걷고 있는 것인지 이해할 수 없었다. 조심, 또 조심해도 모자를 판에 저런 모습이라니 제하의 눈썹이 작게 꿈틀댔다.

더군다나 내관은 사내가 아니라 생각하는 것인가? 그렇게 보고 싶지 않다는 말을 했음에도 지안은 제하의 말을 개의치 않아 하는 것 같았다.

"휘령 공. 폐하께서……."

"그 폐하, 폐하 소리 좀 닥치란 말이다."

제하의 입에서 나오는 거친 말에 놀란 내관이 몸을 숙였다. 내관의 반응 따위 눈에 들어오지 않았다. 역시 황궁에 오려는 것을 막았어야 했다.

현원으로 있을 때는 곁에 내관이 있어도 어느 정도 감내할 수 있었다. 적어도 그때의 지안은 사내의 모습이었고, 다른 이들 또한 사내로 알고 있었으니 참을 만했었다.

하지만 본래의 모습으로 돌아온 지안이 다른 사내와 있는 모습은 절로 짜증이 치밀었다.

"후우."

당장 자신에게 오라며 고함을 치고 싶은 것을 참아 내며 제하가 무거운 숨을 내쉬었다. 그의 투기에 자신을 믿지 않는 것이냐며 서운해하던 지안의 얼굴이 뇌리에 스쳤다.

그런 모습을 보고도 그녀 앞에서 이런 감정을 드러낼 수 없었다.

으득. 이를 갈던 제하가 몸을 돌렸다.

"앞장서라."

살벌한 제하의 분위기에 고개를 깊숙이 숙인 내관이 다시 걸음을 옮겼다. 내관을 따라가는 제하의 입술이 딱딱하게 굳어 있었다.

❀ ❀ ❀

"이런 식으로 사람을 구하면 어찌하는가?"

겁에 질린 여인을 바라보는 세령의 눈에 분노가 서렸다. 하지만 정작 그녀와 함께 나타난 어사중승은 태연했다.

"똑같은 사람을 구하는 것이 얼마나 힘든 일인지 황후마마께서는 모르십니다."

"아무리 그래도 벙어리를 구해 오면 어쩌자는 것인가!"

세령의 고함에 몸을 떨던 여인이 깊게 고개를 숙였다. 입술을 깨문 세령이 옆에 앉아 있는 내관을 쳐다보았다. 내관의 날카로운 눈이 오랫동안 겁에 질린 여인을 꿰뚫듯 쳐다보았다.

"외관이 비슷해 보이기는 하지만 닮았다고는 하기 어렵습니다."

내관의 말에 세령의 눈이 어사중승을 노려보았다.

"일 처리를 이딴 식으로 해 놓고 나와의 연을 끊겠다는 것인가?"

"소인, 마마께서 원하시는 대로 해 드렸을 뿐입니다. 마음에 들지 않으신다면 이 계집은 소인이 다시 데리고 가지요. 어디 한번 마마께서 마음에 드는 이를 직접 찾아보시지요. 하나 쉽지는 않으실 것입니다.”

어사중승의 발뺌에 세령이 이를 갈았다.

송지안의 약점을 찾는 것은 어렵지 않았다. 지안이 황제에게 악의를 가지게 된 계기, 그리고 휘령 공과 인연을 맺게 된 계기.

가족처럼 여기던 시비를 그리워한다는 이야기를 종종 들었다.

예전에는 가엽다고 생각했었던 것. 하지만 이제 그 약점은 세령에게는 기회였다.

“어사중승은 이만 나가 보라. 그리고 다시는 내 눈앞에 얼씬거리지 마라.”

세령의 독설에 어사중승이 묘한 눈으로 그녀를 바라보았다.

굳이 묻지 않아도 그녀가 무슨 생각을 하고 있는지 눈에 선하였다.

“황후마마. 꼭 이렇게까지 하셔야 합니까?”

나가려는 어사중승이 그녀에게 되묻자 세령의 눈이 그에게로 향하였다.

“마마께서 하시려는 생각은 가장 치명적이고 확실한 방법이기는 하지만 동시에 마마의 목을 거둘 수 있는 양날의 검이 될 수도 있습니다.”

“내 사람을 시켜 내보내야 하는가?”

그의 말이 거슬린다는 듯 세령이 차가운 목소리로 일갈하였다.

황후는 미쳤다.

연모라는 것이 사람을 저렇게 미치게 만들 수도 있는 것일까? 어사중승은 세령의 변화가 이해되지 않았다. 허리를 숙여 인사를 끝낸 어사중승이 궁을 나왔다.

어사중승이 나오자 밖에서 기다리고 있던 심복이 조용히 그의 곁으로 다가왔다.

"어르신."

주변을 둘러본 어사중승이 심복에게만 들릴 목소리로 조용히 속삭였다.

"오늘부터 황후와 연결되어 있는 모든 걸 정리해라. 황후는 미쳤다."

"네."

"그리고 휘령 공에게도 상황을 전해라. 어찌 행동할지는 모르겠지만 황후가 노리는 자는 휘령 공이 아니라……."

"어사중승. 여기까지 어떻게 오신 것입니까?"

멀지 않은 곳에서 들려오는 목소리에 어사중승이 말을 끊었다. 언제 온 것인지 그를 향해 지안이 다가오고 있었다. 그녀의 모습을 보고 있던 어사중승이 깊게 허리를 숙였다.

그의 행동에 당황한 지안이 서둘러 다가왔다.

"어찌 이러시는 것입니까?"

"곧 번비가 되실 분인데 어찌 행동을 소홀히 할 수 있단 말입니까? 소인. 황후마마께서 부르셔서 오게 되었습니다. 어찌 오신 것입니까?"

이목에서 본 어사중승과 황궁에서 본 그는 너무나도 달라 보였다. 그날 제하와 무슨 이야기를 한 것인지 지안의 앞에 있는 어사중승은 죄송스러울 정도로 그녀에게 극진하였다.

그에게는 당연하다고 하지만 지안에게는 부담스러웠다.

"아직 혼인을 하지 않았으니 어사중승께서는 편히 대해 주십시오. 소녀 또한 황후마마께서 찾으셔서 입궁하게 되었습니다. 마침…… 폐하께서 휘령 공을 찾으셨던 터라 함께 오게 되었습니다."

"황후마마께서 찾으셨단 말입니까?"

지안의 말에 어사중승의 눈이 좁혀졌다. 그의 반응에 지안이 이상하다는 듯 고개를 갸웃하였다.

"폐하와 휘령 공이 대화를 하시는 동안 다과라도 하자며 부르셨습니다. 무슨 일이라도 있으신 것입니까?"

지안의 물음에 잠시 생각에 빠져 있던 어사중승이 고개를 저었다.

아직은 무슨 말을 꺼낼 상황은 아니었다. 자칫 일이 일어나지도 않은 상태에서 그가 입을 놀렸다가는 쓸데없는 분란을 야기할 수도 있었다.

"아니옵니다. 소인, 이만 폐하께 가 보도록 하겠습니다."

"그럼 살펴 가십시오."

그의 인사에 맞춰 고개를 숙인 지안이 다시 황후가 머무는 소운궁을 향해 걷기 시작하였다.

"아가씨."

자신을 부르는 소리에 지안이 고개를 돌렸다. 그녀의 앞으로 다가온 어사중승이 물끄러미 지안을 바라보았다.

송정기의 딸, 연제하의 연인이자, 휘령 공이 승기를 잡으면 황후의 자리에 오를 여인.

적어도 그녀가 황후가 된다면 지금보다는 훨씬 나은 미래를 꿈꿔도 될 것이다. 고개를 숙인 어사중승이 지안의 귀에 작게 속삭였다.

"옛정에 미련을 가진 이는 사내든, 여인이든 어리석고 무모합니다. 그리고 위험하지요."

커진 지안의 눈이 오랫동안 어사중승을 바라보았다.

더 설명을 붙이지 않아도 앞의 현명한 여인은 그가 하는 말을 전부 알아들었을 것이다.

"몸조심하십시오."

말을 끝낸 어사중승이 몸을 돌려 궁문을 나갔다. 그가 사라진 자리를 한동안 바라보던 지안이 소리 없이 숨을 내쉬었다. 몸의 떨림을 가라앉히듯 긴 숨을 연거푸 내쉰 그녀가 궁 안으로 걸음을 옮겼다.

❀ ❀ ❀

여인들의 웃음소리를 들으며 지안이 애써 힘든 기색을 삼켰다.

세령과 독대한 것도 잠시, 어디서 기다리고 있었던 것인지 지안이 앉자마자 네 명의 중년 여인들이 안으로 들어왔다. 평소 다과를 함께하는 대신들의 부인이라는 소개에 지안이 고개를 숙였다.

하지만 지안의 인사를 무시한 여인들은 세령의 곁으로 쪼르르 모여들었다. 그녀들의 뒤로 들어온 궁녀가 각자의 자리에 다과를 놓았고, 그때부터 기다렸다는 듯 바삐게 여인들이 침이 마르도록 세령을 칭찬하고 떠받들기 시작했다.

"황후마마께서는 나날이 고와지십니다."

"황궁에 마마께서 입궁하신 게 어제 같은 기분이옵니다. 어찌 구 년 전이나 지금이나 변하신 것이 없으십니까?"

어사중승의 말에 긴장하기는 했지만 막상 이런 상황에 놓이니 어떻게 행동해야 할지 지안으로서는 난감하였다. 같이 황후를 칭찬하기에는 지안은 겉치레뿐인 말을 하지 못하였다. 제대로 할 수 없는 짓을 억지로 하느니 조용히 있는 것이 나았다. 자리에 놓인 차를 마시며 지안은 여인들의 말을 경청할 뿐 나서지 않았다.

한편 여인들의 이야기를 들으며 세령이 화사한 미소를 지어 보였다.

"이 사람을 너무 띄워 주지 마세요. 그리고 내가 곱다 한들 지안에게 비할 수 있겠습니까? 황궁 깊숙이 앉아 있는 나에게조차 지안이 휘령 공에게 아낌없는 총애를 받고 있다는 소식이 들립니다. 내 어찌 지안 앞에서 곱다는 이야기를 들을 수 있겠습니까?"

뜬금없는 화살이 자신에게로 날아오자 지안이 세령을 조용히 바라보았다.

처음 세령과 만났을 때만 해도 이렇게 엮일 것이라고는 생각하지 못하였다. 황제에게 외면 받는 인자한 황후, 그녀의 도움이 아니었다면 그날 지안은 자빈에게 해코지를 당했을 것이다.

황후의 명이라기에 어쩔 수 없이 오게 된 걸음이었지만 역시 오지 말았어야 했다.

"소녀 어찌 황후마마에 비할 수 있겠습니까?"

"어찌 거짓을 말하는 것이냐? 내 눈에 너는 참으로 고와졌는데 말이다. 현원으로 있었던 그 시절과 지금이 얼마나 달라졌는지 정녕 모르는 것은 아니겠지?"

몸을 빼려 해도 인자한 미소를 가장한 세령은 끝까지 지안을 물고 늘어졌다. 세령은 지안에게서 무엇을 얻고 싶은 것일까? 이 상황에서 거듭 답을 유추해 봤자 지안에게 돌아오는 이득은 없었다.

그저 옅은 미소를 지은 채 지안이 고개를 숙였다.

그런 지안의 모습에 세령이 긴 옷자락 속에 감춰진 손을 굳게 쥐었다. 상대하면 할수록 맹랑한 계집이었다. 잘 돌아가는 머리만큼 눈치조차 빨라 하는 행동 하나하나가 전부 거슬렸다.

하지만 저 모습도 얼마 남지 않았다. 그저 오늘은 저 계집에게 세령이 가진 힘을 보여 줄 생각이었다. 아무리 날뛰어도 막강한 가문에 황후인 그녀를 이길 수 없다.

세령의 눈이 가까운 곳에 앉아 있는 여인에게로 향하였다.

남훈의 영향력 아래에 있는 가문의 여인들. 그들은 세령의 힘이자 세령 대신 무엇이든 해 줄 이들이었다.

세령의 신호를 받은 여인이 환한 미소를 지으며 입을 열었다.

"그러고 보니 어떻게 폐하의 현원으로 머물 수 있었는지 신기하옵니다. 저 미색에 사내라니, 어찌 다들 사내로 알았는지 이상하지 않습니까? 혹여…… 폐하와 마마께서는 이미 알고 계셨던 것이 아니십니까?"

여인의 말에 고개를 숙이고 있던 지안의 눈 끝이 떨렸다. 굳이 뒤는 듣지 않아도 무슨 이야기가 나올지 뻔하였다. 역시나 여인의 말이 끝나자마자 다른 여인이 그녀의 말에 맞장구를 쳤다.

"그러게 말입니다. 목소리조차 저리 가늘고 고운데 어찌 사내로 살았는지 소첩 또한 이해가 되지 않습니다. 그런데도 또 지금은 휘령 공의 곁에 있으니 사람 일은 알다가도 모르겠습니다."

그럴듯한 말이 나왔을 뿐, 여인들의 입에서 지안은 황제와 휘령 공 사이를 오고 간 문란한 여인이 되어 있었다. 그저 듣기에도 불쾌한 이야기이건만, 막상 대화를 말려야 할 세령은 미소를 띤 채 지켜보고만 있을 뿐 말리지 않았다.

이 상황에서 지안은 함부로 나설 수도 없었다. 각자의 가문과 직위가 있는 여인들과는 달리 지안은 그저 멸문한 가문의 살아남은 여인일 뿐이었다.

"그래도 설마 두 분 사이에 무슨 일이 있었겠습니까? 오호호. 혹 있었다 하더라도 어찌 되었든 지금은 휘령 공께서 곁에 계시니 과거의 일이야 얼마든지 묻힐 수 있는 것이 아니겠습니……."

"지금 하시는 말씀들 책임지실 수 있으십니까?"

골백번도 참아야 한다는 말을 되새겼지만, 결국 제하까지

입방아에 오르자 지안이 입을 열었다. 황후의 계획이라는 것도 알고 있고, 일부러 그녀를 모욕 주기 위함이라는 것도 알고 있었다.

그럼에도 더는 이런 이야기 따위 듣고 싶지 않았다.

“소녀의 행실이 다른 가문의 규수들과 많이 다르다는 것은 알고 있습니다. 또한 그러했기에 소녀의 일로 궁금하신 일이 많은 것 또한 부정할 수 없는 사실이옵니다. 하지만 지금 여기에 계신 분들의 이야기는 휘령 공과 폐하는 물론 황후마마에게도 큰 폐를 끼치는 행동이라 생각하지 않으십니까? 지금 하시는 말씀에 목숨을 거실 수 있으시다면 계속 이야기해 보시지요.”

협박으로도 볼 수 있는 지안의 공격적인 말에 여인들의 말문이 막히었다. 여인치고는 낮은 목소리에 힘이 깔리니 화를 낼 생각조차 하지 못하였다.

“어찌하여 내가 폐를 입는다는 것인가?”

살벌한 정적을 미소 띤 세령이 깨뜨렸다. 미소를 짓고 있었지만 세령의 눈은 지안을 죽일 것처럼 날카로웠다. 그런 세령을 지안이 말없이 보았다.

그녀의 뜻대로 움직여 줄 생각은 없다. 이제 지안에게도 지켜야 할 것이 생겼다. 모든 걸 버리고 불나비처럼 달려들었던 전과는 달랐다.

“황궁은 넓으나 말은 그보다도 더 빠르게 퍼지지 않습니까? 확실하지 않은 일이 퍼지기 시작한다면, 그 소문이 마마께서 머무시는 소운궁에서 시작된 것이라면 떠들기 좋아하는 이들은 지금 자리에서 나온 소문을 여인들의 가벼운 담소가 아니라 황후께서 일부러 퍼트리신 일이라 오해할 것입니다."

"소문을 퍼트린들 내가 무슨 이득이 있겠는가?"

"이득을 얻을 수는 없겠지만 모두에게 흠 하나씩은 만들 수 있겠지요. 황후마마께서 버리시지 못한 미련을 되찾기 위한 발판이 될 수도 있고 말이지요."

지안의 말에 편안히 앉아 있던 세령이 몸을 일으켰다.

마치 제하를 향한 마음을 알고 있다는 듯 말하는 지안의 행동에 세령이 이를 갈았다. 무슨 수를 쓰더라도 변하는 것은 아무것도 없다는 눈으로 지안은 세령을 보고 있었다.

감히 아무것도 없는 계집 주제에 황후인 자신에게 이를 드러냈다.

"내 미련을 논하기 전에 그대의 위험한 처신을 먼저 생각하는 것이 어떤가? 혹시 아는가? 떠도는 소문이 사실일지도 모르는 일이지. 폐하께서 그대를 얼마나 귀이 여겼는지 내 눈으로 보지 않았는가?"

"황후마마. 만약 소녀, 사내의 모습으로 황궁에 들어와 여인의 모습으로 황제 폐하에게 황은을 얻은 것이라면, 휘령 공이 제자리를 찾는 데 소녀가 도움이 되었을 리가 없지 않겠습니까? 그리고……."

"……."

"실제 폐하의 총애로 황은을 얻었다면 소녀, 폐하의 총애를 지키기 위해서라도 휘령 공을 살려 놓지 않았겠지요."

처음 보는 지안의 섬뜩한 눈에 세령이 자신도 모르게 몸을 떨었다.

휘령을 살리지 않았을 것이라 말하고 있었지만 지안의 눈은 세령 또한 살리지 않았을 것이라 말하고 있었다. 자신은 억울하다고 말하는 것보다도 더 확실한 해명이었다.

동시에 잘못 입을 놀려 자신을 모욕한다면 그만큼의 대가를 각오하라는 엄포와 같았다.

"어찌 황후마마 앞에서 이런 망발을 하는 것인가!"

숨 막히는 분위기에 말문이 막혀 있던 여인 중 하나가 지안에게 호통을 쳤다.

세령을 보고 있던 지안이 호통을 친 여인을 바라보자, 자신도 모르게 그녀가 몸을 뒤로 뺐다. 살기가 담긴 눈으로 앉아 있는 여인들의 얼굴을 보던 지안이 세령을 향해 몸을 숙였다.

"송구하옵니다, 마마. 소녀, 폐하와 휘령 공께 누를 끼친 것 같은 기분에 생각이 짧았사옵니다. 용서하여 주시옵소서. 경솔하였습니다."

몸을 숙인 것은 지안이었지만, 지금의 대화에서 주도권을 잡은 것 또한 지안이었다.

지안이 몸을 일으키자 행여나 눈이라도 마주칠까 여인들이 고개를 숙였다. 잘못 건들면 목숨을 걸어야 하는 사람은 자신이 아니라 당신들이다. 굳이 입 밖으로 꺼내지 않았을 뿐, 이미 그녀들에게는 지안의 경고가 머릿속 깊이 각인되어 있었다.

"지안만 남고 모두 나가라."

마음대로 계획이 진행되지 않자 세령이 낮은 목소리로 명령하였다.

그녀의 명령을 기다렸다는 듯 자리에서 일어난 여인들이 방 밖을 서둘러 나갔다. 지안과 세령만이 남아 있는 방, 세령의 눈이 지안의 전신을 하나씩 훑어 내렸다.

"내 미련을 안다고 하였느냐?"

세령의 물음에 지안이 고개를 숙였다.

몸을 숙이고 낮은 자세로 있어도 세령을 대하는 지안의 행동은 결코 저자세가 아니었다.

지안이 저렇게까지 당당할 수 있는 이유는 하나다.

한순간의 실수로 그녀가 놓아 버린 사내. 그 사내가 주는 믿음이 지안을 저리 당당하게 만들었을 것이다. 하지만 지안이 모르는 것이 있었다.

사내. 적어도 지안보다 세령은 사내라는 것을 더 잘 알고 있었다.

"휘령 공께서는 너에게도 곱다며 뺨을 만져 주시더구나."

세령의 말에 고개를 든 지안이 눈을 좁혔다. 하지만 세령의 말은 계속되었다.

"아껴 주시며 곁에 두려 하실 것이다. 한 걸음 뒤에서 걷게 하는 다른 이들과는 달리 언제나 함께 걷게 하셨을 것이다. 아낌없이 연모해 주실 것이고 기진하여 온 힘이 빠질 때까지 품에 안아 주셨을 것이다."

"……."

"너만 알고 있는 것이라 생각하겠지만 네가 지금 누리는 것은 과거에 내가 누렸던 것이다. 내가 처음이다. 넌 그저 내 대신일 뿐이다."

"……하실 말씀은 다 하신 것입니까?"

"너의 존재가 폐하와 휘령 공의 대립을 초래한다는 것을 왜 모르는가? 내 그대를 현명하고 사리분별이 밝은 이로 알았거늘, 이제 보니 그것도 아니었어. 그대의 존재는 폐하와 휘령 공 모두에게 독이 될 것이다."

세령의 말을 듣던 지안이 소리 없이 긴 숨을 내쉬었다.

이목에서의 마지막 날, 제하가 왜 그렇게 지쳐 있었는지 이제는 알 수 있었다.

황제도 황제였지만, 세령도 그에 못지않게 피곤했다.

"처음 황후마마를 뵈었던 날, 휘령 공께 마마는 괜찮은 분이시라 말씀드렸었지요."

지안의 말에 세령의 몸이 움찔하였다. 하지만 곧 쓸데없는 수 따위 쓰지 말라는 눈으로 그녀가 지안을 노려보았다.

"무엇이 황후마마를 이토록 절벽으로 모는 것입니까? 예전의 황후마마는 이런 분이 아니셨습니다."

"닥쳐라! 네 감히, 나에 대해 무엇을 안다고 그런 말을 하는 것이냐?"

"황후의 자리에 계시면서 왜 휘령 공을 탐내시는 것입니까? 분란은 소녀가 아니라 마마께서 만드시고 계신 것이 아닙니까? 이미 혼인을 하신 황후마마께서 어찌 또 다른 사내를 마음에 두실 수 있단 말입니까?"

지안이 말을 끝내는 것과 동시에 날아온 서책을 피하였다. 지안의 말을 참지 못한 세령이 경상에 놓여 있던 서책을 그녀를 향해 집어 던졌다.

잘못한 것이 없는 이상, 힘없이 날아오는 서책을 맞아 줄 생각 따위 없었다.

서책을 피해 자리에서 일어난 지안이 세령을 향해 몸을 숙였다.

"소녀가 잘못 말한 게 있다면 지금 이 자리에서 소녀의 목을 베시지요."

"……."

지안의 말에 몸을 떨 뿐, 세령은 아무 말도 하지 못하였다. 철저히 두르고 있던 두꺼운 가면이 벗겨진 세령은 추하고 어리석었다.

세령의 모욕적인 언사에 화조차 나지 않았다.

"너는 변하지 마."

지친 제하가 잠결에 속삭였던 목소리가 머릿속을 스쳤다.

아무 연관도 없는 그녀가 봤을 때도 질리는 모습을, 목숨을 걸고 연모했던 그의 눈에는 어찌 보였을지 눈에 선하였다.

"이만 물러나겠습니다. 마마."

핏발이 선 눈이 지안을 노려보고 있었지만, 지안에게 더는 여유가 없었다.

도망치듯 뒷걸음질 치며 방을 나오던 지안이, 밖에 서 있는 사내의 모습에 걸음을 멈추었다. 갑작스러운 지안의 반응에 세령 또한 자리에서 일어났다.

"폐, 폐하."

세령의 목소리에 싸늘한 미소를 지은 황제가 굳어 있는 지안에게로 눈을 돌렸다.

황제의 시선에 놀란 지안이 고개를 숙이려는 찰나, 그의 손이 지안을 붙잡았다.

손쓸 틈도 없이 황제의 손에 이끌려 지안이 소운궁 밖으로 끌려 나왔다.

❀ ❀ ❀

대신들 사이에 제하를 묶어 놓은 채, 소운궁으로 온 황제의 귀에 지안의 목소리가 들려왔다. 과거의 미성보다 가늘 뿐, 세령의 말에 반박하는 지안의 어조는 여전하였다. 고하겠다는 내관을 말린 황제는 지안이 스스로 자리를 박차고 나올 때까지 그 자리에서 기다렸다.

"전보다 얼굴이 나아졌구나."

"휘령 공과 담소 중이신 줄 알았습니다."

"휘령은 여전히 대화 중이란다. 짐의 명령을 받은 승상이 최선을 다해 잡아 주고 있지."

몇 달 만에 만난 황제는 여전히 무섭고 가까이 하기 껄끄러웠지만 그런 지안의 마음과 달리, 그의 얼굴에는 즐거운 기색이 역력하였다.

세령에게서는 도망치듯 벗어날 수 있었지만 황제에게서는 그럴 수 없었다. 결국 도망갈 생각을 하는 대신 지안이 그의 뒤를 따랐다. 앞서 걸어가던 황제가 걸음을 멈추자 지안 또한 걸음을 멈추었다.

"이제야 휘령이 왜 여인을 곁에 두고 함께 걸어가는지 알겠구나. 옆으로 오거라."

"어찌 소녀가 폐하의 옆에서 걸을 수 있겠습니까? 그럴 수 없습니…… 아!"

몸을 빼는 지안의 손을 잡아끈 황제가 자신의 곁에 그녀를 세웠다. 놀란 지안이 몸을 뒤로 빼려 했지만 황제의 손은 꿈적도 하지 않았다.

"그저 잠시 동안만 걷자는 것뿐이다. 그 사소한 것조차 짐이 너에게 애원해야 하는가?"

잡힌 것은 손이었지만 온몸이 사슬에 묶인 것처럼 움직일 수 없었다. 그를 거부하는 눈이 황제를 향한 순간, 그의 눈이 꿈틀댔다.

지안을 보는 순간, 휘몰아치던 감정이 가라앉았다. 그녀는 그를 거부했지만, 황제에게 지안은 몇 달 만에 느껴 보는 즐거움이었다. 지안의 손목을 붙잡은 채, 황제가 다시 걷기 시작하였다.

"폐하. 풀어 주십시오! 보는 눈이 많습니다!"

"그 보는 눈들은 짐을 어찌할 수 없는 것들뿐이다. 짐은 널 옆에서 걷게 해야겠다."

"손을 놓아주시면 그리하겠습니다. 그러니 이 손 놓아주십시오!"

절박한 지안의 외침에 황제가 걷던 걸음을 멈추었다. 황제에게 잡힌 손목이 붉게 달아올랐다. 황제를 부담스러워하면서도 지안은 그의 시선을 피하지 않았다.

저 맑은 눈을 곁에서 보는 제하는 무슨 기분일까? 그저 생각일 뿐임에도 분노가 치밀었다. 황제가 손을 놓자 지안이 손목을 붙잡으며 몇 걸음 떨어졌다.

그런 지안을 보던 황제가 다시 몸을 돌렸다. 앞서 가는 황제를 보던 지안이 긴 숨을 내쉰 후, 그의 옆으로 걸어왔다.

"너는 예전이나 지금이나 똑같구나. 네 감정을 숨기지 않으면서도 네가 말한 일을 반드시 지키지."

"소녀. 폐하를 죽이려 하였습니다."

황제의 시선을 외면한 채, 지안이 담담히 말하였다.

"여전히 짐을 죽이고 싶지 않으냐?"

"……."

"짐이 죽지 않았으니 네 일은 잊을 것이다."

함께 걷던 지안의 걸음이 멈추었다. 지금만큼은 휘령도, 누구도 그녀와 그의 사이를 방해할 수 없었다. 몇 달 만에 본 지안은 눈이 멀어 버릴 정도로 고왔고, 어느 여인들보다도 맑았으며, 여전히 단단하고 흔들리지 않는 심지를 가지고 있었다.

"이미 눈에서 벗어난 계집은 자꾸 거슬리는 짓만 하고 있을 뿐이고, 짐의 마음에 든 여인은 조금이라도 잡으려고 하면 벗어날 생각만 하고 있군."

"폐하. 마마께서는…… 소운궁에서의 대화는……."

"억눌러 놓으면 황후 노릇을 조금은 그럴듯하게 할 줄 알았지. 실제로 구 년 동안은 그래도 쓸모가 있었다. 억눌린 채로 제

자리를 지켰으니까. 결국 휘령이 그 억눌러 놓았던 것을 풀어 놓았다."

"……잠시 흔들리시는 것이겠지요. 곧 돌아오실 것입니……."

"그러하냐? 네 눈에는 저 멍청한 여인이 원래대로 돌아올 것 같으냐?"

속마음을 들킨 지안의 당혹스러운 눈이 자신만을 바라보고 있다. 볼수록 빠져들었다. 그의 품에서 그만을 바라보면서 그에게 전부를 주는 그녀를 상상하는 것만으로도 입가에 저절로 미소가 생겨났다.

"기하…… 짐의 이름을 불러 보아라."

그의 요구에 지안이 고개를 저었다. 말 없는 거부에 황제가 지안에게 한 걸음 더 다가왔다.

도망가려는 지안의 어깨를 황제의 손이 감쌌다.

"휘령을 이름으로 부른다지? 그럼 짐의 이름을 부를 수 있는 것이 아니냐? 불러 보아라. 듣고 싶구나."

그녀를 바라보는 황제의 눈에 제하에게 보았었던 것과 똑같은 기색이 느껴졌다. 제하의 품에서는 묘한 희열로 다가왔던 집착이, 황제에게선 한없이 두렵게 다가왔다.

하지만 피한다고 해결될 일은 아니다. 세령이 제하에게 집착하는 것처럼, 황제의 이런 관심은 이제 지안도 싫었다.

"제가 이름을 부르고 마음에 담은 사람은 휘령 공…… 아니, 제하. 그 사람뿐입니다."

어깨를 붙잡은 황제의 손에 힘이 들어갔다. 분노에 찬 시선으로 지안을 노려보고 있었지만, 그녀는 말을 멈추지 않았다.

"전 이미 그 사람의 여인입니다."

어깨를 붙잡고 있던 손에서 힘이 풀렸다. 황제의 손에서 빠져나온 지안이 뒤로 물러났다.

광기에 차오른 시선 속에 공허함이 깃들었다. 가지지 못한 여인을 향한 갈증과 그 여인을 소유한 사내를 향한 분노가 그를 미치게 하였다.

"상관없다."

황제의 말이 둘밖에 없는 이곳에 울렸다.

뒤로 물러난 지안을 향해 황제가 손을 내밀었다.

"너만 짐에게 오면 된다. 너만 내 여인이 된다면 과거의 일 따위 아무 상관없다."

"폐하!"

"쓸데없는 피를 볼 이유가 없다. 짐은 짐의 자리를 절대 잃지 않을 것이다. 결국 무너지는 것은 휘령일 뿐이다. 무모한 일에 굳이 네 목숨을 걸 이유는 없다. 짐의 손을 잡아라."

"폐하께서는……."

황제를 바라보는 지안의 눈이 어둡게 가라앉았다.

형제임에도 제하와 황제는 양극단에서 서로에게 적의를 드러냈다. 그리고 그들의 사이, 본의 아니게 지안이 끼어든 형국이 되었다.

억지라는 것을 알면서도 황제는 그녀에게 손을 잡으라 하였다.

절대 그녀가 그의 손을 잡을 리 없다는 것을 알면서도 멈추지 않았다.

"폐하께서 주인으로 머무는 그 자리, 힘들어하시지 않습니까? 모든 것을 가진 그 자리에서조차 공허해하시면서 어찌하여 그 자리를 놓지 못하시는 것입니까?"

지안의 물음에 황제의 입가에 미소가 감돌았다. 황제라는 자리를 내려놓는 순간, 그가 얻을 수 있는 것은 아무것도 없다. 그가 살아온 세상에서 필요한 것은 힘과 권력이었다.

황제의 자리가 공허하다 한들 포기할 수 없었다.

"이 힘이 있어야 널 짐의 여인으로 만들 수 있으니까."

"폐하!"

"힘이 있는 자만이, 권력을 가지고 있는 자만이 원하는 것을 얻는다. 네가 연모하는 휘령도 결국은 힘을 얻기 위해 짐에게 이빨을 드러내고 있을 뿐이지. 결국 사람은 전부 똑같다. 그리고 결국 너도 힘이 이끄는 대로 짐에게 올 수밖에 없을 것이다."

어떤 대화를 하더라도 이어지지 않았다.

그렇기에 더 이상의 대화는 황제나 그녀에게 무의미하였다. 어두운 눈으로 황제를 보던 지안이 고개를 떨어뜨렸다.

하지만 지안과는 달리 황제의 눈은 여전히 그녀를 향해 있었다. 세령처럼 힘이 이끄는 대로 지안이 마음을 바꾸기를 간절히 바라고 바라였다.

"짐에게 기회를 달라."

"……."

"너만이 줄 수 있다. 네가 곁에 있으면 짐은 바뀔 수 있을 것이다."

"아니요. 폐하께서는 바뀌시지 않아요."

"지안아."

"원하는 것만 가지려 하실 뿐, 이해하려 하지도, 아끼려 하지도 않으실 거예요. 폐하께서는 바꾼다는 의미를 모르세요."

지안의 단호한 말이 황제의 심장을 찔렀다.

"왜 짐은 안 되는 것이냐? 왜!"

하지만 더는 이 자리에 있고 싶지 않았다. 뒤로 물러난 지안이 점점 거리를 벌렸다. 하지만 어느새 다가온 황제가 지안에게 손을 뻗쳤다.

그에게 잡히려는 찰나, 다른 손이 지안의 손을 붙잡아 자신의 뒤에 세웠다.

지안을 등 뒤로 숨기는 사내를 본 황제의 눈에 불이 일었다. 분노한 황제의 손이 사내의 목을 움켜잡으려는 찰나, 사내의 손이 황제의 손을 잡아챘다.

핏줄이 도드라질 정도로 힘껏 황제를 붙잡은 사내가 이를 악문 채 말을 내뱉었다.

"보는 눈이…… 많은 것을…… 다행으로 여기시지요."

제하의 살기 어린 시선에 황제 또한 광기 어린 눈으로 그를 노려보았다. 제하의 손에 피가 흘러나오도록 손톱을 박은 황제가 한쪽 입꼬리를 올렸다.

"네놈 따위가 감히 짐의 여인을……."

"언제나 똑같이 해 대는 그 소리도 지겹습니다. 제발 부탁드리오니 내 여인을 그만 건드시지요. 이럴 시간에 폐하의 잘나신 황후마마부터 살피시는 것이 맞지 않겠습니까?"

제하의 도발에 황제가 이를 갈았다. 검이라도 있으면 당장에라도 서로의 목을 베기 위해 움직였을 것이다.

"제하. 이러면 안 돼요."

일촉즉발의 상황, 지안의 손이 제하의 손을 붙잡았다. 그녀의 말이라면 언제나 웃으며 들어줬던 그였지만, 이번만큼은 지안의 애원에도 움직이지 않았다. 완전히 이성이 나간 제하의 팔을 감싸며 지안이 속삭였다.

"제발, 제발 이러지 마요. 이러면 안 돼요."

자신을 대할 때와는 완전히 다른 지안의 행동에 황제의 눈에 서려 있던 광기가 사그라졌다. 지안의 애원을 듣던 황제가 제하를 힘껏 밀어냈다.

당장에라도 황제에게 달려들려는 제하의 허리를 지안이 붙잡았다. 온몸으로 막는 지안의 행동에 완전히 끊겼던 이성이 천천히 돌아왔다. 하지만 여전히 눈은 지안을 잡으려 한 황제를 향하고 있었다.

허리를 놓지 않는 지안의 손을 제하가 떼어 냈다.

"괜찮아."

그를 보던 지안이 천천히 잡고 있던 팔을 풀었다. 지안의 손을 붙잡은 제하가 황제를 향해 고개를 숙였다.

"용건을 끝냈으니 이만 물러가도록 하겠습니다."

제하가 거칠게 몸을 돌리자 그에게 손을 잡힌 지안이 속절없이 끌려갔다.

"조세를 절반으로 줄여서 받는다고 했던가?"

황제의 말에 걸음을 멈춘 제하가 싸늘한 눈으로 그를 노려보았다.

제하의 저런 모습 따위 관심도 없다. 하지만 황제에게 여지가 있다는 것을 안 제하는 다시는 황궁에 지안을 데려오지 않으려 할 것이다.

"황궁에서 열리는 연회와 행사에 모두 참석해라. 너 혼자만이 아니라 지안도 마찬가지다."

"그따위 명을 제가 들을 것 같습니까?"

"들어야 할 것이다. 적어도 네가 원하는 것을 이루려면 아직은 내 승인이 필요할 테니 말이다. 석 달 뒤에 있을 연회부터 참석하거라."

말을 끝낸 황제가 둘에게서 멀어져 갔다.

황제가 완전히 사라질 때까지 제하의 핏발 서린 눈이 오랫동안 그에게 머물렀다.

❀ ❀ ❀

황궁에서 완전히 빠져나올 때까지 제하는 지안과 눈을 마주치지도, 말을 꺼내지도 않았다.

숨 막힐 것 같은 분위기가 계속되었지만 그녀는 어떠한 말도 먼저 할 수 없었다. 그녀의 손을 잡은 채, 함께 걷고 있었지만 둘 사이에 흐르는 분위기는 차갑다 못해 싸늘하였다.

"황제한테 손이라도 잡혔으면 어쩌려고 그랬어?"

궁을 나오자마자 제하가 그녀에게 물었다. 넓은 길에 있는 사람이라고는 그와 지안뿐이었지만 설레기보다는 무서웠다.

"그렇게 무슨 짓을 할지 모르는 놈과 같이 걷고 싶었나? 너만 보면 제 품에 안으려고 무슨 짓이든 다하는 놈과 단둘이 걸을 정도로 편안한 사이였나?"

차갑게 내뱉는 그의 목소리에 심장이 내려앉았다. 그가 왜 화가 났는지 알고는 있었지만 지안 또한 지금의 상황이 억울하였다.

"황후께서 부르셔서 갔다가 나오는 길에 잡혔을 뿐이에요."

"황후라고? 정말 죽고 싶어서 안달 난 사람처럼 왜 그렇게 무모한 짓을 하는 거야? 황후가…… 그 여자가 지금 널 어떻게 보고 있는데!"

"부르니까! 황후의 명으로 오라고 하는데 안 갈 수 없잖아요!"

제하의 말투가 격해질수록 지안 또한 목소리가 올라갔다.

자신의 행동이 위험했었다는 건 알고 있다. 하지만 오늘 일은 그녀에게도 어쩔 수 없었다. 서러운 마음에 눈시울이 붉어졌지만 입술을 깨물며 참아 냈다.

그럼에도 완전히 참아지지 않았다. 눈가에 그렁그렁 눈물이 맺힌 지안이 힘껏 주먹을 쥐었다.

"그러니까 그냥 궁에 있으라고 했잖아! 그리고 사내와 단둘이 있는 거 싫다고 했잖아! 내관이 가자는 대로 의심 없이 따라가서는 왜 이 사달을 만들어!"

"황궁의 내관이 따라오라 하는데 거절할 수 있어요? 그리고 믿는다 해 놓고는 왜 그러는 거예요! 그저 황후가 보낸 내관일 뿐이었다고요."

“널 못 믿는 게 아니라 너에게 접근하는 사내라는 것들을 못 믿겠단 말이다. 모든 일이 네 생각대로, 네가 말하는 대로 되는 건 아니란 말이다! 널 죽이지 못해 안달한 세령과 널 안지 못해 미친 기하가 만만해? 그러다가 지난번처럼 연기하 그놈에게 잡히기라도 하면…… 이번에도 함께 독이라도 먹고 죽을 생각이었나? 아니면 세령의 심장에 검이라도 꽂아 볼 생각이었어?”

말을 꺼낸 순간 아차 했지만 이미 입 밖으로 나온 후였다.

황제와 같이 있는 모습에 이성이 완전히 끊겨 버렸다. 피하려는 지안을 잡으려는 황제를 보는 순간 온몸에 분노가 휘몰아쳤다. 간신히 참고 참아 황궁 밖까지 나왔건만, 세령까지 만났다는 지안의 말에 이미 화는 터질 대로 터진 후였다.

하지만 해야 할 말이 있었고, 하면 안 되는 말이 있었다.

제하를 보던 지안의 눈에 맺혀 있던 눈물이 떨어졌다. 힘껏 쥐고 있던 주먹이 힘없이 풀려 버렸다. 지안이 무너지는 모습을 보는 순간, 제하의 심장이 내려앉았다.

놀란 제하가 지안에게 다가갔지만, 그를 보며 지안은 뒤로 물러났다.

“지안아. 이건…….”

“나는 당신밖에 없어요. 내가 잘못했다는 건 알아요. 위험했다는 것도 알고 있어요. 그런데 당신에게 그런 이야기를 들을 정도로 나 위험하지 않았어요. 경솔하게 행동하지도 않았고요.”

휘몰아치던 화가 순식간에 가라앉았다. 실수도 이런 실수가 없었다.

그저 다시는 그러지 말라며, 무모한 행동 따위 절대로 하지 말라고 엄포만 놓을 생각이었다. 졸지에 건드려서는 안 되는 상처를 건드렸다.

그렁그렁 맺혀 있는 눈물이 얼굴을 타고 한 방울씩 떨어졌다.

"나는 당신밖에 없지만…… 당신에게 그런 말을 들을 정도로 잘못한 적은 한 번도 없었어요. 적어도 그때 독을 먹은 건 내가 할 수 있는 최선이었어요. 그걸 당신이 그렇게 생각하고 있는지는 몰랐네요."

떨리는 몸이 당장에라도 쓰러질 듯 위태로웠다. 상황이 완전히 바뀌어 버리고, 당황한 제하가 지안에게 다가왔다. 피하려는 지안을 잡은 제하가 최대한 진심으로 말하였다.

"잘못했어. 내가…… 내가 잘못 말했어. 당신 잘못될까 봐, 황제와 같이 있는 걸 보니까 화가 나서. 잘못했어."

제하의 거듭된 사과에도 지안의 굳은 표정은 풀리지 않았다. 얼굴에 흐른 눈물을 닦아 낸 지안이 제하의 손을 밀어냈다. 그녀의 거부에 당황한 그가 연신 이름을 불렀지만 굳게 닫힌 지안의 입은 좀처럼 열리지 않았다.

제하를 거부하듯 마차에 오른 지안이 눈을 감았다.

고요히 화를 내는 그녀를 보며 제하는 어찌할 바를 몰랐지만, 이미 터진 일이었다. 궁으로 돌아온 그녀가 말없이 자신의 방문을 굳게 걸어 잠갔다.

굳게 닫힌 문 앞에서 그가 오랫동안 멍하니 서 있었다.

❋ ❋ ❋

황제에게 잡혔다는 손목과 어깨가 붉게 달아올라 있었다. 지쳐 잠든 지안의 곁을 제하가 조용히 지켰다.

'망할 입 같으니라고.'

화를 내 봤자 결국 자신이 내뱉은 말이었다. 하지만 그 순간 제하의 눈에 보이는 것은 없었다. 황제에게 끌려가기 직전의 지안을 막아야 한다는 것 외에 아무 생각도 나지 않았다.

하지만 황제에게서 지안을 데리고 나오고, 세령의 이야기까지 나오자 참고 있던 불안이 한꺼번에 터져 버렸다.

결국 궁으로 들어오자마자 지안은 문을 걸어 잠갔다. 영이나 다른 시종들, 심지어 채훈까지도 자유롭게 드나들었지만, 제하만큼은 한 걸음도 들어올 수 없었다. 말을 꺼내진 않았지만 지안은 제하가 가까이 다가오는 것을 철저히 거부하였다.

화를 내 보기도 하고, 손이 발이 되도록 싹싹 빌어 보기도 했지만 통하지 않았다. 결국 그날 밤, 깊게 잠들었다는 영의 보고를 들은 다음에나 닫힌 문을 열고 곁으로 다가갈 수 있었다.

울음을 터트리거나 화를 내지는 않았지만, 영의 말로는 물만 마셨을 뿐 음식을 거의 입에 대지 않았다고 하였다. 지쳐 잠든 지안의 손을 제하가 조심스럽게 붙잡았다.

"아……."

혹여 지안이 깰지도 모른다는 생각에 숨을 죽이던 그가 자신도 모르게 탄식하였다. 어떻게 붙잡은 것인지 지안의 손에 질붉은 멍이 지어져 있었다.

'망할.'

아직 움직일 시기가 아니다. 모든 것을 다 갖춘 황제와 달리 제하는 아직 준비가 끝나지 않았다. 현번을 되살리는 것부터 황제와 대립할 힘을 모으는 것까지 최소 일 년은 잡고 시작해야 할 일이었다.

하지만 그 소리는 결국 이런 상황을 일 년이나 봐야 한다는 뜻이었다.

제하의 몸에 서서히 살기가 피어올랐다. 그 순간, 잠들어 있던 지안의 눈이 떠졌다.

"저…… 그게."

지안의 눈이 제하가 잡고 있는 손으로 향하였다. 그녀의 눈을 따라 제하의 시선 또한 잡고 있는 손을 보았다.

지안이 어떤 눈으로 보고 있는지는 알았지만 잡고 있는 손을 빼고 싶지는 않았다. 하지만 그의 바람과는 달리 지안이 그의 손을 천천히 풀었다. 어떻게든 풀리지 않으려 별의별 수를 다 썼지만, 이럴 때만큼 지안의 손은 야속할 정도로 매서웠다.

"저기…… 지안아. 그러니까……."

제하의 손을 뺀 지안이 그에게서 몸을 돌렸다. 겨울에 부는 한풍도 그녀보다는 덜 차가울 것이다. 제하에게서 등을 돌린 지안이 머리끝까지 이불을 뒤집어썼다.

"후우."

등을 완전히 돌린 지안을 망연자실한 눈으로 보던 제하가 무거운 숨을 길게 내쉬었다. 그녀가 뒤집어쓴 이불에 얼굴을 묻었지만 지안은 미동조차 하지 않았다.

"차라리 화를 내. 화내기 싫으니까 외면하는 거잖아."

제하의 말에 지안의 몸이 작게 움찔거렸지만, 그뿐이었다. 미동조차 없는 지안을 보던 제하가 연신 무거운 숨을 내쉬었다. 예전에도 그랬지만 지안이 화를 내면 심장이 내려앉았다.

그때야 어영부영 넘어갈 수 있었지만, 지금은 아니었다.

자신 때문에 지안이 불편해하자 결국 그가 먼저 자리에서 일어났다.

문이 닫히는 소리가 들리고 머리끝까지 뒤집어쓴 이불을 내린 지안이 미간을 찌푸렸다.

이렇게까지 화를 낼 일이 아니라는 것을 알면서도 한번 터진 화가 가라앉지 않았다. 제하의 말대로 이 상황에서 그를 보면 무슨 말을 꺼낼지 자신도 장담할 수 없었다.

그를 보고 싶지 않다.

눈을 감으며 지안이 다시 잠을 청하였다.

❋ ❋ ❋

"전하."

방을 나온 제하의 곁으로 대기하던 채훈이 다가왔다.

싸늘하다 못해 살기를 내뿜는 제하를 보며 그가 숨을 삼켰다. 황제 부부가 쌍으로 난리를 쳐도 왜 지안에게 쳤으며 또 하필 제하는 그 상황에서 말실수를 했단 말인가! 모시는 주인이 아니라 동생이었으면 뒤통수라도 후려쳤을 일이었지만 채훈의 상황에서 그건 불가능한 일이었다.

제하가 말이 없자 채훈이 조용히 답을 기다렸다. 이런 때의 그를 잘못 건들인다면 자신만 벼락 맞을 것이었다.

"사도에게……."

몇 걸음 걷다 멈춰 선 제하가 하는 말에 채훈이 귀를 기울였다.

"사도에게 황후의 일을 터트리라고 전해라."

"네? 전하. 그건 마지막에 한꺼번에 터트리실 것이 아니었습니까?"

채훈의 말은 들리지 않는 듯 허공을 보는 제하의 눈은 분노로 활활 불타오르고 있었다.

한꺼번에 없앨 생각으로 남겨 놓았지만, 이젠 그럴 인내조차 남지 않았다. 왜 자신이 그 부부가 저질러 놓은 일 때문에 지안에게 외면을 받아야 하는 것인가. 물론 입을 잘못 놀린 자신의 탓도 있다.

"나 혼자 당하기에는 억울하단 말이다."

"네?"

지안이 그를 외면할수록 황제와 세령에 대한 분노가 가라앉지 않았다.

그의 삶에 둘이 제멋대로 돌을 던져 놨으니 이번에는 제하가 직접 둘 사이에 파문을 만들 생각이었다.

"어디 한번 제 손으로 제 힘을 쳐 내는지 지켜보겠다. 어떠한 방법이든 상관없다. 황후가 숨기고 있는 걸 전부 터트려라."

"당장 사람을 보내겠습니다."

"그리고 내가 찾아보라고 한 계집은?"

제하의 물음에 채훈이 고개를 저었다.

황궁에 심어 놓은 궁인들의 이야기를 토대로 여희의 모습을 그려 놓았다. 무슨 연유에서인지는 알 수 없었지만, 제하는 여희와 비슷한 여인을 찾아내라 하고 있었다. 산 사람을 찾아내기도 힘든 일에 죽은 사람과 닮은 이를 찾아내라 하니 평소보다도 찾는 데 시간이 걸리었다.

"아가씨 주변을 샅샅이 찾고 있지만, 비슷한 여인은 없었습니다."

채훈의 보고에 제하의 눈이 좁아졌다.

당장에라도 지안에게 여희를 조심하라는 말을 해도 모자를 판에, 지은 죄가 있어 나서지도 못하고 있었다.

하나도 자신의 마음대로 되는 일이 없다.

옷자락을 거칠게 휘날리며 제하가 자신의 방으로 걷기 시작하였다.

❋ ❋ ❋

다음 날, 황궁이 발칵 뒤집혔다.

누구의 소행인지 알 수는 없었지만, 황궁의 곳곳에 방문이 붙여 있었다.

황후가 아이를 가질 수 없는 몸이며, 그걸 알면서도 황후의 자리에 올랐다는 내용이었다.

노한 황후가 방문을 거둬 내라 명령했지만 이미 방문은 황궁 밖에도 붙여진 뒤였다.

"고하라."

방문을 직접 확인한 세령이 황제의 집무실 앞에서 내시감에게 말하였다. 이미 방문의 내용을 확인한 내시감이 세령의 모습을 보고는 고개를 숙였다.

"폐하. 황후마마께서 납시셨사옵니다."

"들라 하여라."

황제의 허락이 떨어지고, 문이 다 열리기도 전에 세령이 안으로 들었다.

집무실 안으로 들어오자마자 보이는 남훈의 모습에 세령의 걸음이 멈추었다. 몸을 숙인 남훈의 앞에 차가운 표정의 황제가 세령을 노려보고 있었다.

"때마침 왔군. 황후는 남훈의 옆에 앉아라."

"오해입니다. 폐하. 이건 누군가의 음해란 말입니다."

자리에 앉지도 못한 채, 세령이 몸을 떨었다. 믿을 수 없었지만, 이렇게 행동으로 옮길 사람은 제하뿐이었다. 그의 행동을 이해할 수 없었지만, 지금은 그가 왜 그랬는지 알아내는 게 문제가 아니었다.

제하와 황제는 다르다. 그는 그 사실을 숨겼다는 것만으로도 목을 벨 사내였다.

"우선 앉은 후에 대화를 하는 것이 어떠한가?"

황제의 소소한 배려가 도리어 두려웠다. 불같이 화를 냈다면 같이 맞설 생각이었던 세령은 생각지 못한 황제의 행동에 자신도 모르게 한 걸음 뒤로 물러났다.

"아, 알고 계셨던 것입니까?"

세령의 물음에 황제의 입가에 묘한 미소가 생겨났다. 황제의 눈이 몸을 숙이고 있는 남훈에게로 향하였다.

"이제 이야기를 해야 할 사람들은 다 모인 것 같으니 시작해 보지. 내시감."

황제의 말에 내시감이 내관에게 받아 든 것을 남훈의 앞에 내려놓았다. 피가 말라붙어 있는 종이에는 태의의 필체로 추정되는 글이 쓰여 있었다.

사죄의 말로 시작된 글에는 황후가 아이를 가질 수 없는 몸이었다는 것을 알면서 숨겼다는 내용이 써져 있었다. 차마 폐하를 속일 수 없어 목숨으로 죄의 대가를 치르겠다는 글을 본 남훈이 창백한 눈으로 세령을 보았다.

"이것이 사실이었습니까?"

남훈의 말에 세령이 시선을 외면하듯 고개를 돌렸다. 세령의 말 없는 대답에 남훈의 몸에서 힘이 빠졌다. 눈앞이 아득해지는 것을 간신히 참아낸 남훈이 머리를 굴렸다.

자칫 황제를 기만한 혐의로 가문이 멸문될 수도 있는 일이다.

"황후께서는 나가 계십시오."

"아버지. 제가……."

"나가 계시라 하였습니다. 지금 마마께서는 이 상황에 어떤 도움도 되지 않습니다."

세령이 황후라는 생각조차 들지 않는지 남훈이 낮게 일갈하였다. 그의 명령에 황제를 보던 세령이 비틀거리며 밖으로 나갔다. 세령이 나가자 남훈이 숙였던 몸을 꼿꼿이 세웠다. 허리를 세운 남훈을 보며 황제가 입꼬리를 올렸다.

"당사자도 같이 있는 편이 이야기하는 데 낫지 않겠는가?"

"황후께서 최근 하시는 일이 그다지 신임이 가지 않아서 말입니다."

"그대의 딸이지 않은가?"

"이번 일은 폐하께서 조용히 덮어 주십시오."

남훈의 말을 듣던 황제가 낮게 웃음을 터트렸다. 이미 퍼질 대로 퍼진 일을 어떻게 덮는다는 말인가? 결국 황제보고 세령의 치부를 감당하라는 소리였다.

부부의 신뢰가 깊은 사이도 아니고, 정치적인 관계에 그마저도 흔들리는 존재였다.

이런 좋은 기회를 그는 놓칠 생각이 없었다.

"폐하께 권좌를 빼앗긴 선제께서 조용히 돌아가셨겠습니까?"

남훈의 말에 황제의 입가가 굳었다.

황제와 눈을 맞추던 남훈이 무거운 숨을 내쉬었다.

"옥새를 지키지 못했을 뿐. 소인, 선제께서 죽기 직전 남기신 유서를 가지고 있습니다. 그곳에 이렇게 적힌 말이 있습니다. 원하국의 차기 황제는 연기하가 아니다."

황제의 살기가 남훈을 옥죄었지만, 그는 꿈적하지 않았다. 황제가 등을 돌릴 경우 이용할 생각으로 숨기고 있었던 가장 유용한 패였다.

가문을 지켜 줄 가장 강력한 무기. 속은 쓰렸지만 이 상황을 타개할 방법은 이것밖에 없었다.

"황후의 치부가 밝혀졌으니 내 치부도 밝히겠다는 것인가?"

"그럴 리가 있겠습니까? 폐하께서 권좌에 앉으시는 순간부터 소인은 폐하의 사람이었습니다. 다만 이번 일로 인해 폐하와 유가와의 거리가 멀어지는 것을 막기 위함입니다. 하지만 이대로 넘어가기에는 퍼진 것을 수습하기는 해야겠지요."

남훈의 의도를 깨달은 황제의 눈에 빛이 감돌았다.

그의 말대로 선제의 유서라는 걸 가지고 있다면 당장은 등을 돌리기 어려웠다.

늙은이가 제 손바닥에 황제를 가지고 놀려 하였다. 어쩔 수 없다는 것을 알면서도 남훈의 모습이 자꾸 눈 밖에 났다.

"소운궁의 연금 정도로만 해 주시옵소서. 폐서인만큼은 절대로 안 됩니다."

남훈의 말에 황제의 눈이 날카로워졌다.

굳이 생각하지 않아도 이번 일의 주범이 누구인지는 알 수 있었다.

지안을 건드린 대가라는 것인가? 아니면 슬슬 제 자리를 노리기 위해 서로 물고 뜯으라는 것인가? 어쨌든 이 상황에서 감정대로 행동하는 것은 제하에게만 좋은 일이었다.

그걸 알면서도 입이 썼다. 지안이 안장야 하는 자리다. 눈엣가시 같은 계집 따위 하루라도 빨리 쫓아내는 것이 모두에게 좋은 일이었다.

"연금이 언제 풀릴지는 약조할 수 없다."

"받아들이겠습니다."

"난 선제도, 휘령도 아니다."

황제의 말에 숙였던 남훈의 몸이 딱딱하게 굳었다. 남훈을 보는 황제의 입꼬리에는 여전히 미소가 감돌고 있었지만 노려보는 눈에는 살기만이 가득했다.

"짐에게 계기를 만들지 마라."

황제의 말에 고개를 숙인 남훈이 뒷걸음질로 방을 나왔다. 집무실의 문이 닫히자 남훈이 무거운 숨을 길게 내쉬었다. 힘겹게 밖으로 나오는 남훈의 곁으로 세령이 다가왔다.

"아버지. 이야기는 어찌 되었습니까?"

"당분간 소운궁에 연금되실 것입니다."

연금이라는 말에 세령의 눈이 믿을 수 없다는 듯 커졌다. 아니라고 부정하는 세령을 잡은 남훈이 주변을 둘러보며 낮은 목소리로 말하였다.

"당분간은 경거망동하지 마십시오. 이번 일을 덮기 위해 가장 마지막까지 지켜 온 것을 버렸으니, 마마의 행동에 가문이 멸문할 수 있음을 명심하십시오. 그리고 휘령에 대한 마음은 접으십시오."

"아버지!"

"이번 일! 누가 봐도 그가 움직인 것입니다. 모르시겠습니까? 그는 황제의 손으로 우릴 죽이려 하고 있단 말입니다!"

"……."

"절대 함부로 움직이지 마십시오. 상황이 잠잠해질 때까지 소운궁에서 죽은 듯이 계십시오. 아시겠습니까!"

말을 끝낸 남훈이 빠른 걸음으로 사라졌다. 홀로 남은 자리, 세령의 눈에 천천히 분노가 스미었다. 방향을 잡지 못한 분노가 순식간에 모두에게로 치달았다.

세령이 손을 들자 뒤에 대기하던 상궁이 다가왔다.

"그 아이는?"

"준비를 끝냈습니다. 내관이 제법 비슷하다 했으니 믿으셔도 될 것입니다. 궁 안으로 들어갔다는 연락을 받았으니 조금만 기다려 주시옵소서."

"서두르라고 하여라. 안 그럼 목을 내놓아야 할 것이다."

고개를 숙인 상궁이 발걸음을 재촉하였다.

이대로 자신 혼자 무너질 수 없다.

제하를 가질 수 없다면, 황제에게서 벗어날 수 없다면 최소한 둘이 동시에 갈구하는 존재, 그 계집만큼은 반드시 죽일 것이다.

멀어지는 상궁을 보며 세령이 주먹을 굳게 쥐었다.

❀ ❀ ❀

꼴깍.

침 삼키는 소리가 크게 나자 반사적으로 채훈의 눈이 앉아 있는 제하를 향하였다. 하지만 서류를 보는 제하의 눈은 여전히 차갑고 위압적이었다. 정신없이 장계를 보던 제하가 미간을 찌푸리자 채훈이 숨을 삼켰다.

앞에서 결과를 기다리던 이목의 목사, 여상현은 제하와 채훈의 반응에 눈을 좁혔다. 황궁에서 돌아온 이후 제하의 기분이 바닥을 친다는 소문이 제법 이곳저곳에서 들려오고 있었다.

"혹 번비 되실 분과 다투셨습니까?"

상현의 물음에 서류를 보던 제하가 무슨 소리냐는 듯 그를 노려보았다. 조금 전보다도 가라앉은 분위기에 상현이 고개를 저었다.

"소인, 혼인하여 아들까지 가지고 있습니다. 공께서 아무리 말씀을 안 하셔도 보다 보면 보이는 것이 있지 않겠습니까?"

"지안을 팔아서 이번 걸 넘기겠다는 속셈인가?"

"잘못된 부분을 넘기려 술수를 부린다 한들 공께서 넘기시겠습니까?"

"흠."

제하와 비슷한 나이여서 그런지는 몰라도 상현은 다른 대신들과는 조금은 다르게 그를 대하였다. 여전히 대부분의 일은 중신인 사도가 처리하고 있었지만, 현번 내에서 처리해야 할 일은 그의 도움을 받고 있었다.

"황제에게 이를 드러내려면 일 년은 필요하다라……."

"공께서도 이미 생각하신 기간이 아닙니까?"

"그 시기를 조금은 앞당길 생각이네만 자네의 생각은 어떠한가?"

"번비 때문이십니까?"

상현의 물음에 제하가 들고 있던 장계를 내려놓았다. 어차피 상현이 먼저 말을 꺼낸 상황인 데다 좀처럼 풀리지 않는 지안과의 일에 짜증이 날 대로 나 있었다.

애써 화를 참는 제하를 보던 상현이 먼저 입을 열었다.

"재미난 걸 찾는 사람들에게는 폐하와 휘령 공, 그리고 번비가 되실 분에 대한 이야기만 한 것이 없지요. 이번 황후의 치부가 드러난 것도 휘령 공의 수가 아니었냐는 말들이 오가고 있습니다."

"내가 했다는 증좌라도 있는가?"

내가 했다는 말보다도 더 확실한 대답이었다. 최근 황후의 치부가 드러나면서 지안에게 모욕을 주려 했던 일까지도 같이 드러났다. 노한 황제의 명령에 황후는 한마디의 변명도 하지 못하고 소운궁에 갇히었다. 공식적으로 휘령은 어떠한 행동도 하지 않았지만, 상현이 아는 제하는 조용히 넘어갈 사람이 아니었다.

"아무리 빨라도 육 개월은 필요합니다. 더 길면 좋겠지요."

"그전에 황제가 이를 드러내겠지. 시간을 끌 방법이라……."

"공께서는 이미 방법을 알고 계시지 않습니까?"

상현의 대답에 제하의 눈이 어둡게 가라앉았다.

"지금 날 상대로 농을 던지는 것인가?"

제하의 목소리에는 잔뜩 심통이 나 있었지만, 정작 말을 꺼낸 상현은 태연하였다.

"혼인 전에 생긴 아이를 사생아로 만들 수 없으니 폐하께서는 당연히 두 분의 혼인을 허락할 것이고, 또한 번비가 아이를 가졌는데도 황제가 전쟁을 일으킨다면, 백성은 물론이고 귀족들도 등을 돌리게 될 것입니다. 그런 바보 같은 짓을 황제가 저지를 리 없지요. 굳이 피를 부르지 않아도 시간을 벌 수 있는 최선의 방법이지 않습니까? 그리고 이미 공께서는 거기까지 내다보셨을 것으로 생각되옵니다만."

"……."

구렁이가 담을 타듯 능청스럽게 말하는 상현을 보며 제하가 눈을 꿈틀댔다.

혼인을 하든 아이를 가지든 간에 지안이 있어야 가능한 일이었다. 그 중요한 일을 할 지안이 마음을 굳게 닫았는데 그보고 어찌하라는 것인가. 간신히 진정시켰던 짜증이 다시 밀려왔다.

자신이 잘못했지만 일주일을 곁에 다가가지도 못하게 하는 것은 너무 잔인하지 않은가.

시시각각 제하의 표정이 바뀌자 상현이 고개를 저었다.

"이번만큼은 공께서 몸을 숙이시지요."

"지겨울 만큼 사과도 했네. 뭘 또 어찌하라는 것인가?"

"공의 사과가 아가씨의 마음에는 들지 않으셨나 보지요."

상현의 아리송한 말에 제하가 눈을 좁혔다. 더 말해 보라는 제하의 시선에도 상현은 가져온 장계를 봐 달라 할 뿐, 더는 말하지 않았다.

어차피 연모하는 둘이 해결할 문제였다. 여인이 정말로 화가 나 끝을 볼 생각이었다면 진즉 궁을 나갔을 것이다. 하지만 거기까지 가지 않았다면 결국 좋게 마무리될 일이었다.

상현의 반응에 울컥 화가 치민 제하에게서 짜증이 치밀어 올랐다. 순간순간 변하는 그의 반응에 채훈은 죽을상이었지만 상현은 아무것도 모르겠다는 표정으로 가져온 장계를 내밀 뿐이었다.

❀ ❀ ❀

“잘 좀 이야기해 봐라. 그래도 아가씨께서는 제법 네 말을 듣지 않느냐?”

지안이 마실 다과를 든 채, 걸어가는 영의 뒤를 채훈이 졸졸 뒤따랐다. 평소에는 찾으러 다녀도 좀처럼 볼 수 없는 그가 귀찮을 정도로 졸졸 따라오자 결국 영이 걸음을 멈추었다.

“그렇게 쫓아오셔도 아가씨께서 마음이 상하신 걸 어찌하겠어요.”

“너야 늘 아가씨 곁에 있으니 못 느끼는 것이겠지만, 이쪽은 피가 마른단 말이다. 하물며 궁의 잡일을 하는 이들조차 전하의 곁에는 얼씬도 안 한단 말이다. 모르는 척 받아 주십사 말이라도 넣어 보란 말이다.”

화가 난 지안 때문에 제하가 독수공방을 한 지도 열흘이 되어 가고 있었다. 그사이, 제하의 기분이 바닥을 치다 못해 끓을 대로 끓어 곁에 다가가는 것조차 다들 두려워하고 있었다.

그나마 채훈만이 그의 곁을 지킬 뿐이었지만, 그것도 한계였는지 따라오지 말라는 영을 부지런히 따라다니고 있었다. 이 기세면 지안이 있는 방까지 와서 하소연을 할 게 뻔하였다.

제하에게만 차가울 뿐, 지안은 다른 이들에게는 평소와 똑같이 굴었다. 그런 그녀가 채훈의 하소연을 듣게 된다면 결국 고집을 꺾을 것이다.

“알았어요! 우선 알았으니까 돌아가 계세요. 아가씨 앞에서까지 하소연하실 거예요?”

영의 말에 채훈의 걸음이 자리에서 멈추었다. 괜히 지안의 앞에서 허튼소리를 한 게 알려지면 제하에게 한 소리를 들을 것이 뻔했다.

"가 볼 테니 부탁 좀 하마. 두 분의 사이가 좋아야 너도 편하고 나도 편한 것이 아니냐."

채훈의 말에 영이 노력해 보겠노라며 고개를 끄덕였다. 채훈이 완전히 사라진 것을 확인한 영이 낮은 목소리로 속삭였다.

"지금처럼 지내는 것도 나쁘지 않은데 말입니다."

단순한 심술인지는 몰라도 최근의 분위기가 영은 싫지 않았다. 곁에서 둘을 물끄러미 바라보고 있노라면 언제나 지안이 먼저 받아 주고 참아 주는 게 느껴졌다. 물론 그날 이후로 지안의 풀 죽은 모습이 여간 신경이 쓰이는 것이 사실이었지만, 그래도 이번 기회에 제하가 지안의 눈치를 좀 봤으면 하는 바람도 있었다.

"아가씨."

열려 있는 창문으로 밖을 보던 지안이 영의 목소리에 고개를 돌렸다.

"아침에 떡을 했는데 맛이 괜찮더라고요. 차하고 좀 드셔 보세요."

"난 괜찮으니까 영이 먹어."

"조반도 거의 안 드셨잖아요. 조금이라도 드시라고 가져온 거예요."

제하와의 일 때문인지 지안은 음식을 거의 입에 대지 않았다. 처음 며칠은 그러려니 넘어갔지만 일주일이 넘으니 영도 신경을 안 쓸래야 안 쓸 수 없었다.

영이 재촉하자 하는 수 없이 창가에 앉아 있던 지안이 준비한 자리에 앉았다.

따라 놓은 차부터 지안의 앞에 내려놓은 영이 떡이 담긴 접시를 옆에 놓았다.

"조금 전까지 채훈 종사께 달달 볶이고 왔어요."

"왜 실수라도 했어?"

"실수는 전하께서 하셨죠. 그 덕분에 볶이고 계신 건 채훈 종사이시고요."

"아……."

영의 말을 이해한 지안이 작게 탄식하였다. 그와 데면데면한 지도 벌써 일주일이 넘어 버렸다. 처음에는 얼굴조차 보기 싫었던 것이 시간이 흐르니 조금씩 화가 가라앉았다. 말이라도 걸어 볼 생각이 들긴 했지만, 먼저 화를 내놓고는 이제 와서 다가가자니 그것도 왠지 무안했다.

나름 굳은 결심으로 다가가면 다른 사람과 대화 중이거나 자리에 없으니, 그렇게 지나간 것이 벌써 열흘이었다.

"지금이라도 가 봐야겠다. 그 사람과 내 일인데 채훈이 고생을 할 필요가……."

"괜찮아요. 아가씨. 어차피 전하께서 자초하신 걸요. 그러게 왜 그런 말씀을 하셨대요."

"그래도 이제 그렇게 속상하지는 않으니까. 괜한 고집으로 그까지 힘들게 할 필요는 없잖아."

"그렇게 매번 받아 주시면 나중에는 사과도 안 하시려 할 거라니까요."

영의 만류에 일어났던 지안이 다시 자리에 앉았다. 자신의 말대로 지안이 얌전히 앉자 영이 함박 미소를 지었다.

"정 신경 쓰이시면 다음에 전하께서 오셨을 때 모르는 척 받아 주세요. 굳이 아가씨께서 먼저 가실 필요는 없는 걸요. 그리고 지금은 전하를 신경 쓰실 때가 아니에요. 요즘 아가씨께서 통 식사를 못 하셔서 얼굴이 안 좋으세요."

"몸이 좀 피곤할 뿐인 걸. 걱정하지 않아도 돼."

괜찮다며 미소를 지었지만, 영의 표정은 나아지지 않았다.

조금이라도 먹어 보라는 영의 성화에 지안이 떡 하나를 들어 입에 넣었다. 그때의 기분 탓인지 목에 돌이라도 걸린 것처럼 입안이 껄끄러웠다. 결국 차를 마셔 떡을 간신히 넘긴 지안이 괜찮다며 손을 저었다.

"아무래도 어의에게 진맥이라도 받아 보셔야겠어요."

"아프지 않은데 왜 진맥을 받아. 난 괜찮아."

지안이 손을 저었다. 한번 고집을 부리면 답이 없었기에 영은 말없이 고개를 저었다.

어차피 오늘만 날인 것도 아니고, 적당한 상황에 다시 말을 꺼내면 될 일이었다. 그럼에도 아쉬운 듯 말을 삼키는 영을 보던 지안이 창밖으로 고개를 돌렸다.

그 순간, 지안이 의자를 박차고 일어나 창으로 향하였다. 지안의 행동에 영 또한 놀라 그녀에게 달려갔다.

"아가씨! 무슨 일이세요?"

"여희?"

"네?"

여희라는 말에 영의 눈이 바쁘게 밖을 살폈다. 제하의 명을 받은 채훈에게서 여희의 모습과 알아야 할 행동이나 성격을 들었다. 이미 죽은 사람이 어떠한지 익히기 어려웠지만 지안의 목숨이 달려 있다는 말에 몇 날 며칠을 익히고 머리에 담아 놓았다.

"아가씨. 여희는, 여희는 죽었잖아요."

"똑같았는데…… 영이 오니 사라졌어."

지안의 곁에 여희가 가까이 오게 해서는 안 된다.

그녀에게 나타날 여희는 죽은 사람도, 하물며 지안이 그토록 아끼던 시비도 아니었다. 지안의 목숨을 노리는 자객일 뿐, 절대 가까이 가게 해서는 안 되었다.

"요즘 좀처럼 못 쉬셨잖아요. 잘못 보신 거예요."

"뭐라고 말을 하긴 했는데."

지안이 고개를 갸웃하자 영이 애써 미소를 지었다.

"아가씨께서 못 쉬시니까 걱정이 돼서 나타났나 보죠. 어서 이쪽으로 오세요."

영의 재촉에 지안의 눈이 다시 밖을 향하였다.

목소리는 들을 수 없었지만, 분명 그녀가 본 사람은 여희였다. 지안을 본 여희가 입을 움직였지만, 짧은 순간이라 그런지 알아볼 수 없었다.

그녀의 관심을 돌리려는 영이 지안에게 계속 질문을 던졌지만 그녀의 귀에는 더는 들리지 않았다. 생각에 잠긴 지안을 보며 영의 눈이 깊게 가라앉았다.

❀ ❀ ❀

그날 밤, 지안의 방에 선 제하가 무거운 숨을 길게 내쉬었다.

영의 보고에 지안의 주변에 병사를 늘리고, 믿을 만한 이들을 시종으로 보냈지만 여간 마음이 내키지 않았다. 밤에 찾아가는 것을 달가워하진 않았지만 그렇다고 가만히 있기에는 치밀어 오른 불안이 가시지 않았다.

결국 늦은 밤, 지안의 처소로 제하가 발길을 돌렸다.

처소까지 거의 다 왔을 무렵, 제하의 귀로 지안의 목소리가 들려왔다.

"여희. 어디 가는 거예요?"

여희라는 말에 소리가 들리는 방향으로 제하가 달려갔다. 여희로 보이는 이가 궁에 들어온 것을 알고 있다. 하지만 어찌 숨은 것인지 궁을 샅샅이 뒤져도 찾을 수 없었다.

처소에 들어서자 제하의 눈에 보이는 것은 자리옷을 입은 지안이 걸음을 옮기는 모습이었다. 지안의 시선 끝, 허름한 옷을 입은 여인이 서 있었다.

"지안아!"

제하의 고함에 지안의 눈이 여인에게서 그에게로 향하였다. 제하가 지안의 허리를 붙잡은 것과 동시에 뒤따르던 채훈과 병사들이 사라진 여인을 향해 움직였다.

"이거 봐요! 여희가! 저기 여희가 있다고요."

"가짜야. 저 여희는 가짜란 말이다!"

"그래도 혹시 모르잖아요! 진짜 여희일 수도 있잖아요! 뭐라고 자꾸 말은 하는데 들리지 않았어요! 잠깐이면 돼요. 잠깐이면 되니까!"

"여희가 아니야."

지안을 뒤에서 안은 제하가 그녀의 귀에 낮은 목소리로 말하였다. 그의 목소리에 지안의 발버둥이 멈추었다.

"어사중승이 말했잖아. 여희와 비슷한 사람을 황후가 보낸 거야. 그날 같이 들었잖아."

"비슷한 사람이 아니었어요. 똑같았어요. 뭐라고 계속 말하긴 했는데……."

"아니야."

그의 말을 듣던 지안이 자리에서 무너지자 제하가 뒤에서 그녀를 붙잡았다.

지안의 눈에서 한 줄기 맑은 눈물이 떨어졌다. 제하의 팔을 붙잡은 지안의 손이 떨리고 있었다.

"여희가 아니야. 지안아."

여인을 쫓아갔던 채훈이 다시 돌아왔다. 고개를 젓는 채훈을 보며 제하가 입술을 깨물었다. 채훈의 답을 들은 지안이 힘없이 제하의 팔에 몸을 맡겼다. 지친 지안을 제하가 안아 들었다.

말 없는 제하의 시선에 채훈이 고개를 숙였다.

채훈의 뒤를 따르던 병사들이 일사불란하게 처소 주변에 배치되었다.

❋ ❋ ❋

영이 건네는 차가운 물을 받아 든 제하가 침상의 지안에게 건네었다. 제하가 건넨 물을 한 모금 마신 지안이 고개를 저었다.

"조금 더 마셔."

제하의 말에 지안이 고개를 저었다. 침상에 지안을 눕힌 제하가 곁에서 자리를 지켰다. 창백한 지안을 보는 영의 얼굴이 어두웠다. 자신 때문이다. 한시라도 자리를 비우면 안 되었건만, 잠시 처소를 나간 그녀의 실수였다.

"내가 있을 테니 나가 있어라."

이런 상황에서 지안이 의지할 사람은 영이 아니라 제하였다. 그를 흉보긴 했지만, 지안이 상처를 보일 사람 또한 제하뿐이었다. 자신의 실수로 일어난 일, 풀이 죽은 영이 뒷걸음질로 방을 나갔다.

둘만이 남은 방, 침상에 누운 지안이 제하에게 말하였다.

"혼자 있어도 돼요. 당신도 쉬어야죠."

지안의 말에 답을 하는 대신 제하가 작은 손을 붙잡았다. 붙잡은 손에 입술을 댄 그의 눈이 어둡게 가라앉았다.

어사중승의 말로는 여희와는 조금은 다른 외모를 가진 벙어리를 구해 줬다고 하였다. 하지만 영은 광대들의 손 기술만 있으면 완벽하지는 않아도 비슷하게까지는 얼굴을 바꿀 수 있다고 하였다.

"미안."

제하의 말에 지안의 눈이 그를 향했다.

"황후를……."

"옆에 올래요?"

지안이 제하의 말을 잘랐다. 그녀의 말을 들은 제하가 눈을 좁혔다.

"당장 자러 갈게 아니면 옆에 누워요."

지안을 물끄러미 보던 제하가 그녀가 비워 준 침상에 누웠다. 그가 자리에 눕자 지안이 말없이 그의 품을 파고들었다. 안겨 든 지안의 등을 그가 조심스럽게 어루만졌다.

제하의 품에 얼굴을 묻은 지안이 긴 숨을 내쉬고 들이마셨다. 눈을 감은 채, 몇 번이고 그의 체향을 맡던 지안이 작게 속삭였다.

"이제야 좀 진정되네요."

"……."

지안의 정수리에 제하가 턱을 올렸다. 이 사람에게 서운하게 느껴졌던 것들이 눈 녹듯 사라졌다. 영이 여희가 아니라며 몇 번이고 말했었지만, 지안은 애써 부정하였다. 그랬던 현실이 그의 목소리에 원래대로 돌아왔다.

여희는 죽었다.

그걸 알면서도 마음속의 미련이 그녀를 놔주지 않았다.

"내 잘못도, 당신 잘못도 아니에요."

"지안아."

"그러니까 미안해하지 마요. 사과할 사람은 당신이 아니라 다른 사람이에요."

지안의 목소리에서 옅은 분노가 느껴졌다.

"제 잘못도 모르고 사과조차 하지 않겠지."

품에 안겨 있던 지안이 고개를 들어 제하를 바라보았다. 여희가 아니라는 것을 깨달은 순간, 황후가 보낸 사람이라는 것을 받아들이는 순간, 떠오른 사람은 제하뿐이었다. 이 사람이 아니었다면 자신은 무너졌을 것이다.

이제 쓸데없는 짓은 하지 않을 것이다.

"지난 일은 이제 잊어버려요."

"그냥 넘기자니 손에 닿는 느낌이 또 다르군. 왜 이리 마른 거야?"

그의 말에 지안이 눈을 내렸다. 어물쩍 넘기려는 그녀의 행동에 제하가 고개를 저었다.

"서운한 건 서운한 거고 그래도 먹을 건 먹었어야지."

"생각이 없는 걸 어쩌겠어요. 혼자 먹어서 그런지 생각이 없더라고요."

"영을 혼낼 생각은 없었는데 안 되겠다. 어떻게 시중을 들었기에 이렇게 마른 거야."

제하의 말을 들으며 지안이 다시 그의 어깨에 얼굴을 묻었다. 다행히 안정을 찾은 듯 그의 품에 안겨 있는 지안의 목소리는 평소처럼 평온하였다. 하지만 목소리만 평온할 뿐, 여전히 지안은 불안한 상태였다.

곳곳에 병사를 배치하고 있었지만, 지안이 혼자 있을 때만 움직이는 이를 잡기는 어려웠다.

"널 데리고 가야 하나?"

"어디 가나요?"

"황제가 변방에 있던 세력을 도성으로 움직이고 있다는 보고가 계속 들어오고 있어서 말이지. 사도가 자리를 마련할 테니 은밀히 나와 달라고 하더군."

황제와 황후의 연이은 기행에 귀족들이 움직이고 있었다. 병사를 움직여 황제를 몰아내겠다는 생각까지는 못하고 있었지만, 적어도 황제와 대립할 의사를 가진 귀족들이 연신 제하와의 밀담을 원하고 있었다.

그것을 위한 자리, 최대한 은밀하게 반드시 참석해야 하는 자리였다.

채훈과 호위 몇 명만을 데리고 갈 예정이었던 것, 하지만 여희의 일을 겪고 나니 그녀를 두고 발길이 떨어지지 않았다.

차라리 마음 편히 그녀를 데리고 가는 것이 낫다고 생각할 즈음, 지안이 고개를 저었다.

"은밀히 만나는 자리라면 난 가지 않는 게 좋아요. 나까지 움직이면 황제나 황후가 알게 될 테니까. 괜찮아요. 갔다 와요."

그녀는 괜찮다 했지만 마음이 놓이지 않았다. 지안을 안은 팔에 힘을 준 제하가 무거운 숨을 내쉬었다.

"여희는 죽었어. 흔들리지 마."

"……네."

그녀에게 여희가 어떤 존재인지는 알고 있었다. 하지만 그렇기에 더더욱 지안에게 현실을 보여 줘야 했다. 지안을 잃으면 무너지는 것은 황제가 아니라 자신이다.

"네가 잘못되면 살 자신이 없어."

지안의 머리에 얼굴을 묻은 그가 낮게 속삭였다. 그의 목소리에 지안이 고개를 들었다.

열흘이나 그를 밀어냈는데도 제하는 여전하였다. 싸우고 외면했던 시간이 미안하고 또 미안했다. 그에게 화가 난 건 사실이었지만, 이렇게까지 길게 이어진 것은 그녀의 행동 때문이었다.

"조심할게요."

눈을 멀게 하는 미소가 걱정하는 그를 위로하였다. 지안의 뺨을 감싼 그가 그녀의 입술에 다시 입을 맞추었다.

다음 날, 최소한의 사람을 데리고 떠나는 제하를 지안이 배웅하였다.

제하가 떠나는 자리, 지안의 눈에 여희의 모습이 다시 보였다. 여희에게 다가가는 대신 그녀의 눈이 멀지 않은 곳에 서 있는 그녀를 바라보았다.

지안에게 말을 전하듯 여희의 입이 움직였다.

"아가씨. 바람이 차요. 어서 들어가세요."

영의 말에 고개를 끄덕인 지안이 여희가 있는 곳으로 다시 시선을 돌렸다. 하지만 그녀는 어느새 사라진 뒤였다.

여희가 사라진 자리를 바라본 지안이 영을 따라 처소로 향하였다.

❀ ❀ ❀

"도대체 언제까지 시간을 끌 거야? 빨리 그 여자를 끌어내야 한다니까."

여인의 얼굴을 이리저리 만지며 어린 계집이 연신 신경질을 부렸다. 그러는 와중에도 계집의 손은 쉴 새 없이 여인의 얼굴을 만져 댔다.

"아……."

"말도 못 하는 게 자꾸 입 열지 마. 분장이 망가진단 말이야."

자꾸 입을 벙끗거리는 여인의 뺨을 때리며 계집이 눈을 치켜세웠다. 계집의 행동에 얼굴을 맡기고 있는 여인이 몸을 움츠렸다. 주눅이 든 여인을 보던 계집이 길게 한숨을 내쉬었다.

"죽은 사람 시늉을 해 대는 너도 억울하겠지만, 이번 일이 잘못되면 우리 둘 다 죽은 목숨이란 말이야. 대신 이번 일이 잘 해결되면 한몫 두둑이 챙겨 주신다 했으니까 쓸데없는 생각 말고 하라는 대로 해! 알았어?"

계집의 말에 여인이 고개를 숙였다.

면경에 보이는 모습은 제 본모습과는 사뭇 달랐다. 분장을 도와주는 계집의 말로는 지안이 아끼던 시비의 모습이라 하였다.

시간이 갈수록 지안이라는 여인이 저를 보는 시선이 마음에 걸렸다. 겨우 부리는 시비를 그런 눈으로 찾는 사람이 있을까? 그녀의 앞에 나타나는 횟수가 잦아질수록 마음은 점점 무거워졌다.

"자. 이제 되었어. 다시 나가자."

"……"

"오늘은 자객들까지 다 준비시켰으니까 어떻게든 끌어내 봐. 한 번만 성공하면 이 귀찮은 일도 끝이라니까."

여인을 보던 계집이 자리에서 일어나자 여인 또한 어두운 얼굴로 일어났다. 여인이 계집을 따라가니 방을 지키던 병사와 계집 사이에서 작은 승강이가 일어났다.

"언제까지 이 짓을 해야 하는가? 점점 감시가 심해진단 말일세. 내 숙소에 자네들을 숨겨 준 걸 알면 전하께 난 죽은 목숨이란 말이야."

"조만간 끝나니 보채지 좀 마요. 돈을 다 받아 놓고 이제 와 다른 말 하면 이쪽이라고 가만히 있을 줄 알아요?"

"그, 그러니까 어서 하란 말일세!"

투덜거리는 병사를 달래던 계집이 안주머니에서 돈 몇 푼을 꺼내 병사에게 쥐여 줬다. 그제야 투덜거리던 병사가 입을 다물었다. 못 이기는 척 돈을 받는 병사를 보며 계집이 낮게 속삭였다.

"오늘은 확실히 할 터이니 그냥 모르는 척해 주시기만 하면 돼요. 내 말하지 않았소? 그저 겁을 조금 주려고만 하는 것뿐이오. 이번 일만 잘 해내면 또 황궁으로 불려 갈 수도 있는 것 아니오?"

"화, 황궁?"

계집의 말에 병사의 눈이 주변을 살폈다. 하지만 늦은 밤, 그들의 대화를 듣는 사람은 없었다.

"내 이번 일만 잘 끝나면 말씀드릴 테니 오늘만 모르는 척

계세요."

"아, 알았네! 자! 어서 가."

고개를 끄덕인 계집이 여인에게 어서 오라는 듯 손짓하였다.

내키지 않는 걸음을 옮기는 여인의 눈이 파르르 떨렸다. 노예로 팔려 온 그녀가 할 수 있는 일이라고는 하라는 대로 따르는 것뿐이었다.

지안을 계집이 원하는 곳까지 끌어내기만 하면 자신이 할 일은 끝이다.

자신에게 선택할 권리가 없다는 것을 알면서도 내키지 않았다.

주변의 인기척을 살피며 처소까지 온 여인이 지안의 눈에 띄도록 자리에 섰다.

❀ ❀ ❀

작은 숨소리를 내며 잠든 지안을 영이 어두운 표정으로 바라보았다.

입맛이 없다며 음식에 거의 입도 대지 않더니만, 제하가 나간 이후로는 까무러치듯 잠드는 것이 일상이었다. 악몽을 꾸지 않는 것은 다행이었으나 하루가 다르게 말라가니 영의 속도 새까맣게 타들어 갔다.

"아가씨."

영의 부름에 미동도 않던 지안의 눈이 천천히 떠졌다. 그런 지안의 모습에 영이 작게 한숨을 내쉬었다. 지금처럼 서책을 보다 의자에서 잠드는 경우는 예전의 지안에게는 있을 수 없는 일이었다.

"침상에서 주무셔야죠."

"아니야. 아직 잘 생각 없어."

몇 번 눈을 깜박인 지안이 고개를 흔들며 자리에서 일어났다. 하지만 갑자기 몸을 일으켜서인지 지안이 비틀거렸다.

전보다도 마른 몸에 창백한 얼굴이 보고 있는 것만으로도 위태롭고 불안하였다.

"내일 아침에라도 어의를 불러와야겠어요. 식사도 거의 못 하시지, 한번 잠이 드시면 기절하듯 주무시지."

"난 괜찮아."

"아가씨께서는 괜찮으셔도 전 안 괜찮아요. 이대로라면 공께 한 소리 심하게 듣겠어요. 괜찮으셔도 저 붙잡으세요. 침상으로 가요."

영의 성화에 지안이 어쩔 수 없다는 듯 그녀의 팔을 붙잡았다.

몸이 물에 젖은 것처럼 계속 무거웠다. 영에게는 괜찮다고 했지만 내심 전과는 달라진 몸이 자꾸 신경 쓰였다. 영의 말대로 식사라도 하면 좀 나아질 것 같았지만, 막상 음식이 앞에 있으면 입에 대고 싶은 생각이 나지 않았다.

영의 부축을 받으며 침상으로 간 지안이 눕는 대신 자리에 앉았다.

"잠은 깼어. 조금만 앉아 있으면 돼."

"잠시만 기다리세요. 자리옷 가져올게요."

말려 봤자 들을 영이 아니었기에 지안이 알겠다는 듯 고개를 끄덕였다. 지안의 몸에 이불을 덮어 준 영이 열린 창을 닫으려 창가로 걸어갔다.

문을 닫으려던 영의 손이 중간에 멈추었다.

"밖에 뭐가 있어?"

영의 몸이 굳자 침상에 있던 지안이 몸을 일으키려 하였다. 지안의 행동에 놀란 영이 아무것도 아니라는 듯 창문을 닫았다.

"아니에요. 앉아 계세요!"

지안을 말린 영이 서둘러 밖으로 나갔다. 방 밖으로 나온 영은 대기하던 병사들에게 신호를 주었다. 최대한 기척을 죽인 병사들이 부지런히 걸음을 놀리는 사이, 침상에서 일어난 지안이 닫아 놓은 창을 열었다.

"여희."

지안의 부름에 여희, 아니 여희로 가장하고 있던 여인의 표정이 어두워졌다.

여인이 지안을 향해 입을 움직였다.

❋ ❋ ❋

"들켰어! 이리 와!"

병사들이 움직이자 놀란 계집이 여인의 팔을 끌었다.

하지만 지안을 보는 여인의 걸음은 멈추지 않았다. 여인의 답답한 행동에 계집이 짜증을 부렸다.

"이대로 있다가 우리가 죽는다고! 얼른 와!"

계집에게 이끌려 여인이 힘없이 끌려갔다. 일사불란하게 움직이는 병사들 사이에서 고립되기 직전, 매수한 병사가 그녀들을 빼내 주었다.

"기다리게. 내 상황이 좀 진정되면 부르러 오겠네."

병사가 나가고 계집이 여인을 뾰쪽한 눈으로 노려보다 있는 힘껏 뺨을 후려쳤다. 계집의 행동에 여인이 바닥에 주저앉았다.

"노예로 살다 죽을 것을 황후마마께서 거두어 주셔서 살아난 주제에 너 자꾸 이따위로 행동할 거야? 병사들에게 죽기 전에 나한테 먼저 죽어 봐야 정신 차리겠어?"

계집이 다시 손을 들자 여인이 몸을 움츠렸다. 마음 같아서는 죽기 직전까지 패도 시원치 않았지만 아직 이 여인이 필요했다. 최소한 내일모레까지 결과를 가져가지 못하면 황후가 보낸 이들이 자신과 여인의 목을 벨 것이다.

"병사들이 좀 잠잠해지면 다시 할 거야. 이번에 제대로 불러내지 못하면 내가 널 먼저 죽일 거야. 알았어!"

으르렁거리는 계집의 협박에 여인이 고개를 끄덕였다. 병사들의 걸음 소리가 점점 잠잠해졌다. 위험한 순간도 있었지만, 그때마다 여지없이 미리 돈을 쥐여 줬던 병사가 나타나 상황을 무마해 주었다.

어두운 방에서 숨을 죽이고 기다리자 병사가 나오라는 듯 문을 두들겼다. 주변을 살피며 문을 여니 돈으로 매수한 다른 병사가 얼른 나오라며 손짓하였다.

"아가씨께서 수선스럽다며 병사를 물렸네. 난 더는 못 하겠네. 돈이고 뭐고 어서 돌아…… 컥!"

복부에 느껴지는 고통에 병사가 숨을 들이마셨다. 언제 꽂은 것인지 병사의 배에 계집이 검을 꽂았다. 피가 흘러나오지 않도록 검에 힘을 준 계집이 병사를 방으로 끌어왔다.

체구는 작았지만, 계집의 힘은 건장한 병사를 압도하였다.

발버둥 치는 병사를 무릎으로 누른 계집이 품에서 다른 단검을 꺼내 병사의 심장을 찔렀다.

"컥."

입가에 피가 흐르는 것도 잠시, 병사의 움직임이 완전히 멈추었다. 순식간에 일어난 살인에 여인이 바닥에 주저앉았다. 반면 사람을 죽여 놓고도 태연한 계집이 손에 묻은 피를 병사의 옷으로 닦아 냈다.

살기에 번뜩거리는 눈으로 계집이 여인을 향해 으르렁거렸다.

"너도 제대로 하지 않음 이런 꼴을 당할 거야."

계집의 협박에 여인이 고개를 끄덕였다. 죽은 병사에게서 단검을 회수한 계집이 몸을 일으켰다. 시간을 끌면 현번 밖으로 나갔던 휘령 공이 돌아온다. 시간의 여유가 있긴 했지만 오늘만큼 최적의 시기는 없다.

방 밖을 나온 계집이 짧게 휘파람을 불었다. 그러자 계집의 주변으로 희미한 기척들이 하나씩 움직이기 시작하였다. 기척을 확인한 계집이 떨고 있는 여인을 노려보았다.

"어서 나와."

계집의 재촉에 여인이 방 밖으로 나왔다. 답답한 여인의 행동에 계집이 그녀의 손목을 붙잡았다. 그리곤 지안의 처소로 그녀를 끌고 갔다.

이번에야말로 방에서 지안을 끌어낼 것이다. 계집에게 거슬리는 것은 지안의 방을 지키고 있는 병사들뿐이었다. 지안만 죽이면 그녀가 해야 할 일은 끝난다.

기척을 죽이며 처소로 다시 잠입한 계집의 눈에 처소의 계단에 앉아 있는 지안이 보였다.

하늘이 주신 기회. 여인의 등을 두드린 계집이 지안을 향해 그녀를 밀었다.

지안의 앞으로 여인이 걸어 나오자 계집이 어둠 속에 몸을 숨겼다.

"아!"

여인을 본 지안이 자리에서 일어났다. 먹먹한 눈으로 자신을 바라보는 지안을 차마 볼 수 없었다. 그렇다고 이대로 뒤로 가자니 이름조차 모르는 계집이 자신을 죽일 것이다.

하지만 이젠 죽은 자를 대신하는 일은 하기 싫다. 저런 눈으로 자신을 바라보는 지안에게 더는 못할 짓이었다.

뒤의 계집을 보던 여인이 다른 방향으로 뛰기 시작하였다.

"잠시만요!"

지안의 만류에도 여인은 한 번도 뒤를 돌아보지 않았다. 그녀의 뒤를 지안이 쫓았다.

"그렇게 가지 마요!"

"……."

"당신이 여희가 아닌 걸 알아요!"

지안의 말에 여인의 걸음이 멈추었다. 여인의 흔들리는 눈이 지안을 향하였다.

여인을 향해 지안이 가까이 다가갔다. 불안해하는 여인을 다독이듯 지안의 손가락이 떨고 있는 뺨을 쓸었다.

"날 보면서 계속 말했었잖아요. 나는 여희가 아니라고…… 여희가 아니라고 계속 말하고 또 말했잖아요."

"아……."

"미안해요. 처음에는 못 알아봤어요. 가족 같은 사람이어서…… 죽었다는 것을 알면서도 놓을 수 없었어요."

"……."

"죽은 사람을 놓지 못해서…… 당신에게 미안해요."

지안의 말에 여인의 눈가가 촉촉이 젖었다. 역시 이런 일은 하면 안 되었다.

창백해진 여인이 지안에게서 뒷걸음질을 쳤다. 그녀는 자신에게 다가오면 안 된다. 계집이 원한 거리는 아니었지만 적어도 그녀의 처소에서 어느 정도 벗어나 있었다.

다가오지 말라며 여인이 고개를 저었다. 자신 때문에 이 여인이 죽을 수는 없다.

"당신이 말을 못 하는 것도 알아요. 당신을 누가 보냈는지도, 마지막으로 이게 날 처소 밖으로 빼내려는 함정이라는 것도 알고 있어요."

말이 끝나는 것과 동시에 지안의 옷소매가 펄럭였다. 언제부터 들고 있었던 것인지 지안의 단검과 계집의 단검이 허공에서 부딪쳤다. 여인을 바라보던 눈과는 전혀 다른 살기가 계집을 향하였다.

지안과 눈을 마주치는 순간, 계집의 눈에 살기가 어렸다.

힘없는 계집의 목을 따는 것이라 생각했건만, 그녀의 예상과는 달리 지안은 호락호락하지 않았다. 몇 번의 검이 오고 갔지만 지안은 한 치의 틈도 계집에게 내어 주지 않았다. 살수 중에서도 최상의 실력을 가진 계집이었지만, 신중하게 공격을 막는 지안을 어떻게 할 수 없었다.

하물며 방어의 사이사이, 계집에게 보이는 작은 틈으로 지안의 단검이 매섭게 들어갔다. 목으로 빠르게 향하는 지안의 검을 쳐 낸 계집이 뒤로 몸을 뺐다.

“좀 얌전히 죽어 주면 안 되나? 어차피 죽을 팔자인데 말이야!”

계집이 손을 들자 지안의 주변을 십여 명의 자객들이 둘러쌌다. 얼굴까지 검은 천으로 가린 이들을 훑어보던 지안이 계집을 바라보았다.

“이제 좀 죽어 달라고. 그래야 이쪽도 산단 말이지.”

“함정인 줄 알고 있으면서 나 혼자 왔을 것이라 생각하는가?”

지안의 말에 계집의 눈이 꿈틀댔다. 지안의 말이 끝나는 것과 동시에 나타난 병사들이 계집과 자객의 뒤로 검을 겨누었다. 조마조마해하며 기다리고 있던 영이 지안을 병사들과 자신의 등 뒤로 숨겼다.

“영.”

"이젠 병사들에게 맡기세요."

반면 달라진 상황에 계집은 입술을 깨물었다.

여인을 따라오기에 생각대로 된 줄 알고 있었다. 역시 궁 밖을 나온 후에 공격을 했어야 했다. 하지만 이 상황에서 잘못 움직이면 죽는 것은 계집이다. 하지만 여기서 도망가도 계집이 죽는 것은 달라지지 않았다.

'어떻게 움직여야 살 수 있는가?'

지안과 대치하며 머리를 굴리고 있을 때 상황을 보던 여인이 계집을 붙잡았다. 있는 힘껏 깍지를 낀 여인이 계집의 손을 막았다. 여인의 돌발 행동에 균형이 무너지자 지안의 목소리가 들려왔다.

"자객을 잡아라! 어떻게든 생포해야 한다!"

여인의 행동에 당황한 계집이 비명을 지르는 사이, 지안의 신호에 병사들이 움직이기 시작하였다. 병사가 움직이자 대치하던 자객들 또한 살기 위해 검을 휘둘렀다. 병사와 자객이 흘리는 피가 바닥을 적셨다.

하지만 제하가 떠나면서 지안의 곁에 붙여 준 병사들은 궁의 최정예였다. 실력이나 수에서 열 명의 자객이 이겨 낼 상황이 아니었다.

일의 실패. 이대로라면 남는 것은 죽음뿐이었다.

이 모든 것이 그녀를 방해한 여인 때문, 화가 난 계집이 여인의 팔을 단검으로 베었다.

"네년 때문에!"

팔을 붙잡고 쓰러지는 여인에게 계집이 단검을 들었다. 계집의 단검이 여인을 향해 내리꽂히려는 찰나, 어디선가 날아온 단검이 계집의 손목을 베었다.

계집이 검을 떨어뜨린 순간, 위급한 상황을 벗어난 여인이 병사와 자객 사이를 빠져나와 도망가기 시작하였다. 혼자 도망가려는 여인을 본 영이 그녀의 뒤를 뒤쫓았다.

"악!"

계집의 눈이 검이 날아온 방향으로 향하였다.

"망할!"

자신에게 검을 던진 지안을 보는 순간, 계집의 이성은 그대로 끊겨 버렸다. 쓰러진 병사에게서 검을 빼앗은 계집이 지안을 향해 달려들었다. 막으라는 소리와 함께 병사들이 일사불란하게 계집을 막으려 하였다.

하지만 그럴 때마다 계집의 빠른 검이 병사를 베고 지안을 향해 가까이 다가왔다.

계집이 지안의 바로 앞까지 다가오자 병사의 검을 받은 지안이 계집을 향해 검을 휘둘렀다. 긴 포물선을 그리며 움직인 검이 병사의 목을 베려는 계집의 검을 막았다.

"네년만 죽으면!"

비틀린 미소를 지은 계집의 검이 지안의 심장을 향해 파고들었다. 계집의 검을 미끄러지듯 빗겨 낸 검이 그대로 계집의 목을 베었다.

목이 베었다는 느낌조차 없었다. 다만 검의 서늘한 감촉이 목을 스쳤을 뿐이었다.

계집의 목에서 뿜어져 나오는 피가 허공을 붉게 물들었다.

쓰러진 계집에게서 흘러나오는 피가 다른 자객들의 피와 섞여 들어갔다.

❀ ❀ ❀

계집의 손에서 벗어나자 여인은 죽을힘을 다해 뛰고 또 뛰었다.

잡히면 계집은 물론이고 자신도 죽을 것이다. 어쩔 수 없이 하게 된 일이었지만 그런 것을 배려해 줄 사람들이 아니었다.

넘어지면서 무릎이 까졌지만, 여인은 달리는 것을 멈추지 않았다.

"너 거기 안 서!"

뒤에서 들려오는 소리에 여인의 눈이 뒤를 향하였다. 치맛자락을 붙잡은 채, 영이 여인의 뒤를 바짝 쫓고 있었다. 그런 영의 모습에 겁에 질린 여인이 가쁜 숨을 내쉬며 뛰고 또 뛰었다.

악착같이 도망가는 여인의 모습에 영이 입술을 질끈 깨물었다. 며칠 내내 지안을 괴롭힌 원흉이었다. 반드시 잡아서 그 대가를 치르게 할 생각이었다.

그 순간 달리던 여인의 신발이 벗겨지면서 땅을 굴렀다. 그 찰나를 놓치지 않은 영이 여인에게 달려들었다.

"아악!"

알 수 없는 괴성을 지르며 여인이 영을 떼어 내려 몸부림쳤다. 하지만 영도 지금만큼은 처절했다. 도망가려는 여인의 다리를 붙잡은 채, 영이 눈을 질끈 감았다.

어깨를 물고 얼굴과 어깨를 주먹으로 패도 영은 꿈쩍도 하지 않았다. 말을 못 하는 여인에게서 연신 괴성이 들려왔지만 영도 절실하였다.

"죄를 지었으면 벌을 받아야지! 어딜 도망가!"

"아악!"

좀처럼 떨어지지 않자 여인이 있는 힘껏 영의 귀를 물었다.

"악!"

피가 배어 나올 때까지 힘껏 물자 영이 비명을 지르며 잡고 있던 손을 놓치고 말았다. 그 찰나에 몸을 일으킨 여인이 도망가려 했으나 곧이어 온 병사들에 의해 다시 붙잡혔다.

병사들에게 잡혀 있으면서도 도망가려는 여인을 노려보며 영이 쓰러진 자리에서 일어났다. 괜찮으냐는 병사의 물음에 영이 여인에게 물린 귀를 손으로 쓸었다.

쓸어내린 손가락에 피가 흥건히 묻어 나왔지만 도망가는 여인을 잡고 나니 무거웠던 마음이 한결 홀가분해졌다. 궁의 의원에게 가 보라는 병사의 말을 적당히 넘기며 영이 기다리고 있을 지안에게 걸음을 재촉하였다.

여인을 쫓은 사이 자객도 마무리되었는지 병사들이 부지런히 시체와 사로잡힌 자객들을 옮겼다. 그리고 창백한 지안이 병사들의 호위를 받으며 서 있었다.

"아가씨!"

영의 부름에 상황을 지켜보던 지안이 고개를 돌렸다. 다치지는 않았지만 창백한 얼굴이 신경 쓰였다.

"아가씨. 괜찮으세요?"

다가오는 영의 물음에 지안이 고개를 끄덕였다.

하지만 그뿐, 비틀거리던 지안은 정신을 놓으며 무너져 내렸다. 쓰러지려는 지안을 영이 간신히 안아 들었다.

"아가씨! 아가씨!"

어의를 부르라며 영이 병사들을 채근하였다.

축 늘어진 팔이 힘없이 흔들렸다. 놀란 영이 늘어진 지안의 몸을 연신 흔들었지만 감긴 눈은 떠지지 않았다.

❀ ❀ ❀

"폐하. 휘령 공께서 드시었사옵니다."

내관의 말이 끝나는 것과 동시에 문이 열리며 제하가 안으로 들어왔다. 늦은 밤, 제하의 방문에 황제가 눈을 좁혔다.

"휘령은 예의가 없구나. 어찌하여 이런 야심한 밤에 짐을 보겠다며 고집을 부린 것이냐?"

"지안과 혼인하겠습니다."

황제의 조롱에도 굳은 표정을 풀지 않던 제하가 곧바로 지안과의 혼인 이야기를 꺼내었다. 생각지도 못한 말을 들은 황제의 말문이 막힌 것도 잠시, 허리까지 숙여 가며 박장대소를 터트렸다.

"현번에서의 일이 힘들었던 것이냐? 날 보자마자 꺼내는 말이 혼인이라니. 나날이 휘령은 짐을 어떻게 생각하는 것인지 의심스럽구나."

평소라면 황제의 조롱에도 민감하게 받아들였을 제하가 아무 말도 하지 않았다. 제하의 행동에 황제가 눈을 좁혔다.

황제의 분위기가 달라지자 제하 또한 조용히 숨을 내쉬었다.

여희와 똑같은 여인과 자객은 생각했던 부분이었지만, 기가 막힌 것은 궁에 매수된 병사들이었다. 돈을 건네 병사나 시종, 간자로 궁으로 잠입한 이들까지 합치면 오십이 넘었다.

급한 대로 채훈을 먼저 보내 놓았지만 마음이 놓이지 않았다.

하물며 정신을 놓았던 지안은 두 시진이 지나서야 정신을 차렸다고 하였다. 어쩔 수 없이 황궁으로 왔지만, 제하의 신경은 오로지 지안에게 가 있었다.

"황후마마께서 소인의 궁에 자객을 보내셨습니다. 그것도 폐하께서 죽이신 시비와 똑같은 얼굴을 가진 이까지 동원하여 지안을 죽이려 하셨지요."

황제의 눈썹이 꿈틀댔다. 황제의 반응을 보던 제하의 눈이 차갑게 식었다. 태연한 척하고 있었지만 미약하게 떨리는 동공으로 보아 황제는 자객의 존재를 전혀 모르고 있었던 것 같았다.

생각할 수 있는 것은 하나뿐, 세령의 독단적인 행동이었다.

그렇다면 더더욱 황제가 알아야 한다.

"증좌가 있는가?"

"너무나도 많아서 문제겠지요."

"고작 자객의 일 하나로 혼인을 하겠다고 우기는 것인가?

내가 아는 현원은 자객에게 겁을 먹을 정도로 약하지 않다. 그저 네가 지레 겁을 먹고 행동하는 것이 아니냐?"

마치 자신의 사람이었다는 것을 알려 주려는 듯 제하의 앞에서 황제는 지안을 현원이라 불렀다.

황제가 지안을 어떻게 부르든 상관없다. 다만 황제와 황후의 집착에 지안이 힘들어하는 일은 만들지 않을 것이다.

"지안이 아이를 가졌습니다."

여유롭게 내쉬던 황제의 숨이 멈추었다.

믿을 수 없는 눈이 부정하듯 제하를 노려보았다. 손톱이 파고든 손에서 한 줄기 피가 흘러내렸지만 고통은 느껴지지 않았다.

"황후마마의 자객이 지안과 소인의 아이를 죽이려 하였지만, 폐하의 말씀대로 지안은 자객 따위에게 움츠러드는 여인이 아니니까요. 다행히 둘 다 무사합니다."

제하의 말이 귓전에 울려 퍼졌다.

지안이 아이를 가졌다. 문제는 황제인 자신의 아이가 아니라 죽여도 시원찮은 휘령의 아이라는 것이다. 하물며 멍청한 황후는 허술한 술수로 제하에게 기회만 던져 주고 말았다.

'망할 년.'

최소한 지안의 아이라도 없앴다면 황후를 지켜 줄 마음이 조금이라도 들었을 것이다.

멍청한 계집. 제 욕심만 채우려다가 모든 것을 잃게 되었다.

"소인은 아이를 사생아로 만들 생각이 없습니다. 돌아가는 대로 혼례를 준비하겠습니다. 폐하께서도 당연히 허락하셨으리라 믿고 이만 일어나겠습니다."

말을 끝낸 제하가 자리에서 일어났다. 고개를 숙이고 나가려는 제하에게 황제의 살기 어린 목소리가 들려왔다.

"네 목을 베었어야 했다."

황제의 말에 제하의 걸음이 멈추었다.

살기와 살기가 매섭게 부딪쳤다. 분명 몸의 절반은 같은 피로 이루어진 형제임에도 황제와 그의 간격은 누구보다도 멀었다.

꼿꼿이 허리를 편 제하가 황제의 시선을 정면에서 받아 냈다.

"지안과 아이가 잘못되었다면 소인이 직접 폐하의 목을 베러 왔을지도 모르지요. 폐하께서 그토록 아끼는 현원에게 피 냄새를 맡게 하기 싫어 참고 있을 뿐입니다."

황제의 입술이 분노로 파르르 떨렸다.

하지만 제하를 괴롭히는 것은 황제의 분노가 아니었다. 아이를 가졌는데도 전혀 모르고 있었다는 무관심, 그리고 지안의 목숨을 노리던 황후를 그냥 두었다는 죄책감이었다.

제하가 방을 나가자 황제의 포효가 방 안 가득 울렸다.

물건이 부서지는 소리와 황제를 말리는 내관의 소리를 듣던 제하가 몸을 돌렸다.

第十一章 · 혼인

소운궁의 안, 몸을 움츠린 세령이 떨고 있었다.

그토록 죽이고 싶었던 지안은 죽지 않았다. 심지어 자신은 가지지도 못한 제하의 아이까지 가졌다.

지안을 죽이려 했던 자신은 졸지에 모든 사람들에게 손가락질을 당하는 처지에 놓였다.

"이럴 수는 없어."

자신이 무슨 잘못을 그렇게 했다는 것인가. 또 지안은 무엇을 그렇게 잘해서 제하의 아이까지 가지고 혼인을 한단 말인가.

"이렇게 죽을 수는 없어."

남훈이 최대한 막고 있지만, 사도 쪽에서 세령을 죽여야 한다는 의견이 매섭게 들어오고 있다고 하였다. 행동으로 옮기고 있는 사람은 사도였지만, 결국 그를 움직이는 사람은 제하였다.

"그가 날 죽이려 한다."

이대로 죽기에는 너무나도 억울했다. 승상은 걱정하지 말라고 했지만 죽음의 공포가 세령의 이성을 조금씩 갉아먹고 있었다.

살고 싶다. 어떻게든 살 방법을 찾아야 했다.

"황제."

떨리던 세령의 몸이 멈추었다. 공포에 질린 눈이 답을 찾은 듯 위험한 빛을 내뿜었다.

아무리 남훈이 움직인다 한들 황제가 죽이라고 하면 죽는 목숨이었다.

차라리 그녀가 먼저 손을 쓴다면, 어떻게든 황제만 죽일 수 있다면.

경상에서 종이를 꺼낸 세령이 부지런히 글을 써내려 갔다. 떨리는 손을 억지로 진정시키며 서신을 써내려 간 세령이 밖의 상궁을 불렀다.

"누구, 누구 없느냐?"

문이 열리며 그녀를 수발하던 상궁이 안으로 들어왔다. 가까이 오라 한 세령이 상궁에게 서신을 내밀었다.

"이걸 아버지께 가져다 드려라."

"마마. 지금 소운궁에서 나갈 수 있는 사람은 아무도 없사옵니다."

"그러니 내가 너에게 부탁하는 것이 아니냐! 아버지께만 갖다 드리면 네가 원하는 만큼 재물을 줄 것이야. 어서 가거라!"

떠밀듯 서신을 상궁에게 건넨 세령이 어서 가라며 채근하였다.

세령의 서신을 받아 든 상궁이 어두운 표정으로 방을 나왔다. 주변을 둘러보며 궁을 나오던 상궁이 조심스럽게 대기하던 내관에게 서신을 건네었다.

"황후마마께서 승상께 보내는 서신이옵니다."

상궁이 건넨 서신을 받아 든 내관이 다시 걸음을 옮겼다. 그가 향한 곳은 궁 밖이 아니었다.

"내시감."

내관이 건네는 서신을 펼친 내시감의 눈이 딱딱하게 굳었다.

황후를 제외한 소운궁의 사람들은 전부 황제의 사람이었다. 황제의 예상대로 황후가 움직이고 있었다.

서신을 다시 접은 내시감이 향한 곳은 황제의 침소였다.

❀ ❀ ❀

다음 날이 되자마자 지안이 회임을 했다는 소식과 더불어 황후가 지안을 죽이려 했다는 소문이 원하국 곳곳에 파다하게 퍼졌다. 황후의 행동에 분노한 황제가 소운궁의 문을 직접 못 박았다는 소문과 함께 상황을 수습하려 승상이 현번으로 향하였지만 노한 휘령 공이 궁에서 내쳤다는 이야기가 하루가 멀다 하고 들려왔다.

"사도께서 비단을 보내오셨어요."

궁 밖에서는 재미난 이야깃거리라며 떠들고 있었지만, 정작 궁 안에서는 모두가 약속이라도 한 듯 입을 닫았다. 자객들에게 매수된 병사와 시종을 쳐 낸 후로 궁은 연신 살얼음판이었다. 조금이라도 연관이 있는 자는 남녀노소 할 것 없이 죄에 따라 처벌을 받거나 궁에서 쫓겨났다.

영이 건네는 비단을 받아 든 지안이 눈을 내렸다.

짙붉은 비단이 손에 부드럽게 감기었다. 비단에 대해 잘 알지 못하는 지안이 봐도 사도가 보내온 비단은 지금까지 봤었던 것과는 완전히 달랐다.

"적당한 비단으로 혼례복을 만들면 되는데 뭘 이런 것까지……."

"아가씨도 참! 어떤 혼인인데 적당한 비단으로 혼례복을 만들어요! 공께서도 아끼지 말라 하셨으니 여기에 금실로 자수도 넣고 장식도 달아 볼 거예요."

"상황이 상황인데 화려한 혼례복은 그렇지 않을까?"

"상황은 무슨 상황이요! 경사도 이런 경사가 또 어디에 있다고요. 그저 아가씨께서는 몸조리 잘하시면서 저나 다른 사람들이 보여 주는 물건만 확인하시면 돼요."

펼쳐 놓은 비단을 다시 접으며 영이 지안에게 다짐을 받았다. 영의 엄포에 지안이 고개를 끄덕였다.

궁에서는 다들 입을 다물고 있었지만, 종종 궁인들의 수다를 들으며 지안은 밖의 상황을 대략 파악하고 있었다. 평온한 궁과는 달리 살얼음판인 황궁 안, 당장에라도 황후의 목을 거두어야 한다는 사도와 그것을 막으려는 승상의 움직임이 치열하였다.

어사중승이 빠지고, 세가 위축되었다고는 하지만 여전히 승상의 세력은 무시할 수 없었다. 황후의 죄질이 나쁘다며 제하를 주축으로 한 세력들이 처벌을 주장하고 있었지만, 쉽사리 결론이 나지 않았다.

"아가씨."

생각에 잠겨 있던 지안이 영의 목소리에 고개를 돌렸다.

"또 쓸데없는 생각하셨죠?"

모시는 시간이 길어질수록 눈치 좋은 영은 지안의 생각이나 행동을 곧잘 읽었다. 기분이 상하지 않는 선에서 의중을 알아채고 움직이니 지안 또한 영에게 곧잘 의지하였다.

당황하는 지안을 보며 영이 한숨을 내쉬었다.

"이제부터는 좋은 생각만 하시고, 좋은 것만 보셔야 해요. 홑몸이 아니시잖아요. 아기씨도 생각하셔야죠."

영의 말에 지안의 손이 아랫배에 닿았다. 연이은 일에 몸이 피곤할 뿐이라 생각하였다. 그런데 실상은 아이 때문이었다. 아직은 편편한 배 속에 제하의 아이를 가지고 있다니 알 수 없는 기분이었다.

혼인을 하지 않은 여인이 사내와 정을 통해 아이를 가진 것은 부끄러운 일이었지만, 지안은 부끄럽기보다는 제대로 아이를 돌봐 주지 못한 것이 더 미안하였다.

"조심해야지."

지안의 말에 영이 눈을 내렸다.

제대로 먹지 못한 데다가 연이은 일에 위험할 뻔했다는 말을 들었다. 아직은 불안한 시기이니 조심 또 조심하라는 말을 어의가 거듭 말하였다.

"입덧이 없어서 다행이에요. 아이를 낳은 궁인에게 물어보니 지금이 가장 심할 때래요."

"그래?"

"그래도 식사는 조금 더 하셔야 해요. 아가씨께서는 입덧보다도 음식을 못 드셔서 큰일이에요."

"그래도 요즘엔 먹는걸."

"지나가는 사람에게 전부 물어보세요. 그게 먹는 수준인가. 꾸미고 가꾼다는 아가씨들도 아가씨보다는 많이 먹을 거예요."

영의 투덜거림에 지안이 미소를 지었다.

그와의 연모로 생긴 아이였다. 실감이 나지는 않지만 그녀에게도 귀한 아이였다.

살아야 할 이유를 찾지 못했던 그녀에게 생을 계속 이어 나갈 욕심이 생겨났다.

영의 말대로 좋은 생각만 하고 좋은 것만 볼 것이다. 싫은 소리 따위 한 귀로 넘길 것이고, 더러운 이야기 따위 눈을 감을 것이다.

하지만 그러기 전에 한 가지 알고 싶은 것이 있었다.

"영. 여희를 따라 했던 그 사람은 어떻게 되었어?"

"휘령 공께서 알아서 처리하시겠다고 하셨나 봐요. 황후가 한 짓이라 자백을 했으니 조만간 저지른 죄의 대가를 치르지 않을까요?"

현번의 번비가 될 여인을 시해하려 한 혐의로 자객의 목은 전부 바닥에 떨어졌다.

하지만 단 한 사람, 여희의 모습을 흉내 낸 여인만큼은 모든 죄를 자복하는 대신 목숨을 건질 수 있었다.

분장을 벗겨 낸 여인은 여희의 모습과는 달랐다. 그럼에도 여인에게서 보면 볼수록 여희를 떠오르게 하는 무언가가 있었다. 마음 같아서는 여인을 보게 해 달라고 하고 싶었지만, 그건 지안에게도 여인에게도 좋은 일이 아니었다. 지안이 그녀에게서 여희를 보고 있다는 사실을 다른 누군가가 알게 된다면 여인은 또다시 이용될 우려가 있었다.

지안이 여인을 위해 할 수 있는 최선은 그녀가 살 수 있도록 관심을 가지지 않는 것뿐이었다.

생각에 잠겨 있던 지안의 눈에 영의 귀에 난 상처가 보였다. 도망가려는 여인을 잡으려다가 생긴 상처, 붉은 딱지가 앉아 있는 상처가 자꾸 눈에 걸렸다.

"귀는 괜찮아?"

"상처요? 딱지만 가라앉으면 괜찮아질 거래요."

영의 대답에도 지안의 굳은 표정은 좀처럼 펴지지 않았다. 그런 지안에게 안심하라는 듯 영이 환한 미소를 지어 보였다.

그녀는 그냥 넘겨도 될 작은 상처조차 다시 물어보고 신경 써 주었다.

당장 죽어도 상관없을 것처럼 위태로웠던 지안이 이제는 시종들의 사소한 것까지 신경 써 줄 정도로 세심하게 변해 가고 있었다.

이런 주인을 모시게 된 것을 절대 후회하지 않았다. 도리어 영의 삶에 가장 큰 축복이었다. 괜찮다며 걱정하지 말라는 영의 거듭된 말에 지안이 말없이 고개를 끄덕였다.

"다음에는 그런 위험한 일은 하지 마. 영이 다치면…… 영은 다치면 안 돼. 영은……."

말을 잇던 지안이 조용히 뒷말을 삼켰다.

그녀의 말을 듣던 영의 눈가가 촉촉해졌다. 다른 사람이 그랬다면 대수롭지 않게 넘겼을 것이나 말을 꺼낸 사람이 지안이었기에 다가오는 의미는 남달랐다.

여희만큼은 아니더라도 조금은 남다른 의미로 받아들여도 되지 않을까. 입가에 함박 미소를 지은 영이 걱정하지 말라는 어조로 말하였다.

"조심할게요. 이젠 다치지 않을게요."

영의 대답에 지안의 입가에 옅은 미소가 생겨났다.

앉아 있던 지안이 자리에서 일어나자 영이 곁으로 다가왔다.

"어디 가시게요?"

"답답해서 조금 걷고 오려고."

"어의가 조심하라고 하셨잖아요."

"조금은 걸어도 된다고 했잖아. 제하에게 갈 거니까 걱정하지 않아도 돼."

나가려는 지안의 몸에 장옷을 걸친 영이 그녀의 뒤를 따랐다. 영의 수발을 받으며 지안이 방을 나와 천천히 걷기 시작하였다.

❀ ❀ ❀

"계획했던 일이 생각보다도 수월하게 진행되고 있습니다. 당장 결과를 얻지는 못하겠지만 그래도 예상한 기간보다는 빨리 일이 마무리될 것 같습니다."

채훈의 보고를 들으며 제하의 눈이 펼쳐진 장계로 향하였다. 혼례를 준비하는 와중에도 현번의 일은 차근차근 진행되었다. 해결해야 할 일은 산더미였지만, 다른 이에게 넘기는 대신 거의 모든 일을 제하가 처리하였다.

"상현은?"

"조만간 사도께서 중앙으로 불러들이시겠다고 하셨습니다. 당장 큰 자리는 어렵겠지만 능력이 있으신 분이니 조만간 자리를 잡으시지 않겠습니까?"

"흠."

채훈의 보고를 들으며 제하의 손이 부지런히 장계를 해결하고 지시할 내용을 써내려 갔다.

지안의 곁에 있을 때의 제하와 그녀가 없을 때의 그는 완전히 달랐다. 당장 혼례를 앞둔 사내라고는 믿기지 않는 모습으로 밀린 일을 처리했다.

연이은 강행군에 지칠 법도 하건만, 그는 작은 것 하나도 놓치지 않았다.

"그리고 황궁에서 내관이 찾아왔었습니다. 혼례 이후에 황궁에서 연회를 열 터이니 반드시 참석하시라는 황명을……."

"버려라. 또 무슨 수를 쓰려고 사람을 오라 가라 하는가."

일말의 주저도 없이 제하가 채훈의 말을 잘랐다. 한두 번 당한 것이 아니니 제하가 저런 반응을 보이는 것은 당연하였다. 아직 황제의 자리에 오르지 못했을 뿐, 제하의 아이라면 원하국 적통이었다.

하물며 금이야 옥이야 귀하게 여기는 지안이 아이를 가졌으니 제하의 입장에서는 황제와 황후가 있는 황궁에 그녀를 절대 들이고 싶지 않은 것이 당연하였다.

하지만 채훈의 생각은 제하와는 달랐다.

"한번은 가 보시는 것도 나쁘지는 않을 것 같습니다."

채훈의 말에 제하의 눈이 그를 향하였다. 계속해 보라는 시선에 채훈이 말을 이었다.

"후계가 없는 황제와는 달리 전하께서는 후계를 얻으셨습니다. 곧 있을 혼인까지 치르고 나면 그 누가 지안 아가씨와 전하의 관계를 부정하겠습니까? 이번 연회를 잘 이용하면 귀족들에게 전하의 영향력을 보일 충분한 기회가 될 것으로 생각되옵니다."

채훈의 말에 제하가 말을 삼켰다. 그 생각을 안 한 것은 아니었지만 황제와 황후가 같이 있는 황궁에 지안을 데리고 가고 싶지 않았다.

"황후는?"

"이쪽에서는 목숨을 거두어야 한다는 의견을 내세우고 있지만, 워낙 승상 쪽에서 폐서인으로 강하게 밀어붙이고 있습니다. 혼인 전에 피를 봐야겠냐는 부정적인 의견과 맞물려서 목숨을 거두기에는 쉽지는 않을 것 같습니다."

"황제는 어떻게 하고 있지?"

"그것에 대해 어떤 말도 내비치지 않고 있습니다."

채훈의 보고를 듣던 제하가 눈을 좁혔다. 세령을 죽이느냐 안 죽이느냐를 결정하는 상황만큼이나 황제의 반응도 중요했다.

황제의 성격상 세령을 살려 놓을 리가 없다. 그런데도 살려 놓고 있다는 것은 황제가 약점을 잡혔거나 아니면 다른 무언가를 노리고 있다는 말이었다.

"우선 황제의 주변에 사람이라도……."

"그만하지."

"네?"

제하의 만류에 채훈이 말을 삼켰다.

지안이 왔다는 궁인의 말과 함께 문이 열리고, 방으로 들어온 그녀가 당혹스러운 표정으로 둘을 바라보았다.

"아! 미안해요. 같이 있는지 모르고…… 나중에 올게요."

"다 끝났어. 나가 봐라."

제하의 명령에 채훈이 둘에게 고개를 숙인 후, 밖으로 나갔다. 채훈의 기척이 완전히 사라지자 지안에게 제하가 손을 내밀었다. 지안이 손을 잡자 그가 제 다리 위에 그녀를 앉혔다.

지안의 가슴골에 얼굴을 묻으니 달금한 향이 그의 코를 간질였다.

그녀의 허리를 팔로 감싸 품으로 이끌자 부드러운 여체가 품에 담뿍 안겼다.

"어떻게 왔어?"

"답답하기도 하고 궁금한 것도 있어서요."

"궁금한 거?"

제하의 물음에 지안이 말없이 입꼬리를 올렸다. 아이를 가지면 감정 기복이 심해져 힘들어한다고 들었건만, 지안은 반대인 듯 예전보다도 자주 미소를 지어 보였다.

지안의 미소를 보던 제하가 작게 투덜거렸다.

"넌 여희에게 너무 약해."

"난 당신에게도 약해요."

"지난번에 화내는 거 보니까 마냥 약하지도 않던데."

"그때는…… 당신이 그렇게 말하는 게 서운하니까…… 읍."

쫑알쫑알 아니라는 입술에 그가 입을 맞추었다. 그의 손이 지안의 뺨에서 목으로, 유려한 어깨를 붙잡았다. 제하의 손길에 더운 숨을 내쉬며 지안의 손이 그의 어깨를 붙잡았다.

이를 세워 지안의 입술을 살짝 깨물자 작은 신음이 엉킨 혀에서 흘러나왔다.

"하아."

지안이 힘겨운 숨을 내쉬자 제하가 입술을 뗐다.

아이의 존재는 소중했지만 이럴 때만큼은 아쉬웠다. 그의 손길에 상기된 지안의 얼굴은 참기 힘든 유혹이었다.

지안의 목에 입술을 묻자 생생히 뛰는 맥이 느껴졌다. 어깨를 붙잡았던 손길이 소담하게 오른 가슴을 부드럽게 감쌌다.

"가슴이 좀 커졌나?"

그의 물음에 얼굴이 붉게 달아오른 지안이 고개를 저었다.

"아직 그럴 시기는 아니래요. 몇 달은 더 있어야 한대요."

"영이 알려 줬을 리는 없는데?"

"영이 얼마나 부지런한데요. 아이를 가지지만 않았지 궁금한 건 전부 알아오는 걸요."

작게 속삭이는 목소리가 그를 간질였다. 가슴을 어루만지던 손길이 지안의 편편한 배로 향하였다. 아직 달라진 점은 없었다.

세령과 함께 있을 때는 포기했었던 아이였다. 그때는 세령만 있으면 후계는 없어도 상관없었다. 그런데 막상 지안이 자신의 아이를 가졌다 생각하니 흥분과 떨림이 그를 사로잡았다.

그와 그녀의 아이.

배를 어루만지는 제하의 손을 지안이 감쌌다. 제하의 눈을 보는 지안의 눈에는 생기가 가득하였다. 그녀가 생의 욕심을 가진 것만으로도 그는 여한이 없다 생각했다.

하지만 그녀가 그의 아이를 가지고, 혼인을 할 수 있게 되자 생각지도 못한 욕심이 자꾸 생겨났다.

"어때요?"

"넌 어떤데?"

제하의 물음에 지안의 입가에 밝은 미소가 생겨났다.

"모르겠어요. 그래도 좀 떨려요. 당신은요?"

어떠냐는 물음에 제하의 손이 지안을 끌었다. 품에 안긴 지안의 등을 천천히 두드리며 그가 편안한 숨을 내쉬었다. 삭막했던 그의 삶에 가뭄의 단비처럼 지안이 다가왔다.

지안을 얻지 못한 황제가 내지르던 포효가, 지안을 죽이겠다며 고함을 질렀던 세령의 모습이 뇌리에 선명했다.

지안을 만나지 않았더라면, 그녀를 자신의 곁에 두지 못했더라면 어쩌면 지금 그들의 모습이 자신의 것이 되었을지도 모르는 일이었다.

"여희 행세를 하고 다닌 계집은 살려 줄 거야."

품에 안겨 있던 지안이 고개를 들어 그를 바라보았다.

"죄질은 좋지 않지만 막판에 널 구하려 했던 것도 있고, 무엇보다…… 그 계집을 살려 줘야 너도 여희를 보낼 수 있지 않겠나? 이제 망자는 보내 줘야지."

진정하려 했지만 울컥 치민 눈물이 앞을 가렸다. 잘 울지 않았건만, 최근에는 사소한 일에도 눈물이 잘 쏟아졌다.

여희를 보낸다는 일이 쉽지는 않았다. 하지만 제하의 말이 틀린 것도 아니었다.

망자는 망자다. 망자를 그리워하고 기억할 수는 있지만 더는 현실 속에서 망자를 찾으려 하면 안 되는 일이었다.

"이젠 보내야죠. 이젠…… 보내 줘야죠."

제하에게 우는 모습을 보여 주기 싫은 지안이 손으로 자신의 얼굴을 가렸다.

그런 지안을 배려하듯 제하의 손이 작은 몸을 오랫동안 토닥였다.

❀ ❀ ❀

"황제가 없다?"

세령의 말에 고개를 숙인 상궁이 낮게 속삭였다. 남훈의 힘으로 황궁에 들어온 상궁은 누구보다도 세령이 믿고 일을 맡길 수 있는 여인이었다.

"어디로 가셨는지 알 수가 없습니다. 내시감께 넌지시 떠보았지만 모르겠다는 말씀만 하실 뿐이었습니다."

"그 늙은이야 황제밖에 모르는 멍청한 자니까."

세령의 독설에 상궁이 고개를 숙였다. 몸을 숙인 상궁을 보던 세령이 연신 손가락으로 서안을 두드렸다. 이대로라면 죽는 사람은 지안이 아니라 자신이었다.

남훈은 무모하다며 반대했지만, 세령은 멈출 생각이 없었다.

황제가 죽지 않으면 자신이 죽는다. 어디로 갔는지는 알 수 없었지만, 황제가 돌아오기 전에 수를 써야 했다.

"내가 마련해 오라는 것은 해 왔느냐?"

"네. 마마. 이것이옵니다."

품에서 작은 병을 꺼낸 상궁이 서안 위에 조심스럽게 올려놓았다. 작은 병 안에 담겨 있는 검은 물이 그녀가 보기에도 심상치 않았다. 상궁이 건넨 병을 받아 든 세령의 눈이 위험하게 빛났다.

세령을 보던 상궁이 낮은 목소리로 말을 이었다.

"이미 그 독을 넣을 궁인도 준비시켰습니다. 폐하께서 돌아오시는 대로 바로 움직이겠습니다."

"혹 모르니 곧바로 들일 술에도 손을 써 놓아라. 무엇보다도 일이 끝나는 즉시……."

"걱정하지 마시옵소서. 마마. 확실히 처리해 놓겠습니다."

이대로 무너질 수 없다. 아직 그녀는 아무것도 얻지 못하였다.

황제만 죽는다면 제하의 곁에 머물 방법을 다시 생각할 수 있을 것이다. 떨리는 숨을 길게 내쉬며 세령이 주먹을 굳게 쥐었다.

❀ ❀ ❀

무거운 숨을 내쉰 지안이 긴장에 떨리는 손을 쥐었다 펴기를 반복하였다. 한 달 만에 치르게 된 혼례는 궁을 가득 채운 사람들로 시끌벅적하였다.

"그렇게 긴장 안 하셔도 돼요. 어차피 옆에서 이렇게 하시라, 저렇게 하시라 다 말씀드릴 거예요."

얼굴이 창백해질 정도로 지안이 긴장하자 달래듯 영이 연신 그녀를 다독였다. 하지만 이번만큼은 영의 목소리도 지안에게 위로가 되지 않았다.

"사람들이 많이 왔다며?"

혼례를 널리 알리기 위함인지, 아니면 자신의 세를 과시할 생각인지 알 수 없었지만, 제하는 굳게 닫혀 있던 궁문을 활짝 열었다. 덕분에 초대한 귀족들은 물론 주변의 평민들까지 왕의 혼례를 보겠다며 궁을 가득 메웠다.

"발 디딜 곳이 없다며 난리예요. 그래도 혼례를 치르는 곳은 부르신 이들만 들어가 있으니 걱정하지 않으셔도 돼요."

"일부러 궁문을 열었다지만 너무 요란하게 하는 것 같다."

요란한 혼인이 마음에 들지 않는지 지안이 미간을 옅게 찌푸렸다.

기행을 저지르는 황제와 휘령 공은 다르다는 모습을 보이기 위함이라는 것을 알고 있었지만 준비하는 이 순간에도 밖의 소리가 시끄럽게 들려왔다. 좋은 일이라며 영이 연신 지안을 안정시켰지만 시간이 흐를수록 쌓이는 긴장감은 어쩔 수 없었다.

"좋은 날이니까요. 아가씨, 아니 이제는 마마라고 불러 드려야겠네요."

앞으로 다가온 영이 지안의 앞에 무릎을 꿇었다.

소매와 치마 끝에 금실로 수놓아져 있는 붉은 혼례복이 올림머리와 잘 어울렸다. 물끄러미 지안을 보던 영이 들고 있던 붉은 너울을 그녀의 머리에 올렸다.

"마마께서는 잘하실 거예요. 걱정하지 마세요."

영의 말에 지안이 긴 숨을 내쉬었다. 화려한 혼례복과 평소에는 절대 하지 않았을 올림머리나 온몸 가득 꾸민 치장이 어색하였다. 함께하겠다는 마음은 변하지 않았지만, 막상 혼인이 바로 앞에 닥치니 떨림이 가라앉지 않았다.

지안의 손이 아이가 있을 배에 닿았다.

자신은 혼자가 아니다.

"마마님을 모시고 나오게."

밖에서 들리는 소리에 준비를 끝낸 지안이 자리에서 일어났다.

영과 궁인의 부축을 받으며 지안은 준비된 가마에 올랐다. 환호하는 사람들을 지나 본궁의 앞에서 가마가 멈추었다.

부축을 받으며 궁의 문 앞에 서니 이미 준비를 끝낸 제하가 그녀를 기다리고 있었다. 붉은 너울 너머로 보이는 그의 모습에 지안의 입가에 옅은 미소가 생겨났다.

제하를 향해 걸어가던 지안이 다른 곳에서 느껴지는 시선에 고개를 돌렸다.

"아!"

"마마. 무슨 일이세요?"

영이 작게 속삭였지만, 지안은 대답할 겨를이 없었다.

언제나 보아 왔던 용포는 어디에도 없었다. 그녀를 옥죄던 황궁에서의 살기조차 없었다. 짙은 남색의 장옷을 입은 그는 주변에 서 있는 사내들과 비슷하면서도 무척이나 다른 분위기를 풍기고 있었다.

다른 사람들의 환호성 따위는 상관없다는 듯 그의 시선이 너울을 쓴 지안만을 향해 있었다.

너울 너머의 눈과 그의 시선이 마주하였다.

"마마?"

"아무것도 아니다."

황제에게 향했던 눈이 다시 제하를 향하였다.

오늘은 제하와 자신에게 무척이나 소중한 날이었다. 그런 날을 망칠 수 없다.

제하를 향해 걸어가는 지안의 입가에 다시 고운 미소가 생겨났다.

❋ ❋ ❋

그녀의 떨림을 받아들이듯 제하의 손이 작은 손을 힘껏 붙잡았다.

제하의 온기에 떨렸던 마음이 천천히 가라앉았다. 그가 볼 수 있을지는 알 수 없었지만, 지안의 입가에 옅은 미소가 감돌았다.

"곱다."

작은 속삭임에 심장이 두근거렸다.

막연했던 불안이 설렘으로 바뀌었다. 거래로 시작되었던 관계가 혼인으로 이어지게 되었다. 평생을 같이할 사내, 앞으로는 이 사내가 가려는 길을 그녀 또한 가게 될 것이다.

"가자."

제하의 말에 지안이 작게 고개를 끄덕였다.

손을 잡은 제하가 걸음을 옮기자 지안이 그를 따라 걷기 시작하였다.

그를 따라 계단을 올라가자 뒤따르던 이들이 제하와 지안을 마주 보게 하였다. 아이를 가진 지안을 배려하여 혼례는 최대한 간소하게 치르기로 되어 있었다.

수모의 도움을 받아 제하와 지안이 상대를 향해 몸을 숙였다. 짧게 인사를 끝낸 둘의 옆으로 합환주가 담긴 잔이 들어왔다.

내내 쓰고 있던 너울이 수모에 의해 살짝 올라갔다. 지안의 모습이 완전히 보이지는 않았지만 하얀 피부에 붉은 입술이 참으로 고왔다.

평생을 함께할 여인, 바라보는 것만으로도 심장이 뛰었다.

수모가 건넨 잔을 제하는 단숨에 비우고, 아이를 가진 지안은 입술만 축였다.

짧게나마 보였던 얼굴이 다시 옅은 너울에 가려졌다.

간소한 혼례의 끝. 여인에게 다가간 사내가 긴 옷소매에 가려진 여인의 손을 잡았다.

청금석이 박힌 지환이 제 주인을 찾은 여인의 가늘고 하얀 손가락에 끼워졌다.

"연모해."

그녀만 들을 수 있는 작은 목소리로 그가 속삭였다.

지환을 끼워 준 그의 손을 지안의 손이 감쌌다.

"저도 연모해요."

그녀의 속삭임에 제하의 입가에 진한 미소가 생겨났다. 마주 잡은 손이 혼례가 끝날 때까지 떨어지지 않았다.

몇 가지 절차가 끝나고 혼인의 끝을 알리는 선언이 이어지자 지켜보던 이들이 환호성을 질렀다. 닫혀 있던 곳간의 문이 활짝 열리며 음식과 술이 쉴 틈 없이 비어 있는 자리를 채우고 채웠다.

밤이 깊어질 때까지 사람들의 왁자지껄한 소리는 계속되었다.

❀ ❀ ❀

지안의 몸을 생각해 최대한 간단하게 이후의 일을 치렀어도 어느새 밖은 어두워져 있었다.

깊은 밤이 되어서야 신방으로 들어온 제하가 지안의 어깨를 감쌌다.

"괜찮아?"

그의 물음에 지안이 고개를 끄덕이려다 멈추었다. 지안의 손가락이 얼굴을 가리고 있는 너울을 가리켰다.

"너울만 벗었으면 좋겠어요. 어두우니 더 보이지 않아요."

"너울만 벗길 생각이 없는데."

제하의 말에 지안의 얼굴이 너울만큼이나 붉게 달아올랐다. 조심히 지안을 안아 든 그가 준비된 침상에 그녀를 앉혔다. 얼굴을 가리고 있던 너울을 거둬 내자 하루 내내 보지 못했던 지안의 얼굴이 보였다.

한쪽 무릎을 꿇은 그가 지안과 눈을 마주쳤다.

"이 모습을 보겠다고 오늘 하루를 참은 거군. 곱다."

곱다는 말을 들을 때마다 지안의 심장이 두근거렸다. 지환을 낀 지안의 손가락이 제하의 뺨을 쓸었다. 지안의 치맛자락에 얼굴을 묻은 그가 나지막이 말하였다.

"부인."

이름으로 불렸을 때와 부인으로 불렸을 때의 기분이 사뭇 다르게 다가왔다. 제하의 머리카락을 손으로 어루만지며 지안이 속삭였다.

"가군."

그녀의 목소리가 그의 귀를 간질였다. 그녀를 힘들게 하고 싶지 않았지만, 고운 그녀를 두고 잠이 올 것 같지 않았다. 얼굴을 든 그가 지안의 입술에 자신의 입술을 가져다 댔다.

수줍게 열린 입술 사이로 들어온 그가 달금한 입술 안에 자신의 흔적을 남겼다. 고른 치열도, 여린 입안의 살도, 가쁜 숨을 내쉬며 감기는 혀도 삼키면 삼킬수록 아늑하게 달았다. 그의 손이 여린 뺨을 지나 소담히 오른 가슴 위에 머물렀다. 숨을 내쉬고 들이마실 때마다 손에 잡힌 가슴이 오르내렸다.

“조심해야겠지만…….”

솜털이 오른 귓불을 살짝 깨물자 지안이 작은 탄성을 내었다. 귓불에서 가는 목으로 내려온 입술이 맥을 느끼듯 깊게 묻었다. 그의 말은 이어지지 않았지만 무슨 말을 하고자 하는지는 묻지 않아도 알 수 있었다.

허락의 의미로 지안이 그를 안았다. 그녀의 체향을 깊게 들이마시며 그의 손이 혼례복의 고름을 하나씩 풀어냈다. 붉은 혼례복이 그의 손에 벗겨져 바닥에 떨어졌다. 연이어 혼례복 안에 입은 옥색의 속적삼 또한 흘러내렸다.

“음?”

속적삼을 벗겨 내면 끝이라 생각했건만, 이번에는 하얀 비단으로 만든 옷이 그와 지안의 앞을 막고 있었다. 혹시나 하는 마음에 비단옷을 살짝 밀어내니 속살을 비출 듯 말 듯 한 얇은 자리옷이 입혀 있었다.

눈썹을 꿈틀대는 제하를 보며 지안이 웃음을 삼켰다.

“이제 시작인데 벌써 이러면 안 돼요.”

"아이를 가진 너에게 이게 무슨 짓이야? 도대체 얼마나 입혀 놓은 거야?"

다급한 손이 비단옷을 단숨에 벗겨 냈다. 그랬더니 이번에는 설상가상으로 얇은 자리옷의 고름이 이리저리 엉킬 대로 엉켜 있었다.

혼인한 첫날부터 이게 무슨 날벼락이란 말인가. 치미는 짜증을 삼키며 옷고름을 뜯어 내려 하자 지안의 손이 그를 막았다.

"이 옷고름을 풀어내야 한대요."

"누가? 누가!"

"원하국의 풍습이라는데요? 이걸 잘 풀어내야 부부가 평생 백년해로하면서 살 수 있대요."

조곤조곤 말하는 지안이 이제는 미워 보이기까지 하였다.

엉킨 옷고름 하나로 어떻게 부부의 평생 금슬을 알 수 있단 말인가. 자신은 초조하다 못해 피가 바짝바짝 마르고 있건만, 풀어내야 한다는 지안의 목소리는 여유롭다 못해 평온하였다.

"이거 풀고도 두 벌이나 남아 있는데."

지안의 말에 제하의 심장이 무너져 내렸다. 혼인날, 그것도 아이가 있어서 마음대로 꽃잠도 자지 못하는데, 최소한 쉽게 잠들 수 있게는 해 줘야 하는 것이 아닌가. 황제에게 복수하면 이딴 관습 따위 곧바로 없애 버리겠다는 야망을 꿈꾸며 제하의 손이 매듭을 붙잡았다.

"그래. 백년해로해야지. 암, 대신 난 피가 마를 거다."

"생각보다 그렇게 안 어려워요."

"꽃잠을 자야 할 여인을 앞에 둔 사내에게는 어려운 일이야."

지안이 입술을 깨물며 웃음을 참았지만, 진심으로 제하에게는 이 상황이 그의 인내를 시험하는 기분이었다.

누가 묶었는지는 모르지만 아주 작정을 한 듯 매듭이 단단히 엉켜 있었다. 사락사락 옷고름이 풀리는 소리가 조용한 방에 울려 퍼졌다. 제하의 손이 미끄러질 때마다 지안의 손가락이 다시 엉키려는 옷고름의 매듭을 붙잡았다.

매듭이 완전히 풀리자 다급한 손이 남아 있는 옷을 거칠게 벗겨 냈다. 지안이 입었던 혼례복이 바닥에 수북이 쌓이고, 그 위에 제하가 입었던 옷이 쌓였다.

나신을 가릴 짧은 틈도 없이 다가온 그가 몇 번이고 깨물고 삼켰던 입술에 다시 입을 맞추었다. 제하의 어깨를 붙잡았던 손이 단단한 가슴에 머물렀다.

그녀가 떨리는 숨을 쉬는 것처럼 손바닥에 닿는 그의 심장도 떨리고 있었다.

"흐읏."

어깨를 감싸던 손이 소담히 오른 가슴의 정점을 붙잡자 그녀에게서 옅은 신음이 흘러나왔다. 아랫입술이 붉어지도록 깨물던 그의 입술이 목선을 타고 쇄골에 머물렀다. 쇄골에 맺혀 있는 땀을 그의 혀가 할짝거렸다.

그의 흔적이 지나간 자리에 붉은 꽃이 피었다. 입술을 깨물며 신음을 참던 지안이 고개를 뒤로 젖혔다. 쇄골을 희롱하던 그의 입술이 꼿꼿이 선 가슴 위의 꽃을 한입 가득 물었다.

"흐윽."

가슴의 여린 살을 그의 이가 긁어내리자 그 흔적을 따라 붉게 달아올랐다. 제하의 손길을 피하듯 지안이 허리를 비틀었지만 그녀의 반항은 어깨와 허리를 붙잡은 그에 의해 실패로 돌아갔다.

마음 같아서는 온몸 곳곳에 흔적을 남기고 남김없이 삼켜 버리고 싶다. 하지만 관계를 하되 절대 무리해서는 안 된다는 말을 몇 번이고 들은 그였다. 혼을 흔들 정도로 그녀의 모습은 참기 힘들었지만 그는 최대한 버티고 또 버티었다.

부끄러워하며 오므리고 있는 다리 사이로 그의 무릎이 파고들었다. 가슴골에 얼굴을 묻은 채, 그녀를 희롱하던 그가 몸을 들어 그녀와 눈을 마주했다.

그의 눈에 담긴 의미를 알아챈 지안이 고개를 끄덕였다. 하얗고 가는 손이 그의 목을 감쌌다.

허리를 감쌌던 팔이 풀리고, 미끄러지듯 허리에 있던 손이 둥근 엉덩이를 붙잡았다. 부끄러워했던 것도 잠시, 지안이 다리를 벌려 그가 편하게 들어오도록 자세를 잡았다.

성이 난 남성이 천천히 여성 안으로 들어왔다.

충분히 젖어 있음에도 그에게는 언제나 좁았다. 여린 속살이 갑작스럽게 침입한 남성을 단단히 조였다.

단단히 조인 속살에서 느껴지는 열기와 감촉에 미쳐 버릴 것 같았다. 엉덩이를 움켜쥔 그가 천천히, 그리고 깊숙이 지안의 여성에 자신을 묻었다.

되도록 부담이 가지 않도록 움직이고 있었지만, 그것도 한

계였다. 지안의 팔을 붙잡은 그가 깊게 입술을 맞추었다.

"하앗."

아랫배가 울릴 정도로 깊게 들어오지는 않았지만, 그의 움직임은 격렬하였다. 제하의 움직임을 맞춰 가며 움직이는 지안에게서 더운 숨이 끊임없이 흘러나왔다. 귓가를 간질이는 그의 숨소리를 들으며 지안이 미소를 지었다.

그가 그녀의 모든 것을 받아 주는 것처럼, 지안에게도 제하는 삶의 전부였다.

제하의 머리를 감싼 지안이 색에 젖은 신음을 간헐적으로 토해 냈다.

눈앞이 하얗게 되는 것도 잠시, 그녀와 몸을 밀착한 제하가 낮은 신음을 터트렸다. 온몸을 가득 채우는 그의 기운에 지안의 몸이 파르르 떨렸다.

가쁜 숨을 내쉬는 지안의 목에 얼굴을 묻은 제하가 편안한 숨을 내쉬었다. 그녀를 가득 채우던 남성이 점점 작아졌지만 좀 더 이대로 있고 싶었다.

몸을 일으키려는 제하를 지안의 팔이 감쌌다.

"조금만 더 이대로 있어요."

그를 받아 내느라 지친 목소리조차 당과를 삼킨 것처럼 달금하였다. 그녀에게 무리가 가지 않도록 침상에 손을 기댄 그가 땀이 맺힌 이마에 입술을 갖다 댔다.

하루 종일 이어진 혼례에도 불구하고 그를 받아들인 지안의 눈이 천천히 감기었다.

"난 괜찮아요."

괜찮다는 말을 꺼냈지만 이미 무거워질 대로 무거워진 눈꺼풀은 그녀의 의지와는 다르게 점점 내려앉고 있었다. 그녀의 몸에서 남성을 뺀 제하가 옆으로 옮겨 누웠다.

좀 더 안고 싶다는 욕심은 그대로였으나 그의 아이를 가진 지안을 괴롭힐 수는 없었다. 하늘 아래 유일하게 받아들여 맞이한 부인이다. 이제 평생을 같이할 여인이니 지금의 아쉬움 정도는 참아 낼 수 있었다.

두꺼운 팔이 지안을 품에 가두듯 단단히 안았다. 그의 품에 얼굴을 묻으며 지안이 쓰러지듯 잠에 빠져들었다.

힘없이 잠든 지안의 몸을 조심스럽게 어루만지며 제하가 잠을 청하였다.

❃ ❃ ❃

암행을 나갔던 황제가 황궁으로 돌아왔다. 황제의 갑작스러운 입궁에 내관과 궁인들의 움직임이 부산해졌다. 옷을 갈아입을 생각도 없이 자리에 앉은 황제의 앞에 따뜻한 차가 올라왔다.

"폐하."

자신의 앞에 놓여 있는 차를 황제가 묘한 눈으로 바라보았다. 오랫동안 김이 올라오는 차를 보던 황제의 입가에 비릿한 미소가 감돌았다.

"폐하. 차에 무슨……."

"내시감. 차의 기미는 끝난 것인가?"

"예. 폐하. 차를 가져온 상궁이 직접 기미까지 하였습니다."
"기미한 상궁을 데려오라. 그리고 차를 준비한 궁인도 들라 하여라."
연이어 나오는 명령에 내시감이 고개를 갸웃하였다. 하지만 지엄한 황제의 명령을 그냥 넘길 수는 없었다.
잠시 후, 차를 준비한 상궁과 궁인이 황제의 앞에 몸을 숙였다. 그들을 보는 황제의 눈에 천천히 살기가 스며들었다.
"나의 황후께서는 참으로 재미나지 않느냐?"
황제의 물음에 몸을 숙였던 이들의 얼굴이 창백해졌다. 서로 약속이라도 한 듯 상대를 바라보았지만, 아니라는 부정을 할 뿐이었다. 그들을 보던 황제의 입가에 비틀린 미소가 생겨났다. 몸은 황궁 밖을 나가 있었지만, 흑관들에 의해 황궁에서 무슨 일이 일어나고 있는지를 전부 듣고 있었다.
가둬 놓는다고 가만히 있을 계집이 아니라는 것은 알고 있었다. 이제 그녀와의 신경전도 여기까지였다.
한동안 웃음을 터트리던 황제가 낮은 목소리로 명령하였다.
"상궁을 빼고 모두 죽여라."
황제의 말이 끝나는 것과 동시에 뒤에 대기하던 흑관이 무릎을 꿇고 있던 이들을 향해 검을 휘둘렀다. 궁인의 목에서 나오는 피를 본 상궁이 비명을 질렀다. 조용하던 황궁에 황제가 나타나자 피바람이 일었다.
"폐하. 고정하시옵소서."
순식간에 일어난 참상에 내시감이 황제의 곁으로 다가왔다. 말리는 내시감을 외면한 황제가 살아남은 상궁을 향해 한 걸음씩 걸음을 옮겼다.

"폐, 폐하."

두려운 눈으로 황제를 보던 상궁이 그를 피하듯 뒷걸음질을 쳤다. 하지만 얼마 가지 못하고 흑관에게 잡힌 상궁이 황제의 발에 매달렸다.

"화, 황후마마께서 시키신 일이옵니다. 소인은! 소인은 그저 마마의 명을 따를 수밖에 없었사옵니다. 폐하! 폐하, 살려 주시옵소서. 소인이 잘못하였나이다. 황후마마께서! 마마가 모든 일의 원흉이옵니다!"

처절하게 내뱉는 상궁의 말에 황제의 입가에 광기 어린 미소가 감돌았다. 연이어 일어나는 일에 그나마 남아 있지 않은 그의 이성이 흔들렸다. 똑같은 독 차를 올렸음에도 어찌 이렇게도 다른 기분이 드는 것인지 알 수 없었다.

"폐하. 차가 식습니다."

지안의 낮은 목소리가 공허한 황제의 머릿속에 또렷하게 울렸다.

지안이 주는 것이라면 독이 들었어도 웃으면서 받을 수 있었다.

하지만 존재 가치도 없는 황후 따위가 어설프게 저지르는 술수를 받아 줄 마음 따위 없었다.

발에 매달린 상궁을 황제가 힘껏 찼다. 황제의 힘에 떨어져 나간 상궁이 사람들의 피로 흥건해진 바닥을 몇 번이고 굴렀다.

"저년을 데리고 따라오라."

"네!"

"그리고 내가 말해 놓은 것도 소운궁으로 가져오라 하거라."

흑관 둘이 바닥에 널브러진 상궁을 억지로 일으켜 세웠다. 엉망진창이 된 상궁이 연신 살려 달라며 외치고 있었지만, 황제의 눈에 그녀는 어떤 의미도 없었다.

"나의 잘나신 황후를 뵈러 가야겠다."

전혀 즐겁지도 재미있지도 않건만, 한번 터진 웃음이 가라앉지 않았다.

기분 나쁜 웃음을 터트리며 황제의 발걸음이 소운궁으로 향하였다.

❋ ❋ ❋

세령이 방안을 초조하게 걷고 있었다.

하루 빨리 움직여도 모자를 판에 수를 쓸 황제가 보이지 않았다. 최대한 수소문을 했지만 정작 황제가 어디 갔는지 유일하게 알고 있는 내시감은 입을 굳게 다물었다.

'황제를 죽여야 내가 산다.'

아버지인 남훈은 길이 있다고 했지만, 이대로는 방법이 없었다. 하물며 황제는 노골적으로 남훈의 사람들을 내보내고 자신의 사람을 그 자리에 세우고 있었다.

'황제만 죽으면 아직 기회는 있어.'

차가운 손을 맞잡은 채 방을 오가던 그녀의 귀에 빠른 발걸음 소리가 들려왔다.

부산한 걸음에 세령의 눈이 좁아진 것도 잠시, 문이 열리며 들어온 내관이 그녀의 팔을 붙잡았다.

"이게 무슨 짓이냐? 내가 누구인지 모르는 것이냐! 이거 놓아…… 컥!"

무릎을 꿇게 한 내관들이 그녀의 입을 억지로 벌렸다. 빠져나오려고 그녀가 몸부림을 쳤지만, 이 상황에서 누구도 그녀를 도와주는 사람은 없었다.

벌린 입으로 식은 찻물이 부어졌다. 찻물의 정체를 안 세령이 비명을 질렀지만, 열린 입으로 들어온 찻물은 의지와는 상관없이 삼켜졌다.

"쿨럭. 컥."

찻물을 완전히 삼킨 후에야 내관들이 잡았던 손을 풀었다.

자신이 먹은 것을 안 세령의 얼굴이 하얗게 질렸다. 어떻게든 삼킨 걸 토해 내려 하였지만, 그것조차 쉽지 않았다.

그때, 열린 문으로 온몸이 피에 젖은 상궁이 내관의 손에 끌려왔다. 황제의 잔에 독을 넣기 위해 매수했던 상궁의 모습을 본 세령의 몸에서 힘이 빠졌다. 상궁 너머로 들어온 흑관이 상궁의 목을 베었다.

바닥을 붉게 적시는 피, 세령이 비명을 질렀다.

"황후는 채신없이 왜 그런 모습인가?"

들려오는 목소리에 세령의 눈이 겁에 질린 채 문에 서 있는 황제를 향하였다.

짙은 남색의 장옷에 수수한 모습이 평소의 황제와는 다르게 느껴졌다. 하지만 웃만 그럴 뿐, 세령을 노려보는 눈은 그녀가 가장 두려워하는 사내의 것이었다.

황제의 조롱에도 네발로 기어간 세령이 그의 다리를 붙잡았다.

"폐, 폐하. 살려, 살려 주시옵소서."

"고고하신 황후께서 어찌하여 이리 행동하시는 것인가?"

"폐하. 폐하. 제발……."

발을 붙잡고 비는 세령을 보는 황제의 입가에 경멸 어린 미소가 생겨났다.

다른 사내의 품으로 가는 여인임에도 한숨이 나올 정도로 고왔다. 얇은 너울로 얼굴을 가렸다 한들 지안의 미색이 가려지는 것은 아니었다.

무슨 수를 써서라도 절대로 인정하고 싶지 않았던 혼인. 그럼에도 가 볼 수밖에 없었다.

다른 사내를 보며 미소 짓는 지안을, 붉은 혼례복이 무척이나 잘 어울리는 그녀를 황제는 오랫동안 눈에 담고 또 담았다.

"휘령과 혼인한 지안은 한숨이 나올 정도로 곱더구나."

"……."

황제의 말에 세령이 숨을 삼켰다. 억지로 먹은 차가 속에서 울렁거렸지만 버텨 냈다. 살기 위해서라면 지금 그녀는 무엇이든 할 수 있었다.

허공 저 너머로 가 있던 황제의 눈이 다리를 붙잡은 세령에게 향하였다.

"네년이 허튼수작만 쓰지 않았어도, 짐이 그런 모습을 볼 필요는 없었겠지."

"잘못했사옵니다. 잘못했습니다. 폐하. 제발…… 컥."

손을 모아 빌던 세령이 굵직한 피를 쏟아 냈다. 고통스러워하는 세령을 보던 황제가 발로 그녀의 몸을 찼다. 황제의 발길질에 세령이 바닥을 굴렀다.

자신조차 알 수 없는 분노가 온몸에 휘몰아쳤다. 자신을 죽이려 한 황후에게 독을 먹여도, 보기 싫다며 있는 힘껏 발로 차대도 기분이 전혀 나아지지 않았다. 모든 것을 얻을 수 있는 절대자의 자리에 앉아 있음에도 그는 가장 갈망하는 존재조차 얻지 못하고 있었다.

고통스러워하는 세령에게 다가간 황제가 그녀의 멱살을 잡았다.

"살려 달라 했으니 이번만큼은 살려 줄 것이란다. 하지만 널 꼭 온전히 살려 줄 필요는 없겠지."

"컥."

황제의 조롱에 대답할 정신조차 없는 듯 세령의 입에서 연신 고통스러운 신음이 흘러나왔다.

"하루에도 몇 번씩 독이 널 갉아먹을 것이다. 오늘 온 내관들이 이 시간마다 너에게 같은 독을 먹이고 먹일 것이다. 네가 나에게 쓰려 했던 독과는 달리 이건 효과가 아주 천천히 나는 종류거든."

세령의 눈에서 맑은 눈물이 흘러내렸다.

가련하다 못해 불쌍해 보였지만 그녀를 보는 황제의 눈은 여전히 싸늘하였다.

"우리는 부부이니 고통도 함께 나누어야 하지 않겠나? 짐 혼자 지옥을 참아 내기에는 참으로 고통스럽구나."

현번에서 황궁으로 돌아오는 내내 치민 분노가 황제를 미치게 하였다.

마음 같아서는 이런 혼인 따위 완전히 뒤엎어 버리고 싶었다.

하얀 손가락에 낀 청금석 지환이 그녀와 제법 잘 어울렸다. 사람들의 인사에 너울을 쓴 모습으로 화답하면서도 종종 그녀의 손은 제하의 뺨을 감싸기도, 그의 손을 먼저 붙잡기도 하였다.

황제를 피하기만 했었던 모습과는 달리 제하의 곁에 있는 지안은 그에게 먼저 다가갔다.

"왜 짐은 아니라는 것인가?"

치미는 분노 속에서도 생각하고 또 생각하였다. 제하와 그의 차이가 무엇이라는 것인가?

왜 제하에게는 저리 모든 것을 주면서 자신에게는 작은 마음 한 자락 내어 주지 않는 것일까?

오랫동안 생각하고 고민하였지만 답은 나오지 않았다.

"누군가를 이해하는 행동 따위 짐과는 어울리지 않지."

세령의 멱살을 풀어 주며 황제가 숙였던 몸을 일으켰다. 고통에 몸부림치는 세령에게서 황제가 몸을 돌렸다.

"너에게도 둘의 모습을 보여 줘야 하지 않겠는가? 버텨 내거라. 네가 버텨야 네 아비도 살 것이니 말이다."

말을 끝낸 황제가 뒤도 돌아보지 않고 방을 나갔다.

허울로도 구역질 나는 계집 따위 그의 머릿속에는 이미 없었다. 황궁으로 돌아오는 즉시 죽일 생각이었지만, 황제는 마음을 바꾸었다.

그렇게 쉽게 죽일 수 없다. 죄의 대가만큼 고통스럽게 없앨 것이다.

소운궁을 나온 황제가 손을 올리자 어둠 속에서 대기하던 흑관이 조용히 다가왔다.

"표기장군에게 은밀히 입궁하라 전하라."

황제의 명령에 고개를 숙인 흑관이 모습을 감추었다.

침소로 걸음을 옮기는 황제의 눈은 이미 깊은 어둠에 빠져 있었다.

이제는 부정하지 않는다.

지안은 다르다. 지금의 감정을 연모라 부를 수 있다면 이 감정에 전부를 걸어 볼 생각이었다.

"돌아갈 곳을 없애면……."

연모하는 사내를 죽인다면.

그녀에게 남아 있는 단 한 사람.

"한 번 죽인 목숨, 또 죽이지 말라는 법은 없겠지."

비틀린 연모라, 삐뚤어진 소유욕이어도 상관없었다. 그렇게라도 곁에 둘 것이다.

무너진 그녀의 곁에 머물 사람은 그뿐이었다.

❀ ❀ ❀

시간이 흐르는 동안 지안의 배도 점점 부르기 시작하였다.

혼인을 한 지도 두 달, 하지만 이상하게도 당장 움직일 것이라 생각한 황제는 너무나도 조용하였다.

"꼭 가셔야겠어요?"

"폐하께서 부르는데 안 갈 수도 없지 않느냐?"

전에는 스스럼없이 부르며 시비이기보다는 벗처럼 지냈었지만 이제는 그럴 수 없었다. 사소한 행동 하나하나가 그녀뿐만이 아니라 제하에게도 영향을 끼칠 수 있었기에 지안은 말투부터 바꾸기 시작하였다.

"몸이 좋지 않다고 빠지시면 좋을 텐데……."

"공께 누가 될 일은 하고 싶지 않다."

거듭되는 영의 만류를 자르며 지안이 면경에 보이는 모습을 살폈다.

혼인을 하고 시간이 흐르자, 황제가 둘을 황궁의 연회에 초대하였다.

영에게 그만하라고 하긴 했지만, 지안 또한 황궁이 부담스러웠다. 황제도 그렇고, 황후조차 너무나도 조용하였다. 하루가 멀다 하고 술수를 부리던 이들이 조용하니 이번에 참석하는 연회에서 무슨 일이 생기는 것이 아닌지 내심 불안하였다.

하지만 혼인을 한 후, 처음 참석하는 연회였다. 제하를 위해서라도 함께 가는 것이 맞았다.

"마마. 다 되었어요. 너울은 답답하니 황궁에 가셔서 쓰세요."

지안이 너울을 쓰는 걸 싫어한다는 것을 아는 영이 함께 준비되어 있는 것을 자신의 손에 들었다.

제하가 왔다는 말이 들리고, 문이 열리자 준비를 마친 그가 방으로 들어섰다.

그의 모습에 앉아 있던 지안이 자리에서 일어났다. 당장에라도 제하에게 가려는 지안을 만류한 그가 눈을 좁혔다.

"무리해서 일어날 필요 없어."

"준비 끝났는걸요."

혼인 이후에 다른 사람을 대하는 지안의 행동은 달라졌지만, 제하에게만큼은 혼인 이전이나 지금이나 똑같았다. 복숭앗빛 뺨을 손으로 감싼 그가 미간을 찌푸렸다.

"널 황궁으로 데리고 가는 일이 잘하는 짓인지 모르겠다."

"당신도 같이 가는 거잖아요. 그리고 같이 오라고 했으니까요."

지안의 말에 제하가 소리 없는 한숨을 내쉬었다. 이번에는 또 무슨 술수를 쓰려는 것인지 반드시 함께 오라는 말이 써져 있었다. 그녀가 가고 싶지 않아 하는 기색을 조금이라도 보여줬다면 데리고 가지 않으련만, 지안은 제하와 함께 가겠다며 고집을 부렸다.

"곁에 있어 줄 거잖아요."

석 달은 제대로 먹지 못해 마를 대로 말랐었지만, 이후로는 조금씩 먹기 시작해 지금은 어느 정도 예전의 모습을 보여 주고 있었다. 보름달처럼 환한 이마에 짧게 입술을 맞춘 그가 손을 내밀었다.

"천천히 출발해 보자."

제하의 손을 지안이 붙잡자 둘은 준비되어 있는 마차로 나란히 걷기 시작하였다.

"최근 위장군이 자리에서 물러났다는 이야기를 들었어요. 위장군은 승상의 사람이었잖아요. 황궁에 무슨 일이 생긴 것 같죠?"

"아이를 가진 동안은 좋은 것만 보고 듣는다고 하지 않았나?"

"무슨 일이 일어날지 모르니 알아 놓을 건 알아 놓아야죠. 그리고 외면한다고 일이 일어나지 않는 건 아니잖아요."

제하와 팔짱을 끼며 지안이 그에게 의지하였다.

혼인을 하고, 아이를 가져도 그녀의 현명함은 여전하였다. 대부분의 귀족 부인들이 머리 아프다며 피했을 이야기를 지안은 꾸준히 관심을 가지고 생각하였다.

안채에서 내내 머무는 여인이라고는 믿기 어려울 정도로 지안은 황궁의 상황을 날카롭게 보고 있었다.

소운궁에 갇힌 황후는 그렇다 하더라도 황제는 노골적으로 승상의 세력을 빼앗고 있었다. 연이어 빼앗기는 세력에 당황한 승상이 손을 쓰고 있었지만, 황제를 상대하기에는 역부족이었다.

그녀의 보폭에 맞추어 걷던 제하의 걸음이 멈추었다. 그가 멈추자 지안 또한 멈추었다.

"왜요? 내가 혹시 잘못 말했……."

지안의 말이 중간에서 멈추었다. 어느새 다가온 그의 입술이 붉은 입술을 깊게 탐하였다.

뒤에 사람들이 있다며 지안이 제하의 어깨를 주먹으로 쳤지만, 그녀의 허리에 팔까지 감은 그는 느긋하기만 하였다.

마음껏 지안의 입술을 탐하던 그가 더운 숨을 내쉬며 입술을 뗐다.

"정말! 사람들도 있는 데서!"

"뭐 어때? 내 사람들이야. 내 부인을 내가 아낀다는데 무슨 소리를 하겠어?"

여유롭다 못해 느긋한 모습으로 제하가 지안의 팔에 자신의 팔을 감았다. 터질 듯 붉어진 얼굴로 지안이 고개를 푹 숙였다.

아무리 부리는 궁인들이여도 그들 앞에서 이런 모습은 부끄러웠다. 제하는 상관없다는 듯 행동했지만, 이럴 때마다 지안은 얼굴을 들 수 없었다.

"아무리 그래도 이런 건 방에서 하세요."

작게 속삭이는 목소리에 제하가 웃음을 터트렸다.

부끄러워하는 지안을 다독이며 걸음을 옮기니 어느새 마차가 준비되어 있는 곳에 도착하였다.

조심스럽게 지안이 마차에 오르고, 연이어 제하가 올랐다.

둘을 태운 마차가 도성으로 천천히 출발하였다.

❀ ❀ ❀

내관의 도움으로 들어선 연회장은 웅장하고 화려했지만, 팽팽한 긴장감이 가득 채워져 있었다. 휘령 공과 그의 번비가 왔다는 소리에 연회장에 있던 이들이 하던 대화조차 멈춘 채 둘을 쳐다보았다.

제하의 팔을 붙잡은 채, 연회장 안으로 들어온 지안이 긴장된 숨을 내쉬었다. 이 순간만큼은 얼굴을 가리는 답답한 너울이 고맙게 느껴졌다.

지안의 긴장을 풀어 주듯 그는 제 팔에 올려져 있는 그녀의 손을 짧게 두드렸다.

"폐하께 휘령, 인사 올립니다."

제하가 몸을 숙이자 지안 또한 몸을 숙였다. 연금이 잠시 풀린 것인지 황제의 곁에는 세령이 앉아 있었다. 예전의 그녀라고는 생각되지 않을 정도로 야윈 모습에 그녀를 보는 지안의 눈이 커졌다.

"무거운 몸으로 여기까지 오느라 고생했겠구나."

휘령의 인사를 넘기며 황제가 지안에게 말을 걸었다. 그 모습은 제후의 비를 상대하는 것이 아니라 현원으로 대하는 것과 차이가 없었다. 황제의 행동에 제하의 눈 끝이 희미하게 꿈틀댔지만, 너울에 얼굴을 가리고 있는 지안은 여전하였다.

"어찌 폐하께서 부르시는데 오지 않을 수 있겠습니까? 다만 나은 모습으로 인사드리지 못해 그것이 송구할 뿐이옵니다."

낮으면서도 또렷한 목소리에 황제의 입가에 미소가 감돌았다. 저 목소리를 듣고 싶었다.

형식적인 인사여도 상관없다. 적어도 그녀의 목소리를 들을 때만큼은 그를 미치게 하는 광기가 가라앉는 기분이었다.

"둘의 혼인을 위한 연회이니 즐겁게 보내기를 바란다. 아니 그렇소? 황후."

"폐하의 말씀이 전부 옳으십니다."

두려운 표정의 세령이 황제의 심기를 맞추듯 곧바로 답하였다.

마지막으로 보았던 세령과는 전혀 다른 모습에 지안이 제하를 쳐다보았다. 하지만 황제도, 세령도 마음에 들지 않는 제하는 자신들의 자리로 지안을 데리고 갈 뿐이었다.

주인공들이 자리에 앉자 대기하던 궁인들이 음식을 내려놓았다. 연회가 시작되자 사람들이 멈추었던 대화를 다시 나누었다.

손에 턱을 기댄 황제의 눈이 지안을 향하였다.

애초에 연회에는 관심 없었다. 그저 자신의 생각을 행동으로 옮기기 전에 그녀를 보고 싶을 뿐이었다.

"너울을 쓰지 않았다면 좋으련만."

하지만 황제의 욕심을 누구보다도 아는 제하가 그걸 가만히 둘 리 없었다. 지안의 말을 듣고 있으면서도 황제의 기색을 살피는 제하였다. 노골적으로 제하가 살기를 보내고 있음에도 황제는 지안을 향한 시선을 거두지 않았다.

"황후도 연회를 좀 즐기시는 것이 어떻겠소?"

황제의 말에 세령의 몸이 움찔 떨렸다. 하루에 한 번, 죽지 않을 정도로만 독을 먹었기에, 목숨만 붙어 있을 뿐 그녀의 몸은 이미 만신창이였다. 지안이 아이를 가진 것도, 제하가 지안을 바라보는 것도 이제 세령에게는 어떤 의미도 없었다.

"오, 오늘 연회만 넘기면 보내 주신다는 약조를 지키셔야 합니다."

세령의 말에 황제가 빙긋 미소를 지었다.

"짐이 언제 약조를 어긴 적이 있던가?"

황제의 말에 세령이 입술을 깨물었다. 독의 부작용으로 떨리는 손을 다른 손으로 붙잡으며 그녀가 억지로 자리를 지켰다. 조롱하는 눈으로 세령을 보던 황제가 뒤에 서 있는 흑관을 향해 검지를 들었다.

황제의 신호에 흑관이 조용히 연회장을 빠져나갔다.

내관이 건네는 술잔을 받아 든 황제의 눈이 다시 지안에게 향하였다. 무슨 대화를 하는지 너울을 살짝 올린 그녀가 제하에게 귓속말을 하는 모습이 보였다. 내내 굳었던 제하의 얼굴이 그녀의 귓속말 하나에 풀어지는 듯한 모습도 보였다.

제하의 자리에 자신이 앉을 것인가. 아니면 세령의 자리에 지안을 앉힐 것인가.

황제가 선택한 답은 후자였다.

그렇기 위한 시작이 바로 오늘의 연회였다.

❋ ❋ ❋

연회장의 답답한 공기에 지안이 밖으로 나왔다.

그녀가 나오려 하자 제하도 함께 나오려 했지만, 황제의 술수에 연회장에 갇혀 버렸다. 대신 제하는 자신 대신 영과 채훈을 나가려는 그녀에게 보냈다.

연회장을 나오자마자 너울을 벗은 지안이 밤바람을 깊게 들이마셨다. 연회장이 불편한 것은 아니었지만 계속 앉아 있기에는 몸이 불편하였다.

"마마."

뒤늦게 달려온 영이 그녀의 어깨에 두툼한 장옷을 걸쳤다. 영에게 고맙다는 말을 꺼낸 지안이 연회장 주변을 천천히 걸었다. 현원이었을 때 걸었던 황궁과 지금의 황궁이 다르게 와 닿았다.

"번비마마. 어찌 추운데 나와 계시는 것입니까?"

궁을 둘러보던 지안에게 익숙하지만 오랜만인 목소리가 들려왔다.

소리가 들려온 방향으로 고개를 돌린 지안의 입가에 미소가 생겨났다.

"내시감."

내시감의 얼굴을 본 지안이 걸음을 서둘렀다. 홑몸도 아닌 그녀가 걸음을 서두르자 놀란 내시감이 그녀에게로 걸음을 재촉하였다.

"소인이 가면 될 것을, 어찌 마마께서 걸음을 서두르신단 말입니까."

주름진 손에서 느껴지는 손길에 내시감이 하던 말을 멈추었다. 현원이었던 지안은 누구에게 다가오거나 마음을 내주는 성격이 아니었다. 황제에게 해코지를 당할지도 모른다는 두려움에 황궁에서의 그녀는 일정 선에서 궁인들을 대했었다.

그런 그녀가 내시감의 손을 양손으로 감싸고 있었다.

"어찌 선물만 보내 주시고 얼굴을 보여 주지는 않으시는 것입니까? 좀처럼 보기가 힘들어 무슨 일이라도 있으신 줄 알았습니다."

아무리 제하와 혼인하여 번비가 되었어도, 지안에게 내시감은 존대하며 배려해야 할 이였다. 하물며 혼인과 회임 때도 그녀를 위한 물건을 보내기는 했어도 내시감은 그녀와 제하를 철저히 피하였다.

"황제를 모시는 소인이 어찌 번비마마와 휘령 공께 누를 끼칠 수 있겠습니까. 그리고 마마께서도 한결 편안해 보이시니 소인 이제 더는 걱정이 없사옵니다."

내시감의 말에 지안이 눈을 내렸다. 미친 황제가 무너지는 마지막까지 함께할 사람, 그걸 알기에 황제 또한 내시감을 신뢰하는 것이리라. 그걸 알고 있으면서도 지안의 마음은 편하지 않았다.

"저와 이야기를 나누거나 공과 대화를 하는 것이 두 주군을 섬기는 것은 아니지 않습니까? 종종 차라도 같이하세요. 그래도 제가 이곳에서 편히 이야기를 나눌 몇 안 되는 분이시지 않습니까?"

지안의 말에 내시감이 깊게 고개를 숙였다.

금방이라도 사라질 것처럼 불안했던 지안은 어디에도 없었다. 제하의 곁에서 마음 편히 지내고 있다는 것을 보여 주듯 내시감을 바라보는 지안의 얼굴은 환하였다.

그렇게 한동안 내시감과 대화를 하던 지안이 새로운 기척에 고개를 돌렸다.

언제 나왔는지 내관과 함께 세령이 소운궁으로 향하고 있었다.

그녀의 모습을 본 지안과 내시감이 고개를 숙였다.

"아……."

지안의 모습을 본 세령이 걸음을 멈추었다. 그녀의 반응에 지안의 눈이 굳었다.

내시감도 있는 상황에서 세령과 신경전을 벌이고 싶지 않았다. 하지만 제하와 함께 하게 된 그녀를 세령이 가만히 둘 리 없었다.

지금이라도 자리를 피해야 하는 것일까? 지안이 고민하던 찰나 세령이 그녀에게 달려들었다.

"살려 줘!"

생각지 못한 반응에 지안의 눈이 커졌다. 하지만 세령에게 지안은 지금 누구보다도 절실했다. 지금 상황을 멈춰 줄 사람은 지안뿐이었다.

"하라는 대로 할 테니까 폐하에게 한 번만 말해 줘. 살려 달라고! 나 좀 살려 달라고 해 줘!"

갑작스러운 세령의 행동에 영이 지안의 곁으로 다가왔다. 그와 동시에 세령을 데리고 가던 내관들 또한 그녀의 몸을 붙잡았다. 하지만 내관들이 달려들고 있음에도 세령은 지안의 옷소매를 손에 피가 배어 나오도록 움켜잡고 있었다.

"네가 이야기하면 폐하도 들으실 거야. 널 아끼시니까 너만큼 폐하의 총애를 받는 여인은 없으니까. 살려 줘. 아니, 제발 살려 주세요. 제발!"

조용했던 두 달 동안 세령에게 무슨 일이 있었던 것인지 지안은 알지 못했다. 그녀가 알던 세령과 지금의 그녀는 완전히 다른 사람 같았다.

"황후마마. 우선은 진정하세요. 진정하시고 말씀하셔야……."

"뭐하는 것이냐? 황후를 어서 소운궁으로 데려가지 않고."

세령을 다독이는 지안의 목소리 너머로 황제의 목소리가 겹쳐 들렸다. 황제의 모습에 지안의 품속으로 세령이 파고들었다.

여희를 이용한 세령을 미워하고 있었지만, 어린아이처럼 품에서 떠는 그녀를 밀어낼 수 없었다.

"폐하. 황후마마께서……."

"황후를 소운궁으로 모시라 하였다."

지안의 만류에도 황제의 표정은 그대로였다. 황제의 재촉에 내관들이 지안을 안고 있는 세령을 붙잡았다.

"제발! 제발 한 번만 살려 주세요. 제발!"

내관에게 끌려가는 순간까지 세령은 지안에게 매달렸다. 세령의 변한 모습이 기쁘기보다는 두려웠다. 지안의 모습이 보이지 않을 때까지 세령은 살려 달라는 소리를 거듭 외쳤다.

"조용히 소운궁으로 돌아갈 것이지. 네가 많이 놀랐겠구나."

"황후마마께서는 어찌 저러시는 것입니까?"

"황후가 무엇이 어떻단 말이더냐?"

모르겠다는 황제의 표정에 지안의 얼굴이 굳어졌다. 당황하는 지안을 향해 황제가 손을 내밀었다.

"함께 걷겠느냐?"

황제의 물음에 지안이 고개를 저었다.

"보는 눈이 많습니다. 그리고 휘령 공께서 계시지 않으니 오해를 살 만한 행동은 하고 싶지 않습니다. 송구하옵니다. 폐하."

혼인하여 다른 사내의 아이까지 가진 여인임에도 참으로 곱고 무척이나 탐이 났다. 그녀를 곁에 둔 제하에 대한 질투가 황제를 흔들어 댔다.

"그럼 이 자리에서 이야기해야겠구나."

"폐하. 전……."

"내시감도 있고, 제하의 사람도 있지 않으냐? 이 정도라면 오해를 살 일은 없겠지."

"……."

억지를 쓰는 황제에게 안 된다는 말을 꺼낼 수 없었다. 지안의 눈짓에 뒤에 있던 채훈과 영이 몇 걸음 뒤로 물러났다. 동시에 내시감 또한 그들과 같은 거리로 물러났다.

황제의 시선이 지안의 부른 배로 향하였다.

저 아이가 자신의 아이였다면 누구보다도 기쁠 것이다. 하지만 아이의 아버지는 자신이 아니라 철천지원수인 제하였다.

그가 받아들일 수 있는 존재는 지안뿐, 아이는 아니었다.

"폐하. 황후마마께서는……."

"황후는 제 죄의 대가를 치르는 중이다. 네가 걱정할 필요도, 걱정해 줄 이유도 없다."

칼같이 자르는 말에 지안이 물음을 삼켰다.

그런 지안의 모습을 황제가 눈에 담고 또 담았다. 이제 지지부진하게 상황을 끄는 것도 마음에 들지 않았다.

선택의 시간.

황제는 이미 답을 정했다. 이젠 지안이 답을 줄 차례였다.

❋ ❋ ❋

지안과 황제가 같이 있다는 보고에 제하가 엉겨 붙은 사람들을 억지로 떼어 낸 후, 걸음을 서둘렀다. 그새를 못 참고 지안을 따라 나간 황제를 생각하니 절로 이가 갈렸다.

"전……하."

밖으로 나가려는 제하의 귀에 남훈의 목소리가 들렸다. 평소의 남훈과는 다른 목소리에 제하의 걸음이 멈추었다. 그 순간, 제하를 향해 단검이 날아들었다.

날아오는 방향에서 한 걸음 옆으로 물러나자, 무서운 기세로 날아오던 단검이 벽에 박히었다. 단검의 방향으로 달려가려는 찰나, 피투성이로 나타난 남훈이 제하의 옷을 붙잡았다.

"전하. 컥."

남훈의 입에서 튀어나온 피가 제하의 옷을 붉게 물들었다. 무너지는 승상의 몸을 붙잡으니 검에 베인 상처에서 나오는 피가 바닥을 적시고 있었다.

남훈의 뒤로 따라온 흑관들이 제하의 모습에 잠시 주춤하였다. 그러나 그것도 찰나, 각자 들고 있는 무기에 힘을 준 흑관들이 둘을 향해 달려들었다. 쓰러진 남훈을 부축하며 제하가 낮게 외쳤다.

"죽여라."

제하의 말이 끝나자마자 뒤에 있던 호위들과 어둠 속에 숨어 있던 이들이 흑관들을 향해 움직였다. 둘을 제거할 생각으로 움직였던 흑관들이 거꾸로 달려드는 공격에 자신을 지키기 위해 무기를 휘둘렀다.

"조금만 버텨라. 의관을 부르겠다."

"전…… 커억."

굵직한 피를 토해 내던 남훈이 의관을 부르려는 제하를 붙잡았다. 무너지는 남훈을 붙잡으며 제하가 그를 안았다.

"승상!"

"소인은 틀렸습니…… 쿨럭. 이것을…… 이것을…… 전하께……."

피 묻은 손이 안주머니에서 비단 주머니를 꺼내었다. 남훈이 흘린 피가 주머니 끝에 묻어 있었지만, 그 안의 물건은 피에 젖지 않은 그대로였다.

"이게 무엇이냐? 이게 무엇이기에 황제가 그댈 죽이려 하는 것이냐?"

"선제가…… 마지막으로 남긴…… 컥."

살아남은 흑관이 도망치려 했지만, 몇 걸음 떼기 전에 다른 병사에 의해 심장이 꿰뚫렸다. 상황이 정리된 것을 확인한 제하가 남훈을 다시 쳐다보았다.

제하가 남훈을 보고 있는 것과는 다르게 그의 눈은 공허하였다.

피에 젖은 손이 허공의 무언가를 잡기 위해 허우적대었다.

"내가 널…… 황제로…… 만들…… 컥."

"……."

"주군을…… 배신…… 내 딸도…… 주었거늘……."

그의 마지막을 보고 있는 사람은 제하였지만, 남훈의 눈에 보이는 사람은 황제였다.

이런 끝을 위해 지금까지 달려온 것이 아니었다. 자신은 이렇게 초라하게 죽을 수 없다.

아직 원하국을 위해 해야 할 일이 산더미처럼 쌓여 있었다.

"저주…… 황제…… 저주할……."

허공을 헤매던 손이 바닥에 떨어졌다. 눈조차 감지 못한 남훈을 오랫동안 바라보던 제하의 손이 떠 있는 눈을 덮어 주었다. 권좌의 주인을 바꾼 자였음에도 그의 죽음은 허무하였다.

제하의 손이 남훈이 건넨 것을 펼쳐 보았다.

종이에 찍힌 옥새와 필체가 선제의 것과 똑같았다. 적힌 내용을 읽는 제하의 미간이 좁아졌다.

"전하."

"남훈의 본가로 사람을 보내라. 나서지는 말고 본가가 어찌 되는지 지켜보라고만 해라."

"네!"

그 이후에도 빠르게 상황을 지시한 제하가 자리에서 일어났다. 채훈과 영을 보내 놓기는 했지만 황제가 있다면 손을 쓰기 어려울 것이다. 지안과 제하의 혼인을 위한 연회라기에, 자신들에게 수를 쓰기 위해 황제가 수작을 벌인 것이라는 생각이 들었다.

하지만 제하의 생각이 틀렸다.

애초에 연회는 모두의 눈을 속이기 위함이었다.

황제가 노린 사람은 제하와 지안이 아닌 쓸모없어진 승상이었다.

❀ ❀ ❀

지안에게 앉으라며 내관들이 의자를 가져왔지만 그녀는 고개를 저었다. 황제와 앉아 담소를 나눌 사이는 아니었다. 하물며 제하도 없는 상황에서 그와 있는 게 불안하였다. 채훈이 보낸 사람들이 제하를 부르러 갔으니 그때까지만 있을 생각이었다.

어두운 밤하늘을 보던 황제의 눈이 경계하는 지안에게로 향하였다.

"그때와 똑같은 눈이구나."

"무슨 눈을 말씀하시는 것입니까?"

"짐이 널 처음 만났었던 날, 네가 짐을 보던 눈이 지금과 똑같았단다."

"그때를 아직도 기억하시는 것입니까?"

지안의 물음에 황제가 미소를 지었다. 긴장하는 지안과 달리 그의 입가에는 편안한 미소가 감돌고 있었다.

황제가 한 걸음 다가오자 지안이 두 걸음 뒤로 물러났다. 황제를 거부하지는 않았지만 일정 선 이상 그가 다가오는 것을 경계하고 있었다.

"너의 시비를 죽이지 않았다면."

황제의 손가락 끝이 지안의 뺨을 스쳤다.

"널 제하, 그놈과 만나지 못하게 했더라면."

온몸이 사슬에 옥죄인 것처럼 움직이지 않았다. 뺨에 닿았던 손끝이 어느새 손가락에 와 닿았다.

"그놈의 목을 확실히 베었더라면."

"폐하."

뺨을 덮으려는 황제의 손을 지안이 붙잡았다. 황제의 손을 내린 지안이 고개를 저었다.

"폐하. 과거를 후회해도 달라지는 것은 없습니다."

지안의 말이 검처럼 황제의 심장을 찔렀다.

가장 곱고 탐이 나는 여인이면서도 누구보다도 그에게 잔인한 여인이었다.

"정녕 너의 세상을 부서트려야 짐이 널 가질 수 있다는 것이냐?"

몸을 돌리는 지안을 황제가 붙잡았다. 놀란 지안이 뒷걸음 치려는 찰나 허리를 감싼 황제가 자신의 몸에 그녀를 밀착하였다. 갑작스러운 상황에 내시감과 다른 이들이 달려오는 순간, 지안의 입술에 황제가 깊게 입술을 덮었다.

"흡."

순식간에 일어난 일에 지안의 눈이 커졌다.

굳게 다문 입술을 억지로 연 황제가 거칠게 지안의 입안을 탐하였다. 눈앞이 아득해지는 기분이었다. 그토록 원하던 여인의 입술은 지금까지 느껴 보지 못했던 만족을 느끼게 하였다. 온몸으로 거부하는 지안을 붙잡은 황제가 여린 혀를 휘감고 제 마음껏 그녀를 삼키었다.

하지만 그러한 것도 잠시, 지안이 온 힘으로 황제를 밀어냈다. 휘청거리는 지안을 붙잡은 영의 앞을 사색이 된 채훈이 막아섰다. 황제의 앞을 막는 것은 목숨을 걸어야 할 행동이었지만, 지금 영이나 채훈에게는 그런 생각 따위 들지 않았다.

제하가 없는 사이, 지안이 봉변을 당하였다. 급박하게 일어나는 일에 손쓸 틈조차 없었다. 제하가 알면 목이 떨어질 상황, 최소한 더 이상의 참사가 일어나지 않도록 막아야 했다.

"그리 검을 세울 필요 없다. 오늘은 이걸로 끝일 테니."

황제의 말에도 채훈은 경계를 풀지 않았다. 영의 부축을 받으며 지안이 황제와의 거리를 벌렸다.

"……."

"너의 말대로 과거를 후회해도 달라지는 것은 없다. 그러니 짐의 방식대로, 짐의 방법으로 권좌를 지켜 내고 널 다시 데리고 오겠다."

황제의 말을 들은 지안의 몸이 파르르 떨렸다. 행여나 그녀가 잘못될까 싶어 영이 지안의 팔을 단단히 붙잡았다.

팽팽한 시선이 맞닿은 순간, 뒤늦게 나타난 제하가 둘의 상황에 끼어들었다. 지안의 물기 어린 눈을 보는 순간, 제하의 몸이 먼저 움직였다.

"무슨 짓을 하신 것입니까?"

"너야말로 무슨 짓을 한 것이냐? 그 앞섶의 피는 또 무엇이고."

황제의 말대로 제하의 앞섶은 붉은 피로 흥건히 젖어 있었다. 제하가 다치면서 흘린 피로는 보이지 않았지만, 옷에 묻어 있는 피의 양은 상당하였다.

"이 피를 누구보다도 폐하께서 잘 아실 것이라 생각하고 있습니다만, 정녕 모르시는 것입니까?"

"글쎄다. 내 마음에 둔 여인의 입술을 느끼느라 그런 피는 별로 생각하고 싶지 않구나."

여인의 입술이라는 말에 제하가 지안을 돌아보았다. 울 것 같은 표정으로 지안이 눈을 질끈 감았다. 차가웠던 눈에 살기가 맺혔다.

제하의 얼굴을 보던 황제의 입가에 비틀린 미소가 자리 잡았다.

"여인이 아이를 낳을 때는 목숨을 걸어야 한다고 들었다."

"……."

"오늘 입맞춤의 대가로 지안이 아이를 낳기 전까지는 절대 움직이지 않겠다. 너를 위해서가 아니다. 내 여인이 될 지안을 위해서지. 그때까지 어디 한번 몸부림쳐 보거라."

미소를 지은 채, 몸을 돌리는 황제를 보던 제하의 눈에 불이 일었다.

으득.

이를 간 제하가 뒤돌아 가는 황제를 향해 낮게 이를 갈았다.

"짐이 인정한 황제는 연기하가 아니다."

제하의 말에 황제의 걸음이 멈추었다. 좀 전까지도 여유로웠던 황제의 눈에 살기가 맺혔다. 하지만 이미 제하의 눈에 보이는 것은 없었다.

"소인을 배신했던 스승이 건넨 것을 보았습니다. 어쩌면 소인이 직접 폐하께 드렸던 옥새보다도 더 가치가 있는 것이더군요."

"네…… 네 이놈."

"폐하의 말씀대로 몸부림쳐 보겠습니다. 하지만 폐하께서 방심하시는 순간, 그 몸부림이 폐하의 목을 베겠지요. 이쪽은 죽은 이가 건넨 명분을 손에 얻었으니까요. 그럼 이만 이 더러운 곳을 떠나겠습니다."

인사를 한 제하가 몸을 일으키고는 주저 없이 고개를 돌려 채훈을 지나 영의 부축을 받고 있는 지안에게로 다가갔다. 차마 그를 볼 자신이 없는 지안이 고개를 숙였다.

그런 지안을 자신의 품에 안은 제하가 이마에 입을 맞췄다.

"괜찮아. 지안아. 어쩔 수 없었다는 거 알아."

괜찮다며 다독이는 그의 품에서 지안이 소리 없이 울음을 터트렸다. 그녀를 다독이던 제하가 영을 향해 손을 내밀자, 그녀는 제가 가지고 있던 너울을 그에게 건네었다.

그녀가 우는 것을 가리듯 너울을 얼굴에 씌웠다. 부축하겠다는 영을 막은 제하가 지안의 어깨를 감쌌다.

"돌아가자."

제하의 말에 지안이 고개를 끄덕였다. 잡고 있는 어깨에서 희미한 떨림이 느껴졌다.

지안을 다독이던 시선이 황제에게로 향하는 순간 살기 어린 그것으로 바뀌었다. 짧지만 숨 막히는 순간이 지나가고, 황제를 노려보던 제하가 고개를 돌려 지안을 부축하였다.

휘령이 황궁을 떠나 현번으로 되돌아갔다.

다음 날, 역모죄로 처형당한 유남훈의 목이 도성 밖에 걸리었다.

❀ ❀ ❀

무슨 일이 어떻게 흘러가는지 알지 못했다.

다만 연회 이후에 황궁의 흐름이 황제에게 온전히 향했다는 것은 알 수 있었다.

황궁의 내관이나 궁인들은 말하지 않았지만 세령은 피부로 느끼고 있었다. 오늘 들어오는 독이 그녀의 목숨을 끊으리라는 것을.

"누구를 탓하는가?"

자리에서 일어난 세령이 준비해 놓았던 끈을 꺼냈다. 그토록 살고 싶었건만, 또 이렇게 되고 나니 살고 싶은 욕심조차 들지 않았다.

어디서부터 잘못된 것일까? 제하의 심장을 찌를 때부터였을까? 아니면 심장을 찌르라는 아버지의 명령을 들을 때부터였을까?

알 수 없었다. 아니 알고 싶지 않았다.

"세령아."

그녀를 부르는 제하의 목소리가 들렸다.

의자 위로 올라간 세령이 준비한 끈을 단단히 묶었다.

제 욕심이 이런 결과를 만들어 냈다. 황태자의 곁에 머물면서도 더 나은 삶을 위해 선택한 배신이, 황후의 자리에 앉아 있으면서도 제하의 연모를 얻고자 했던 욕심이, 자신과는 다른 여인을 향한 투기가 모두 이런 결과를 만들어 냈다.

"세령아."

대들보에 단단하게 묶어 놓은 끈을 자신의 목에 걸었다.

세령이 길게 숨을 내쉬었다. 아무도 없는 방 안, 마지막을 준비하는 그녀가 눈을 감았다.

"잘못했어요."

무슨 말을 해도 지금의 상황에 바뀌는 건 없었다. 그럼에도 마음에만 담아 놓고 내내 꺼내지 못한 말을 이제야 입 밖으로 내뱉었다.

"전하. 잘못했어요."

감았던 눈을 뜨자 그녀를 향해 제하가 손을 내밀고 있었다. 진짜 제하가 그녀를 향해 이렇게 손을 내밀고 있을 리가 없다.

환영이라도 좋다. 꿈이어도 상관없었다.

과거로 돌아간 기분, 환한 미소를 지은 세령이 제하에게 몸을 던졌다.

의자가 쓰러지고,

몸부림치던 발이 힘없이 늘어졌다.

第十二章 · 귀결

방으로 들어온 지안이 자신의 방에서 일을 처리하는 제하를 보며 옅은 미소를 지었다.

황제에게 봉변을 당한 후, 놀란 지안을 위해 제하는 자신의 집무실이 아닌 그녀의 방에서 대부분의 일을 처리했다. 그의 배려에 빠르게 안정되어 가기는 했지만, 지안은 그를 볼 자신이 없었다.

"또 여기로 왔어요?"

지안의 목소리에 제하가 보기 좋은 미소로 손을 내밀었다. 내민 손을 말없이 보던 지안이 그에게 다가갔다.

"예전에는 다리 위에도 종종 앉았었는데…… 연모가 식었어."

"무거운 걸요."

황궁에 갔다 온 이후로 일주일이 지나 있었지만 지안은 여전히 풀이 죽어 있었다. 괜찮다며 달래 보기도 하고, 잊으라며 신경질을 부려 보기도 했지만 그녀의 표정은 좀처럼 나아지지 않았다.

제하의 농담에도 지안은 힘없이 웃기만 할 뿐, 평소처럼 반박하거나 다른 말을 꺼내지 않았다. 신경 쓰지 말라는 말을 꺼내도 그날의 기억을 떠올리는 듯 그녀의 안색은 내내 좋지 않았다.

보던 것을 내려놓은 제하가 그녀의 손을 잡았다.

"왜요?"

"나가자."

영에게 나갈 채비를 하라는 명을 내린 제하가 걸어 놓은 장옷을 집어 들었다. 제하의 갑작스러운 명령에 안채의 시비들이 부산하게 움직이기 시작하였다. 그들이 하는 대로 몸을 맡기며 지안이 제하를 바라보았다.

"어디를 가려고요."

"글쎄?"

알 수 없는 말에 지안이 눈을 좁혔지만, 그는 태연하였다.

잠시 후, 최소한의 호위만을 데리고 나온 둘은 궁의 주변을 걷기 시작하였다.

할 수 없다는 이들을 설득하여 여기까지 만들어 놓았다. 아직 갈 길이 멀었지만, 사람조차 거의 없던 곳에 조금씩 사람들이 몰려오고, 새로운 터전을 만들려 구슬땀을 한창 흘리는 중이었다.

지안의 손을 잡은 채, 그들을 둘러보던 제하가 씁쓸히 말하였다.

"이제야 좀 자리를 잡는 중인데 여길 또 전쟁 때문에 뒤흔들어야 해."

그의 말을 듣던 지안이 고개를 푹 숙였다.

"미안해요. 나 때문에……."

광기에 찬 황제가 그녀에게 했던 말들이 잊혀지지 않았다. 자다가도 그의 목소리가 떠올라 소스라치며 깬 적도 여러 번이었다. 황제와 억지로 맞춘 입술을 몇 번이고 닦고 닦아도 불쾌한 기분이 사라지지 않았다.

"네가 황제에게 가 있더라도 그놈은 날 죽이려 했을 테고, 어떻게든 전쟁을 일으켰겠지. 몇 번이나 말했지만 네 잘못이 아니야."

"하지만 그날 황제는……."

"어차피 갖지 못한 놈이 부리는 광기일 뿐이야. 미친놈이 하는 말 따위 들을 필요 없어. 그리고 넌 내 부인이잖아? 자꾸 다른 사내의 말만 곱씹고 있을 건가?"

제하의 말에 지안이 아니라며 고개를 저었다.

연신 고개를 젓는 지안을 제하가 품에 안자 그녀가 그에게 얼굴을 묻었다.

"이제 그 일은 잊어버리자. 아이에게도 좋지 않아."

황제와 단둘이 있는 것만으로도 화를 냈던 그였다.

그 상황에서 왜 처신을 그렇게 했느냐며 화를 냈어도 지안은 어떤 말도 꺼낼 수 없었다.

그랬던 그가 괜찮다며 그녀를 다독이고 또 다독여 주고 있었다.

"잊을게요."

지안의 대답에 그제야 제하의 입가에 미소가 감돌았다. 지안을 안고 있던 팔을 푼 그가 그녀의 손을 잡고 다시 걷기 시작하였다.

어둑했던 하늘이 점점 검게 변하였다. 가져온 등에 불을 켠 시종이 둘의 앞을 비추었다.

"곁에 계속 있어 줘야 할 시기인데…… 그게 어려워질지도 몰라."

"황제의 군대를 대비하려면 어쩔 수 없는 일이잖아요. 내 걱정은 하지 마요."

"고운 것만 보고, 좋은 것만 듣게 해 줘야 하는데 그것도 어려워질 테고 말이지."

"네?"

제하의 말을 이해하지 못한 지안이 고개를 갸웃하였다.

"난 현명한 내 부인을 안채에 곱게 놔둘 생각이 없거든. 내 의중을 누구보다도 잘 살피는 부인에게 많은 부탁을 할 생각이니까."

제하가 원하는 여인은 자리가 주는 부에 만족하는 이가 아니었다. 살아가는 내내 싸워야 하는 그에게 있어서 최선의 여인은 함께 나아가는 사람이었다.

"황제가 약속한 시간, 발버둥이라는 걸 쳐 볼 생각이다."

"제하."

"대신 시작은 내가 먼저 하게 되겠지."

그의 말에 지안의 눈이 커졌다.

의도를 알아차린 지안이 그의 앞에 섰다. 작은 등불에 비친 그의 모습이 유난히 어두웠다. 황제는 지안의 아이가 태어날 때까지 기다린다고 하였다. 그가 약속한 시간을 최대한 이용하겠지만, 황제를 향한 공격은 제하가 먼저 하겠다는 것이었다.

제하가 말하는 시간은 지안이 아이를 낳는 순간을 말하는 것이었다.

곁을 지켜 줄 수 없다는 말을 우회적으로 돌리는 그의 손을 지안이 붙잡았다.

"폐하."

지안의 입에서 나온 단어에 제하의 눈이 커졌다.

"폐하께서 가시는 길이라면 당연히 함께 갈 것입니다. 폐하께서 가셔야 할 길에 해야 하는 일이라면 그건 희생이 아니라 한 번은 겪어야 할 일이에요."

"혼자서 힘들 텐데."

"영도 있고, 다른 사람들도 있는 걸요. 괜찮아요."

조금의 주저 없이 감당하겠다는 지안을 보며 제하가 눈을 내렸다.

이제 그녀 없는 자신은 생각조차 할 수 없었다. 어둡기만 했던 삶에 그녀라는 빛이 그에게 하나씩 길을 보여 줬다.

"어두워졌다. 궁으로 돌아가자."

고개를 끄덕인 지안이 제하의 팔에 자신의 팔을 감았다.

함께 돌아가는 길은 어두웠지만 마주하는 둘의 표정은 어둡지 않았다.

❋ ❋ ❋

대전에 들어선 황제가 절반 이상 비어 버린 대신들의 공석에 비틀린 미소를 지었다. 하지만 미소와는 다르게 황제의 몸에서 나오는 살기가 대전을 무겁게 짓눌렀다.

"몸부림의 시작이라는 것인가?"

차갑고 서늘한 목소리에 대전을 지키던 대신들이 몸을 숙였다.

남훈을 죽이고, 그가 가지고 있던 세력을 가지고 왔지만 삼분지 일은 제하에게 빼앗기고 말았다. 남훈에게 충성하되, 황제에게 충성하지 않는 자들의 목을 남훈과 함께 거두려 했으나 먼저 움직인 제하가 그들에게 상황을 알렸다.

제하 덕분에 목숨을 건진 자들은 죽은 남훈을 대신하여 제하에게 힘을 실어 주기 시작하였다.

그 결과가 바로 지금의 대전의 모습이었다.

"역시 여지 따위를 주면 안 되는 것이었다."

어차피 휘령은 죽어야 할 사내, 휘령의 부인인 지안은 자신의 곁으로 데려올 여인이었다.

승상이 무너진 이상, 황제를 막을 사람은 아무도 없다. 필요 이상의 힘이 제하에게 넘어갔지만 자신에게 충성하지 않는다면 죽여야 할 이들이었다.

"조례를 시작하지."

황제의 말에 곁을 지키던 대신이 몸을 깊게 숙였다.

황제의 눈이 대전에 있는 대신들의 모습을 하나씩 눈에 담았다. 제하가 아니라 그의 힘이 될 결심이 선 이들이라면 힘을 줄 의향이 있었다.

무거운 분위기가 깔린 대전 안에 여러 이야기가 오고 가기 시작하였다.

❀ ❀ ❀

낙엽이 붉게 물들었던 시간이 흐르고 눈이 내렸다.

밤하늘이 보이지 않을 정도로 쏟아지듯 눈이 내리던 날이 흘러가자, 쌓인 눈 사이로 새싹이 피어났다.

차가운 겨울바람이 남아 있는 이른 봄에 지안의 진통이 시작되었다.

초저녁부터 시작된 진통은 오랫동안 계속되었다. 궁에 마련된 산실에서 산파와 의녀의 목소리와 함께 지안의 신음이 간헐적으로 들려왔다.

"마마. 조금만 더 힘을 내 보십시오!"

산파의 말에 무명천을 입에 문 지안이 힘든 신음을 토해 냈다. 지안의 이마에 맺힌 땀을 닦아 주며 영이 입술을 질끈 깨물었다.

벌써 몇 시진이나 지났건만, 아이는 나오려 하질 않았다. 첫 아이의 출산임에도 지안 혼자 감당하고 있었다. 지안의 이마에 맺힌 땀을 닦아 내며 영이 초조한 눈으로 산파를 바라보았다.

"이러다 마마가 죽겠소. 아직도 아닌 거요?"

"조금 더 있어야 하네! 그러니 쓸데없는 말 따위 하지 말게!"

영의 재촉에 의녀가 낮게 주의를 주었다. 의녀의 주의에 영이 입을 굳게 다물었다.

겁이 나기도 하련만, 명주를 입에 문 지안은 산파가 하라는 대로 침착히 따라 하고 있었다. 궁 밖의 평범한 여인들조차 혼인한 사내가 곁을 지켜 주건만, 현재 제하가 있는 곳은 도성 앞 주둔지였다.

어쩔 수 없는 일이라는 것을 알면서도 이 상황을 혼자 견뎌내는 지안이 안타까웠다. 그녀가 할 수 있는 것은 비 오듯 쏟아지는 땀을 닦아 주는 일뿐이었다.

오랫동안 지안의 신음과 산파의 목소리가 엉켜 들어갔다.

어스레한 밤에 먼동이 떠오를 무렵, 쥐어짜는 비명이 정점에 다다른 순간, 아이의 울음소리가 울려 퍼졌다.

손에 붉은 기운이 돌 정도로 힘을 주던 지안의 몸이 축 늘어졌다.

산파와 의녀가 무슨 이야기를 하는 것 같았지만 지친 지안에게 울림만 있을 뿐, 제대로 들리지 않았다. 기운을 모두 소진한 지안이 영의 품에서 정신을 잃었다.

건강한 사내아이.

자신의 존재를 알리듯 아이는 오랫동안 궁이 떠나갈 기세로 울음을 터트렸다.

현번의 번비가 아이를 낳자 궁문이 열리며 사자가 도성을 향해 말을 몰았다. 지친 말을 갈아탈 뿐, 한 번도 쉬지 않았던 사자가 도착 곳은 도성의 외곽에 길게 늘여져 있는 주둔지였다.

사자의 이야기를 듣는 제하의 얼굴에 여러 감정이 나타났다 사라지기를 반복하였다.

하지만 곧 결심한 듯 굳은 표정의 그가 낮게 명령하였다.

"황궁으로 진격한다."

제하의 명령에 곁을 지키던 이들이 병사를 독려하는 목소리를 내었다.

밖이 소란스러워지는 소리를 들으며 그가 굳게 주먹을 쥐었다.

약속의 시간.

그의 아이를 낳아 준 지안에게 이제는 안심할 수 있는 세상을 만들어 줄 차례였다.

❋ ❋ ❋

선제가 선택한 황제는 연기하가 아니라 연제하다.

옥쇄가 찍혀 있는 선제의 유서를 공개한 제하는 미친 황제를 처단하겠다며 병력을 몰아붙이고 있었다.

내시감만이 지키는 대전 안, 권좌에 앉은 눈이 허공을 헤매었다.

"내시감."

황제의 부름에 조용히 자리를 지키던 내시감이 옆으로 다가왔다.

"폐하."

"준비는 모두 끝났는가?"

"예. 폐하. 그들을 모두…… 가두어 놓았습니다."

내시감의 어두운 표정에 황제가 피식 웃음을 터트렸다.

참으로 알 수 없는 노인네였다. 선제를 모시다 자신을 모셨고, 휘령에게 가는 듯하더니만 다시 자신을 폐하라 부르며 따르고 있었다.

노인이 자신을 따르든 제하가 황궁을 향해 오든 상관없다.

그는 누구에게도 권좌를 내주지 않을 것이다. 그가 살아 있는 한, 황제의 자리는 자신만의 것이었다.

"폐하!"

굳게 닫혀 있던 대전의 문이 열리고 무장을 한 장군이 황제에게 달려왔다.

"표기장군의 보고이옵니다. 휘령의 군대가 황궁 바로 앞까지 왔다고 하옵니다."

"도성을 지키던 이들은?"

"그것이…… 휘령의 병력을 보자마자 겁에 질려 도성의 문을 열어 주었습니…… 송구하옵니다. 폐하."

"크큭."

장군의 보고에 황제의 입에서 실소가 터져 나왔다. 작게 시작된 웃음소리가 대전을 울릴 정도로 커졌다.

"폐하."

"재미있지 않으냐? 이 자리에 새 주인이 생기면 세상이 달라질 줄 아는 것인가? 결국 제자리에서 허우적대는 것이 그놈들이 할 수 있는 최선인데 말이다. 크크큭."

박장대소를 터트리는 황제의 모습에 내시감이 눈을 감았다.

한참 웃음을 터트리던 황제가 광기에 번뜩거리는 눈으로 자리에서 일어났다. 황제의 갑옷이 그가 움직일 때마다 음산한 빛을 뿜어냈다.

"황궁을 지키는 모두에게 전하라."

"네."

"휘령에게 황궁을 내어 주면 그대들의 식솔이 모두 죽을 것이다. 그대들의 발치에 굴러다니는 식솔의 목을 보고 싶지 않다면 죽을 각오로 지켜라."

휘령이 준비를 끝낸 것처럼 황제 또한 모든 준비를 끝냈다.

하늘 아래, 두 명의 황제는 없다.

도성에 목이 걸릴 사람은 황제가 아니라 휘령이었다.

내시감이 건넨 검을 받아 든 황제가 대전 밖으로 거침없이 걸음을 옮겼다.

❀ ❀ ❀

"열어야 한다!"

제하의 고함에 장군과 병사들이 이를 악물었다.

황궁의 다섯 개의 문 중 세 개는 파죽지세로 뚫을 수 있었다. 하지만 안으로 들어갈수록 병사들의 기세는 제하가 생각한 것 이상이었다.

이곳에서 다리가 묶인 지 벌써 이틀째, 수적으로 밀리면서도 제하의 군대를 막으려는 황궁 병사들의 움직임은 격하다 못해 처절하였다. 죽자 사자 달려드니 아무리 사기가 좋은 상황이어도 쉽지 않았다.

"전하! 이대로는 어렵습니다!"

표기장군의 영향에서 나와 제하와 손을 잡은 정북, 정서장군이 제하에게 다가왔다. 앞을 막는 병사의 목을 벤 제하의 얼굴에 붉은 피가 튀었다. 제하의 목을 베기 위해 달려드는 적을 막으며 장군들이 병사들에게 막으라며 고함을 질렀다.

"죽어라!"

표기장군과 함께 황제의 편에 섰던 정남장군이 제하를 향해 검을 휘둘렀다. 정남장군의 검을 막은 제하의 눈에 짙은 살기가 서렸다.

"감히!"

제하의 검에 물러났던 정남장군이 다시 이를 물고 달려들었다. 대신 막으려는 정서장군을 물러나게 한 제하의 검이 정남장군의 심장을 향해 움직였다. 심장을 향해 들어오는 검을 위로 받아 챈 정남장군의 검이 방향을 돌려 제하의 목을 향해 날아들었다.

여기서 반군의 수괴인 제하를 죽일 수만 있다면 모든 공은 그의 것이었다.

하지만 그러한 생각을 하는 순간, 정남장군의 가슴에 차가운 검이 박히었다.

"컥!"

위로 쳐올린 검이 언제 방향을 바꾼 것인지 알 수 없었다. 가슴에서 뿜어져 나오는 피가 그의 얼굴을 적시고 정남장군의 몸이 바닥에 쿵 떨어졌다.

순식간에 관문을 지키던 우두머리가 쓰러지자, 지키던 병사들의 사기가 흔들리기 시작하였다. 제하와 굳게 닫힌 문을 바라보던 병사들이 문을 향해 달려갔다.

"열어 줘! 열어 달라고!"

"어쩔 수 없잖아! 가족은 보내 달라고!"

아우성치는 황궁 병사들의 외침에 제하가 손을 들어 공격하려는 장군과 병사를 막았다. 가족을 보내 달라는 소리에 눈을 좁힌 것도 잠시, 관문의 위를 본 제하가 소리쳤다.

"뒤로 물러나라!"

제하의 고함에 병사들이 고개를 든 순간, 관문의 위쪽에서 비 오듯 화살이 쏟아졌다. 제하의 명령을 받은 병사들은 각자의 무기로 방어할 시간이라도 있었지만, 관문 앞에서 아우성대던 황궁 병사들은 미처 피할 겨를이 없었다.

"으아악!"

고슴도치처럼 쏟아지는 화살에 피를 흘리며 쓰러져 갔다. 살려 달라는 목소리가 지옥에 있는 것처럼 끔찍하게 울렸다.

앞의 모습에 눈을 찡그리고 있던 제하가 관문 위에 보이는 사내의 모습에 이를 갈았다.

"황제!"

제하의 고함에 황제가 입꼬리를 올렸다.

"네 사람들이었다!"

"너에게 등을 돌린 이상 짐의 병사가 아니다."

조금의 자비도 없는 황제의 말에 제하가 이를 갈았다.

"호기롭게 들어온다 하더니만 겨우 이 정도밖에 안 되는 것이냐? 한심하구나."

황제의 조롱에 제하의 눈에 불이 일었다.

제하와는 달리 황제의 얼굴에는 여유가 넘쳤다.

"그저 병사를 부리는 너와 병사의 식솔을 인질로 잡고 움직이는 짐 중 누구의 병력이 더 막강하겠는가? 한심하구나."

몸을 돌린 황제가 사라지자, 제하가 이를 갈았다.

두 번째 관문 앞에서 제하의 발걸음이 묶여 버렸다.

그 후로도 몇 번이고 진입 시도를 해 보았지만 굳게 닫힌 문은 열리지 않았다.

❀ ❀ ❀

"너……."

믿을 수 없는 눈이 몇 번이고 깜빡거렸다. 하지만 그의 앞에 남복을 입은 지안의 모습은 사라지지 않았다. 연이은 전투에 지친 제하의 얼굴을 보자 지안의 눈이 내려갔다. 차가운 눈이 옆의 채훈을 향했지만, 그는 아무것도 모른다는 표정으로 제하의 눈을 외면하였다.

"채훈에게 뭐라 하지 마세요. 전하의 명대로 몰래 온 걸 영이 찾아냈거든요."

지안의 말에 제하의 눈이 더 채훈에게 향하였다.

분명 지안이 어떻게 지내고 있는지 몰래 보고 오라는 명령을 내렸다.

작정하고 몰래 봤다면 영의 눈에 절대 띄었을 리가 없다. 생각할 수 있는 것은 한 가지, 일부러 영에게 걸리도록 채훈이 움직인 것이리라. 그럼에도 모르는 척 시치미를 떼는 그가 얄미워 제하가 채훈을 흘겨보았다.

채훈을 향한 시선을 거두지 않자 결국 지안이 나섰다.

"일부러 여기까지 왔는데 전하께서는 채훈만 보시는 건가요?"

평소였다면 제하라 불렀을 테지만 이곳에는 보는 눈이 많았다. 전하라 부르며 지안이 살갑게 다가오니 더는 채훈을 탓할 수 없었다.

주변의 사람들에게 물러가라 명한 제하가 지안의 손을 잡고 인적이 드문 곳으로 향했다. 그의 손에 이끌려 지안이 그와 걸음을 함께하였다.

"같이 오면 좋았겠지만 아이는 데려오지 못했어요."

"너도 안 와도 되는 거였어."

"아니요. 저는 전하의…… 제하의 곁에 왔어야 했어요. 황제에게서 관문을 열 사람은 저밖에 없으니까요."

제하의 입가가 딱딱하게 굳었다. 그녀의 말을 부정할 거리를 생각해야 하건만, 오랜만에 지안을 봐서 그런지 평소에는 잘 돌아가던 머리가 제대로 움직이지 않았다.

하지만 지안이 생각하는 방법을 따르기는 싫었다.

그런 제하의 속마음을 읽듯 지안이 미소를 지었다.

"황제에게는 제가 여기에 와 있다는 것만 알리세요. 하지만 황제와 싸우는 건 제가 아니라 제하예요. 제가 할 일은 당신이 권좌를 다시 찾아오는 동안 잡혀 있는 사람들을 구하는 거예요."

"그들이 어디에 있는 줄 알고? 황제는 분명 자신이 믿을 만한 곳에……."

제하의 말이 멈추었다. 여인임을 안 지안을 가두었던 곳, 물론 그곳에 인질로 잡은 병사들의 식솔이 있다는 보장은 없다. 하지만 가장 가능성이 있는 곳이기도 하였다.

지안과 영만이 아는 곳이었지만, 현재 영은 현번의 궁에 있었다. 결국 그곳이 어딘지 제대로 아는 사람은 지안뿐이었다.

"하지만 그쪽으로 가려면……."

"당신의 부인으로 있지만 그래도 현원으로도 꽤 오랜 시간 있었어요. 두 번째 관문 위에 있는 이들을 보니 현원으로 있었을 때 보아 왔던 이들이에요. 그리고 내가 여기에 있다는 것을 황제가 안다면 문은 생각보다도 쉽게 열릴 거예요."

"널 잡기 위해 황제가 일부러 문을 열 수도 있다."

"어쩌면 날 본 관문 사람들이 문을 열어 줄 수도 있죠."

지안의 말에도 제하의 굳은 표정은 좀처럼 풀리지 않았다.

그녀의 말대로 이곳에 지안이 있다는 소문이 돌기 시작하면 굳게 닫혔던 문이 쉽게 열릴 수 있었다. 지안에게 집착하는 황제이니 그녀를 데려오기 위해서라도 움직일 것이다.

하지만 한편으로 지안이 인질을 구하겠다며 가려는 곳은 정문이 아니라 완전히 반대 방향에 있는 후문이었다.

자칫 황제의 움직임에 지안이 당할 수 있다.

지안은 괜찮다고 했지만, 제하는 괜찮지 않았다. 이제 겨우 아이를 낳은 지 삼 주가 지났을 뿐이었다. 아무렇지도 않은 모습이었지만, 분명 지금은 검을 들 때가 아니라 몸조리를 해야 할 시기였다.

"제하."

좀처럼 입을 열지 않는 제하의 손을 지안이 붙잡았다.

"아이의 눈은 제하를 닮았고, 입은 저를 닮았어요. 그리고 어찌나 고집이 센지 조금이라도 늦게 모유를 주면 궁이 떠나가라 울음을 터트려요. 한참을 미안하다고 달래야 그제야 지쳐서 잠이 들어요. 어렸을 때 저는 그러지 않았으니 성격은 제하를 닮은 것이 틀림없어요."

"뭐?"

갑자기 아이의 이야기가 시작된 것도 모자라 아이의 고집스러운 성격이 그를 닮았다는 말을 꺼내니 제하의 한쪽 눈이 꿈틀댔다. 제하의 반응에 지안이 작게 웃음을 터트렸다.

"그래도 작은 손으로 제 손가락을 단단히 붙잡고, 환한 미소를 지어 줄 때는 세상을 전부 얻은 것처럼 기분이 좋아요."

"아……."

"그러니 빨리 정리하고 아이를 보러 가야죠. 이름도 지어 주셔야 하잖아요."

"이름은 지었어."

제하의 말에 지안의 눈이 그를 향하였다.

"하윤이라 부를 생각이다."

"연하윤."

아이의 이름을 낮게 읊조린 지안이 환한 미소를 지었다. 품에 안겨 있는 지안의 등을 두드리며 제하가 그녀의 어깨에 얼굴을 묻었다.

"다치지 마."

"그럼요."

"무모한 생각도 하지 말고."

"하지 않아요."

조금의 주저 없이 나오는 대답에 제하가 결국 고개를 끄덕였다.

다음 날, 잠깐의 여유도 없이 굳게 닫혀 있던 관문이 열렸다. 황제의 명령도, 특별한 목적이 있어서도 아니었다. 황제에게 가족을 구할 수만 있다면 무슨 벌이든 달게 받겠다며 몸을 숙인 그들을 제하는 두말없이 받아들였다.

결전의 날,

지안의 병력이 움직이자, 제하가 굳게 닫힌 문을 향해 돌격하였다.

❋ ❋ ❋

제하의 검이 앞을 막는 병사를 거침없이 베어 갔다.

믿었던 두 번째 관문이 어이없이 뚫리자 황궁을 지키는 병사들의 사기는 급격히 줄어들었다.

"검을 내리고 항복하라! 그럼 목숨을 구할 수 있다."

사력을 다해 밀어붙이는 적을 향해 제하의 장수들이 소리를 높였다. 인질이 잡혀 있는 병사들도 있었지만, 황제에게 충성하는 이들 또한 있었기에 전투는 치열하게 진행되었다.

앞을 막은 장군의 목을 한 번에 벤 제하가 고함을 질렀다.

"무기를 버려라!"

수적으로 우세임에도 불구하고 황제가 마지막으로 가지고 있던 병력은 쉽지 않았다. 그럼에도 사기가 오를 대로 오른 제하의 병력은 거침없이 황제가 있을 대전으로 향하고 있었다.

"갇혀 있던 이들이 모두 풀려났다!"

어디선가 나타난 이의 외침에 억지로 싸우던 이들의 얼굴에 화색이 돌았다. 인질로 갇혀 있던 가족들이 풀려났다는 소리에, 황제의 편에서 싸우던 이들이 제하에게로 돌아섰다.

흐름이 그에게로 오고 있었다. 지금 이 순간이야말로 지긋지긋한 악연을 끊어 낼 시간이었다.

"황제를 찾아라!"

전세가 점점 제하에게로 넘어가는 순간, 닫혀 있던 문이 열리며 온몸을 흑색 갑옷으로 가린 이들이 제하를 향해 달려들었다.

지금까지 공격해 왔던 병력과는 전혀 다른 움직임에 전장은 아비규환이 되었다.

그를 죽이려 달려드는 적을 베어 넘기며 제하의 눈이 주변을 부지런히 살폈다.

피와 살이 튀고, 비명과 고함이 엉망으로 엉켜 있는 전장에서 제하가 원하는 이를 찾아냈다.

광포하고 날카로운 움직임이 적과 아군을 구별하지 않고 미친 듯이 검을 휘두르고 있었다.

"황제!"

불시에 참여한 병력은 안중에도 없었다.

이 전쟁을 정리할 방법은 딱 하나, 원흉인 황제를 죽이는 것뿐이었다.

병력을 막으라는 명령을 내리며, 제하가 황제를 향해 말을 몰았다.

황제의 앞까지 달려간 제하가 그의 목을 향해 힘껏 검을 휘둘렀다. 제하의 검을 황제가 여유롭게 받았다. 하지만 그것도 잠시, 황제의 검을 미끄러지듯 받아 낸 제하가 그의 얼굴을 향해 검을 휘둘렀다.

"윽!"

제하의 검을 받아쳤지만, 완전히 피하지 못한 듯 황제의 뺨에서 피가 흘러내렸다.

생각지 못한 공격에 황제의 눈에서 광기가 흘러나왔지만, 제하의 검은 멈추지 않았다.

자신과 지안의 원수.

황제의 욕심에 삶의 전부를 잃었다. 그의 광기에 전부를 잃었던 지안은 자신의 삶조차 포기하려 하였다.

이제 그의 광기에 지안도, 자신도 흔들리지 않을 것이다.

이 모든 일을 마무리할 방법은 딱 한 가지, 황제가 죽는 것뿐이었다.

날카롭게 어깨로 들어오는 황제의 검을 피한 그가 단숨에 거리를 좁혔다. 자신이 내쉬는 거친 숨소리만이 귀에 끊임없이 울렸다. 제하는 지금까지 참아 왔던 분노와 한을 이 순간 전부 터트렸다.

거리를 좁힌 제하가 황제를 향해 검을 휘둘렀다. 어깨에서 허리를 향해 내리꽂는 검을 아슬아슬하게 피한 황제가 제하의 목을 향해 힘껏 검을 내질렀다.

목으로 향해 오는 검을 본 제하의 입가에 미소가 생겨났다. 제하를 죽일 생각으로 내지른 검, 그렇기에 그 어느 때보다 황제에게 많은 틈이 보였다.

"죽어라!"

당황한 제하가 검을 막지 못하자, 황제의 입가에 비틀린 미소가 만들어졌다.

이놈만 죽으면 지안은 자신의 것이다. 원하는 여인을 이제야 얻을 수 있다는 쾌감에 황제의 눈에 위험한 빛이 감돌았다.

황제의 검이 제하의 목에 닿기 직전, 제하가 말고삐에 힘을 주었다. 그의 수족처럼 움직이는 말이 방향을 틀자, 목에 검이 꽂히는 대신 얇게 스쳤다. 그 순간, 제하의 검이 황제의 심장을 향해 찔러 갔다.

"크악!"

계획대로라면 심장을 찔렀을 터, 하지만 막판에 몸을 비튼 황제의 움직임에 가슴이 아니라 어깨를 찔렀다. 제하가 검을 회수하자 엄청난 양의 피가 황제의 어깨에서 뿜어져 나왔다.

"아악!"

비명을 지르며 황제가 말에서 굴러떨어졌다.

굴러떨어진 황제를 향해 말을 끌고 온 제하가 검을 치켜세웠다.

"죽어라!"

바닥을 구르는 황제를 향해 검을 내리꽂으려는 순간, 어느새 나타난 흑 갑옷을 입은 자가 제하를 향해 몸을 날렸다. 불시의 습격에 제하가 말에서 구르는 사이, 자리에서 일어난 황제가 고함을 질렀다.

"휘령을 막아라!"

그의 명령에 상처투성이인 적들이 제하와 황제의 사이를 막았다. 그사이, 나타난 흑관들이 황제를 부축하여 전장을 빠져나가려 하였다.

"비켜라!"

앞을 막는 적을 베어 내며 제하가 소리쳤다. 제하의 명령에 장군들이 움직였지만, 이미 황제는 모습을 감춘 후였다.

팽팽했던 전세가 황제가 도망간 이후로 제하에게 기울어졌다. 황제가 도망가자 싸울 의지를 잃은 병사들이 가지고 있던 무기를 내려놓았다. 얼마 남지 않은 적을 죽이는 제하의 병사들 사이에서 하나둘씩 환호성이 들려왔다.

하지만 그들의 환호를 자르듯 제하의 고함이 그들 사이로 울렸다.

"아직 황제가 죽지 않았다! 황제를 죽여야 한다!"

제하의 불호령에 장수와 병사들이 다시 무기를 붙잡았다. 검을 잡은 제하가 황제가 사라진 방향으로 뛰기 시작하였다.

황제를 죽여야 한다.

굳이 고민하지 않아도 황제가 향한 곳이 어디인지 알 수 있었다.

전쟁을 일으키면서까지 얻으려 했던 존재.

패색이 짙은 황제가 지안에게 무슨 짓을 할지 모르는 일이었다. 지안이 잘못된다면, 미친 황제에게 해코지라도 당하게 된다면……. 생각하고 싶지 않은 상황에 하얗게 질린 제하가 연신 말을 채근하였다.

❀ ❀ ❀

제하의 생각과는 다르게 인질이 갇혀 있는 곳은 예상보다 병력이 없었다. 심지어 인질을 지키던 병사들조차 지안이 오자 검의 방향을 돌려 인질을 지키고 있는 흑관을 공격하였다.

내내 제하를 괴롭혔던 문제라기에는 너무나도 쉽게 끝나 버린 상황, 잡혀 있던 그들을 안전한 곳으로 데리고 가라는 명령을 내린 지안이 검에 묻은 피를 닦아 냈다.

"마마. 괜찮으십니까?"

"검을 쓸 일도 없었는데 괜찮지 않을 일도 없지 않으냐?"

"소인들에게 위치만 알려 주셨어도 되었을 일 같습니다. 굳이 마마께서 피를 묻히실 것까지는 없었습니다."

"이걸로 피를 흘릴 일은 끝나야지."

그녀의 말에 채훈의 눈이 커졌다. 간결한 말이었지만 그 안에 담겨 있는 의미는 남달랐다. 피와 광기로 얼룩졌던 황제, 하물며 지안은 현원으로 그의 곁에 머물기도 했었다.

누구보다도 황궁에 얼룩진 피를 잘 아는 그녀였다.

지안의 말이 맞았다. 제하가 황제로 오를 새로운 황궁에는 무의미한 피를 흘리는 일은 없어야 했다.

"나머지 처리는 소인이 하겠습니다. 마마께서는 우선 쉬시옵소서."

자신도 거들겠다는 말을 꺼내고 싶었지만, 제대로 쉬지 못하고 몸을 움직여서 그런지 온몸이 물에 젖은 것처럼 무거웠다. 알겠다며 지안이 고개를 끄덕이려는 순간, 멀지 않은 곳에서 비명 소리가 들려왔다.

소리가 나는 방향으로 고개를 돌린 순간, 지안의 몸이 딱딱하게 굳었다.

닥치는 대로 검을 휘두르는 흑관들.

그리고 그들의 선두에서 검을 휘두르는 황제.

"흑관을 막아라!"

"마마!"

채훈이 고함을 질렀지만, 지안은 멈추지 않았다.

아이를 안고 있는 여인을 향해 황제가 검을 치켜세웠다. 황제의 검이 여인을 향해 내려치기 직전, 지안의 검이 그 사이를 끼어들었다.

"윽."

황제의 검을 막은 지안이 온몸을 후려치는 고통에 입술을 깨물었다. 그에 반해 황제의 입가에는 즐거운 미소가 생겨났다.

"지안아."

검을 잡은 손에 힘을 준 지안이 황제의 검을 밀어냈다. 상처

입은 황제가 몇 걸음 뒤로 물러나자 지안이 뒤에 있는 여인에게 외쳤다.

"피해라!"

"마마."

"어서!"

말을 끝낸 지안이 검을 세워 황제의 공격을 받았다. 황제의 어깨에 나 있는 상처가 지안의 눈에도 심상치 않았다. 생각할 수 있는 것은 한 가지, 제하에게 황제가 패하였다. 제하에게서 도망쳐 온 것이라면 조금만 버티면 그가 올 것이다.

"황궁을 나갈 것이다. 제하 놈이 한 짓을 내가 왜 못 하겠는가?"

"이미 끝났습니다."

"끝나지 않았다!"

지안의 검을 힘껏 밀어내며 황제의 검이 그녀의 발을 공격하였다. 마지막 발악인지 아니면 진심으로 지안을 데려갈 생각인지 황제의 검은 거칠고 사나웠다. 맹렬히 공격해 오는 검을 막는 지안을 보는 황제의 눈에 광기가 스며들었다.

검을 빗기며 피하려는 지안을 향해 황제가 다친 어깨 쪽 팔로 그녀의 어깨를 움켜잡았다.

"같이 가자! 너만 가 주면 된다!"

힘껏 움켜쥔 어깨에서 느껴지는 고통에 지안이 입술을 깨물었다. 황제의 몸에서 나오는 위압적인 살기가 그녀를 짓눌렀지만, 무너지는 대신 지안이 황제의 옆구리를 향해 검을 찔렀다.

"큭!"

믿을 수 없다는 눈이 검을 찌른 지안을 향하였다. 하지만 지안은 황제의 어깨를 힘껏 밀어내며 뒤로 거리를 벌렸다.

"네가…… 네가 어찌……."

"당신이 죽어야 새 세상이 옵니다."

"네가…… 내 너를……."

"당신은 나에게 그 어떤 의미도 없습니다."

단호한 목소리로 황제에게 가장 잔인한 말을 내뱉었다.

간신히 유지하고 있던 정신이 그 순간 완전히 무너졌다. 핏발이 선 눈에 담긴 살기가 지안을 노려보았다.

"네가 내 것임을 부정한다면 죽여서라도 가지겠다."

검을 움켜잡은 황제가 지안에게 몸을 날렸다. 황제의 검을 막기 위해 지안이 검을 잡은 손에 힘을 주었다.

광포한 검이 지안의 앞까지 날아드는 순간, 황제의 뒤로 나타난 제하가 검을 휘둘렀다.

등에 난 긴 상흔에서 피가 뿜어져 나왔다. 검을 바닥에 떨어뜨린 황제가 지안을 향해 한 걸음씩 걸음을 옮겼다.

지안을 향해 다가가는 황제의 등에 제하가 검을 꽂았다.

"컥."

황제의 입에서 굵직한 피가 흘러내렸다. 이미 서 있을 수도 없는 상태이면서 황제의 걸음은 지안을 향하였다. 피에 젖은 손이 지안의 손목을 붙잡았다.

온몸의 지독한 고통이 가라앉는 기분이었다.

굵직한 피를 토해 내던 황제가 힘없이 말하였다.

"잡았다."

황제의 행동에 제하가 나서려 하였다. 하지만 그의 움직임을 지안이 막았다.

어차피 황제가 살 가능성은 없었다. 그의 손에 전부를 잃었지만, 그에게 연모를 받은 것 또한 사실이었다.

지안의 손목을 잡은 채, 황제가 무릎을 꿇었다. 그를 따라 지안이 몸을 숙이니 작은 어깨에 그가 얼굴을 기댔다.

"이름을……."

"……."

"한 번만…… 이름을……."

황제를 말없이 바라보던 지안이 눈을 감았다.

소리 없이 숨을 내쉰 지안이 황제를 바라보며 입을 열었다.

"기하."

지안의 낮은 목소리에 황제가 고개를 올렸다. 눈의 핏줄이 터져 흐르는 것이 꼭 피눈물을 흘리는 것처럼 보였다. 황제의 붉은 눈을 응시하던 지안이 다시 입을 열었다.

"기하."

황제의 입가에 환한 미소가 생겨났다. 광기에 찬 미소도, 비틀려 억지로 내뱉는 미소도 아니었다. 모든 것을 내려놓은 사람이 짓는 편안한 미소. 동시에 황제의 손이 검을 들고 있던 지안의 손을 붙잡았다.

지안이 잡고 있는 검을 본 황제가 주저 없이 자신의 심장에 검을 찔렀다.

"아!"

황제의 등 뒤로 지안의 검이 뚫고 나왔다.

"날 죽일 자격을 가진 사람은 너뿐이니……."

무너지는 황제의 몸을 지안이 안아 들었다. 한 번도 눈을 마주하지 않던 그녀가 자신을 바라보고 있었다.

이제 더는 바라는 것이 없다. 아니 바란다 한들 그의 것이 아니었다.

남은 힘을 전부 끌어모은 황제가 지안의 귀에 작게 속삭였다.

황제의 말에 지안의 눈이 커졌다. 지안을 보던 황제의 몸이 점점 무너져 내렸다.

더는 앞이 보이지 않았지만 황제의 눈에 그토록 바라 왔던 모습이 보이기 시작하였다.

땀을 흘리며 달려오는 아이를 지안이 안아 들었다. 까르르 웃음을 터트리는 아이의 이마에 입술을 맞춘 지안이 황제를 향해 미소를 지었다.

단 한 번도 볼 수 없었던 환한 미소를 지은 지안이 그에게 손을 내밀었다.

그녀의 손짓에 황제가 손을 내밀었지만 잡을 수 없었다.

자신의 것이 될 수 있었던 미래.

지안을 잡고 있던 손에서 힘이 빠져 갔다.

허공을 헤매던 눈이 초점을 잃고 어둡게 가라앉았다.

❀ ❀ ❀

"다 되었사옵니다. 전하."

제하의 상처를 치료한 태의가 몸을 숙였다. 이만 나가 보라는 제하의 말에 태의가 뒷걸음질을 치며 방을 나갔다. 상처를 치료하는 동안 몇 걸음 떨어진 곳에서 기다리던 지안이 태의가 나가자 곁으로 다가왔다.

"괜찮아요?"

목의 상처를 살피는 지안의 손을 붙잡은 그가 숨을 길게 들이마셨다.

주인으로 돌아온 황궁은 아직 황제의 흔적으로 가득하였다. 어쩔 수 없는 일이기는 했지만, 곳곳에 남아 있는 그의 흔적이 불쾌하였다.

그가 생각하고 있는 일을 대신들이 알면 기함하겠지만, 황제를 죽이던 순간 떠올린 생각을 제하는 반드시 이루어 낼 것이다.

"지안아."

지안의 눈이 제하를 바라보았다. 기하가 죽기 전, 그녀에게 속삭였던 것이 마음에 걸렸지만 연이은 일에 지친 지안을 힘들게 하고 싶지 않았다.

"왜 불러 놓고 말을 안 해요?"

"황제가 되어도, 네가 황후가 되어도……."

잡고 있는 지안의 손을 어루만지고 또 어루만졌다. 황제가 된다 한들 끝이 아니라 이제부터 시작이었다.

또 다른 연기하나 유남훈이 나타나지 말라는 법은 없었다. 손에 피를 묻히지 않을 뿐, 지금보다도 더 진흙탕을 헤쳐 나가야 할 수도 있었다. 그런 그가 마지막까지 신뢰하고 함께할 사람이 바로 그녀였다.

그녀를 제외한 다른 이들에게 제하는 누구도 넘볼 수 없는 황제가 될 것이다.

하지만 지안에게만큼은 황제이기보다는 함께할 가군이 되기를 바라였다.

“적어도 너와 나 단둘이 있을 때만큼은, 지금처럼 제하라 부르고 지안이라 부르고 그렇게 살아가자.”

제하의 말을 듣던 지안이 그를 자신의 품에 안았다. 그녀의 어깨에 얼굴을 묻은 그가 피곤한 숨을 내쉬었다. 많은 말을 하지 않아도 그가 왜 저런 말을 꺼내는지 알고 있었다.

상단의 단주에서 제후로, 제후에서 황제가 되었다.

잃었던 것을 하나씩 찾아 가면서 분명히 변하는 것들이 있었다. 그 변화가 어쩔 수 없다는 것을 알면서도 한편으로는 변화가 줄 두려움을 느끼는 것 같았다.

“제하.”

“응.”

“폐하를 이름으로 부를 수 있는 사람은 하늘 아래 저 혼자뿐인 거죠?”

지안의 물음에 제하의 입가에 미소가 생겨났다.

잠깐이나마 생겼던 불안이 또 언제 그랬느냐는 듯 서서히 진정되었다.

“내 곁에 여인으로 있을 사람도 너 하나뿐이다.”

제하를 바라보는 지안의 얼굴에 고운 미소가 지어졌다.

"그렇게 장담해도 되나요? 황제의 자리가 어떤지 저보다도 제하가 더 잘 알잖아요."

황제가 되고, 자리를 잡는 순간 힘을 얻고자 하는 귀족들이 끊임없이 그를 흔들고 유혹할 것이다. 그런 귀족들이 가장 많이 쓰는 방법 중 하나가 후궁이었다.

수많은 여인들이 머무는 궁, 지안을 아끼는 그의 마음을 의심하는 것은 아니었지만, 나라의 상황에 따라 어찌 될지는 아무도 몰랐다.

"지켜야지. 너의 자리, 누구도 함부로 꿈꾸지 못하게 지켜 줄 것이다."

나지막이 들려오는 그의 말에 심장이 떨렸다. 지안의 손이 제하의 뺨을 감쌌다.

그때 닫혀 있던 문 너머로 익숙한 목소리가 들려왔다.

"마마. 영입니다."

영의 목소리에 지안에 제하의 품에서 몸을 일으켰다. 치맛자락을 붙잡은 그녀가 문을 향해 바쁜 걸음을 옮겼다. 바로 앞까지 다가온 지안에게 영이 안고 있던 하윤을 건네주었다.

제하와 지안을 보던 영이 허리를 숙였다.

"이만 쉬세요. 마마."

영의 인사를 받은 지안이 제하를 향해 몸을 돌렸다.

지안이 자신에게로 오는 시간이 왜 이렇게 더디게 가는지 알 수 없었다. 알 수 없는 떨림에 쉽사리 움직일 수 없었다.

태어나는 순간에도 지켜 주지 못한 아이.

귀한 지안에게서 얻은 아들이 그에게 다가오고 있었다.

"하윤이에요. 제하."

"아……."

좀처럼 입을 열지 못하는 제하의 모습에 지안이 작게 웃음을 터트렸다.

"안아 보셔야죠."

지안의 말에 제하의 눈이 하윤에게 고정되었다. 낳은 지 얼마 안 되었으니 작은 건 당연했지만, 막상 마주하니 생각보다도 더 작고 더 약해 보였다. 지안의 목소리에 깼는지 잠자고 있던 하윤의 눈이 떠졌다.

"안았다가 부서지지 않을까?"

주저하는 제하의 모습에 지안의 입가에 미소가 생겨났다. 제하가 저렇게까지 당황하는 모습은 또 처음이었다.

제하의 곁으로 다가간 지안이 안고 있는 하윤을 그에게 넘겼다. 지안에게 억지로 하윤을 떠맡은 제하가 자신도 모르게 숨을 들이마셨다. 어설픈 자세로 제하가 하윤을 앉자, 불편한지 아이가 인상을 찡그렸다.

"지, 지안아?"

당황하는 제하에게 괜찮다는 말을 하며 지안이 그의 어색한 팔을 하나씩 고쳐 주었다. 불편했던 품이 편해지자 길게 하품을 한 하윤이 다시 눈을 감았다. 아이가 잠이 들자 미간을 좁힌 제하가 아이를 안은 채로 침상에 앉았다.

옆으로 다가온 지안이 제하의 어깨에 얼굴을 기댔다.

"눈이 나보다는 널 닮은 것 같다."

"제가 보기에는 제하의 눈을 더 닮았는 걸요."

"눈이 맑은 것이 널 닮았어. 입도 널 닮았고."

조심스러운 손가락이 하윤의 뺨을 어루만지고 작은 손을 톡 톡 건드렸다. 그러자 제하의 손가락을 하윤의 손이 힘껏 움켜쥐었다. 하윤의 행동에 제하의 눈이 다시 커졌다.

"신기하죠?"

"움켜잡는 힘이 제법 있다."

"제하의 아이잖아요."

"네 아이이기도 하지."

마주 보는 시선에 미소가 생겨났다. 황제와 황후라는 위치만 달라졌을 뿐, 여전히 둘 사이는 제하와 지안일 뿐이었다. 제하를 물끄러미 보던 지안이 그의 입술에 먼저 다가갔다.

잠든 아이를 사이에 둔 채, 오랫동안 둘이 입을 맞추었다.

❋ ❋ ❋

황제의 자리에 오른 제하가 제일 먼저 시작한 일은 폐제의 흔적을 없애는 것이었다. 폐제와 남훈, 세령의 목이 도성 앞에 걸리고, 그들에게 동조한 귀족들조차 제하의 명에 목이 베이거나 유배를 가게 하였다.

폐제와 손을 잡았던 귀족들이 살려 달라며 내는 비명과 신음이 하루가 멀다 하고 황궁을 채웠다.

제하의 거침없는 행보에 사도와 어사중승이 조금은 속도를 줄이시라며 그를 말렸지만, 그는 상관없다는 듯 미리 봐 두었던 이들을 조금의 자비도 없이 처리하였다.

공격적인 제하의 행동에 목숨이 위태로운 대신들은 그가 죽은 폐제와 똑같다며 비판의 목소리를 높였다.

"영아."

지안의 부름에 밖에서 대기하던 영이 그녀에게 다가왔다.

"전하께서 오실 것 같구나. 하윤이를 데리고 나가 있어라."

귀하게 얻은 그의 아이였기에 지안은 큰일이 없는 한 하윤에게 모유를 먹이고 직접 곁에서 재웠다. 그런 지안이 아이를 데리고 나가 있으라는 말을 하자 영이 굳은 표정으로 지안을 바라보았다.

하루가 멀다 하고 일어나는 처형, 황궁 깊숙한 소운궁 내에서도 제하가 폐제와 똑같은 길을 가려 한다는 이야기가 돌고 있었다.

영의 걱정스러운 얼굴에 하윤을 보고 있던 지안이 미소를 지었다.

"영도 전하를 믿지 못하는 것이냐?"

영의 속마음을 보고 있는 것처럼 지안이 그녀에게 물었다.

"마마께서는 전하께서 하시는 일이 두렵지 않으신 것입니까?"

"전하께서 죄가 없는 이를 벌하셨느냐?"

"아닙니다. 마마."

"전하께서 마음에 들지 않는다며 목을 베기라도 하셨느냐?"

지안의 물음을 곱씹던 영이 고개를 숙였다. 지안의 말대로 제하가 휘두르는 힘은 두렵기는 했지만 잘못된 것은 하나도 없었다.

지안을 모시고 있음에도 황궁의 어수선한 분위기에 자신도 모르게 휩쓸리고 말았다. 지안은 괜찮다고 하겠지만, 영에게는 부끄러운 일이었다.

"소인이 생각이 짧았습니다. 쉬시옵소서."

말을 끝낸 영이 하윤을 데리고 방 밖을 나갔다. 영과 하윤이 나간 방에서 지안은 조용히 제하를 기다렸다.

잠시 후, 문이 열리며 들어온 제하가 아무 말 없이 지안을 자신의 품으로 이끌었다. 자리옷 너머로 느껴지는 지안의 체온에 몸을 맡긴 제하에게서 무거운 신음이 들려왔다.

"지안아."

"듣고 있습니다. 말씀하세요."

"지안이 너도 나에게 실망하고 있지 않으냐?"

"무엇이 말입니까?"

"사도와 어사중승은 이러면 폐제와 똑같다며 자중하라는 말을 하더구나. 곧바로 내일 쳐 내야 할 대신들은 끊임없이 폐제의 저주를 받고 있다며 목소리를 높이고 있지. 즉위에 오르기도 전에 황궁을 피로 물들이고 있으니 그런 말이 나오는 것은 당연하다만 그럼에도 너에게 듣고 싶구나."

낮은 목소리가 물에 젖은 것처럼 무거웠다.

지안의 손이 지친 제하의 등을 천천히 쓸어내렸다. 폐제의 목이 도성에 걸린 후, 대신들의 절반이 목을 잃거나 관직을 박탈당했다. 새로운 황제가 자신들에게 힘을 줄 것이라는 꿈을 꾸기도 전에 일어난 일은 곧바로 제하를 향한 원망으로 바뀌었다.

대신들의 호의로 권좌에 올라 그들이 원하는 대로 움직이는 황제가 될 수도 있었다.

하지만 제하는 대신들의 손에 놀아나는 대신 폭군의 오명을 쓰고 그들에게 검을 휘두르고 있었다.

"그들의 목숨을 거두시는 일이 즐거우신가요?"

"아니."

"그들을 벌하고 내치시는 일이 공허하신가요?"

"아니."

제하의 대답에 지안의 눈이 내려갔다.

황제가 바뀌면서 불안해진 황권을 지켜 내기 위한 선택일 뿐이었다. 그 방법이 광포하고 잔인하여 힘을 빼앗기는 귀족들 사이에서 말이 나오고 있을 뿐이었지만, 지안은 제하를 믿고 있었다.

"제하가 폐제와 똑같은 길을 걷고 있다면 제가 말렸을 테지요. 제하께서는 폐제와 다르세요. 그러니 지금 가시는 길을 버리지 마세요."

"함께 가 줄 것이냐?"

"이미 제하의 곁에 있잖아요. 지금도, 앞으로도 제가 있을 곳은 당신 곁이에요."

지안의 품에 얼굴을 묻고 있던 그가 그녀와 눈을 마주했다. 그의 시선에 지안이 옅은 미소를 지었다. 그러자 붉은 입술에 입을 맞추며 조급한 손이 지안의 얇은 자리옷을 벗겨 냈다.

그가 주는 열기에 피부가 붉게 달아오른 것도 잠시, 그와 함께하는 지안에게서 색에 젖은 신음이 들려왔다.

"제하."

가쁜 숨을 내쉬던 지안이 그의 이름을 작게 속삭였다.

서로에게 느끼던 쾌락이 정점에 이르고 지안의 몸에 쌓여 있는 욕망을 푼 그에게서 작은 신음이 들려왔다. 제하의 전부를 받아 낸 지안의 몸이 작게 떨렸다. 땀에 젖은 지안의 이마에 입술을 맞춘 그가 자신의 품에 그녀를 이끌었다.

"이제 와 묻기는 그렇지만…… 그날 기하가 너에게 무슨 말을 했는지 물어봐도 될까?"

품에 안겨 있던 지안이 제하의 물음에 고개를 들었다.

몇 번이고 물어보려 했지만, 그녀를 생각해 참고 있었다. 하지만 시간이 지날수록 궁금증은 점점 깊어졌다.

결국 호기심이 배려를 이겨 버렸다. 미안한 표정으로 제하가 지안의 답을 기다렸다. 제하의 얼굴을 오랫동안 바라보던 지안이 그의 품에 얼굴을 묻었다.

"자신이 죽으니 이제 무서워하지 말라고요."

지안의 대답에 제하가 눈을 좁혔다. 그의 반응을 알지 못하는 지안이 눈을 감은 채, 말을 이었다.

"폐제는 내가 자신을 무서워하는 걸 알고 있었거든요. 그래서 그런 말을 남긴 것 같아요. 무서워하는 자신이 죽으니 더는 겁내지 말라고요."

"나쁜 놈. 마지막까지 자기를 기억하라는 건가. 왜 그런 말을……."

"기억하지 않을 거예요."

지안의 대답에 제하의 눈이 그녀를 향하였다. 제하의 향을 각인하듯 숨을 깊게 들이마신 지안이 그를 바라보며 말을 이었다.

"폐제는 죽었으니까요. 그리고 지금 내 곁에 있는 사람은 폐제가 아니라 제하, 당신이니까. 난 당신의 부인이자 하윤이의 어미예요. 내 삶의 욕심은 그게 전부예요. 그러니까 제하도 걱정하지 마세요."

당신이 가려는 길을 지지한다.

말을 꺼낸 것은 아니었지만 지안의 눈은 그렇게 말하고 있었다.

연이은 비판에 흔들렸던 결심이 그녀의 말 한마디에 다시 힘을 얻었다. 원하국에 더는 폐제의 흔적을 남기지 않을 것이다. 또한 폐제의 몰락을 기회로 황제보다도 더 힘을 얻으려는 귀족에게 어떤 여지도 주지 않을 것이다.

그와 그녀의 아이를 위한 미래.

그것을 위해서라면 제하는 폭군이라는 오명도, 폐제와 같다는 폭언도 감내할 수 있었다. 그의 품에서 잠든 지안의 이마에 입술을 맞추며 제하가 마음을 다잡았다.

또다시 시간이 흐르고, 엉망이었던 황궁이 점점 나아질 무렵 둘의 즉위식이 시작되었다.

終章 · 화안

지안에게서 작은 한숨이 새어 나오자 제하가 입꼬리를 올렸다.

"혼인도 그렇고, 무엇이 두려워서 그리 떠는 건가?"

제하의 놀림에 지안이 미간을 좁혔다. 즉위식 전날부터 자신은 한잠도 자지 못했건만, 막상 권좌에 오를 제하는 너무나도 태평했다.

"폐하께서는 긴장되지 않으세요?"

"즉위식에서 또 무슨 일이라도 생기겠는가?"

뒤에 있는 내관과 궁인을 의식해서인지 오고 가는 대화가 신중하였다. 하지만 제하와는 달리 지안은 내내 떨림이 가시지 않은 상태였다.

"황제 폐하, 황후마마. 들어가셔야 하옵니다."

내관의 목소리에 지안이 긴 한숨을 내쉬었다. 내관을 따라 지안이 걸음을 옮기려는 순간, 제하의 손이 그녀의 손을 붙잡았다. 지안의 떨림을 가져가듯 그가 손을 잡자 미친 듯이 날뛰던 초조가 천천히 사그라졌다. 어차피 나아가야 할 길, 그래도 혼자가 아닌 그와 함께였다. 제하의 눈을 바라보던 지안의 입가에 희미한 미소가 생겨났다.

"이제 가세요."

속삭이는 목소리가 언제나 듣기 좋았다.

지안의 떨림이 사라지자 제하가 잡고 있던 손을 놓았다. 내관이 이끄는 대로 걸음을 옮기자 거대한 즉위식장에 수많은 사람들이 줄을 맞춰 서 있는 것이 보였다. 둘의 모습이 보이자 자리를 지키고 있던 대신들이 둘을 향해 고개를 숙였다.

폐제가 죽고 새로운 황제가 즉위하였다.

새로운 황제가 오르면서 모두에게 변화가 찾아왔다. 폐제가 올려놓았던 조세부터 낮춘 황제는 즉위식 내내 멈추었던 대신들의 감사를 시작하였다.

하루가 멀다 하고 옷을 벗고 쫓겨나는 대신들이 속출하였다. 황제의 공격적인 정치에 불만의 목소리가 나날이 높아져 갔지만, 폐제와는 달리 지지 기반이 탄탄한 황제에게 선불리 적의를 드러내는 사람은 없었다. 그렇게 황제의 강압적인 통치가 계속된 지도 일 년이 흘러갔다.

❀ ❀ ❀

소운궁 앞에 놓인 연못에서 황후가 손수 잉어의 먹이를 주고 있었다.

그리고 그녀에게서 열 걸음 떨어진 곳에서 이제는 이품(二品) 대사농이 된 어사중승이 허리를 숙이고 있었다.

"황후마마께서 도와주셨으면 합니다."

대사농의 말에도 지안은 별다른 말을 꺼내지 않았다. 한참 먹이를 준 지안은 옆의 상궁에게 손에 들고 있던 것을 건네었다. 단정히 올린 머리와 황후를 상징하는 자색 옷을 입고 있을 뿐, 연못을 바라보는 지안의 눈이나 표정은 예전과 똑같았다.

"황후마마!"

"어그러진 십 년을 되돌리기가 쉬운 것은 아니지 않습니까?"

"하루하루가 살얼음입니다. 대신들 사이에서는…… 송구하옵니다만 폐제와 무엇이 다르냐는 말도……."

"황궁 밖 백성들과는 사뭇 다른 이야기이군요."

핵심을 찌르는 말에 대사농이 고개를 숙였다. 황제의 강압적인 통치는 귀족들과는 모순되게 백성들에게는 환호를 받았다. 치밀하고 영악한 황제는 힘을 휘둘렀던 귀족들을 제압하는 것과 동시에 백성들에게는 전보다 숨이 트일 길을 하나씩 만들어 주었다.

단번에 모든 것이 바뀌지는 않았지만, 전보다는 살기가 나아지니 백성들에게서는 새로 즉위에 오른 황제를 향한 우호적인 목소리가 점점 커지고 있었다.

"폐하께서 추구하시는 방향이 소인들과 다르다는 것은 알고 있습니다. 하지만 이대로 계속 밀어내시기만 한다면 불만의 소리는 점점 더 높아질 것입니다."

"……."

"대신들의 목소리를 무조건 들어 달라 부탁드리는 것이 아니옵니다. 다만 약간의 숨이라도 트일 수 있게 마마께서 도와주시옵소서. 폐하께서는 마마의 말씀에는 언제나 귀를 기울여 주시지 않습니까?"

"폐하께서는 잔인한 분이 아니시라 공정하신 분이십니다. 폐하께서 어떤 분이신지 알기에 대사농께서도 저에게 오신 것이 아닙니까?"

제하가 권좌에 오른 후, 대신들은 황후가 소운궁에서 자신의 직분만을 지키며 조용히 지내는 줄 알고 있었지만 그건 착각이었다.

황제가 가장 신뢰하는 조언자이자 총애하는 여인.

원하국에서 황제의 심중을 가장 잘 알아차리고, 황제의 곁에 가장 가까이 갈 수 있는 이는 황후인 지안뿐이었다.

"만약 황후마마께서 소인이시라면 어찌하시겠습니까?"

대사농의 물음에 지안이 고개를 들어 하늘을 바라보았다.

구름 한 점 없이 맑은 하늘, 집무에 지친 제하와 함께 걷는 것도 좋을 것 같았다.

"내가 대사농이라면 폐하께 그 어떤 말도 꺼내지 않을 것입니다."

"황후마마!"

"그리고 후궁을 들이시라 말씀을 올리지도 않을 것이고요."

그녀의 말에 놀란 대사농의 말문이 막혔다.

하나뿐인 황후가 황제에게 절대적인 신뢰를 얻자 후궁을 들여 살길을 마련하려는 생각을 가진 귀족들이 하나둘씩 생기고 있었다. 좋은 방법이 아니라며 말리고 있었지만, 황제와 오랫동안 한길을 걸었던 사도조차 자신의 딸을 후궁으로 들일 방법을 모색하고 있었다.

"소인, 황후마마께 미움을 받고 싶지 않습니다. 또한 소인의 딸이 고생하는 모습을 볼 수도 없고 말이지요."

지금의 대화에서 얻은 것은 없었지만 잃은 것도 없었다.

바람이 흘러가듯 지안이 대사농에게 권해 주는 조언은 때론 그에게 새로운 길을 보여 주었다. 도와 달라는 말에 지안은 얌전히 있으라는 답을 하였다. 그 정도면 충분하다. 황후의 조언을 따른다면 이번의 위험도 무난히 피해 갈 수 있을 것이다.

"소인. 이만 물러나겠습니다. 마마."

몸을 숙이고 물러나는 대사농의 뒤로 지안의 목소리가 들려왔다.

"광풍이 휘몰아치고 나면 또 온풍이 불지 않겠습니까? 바람을 이기려 하지 마시고 부는 대로 따라 보세요."

지안의 말에 대사농의 입가에 의뭉스러운 미소가 생겨났다.

대사농이 완전히 사라진 후, 지안의 눈이 상궁과 함께 있는 영에게 향하였다.

"폐하께 가겠다. 영은 옆에서 따라오거라."

말을 끝낸 지안이 걸음을 옮기자 바로 뒤를 걷는 영을 제외한 이들은 열 걸음 뒤에서 그녀를 따라갔다. 황후에 즉위한 후, 그녀를 수발하는 상궁과 궁인들은 많았지만, 지안이 가장 아끼고 의지하는 사람은 여전히 영이었다.

그녀를 상궁으로 곁에 둘 수도 있었지만 지안은 영만큼은 궁인의 신분만 주었을 뿐, 그 이상의 자리는 주지 않았다.

"언제쯤 채훈과 혼인하겠다는 말을 꺼낼 것이냐?"

지안의 물음에 영의 걸음이 멈추었다. 놀란 눈으로 지안을 바라보았지만, 그녀는 입꼬리를 올린 채, 제 걸음을 갈 뿐이었다. 잠시 후, 당황한 영이 지안의 뒤를 부지런히 따랐다.

"황후마마. 그것이…… 그 인간이 정말!"

"채훈이 말해야 아는 것은 아니지 않으냐? 곧 좋은 소식을 들을 줄 알았는데 폐하나 나나 듣는 게 없으니 궁금해서 말이다."

"마마! 그게 조금 안정이 된 후에……."

"그러니까 언제를 말하는 것이냐?"

거듭된 재촉에 영이 고개를 푹 숙였다.

말을 꺼내지 못하는 영을 보던 지안이 걸음을 멈추었다.

"혼인을 하면 내 시중을 들지 않을 것이냐?"

"마마! 그럴 리가 있겠습니까? 소녀, 죽을 때까지 마마의 사람이옵니다!"

"그런데 무슨 걱정을 하는 것이냐? 네가 황궁 밖에서 알아오는 일이 나에게는 많은 도움이 된단다. 그런 너에게 기쁜 일인데 어찌 주저하는 것이냐?"

붉게 달아오른 영이 좀처럼 고개를 들지 못하였다. 부끄러워하는 영의 손을 짧게 잡아 준 지안이 멈추었던 걸음을 다시 걸었다. 여전히 황제가 휘두르는 광풍이 황궁을 휩쓸고 있었지만 지안은 걱정하지 않았다. 광기에 미쳤던 폐제의 곁에서 현원으로 있었던 그녀였다. 자신조차 놓은 채, 피를 흩뿌리던 폐제와 제하는 달랐다. 지난밤, 얼마 남지 않았다는 제하의 말을 떠올리며 지안이 가벼운 발걸음을 옮겼다.

❀ ❀ ❀

황궁에서의 시간이 빠르게 흘러갔다.

함께했었던 이들 중에 떠나간 사람들도 있었고, 새로이 황궁에 들어온 이들이 다시 권력을 잡기도 하였다. 광포한 행보로 원하국을 장악한 제하는 감히 누구도 넘보지 못할 힘을 가진 황제로 자리를 잡기 시작하였다.

궁의 앞, 앉아 있는 지안의 앞에서 하윤이 깔깔거리며 상궁들과 술래잡기를 하고 있었다. 이마에 송골송골 맺힌 땀에 가쁜 숨을 내쉬고 있어도 재미있는지 연신 하윤에게서 밝은 웃음소리가 끊임없이 들려왔다.

하윤을 보던 지안의 눈이 기척이 느껴지는 곳으로 향하였다. 숨이 멈추고 눈이 커졌다. 긴장으로 굳었던 몸이 미소와 함께 풀어졌다.

"여희."

"황후마마. 누구를 부르신 것입니까?"

지안의 목소리에 곁에 머물던 상궁이 그녀에게 물었다. 하지만 지안이 누구를 부르는지 깨달은 영이 상궁과 궁인을 뒤로 물러나게 하였다. 지안만이 남자, 멀지 않은 곳에 있던 여희가 그녀에게도 다가왔다.

고요한 시선으로 지안을 보던 여희가 몸을 숙였다.

"황후마마."

"모든 일이 끝나면 다시 올 거라더니 진짜였네."

밝은 미소를 지은 여희가 하윤을 향해 고개를 돌렸다. 그녀를 따라 고개를 돌리자 눈이 마주친 하윤이 손을 흔들었다. 그에게 미소를 지어 준 지안이 옆으로 다가온 여희를 바라보았다.

"황후마마를 아주 많이 닮으셨네요."

"하윤이 하는 걸 보면 폐하와 똑같을 때가 더 많은걸."

"두 분의 아드님이시니까요."

여희의 말에 지안이 미소를 지었다. 지안의 미소를 보던 여희가 그녀의 앞에 몸을 숙였다.

"이젠 잘 웃으시네요."

"……여희가 살아 있었다면 더 많이 웃었을 거야."

"제가 없어도 이젠 괜찮으실 거예요."

환영뿐인 여희가 지안을 팔로 껴안았다. 아무것도 느껴지지 않았지만 여희의 내음을 맡듯 지안이 숨을 깊게 들이마셨다.

역시 느껴지는 것은 없었다. 하지만 여희가 같이 있는 것만으로도 지안은 위로받는 기분이었다.

"마마께서 가시는 길에 빛만 가득하시길."

"……."

"이젠 오지 않을 거예요."

여희의 말에 지안이 눈을 감았다. 울컥 눈물이 치밀었지만 우는 모습을 보여 주고 싶지 않았다. 한때는 목숨조차 아깝지 않을 정도로 가족처럼 여겼던 이였다.

그런 이가 떠나는 길에 무거운 짐을 주고 싶지 않았다.

"고마워."

지안의 속삭임에 여희가 미소를 지었다. 그런 그녀를 향해 지안은 자신이 지어 보일 수 있는 가장 밝은 미소를 지어 보였다.

"어마마마!"

상궁과 놀고 있던 하윤이 지안에게 달려왔다.

"어마마마. 무슨 일이 있으셨습니까?"

눈물이 맺혀 있는 지안의 모습에 하윤이 놀라 물어보았다. 아이의 맑은 눈을 보던 지안이 고개를 저었다.

"아무 일도 없었단다. 이리 와 보거라."

지안이 팔을 벌리자 하윤이 담뿍 품에 안겼다. 지안의 품에 안긴 하윤이 밝은 미소를 보이자 그녀의 입가에도 미소가 생겨났다.

"어마마마께서는 웃으셔야 고우십니다."

"그런가?"

"아바마마께서도 똑같은 말씀을 해 주셨습니다."

자신 있게 말하는 하윤의 모습에 지안이 작게 웃음을 터트렸다. 하윤이 말을 하기 시작하면서 웃는 일이 자주자주 생겨났다.

"아! 아바마마다!"

지안의 무릎 위에 앉아 있던 하윤이 폴짝 뛰어내렸다. 하윤이 가는 방향으로 고개를 돌리니 언제 왔는지 제하가 둘을 보고 있었다. 달려오는 하윤을 번쩍 안아 든 제하가 다가오는 지안을 조용한 눈으로 응시하였다.

여희를 찾았다는 영의 보고에 온 걸음이었지만, 그가 생각한 것보다 지안의 얼굴은 어둡지 않았다. 도리어 모든 것을 이룬 사람처럼 지안의 모습은 편안하였다.

거래로 만났지만, 이제는 삶의 전부가 된 여인. 자신의 삶조차 놓으려 했던 여인이 꽃처럼 어여쁜 모습으로 그에게 다가오고 있었다. 지안이 웃고 있다. 그것이면 충분하였다.

제하가 얻게 된 가장 환하고 고운 빛.

다가온 지안의 입술에 마음을 담아 깊게 입을 맞추었다.

또 다른 이야기 一 · 황제의 감모

공격적으로 원하국을 통치해 오던 황제가 지독한 감모에 걸렸다.

심한 감모인지 언제나 하던 조례조차 물린 채, 침소에서 나오지 못하였다. 귀찮다며 태의의 진맥까지 거절하자 걱정이 된 황후가 황제의 침소로 한달음에 달려왔다.

"폐하. 황후이옵니다. 들어가겠습니다."

태의조차 들어가지 못한 침소 앞에서 지안이 고하자 제하가 낮은 목소리로 들어오라 명하였다. 문이 열리고, 치맛자락을 든 지안이 제하에게 달려왔다.

"폐하!"

편한 자리옷을 입은 채 침상에 앉아 있던 제하가 지안을 보자 미소를 지었다. 심한 감모라고 했지만, 지안을 보는 그의 표정은 생각보다 괜찮았다.

“감모는 괜찮으신 것입니까?”

“손 하나 까닥할 힘도 없군.”

그의 말에 지안의 얼굴이 창백해졌다.

“이리 감모가 심하신데 어찌 아무도 들이지 않으신 것입니까? 태의에게 들어오라 명하겠습니다.”

“그저 감모인데 뭘 태의까지 들어오게 하는가?”

“그냥 감모라니요! 손 하나 움직이지 못하고 계시지 않습니까? 안 되겠습니다. 신첩이 직접 태의를 들어오라…… 폐하!”

나가려는 지안을 잡은 그가 자신의 품에 그녀를 안았다. 언제나 그를 안정시키는 체향이 코를 물씬 간질였다. 하얗고 가는 목에 얼굴을 묻은 그가 힘든 숨을 내쉬었다.

“다른 이들이 수선스럽게 오고 가는 것이 싫다.”

“폐하!”

“그리 걱정이 되면 황후가 내 수발을 들어 주면 되지 않겠나?”

그의 단호한 말에 바동거리던 지안이 움직임을 멈추었다. 안겨 있는 제하의 몸에서 열은 나지 않았다. 그러고 보니 심한 감모에 걸린 사람치고 식은땀조차 흘리지 않았다.

감모가 맞는 것일까? 지안의 눈에 불신의 빛이 감돌았다.

하지만 그 순간, 지안을 안고 있는 제하의 몸이 휘청 흔들렸다.

“폐하! 우선 누우세요. 신첩이 곁에 있겠습니다.”

지안의 부축에 침상에 누운 그가 힘없이 고개를 끄덕였다. 제하의 몸에 이불을 올린 지안이 밖에 대기 중인 내관을 불렀다. 내관에게 몇 가지를 지시한 지안이 다시 제하에게로 다가왔다.

이불 안에 있는 그의 손을 붙잡은 지안이 눈을 내렸다.

"권좌에 오르신 이래 제대로 쉬신 적이 없지 않으셨습니까? 며칠만이라도 잠시 정사는 잊고 쉬시어요."

예상보다 지안의 표정이 훨씬 어두워지자 찔린 제하의 눈이 다른 방향으로 향하였다.

차라리 감모였다면 좋았을 것을, 참으로 튼튼한 자신은 감모는커녕 열도 나지 않았다. 아무리 공격적으로 일을 처리해도 줄기는커녕 새로운 일이 쌓여 갔다.

자신이 해야 할 일이라는 것은 알지만, 쉬지 않고 삼 년을 그리 보내니 한계였다.

결국 감모를 핑계로 자리에 드러누웠다. 그러던 중 곁으로 온 지안은 그에게는 회심의 기회였다.

하지만 조심해야 한다. 자칫 약간의 틈을 보이면 지안은 금방 알아차릴 것이다.

"짐이 나았다고 할 때까지 곁에 있을 건가?"

제하의 물음에 아무것도 모르는 지안이 고개를 끄덕였다.

지안의 대답을 들은 제하가 올라가려는 입꼬리를 억지로 참았다.

❀ ❀ ❀

"아."

입을 열린 제하를 보며 지안이 난감한 표정으로 눈을 내렸다.

조반을 하지 않은 제하를 위한 흰죽과 가벼운 찬이 들어왔다. 한술 떠 보시라며 지안이 재촉하였지만, 죽을 본 제하의 말은 간결했다.

“팔에 힘이 없어 올라가지 않으니 황후가 짐의 손이 되어라.”

너무나도 태연하게 말하니 싫다며 몸을 뺄 수도 없었다. 밖에 상궁과 내관들이 자리하고 있건만, 체통 없이 제하에게 죽을 먹여 줄 수도 없는 노릇이었다.

지안이 주저하자 제하가 다시 몸을 휘청거렸다. 그 모습에 놀란 지안이 죽을 떠 그의 입에 넣었다. 꿀맛 같은 휴식에 지안이 곁에서 이리 있어 주니 천상이 따로 없었다.

냠냠 맛나게 죽을 먹은 그가 다시 입을 열었다.

“제하. 아무래도 이건…….”

“아.”

다시 입을 여는 제하의 모습에 부끄러운 지안이 울상을 지었다. 방에는 그와 그녀밖에 없었지만, 이렇게 죽을 대신 떠 먹여 주기는 처음이었다. 지안은 울상이었지만, 처음으로 지안의 시중을 받는 그는 편하다 못해 즐거웠다.

넓은 방 안, 지안이 수저를 움직이는 소리만이 나지막이 울렸다.

죽을 깨끗이 비운 그가 지안이 건넨 물로 입을 헹구었다. 귀까지 붉어진 지안을 보며 제하가 웃음을 참았다.

"지안아."

오랜만에 들어 보는 이름에 지안이 제하를 바라보았다. 혼인을 한 지 꽤 지났지만, 그의 부인은 여전히 현명하고 고왔다. 내리 쌓여 있는 일에 지쳐 있었지만, 귀하게 여기는 여인의 체향이 그의 이성을 참을 수 없을 만큼 흔들어 댔다.

마음 같아서는 그대로 한입에 꿀꺽 삼켜 버리고 싶었지만 그는 치미는 욕망을 간신히 삼켰다.

"밤 내내 흘린 땀 때문에 불쾌하구나. 씻어야겠다."

"폐하. 하지만 감모가 더 심해질 수 있습니다."

"따뜻한 물에 네가 수발을 들 것인데 나빠질 일이 또 무엇이 있겠는가?"

능글맞은 표정이나 꼿꼿이 앉아 있는 모습이 감모가 맞는지 의심되었다. 하지만 의심의 눈초리를 보낼 때마다 아프다며 몸을 휘청대거나 미간을 찌푸리니 아니라고 부정할 수도 없었다.

조반 수발에 이어 목간 수발까지 들라 하니 지안의 입안이 바짝 말랐다.

차라리 태의에게 들어오라 일러 감모인지 확인하는 게 낫지 않을까? 그렇지만 몸이 좋지 않아 사람이 들어오는 것도 싫어하는 제하의 심기를 거스를 수는 없었다.

내관을 시켜 목간 준비를 시킨 지안이 제하의 이마에 손을 갖다 대었다.

"열은 없으신데…… 이리 몸이 좋지 않으시니……."

"곧 낫겠지."

"신첩이 정사에 지친 폐하를 제대로 보필하지 못하였습니다."

지안의 어두운 표정에 당황한 제하가 숨을 들이마셨다. 지안이 자책하는 모습을 보고 싶었던 것은 아니었다. 지금이라도 감모가 아니라는 것을 말해 버릴까? 지안의 저리 힘들어하는 모습을 계속 보는 것도 그에게 고역 아닌 고역이었다.

"목간 준비가 끝날 때까지 누워 계세요."

지안의 말에 제하가 다시 침상에 누웠다.

지안의 손가락이 제하의 머리카락을 쓸고, 얼굴을 어루만졌다.

감모를 말해야 한다는 이성과 그녀와의 시간을 보내야 한다는 욕망 사이에서 제하가 선택한 것은 후자였다.

목간 준비가 끝날 때까지 그는 지안의 손길에 몸을 맡겼다.

❀ ❀ ❀

물에서 따뜻한 김이 모락모락 피어올랐다.

그 덕분에 나신인 그의 모습이 조금은 가려졌지만, 그럼에도 거칠게 뛰는 심장이 가라앉는 것은 아니었다. 물에 적신 명주로 그의 몸을 닦아 내는 지안의 손은 조심스러웠다.

"괜찮으세요?"

"음."

제하가 불편할까 봐 물어본 말이었지만, 안타깝게도 그녀의 말에 대답할 이성은 점점 사라지고 있었다.

열은 홍조를 띤 채, 그의 몸에 손이 닿을 때마다 그녀의 몸이 작게 떨렸다. 치장을 하지 않았어도 하얀 얼굴과 붉게 달아오른 입술이 그의 몸에 열기를 채워 갔다.

따뜻한 물에 젖은 얇은 옷 너머로 비추는 여린 속살이 그의 입맛을 돋우었다.

참아야 한다.

"못 참겠다."

뜬금없는 제하의 말에 지안이 고개를 갸웃거렸다.

무슨 말이냐며 입을 열기도 전에 제하의 팔이 지안을 잡고 끌었다.

"까악!"

짧은 비명과 함께 목간에 작은 물보라가 일어났다. 물에 홀딱 젖은 지안이 기침을 하는 것도 잠시, 굵직한 팔이 허리를 휘감고 몸을 밀착하였다.

"움직일 힘도 없다 하시면…… 읍."

물에 젖은 입술을 깊게 삼키니 촉촉하면서도 달금한 향이 입안 가득 느껴졌다. 얇은 속옷 너머로 보이는 하얀 피부가 그의 눈을 홀리게 하였다. 뒤통수를 붙잡은 채 입안의 체액을 모두 삼킬 기세로 혀를 휘감으니 그녀에게서 작은 신음이 흘러나왔다.

"흐읍."

몇 번을 삼키고 빨아들여도 모자랐다. 사람의 모습을 한 과실인지 젖은 옷을 벗겨 내니 녹아들듯 부드러운 살에서 나는 체향이 무척이나 향기로웠다.

"하아. 하아."

약탈하듯 거친 입맞춤을 끝낸 그가 입술을 떼자 지안이 가쁜 숨을 몰아쉬었다. 반쯤 찢고 남은 옷가지 너머로 보이는 소담한 가슴이 그의 눈을 완전히 사로잡았다. 지안을 자신의 무릎에 앉힌 그가 바로 앞에 있는 가슴의 정점에 얼굴을 묻었다.

"흐윽."

입안 가득 삼키고, 이를 세워 정점을 긁어내리자 지안의 몸에 힘이 잔뜩 들어갔다. 입으로 희롱하는 다른 쪽 가슴을 손으로 움켜쥐니 지안의 손이 그의 어깨를 붙잡았다. 그녀의 가슴을 괴롭힐수록 하얀 피부에 붉은 물이 들었다.

신음을 참으며 지안이 힘겹게 항변하자 제하의 입꼬리가 올라갔다.

"감모도 아니셨으면서요!"

"힘들긴 했어."

황제가 아닌 사내로 돌아간 그가 예전의 말투로 지안에게 속삭였다. 그녀에게 변명을 늘어놓으면서도 그의 손은 남아 있는 옷가지를 단숨에 벗겨 내고 있었다.

매끈한 등을 손으로 길게 쓸어내리자 그녀의 등에 촉촉한 물길이 만들어졌다. 열기에 붉어진 입술을 깨물며 그의 남성이 여성 안으로 깊게 들어갔다.

"흐읍."

앉아 있는 자세로 받아들이는 그는 평소보다도 버거웠다. 그의 어깨에 얼굴을 묻은 지안이 뜨거운 숨을 가쁘게 내쉬었다. 그녀의 몸을 자신에게 밀착시키자 부드러운 가슴이 피부에 느껴졌다.

그가 수월하게 움직일 수 있도록 지안의 팔이 그의 목을 감았다. 몸을 붙인 지안의 허리를 붙잡은 그가 허리를 움직였다.

"하앗!"

거친 움직임에 무너져 재린 지안은 그의 피부로 느껴지는 열기에 눈을 질끈 감았다. 그와 함께라면 이대로 사라져 버려도 상관없을 것 같았다.

하늘 아래 그녀가 전부를 내보일 수 있는 유일한 사람, 언제라도 목숨을 걸고 연모할 수 있는 유일한 사람이었다. 거친 움직임이 절정을 향해 치달았고, 여린 여성을 가득 채우던 남성에서 나오는 정이 그녀를 가득 채웠다.

"하악!"

온몸을 채우는 그의 흔적에 그녀의 몸이 작게 떨렸다.

지친 지안이 그에게 힘없이 매달렸다.

따뜻한 물과 열기에 따뜻해진 몸을 그가 품에 안았다. 감모에 걸리지 않았다는 것을 들킨 이상, 이제 주저할 것은 아무것도 없었다.

감히 황제인 그가 쉬겠다는데 뭐라 할 사람은 없었다. 그가 원하는 유일한 존재가 품에 들어온 이상, 더더욱 그의 결심을 막을 사람은 없었다. 지쳐 잠이 든 지안을 안은 제하가 탕에서 빠져나왔다.

❀ ❀ ❀

제하의 손이 지안의 허리를 잡았다. 그의 행동에 지안의 지친 몸이 침상에 눕혀졌다.

"너무해요."

대낮에 나신이 된 지안의 팔이 몸을 가렸지만, 이미 그녀를 안을 생각인 그에게 그 모습은 남아 있는 이성을 날리는 것에 도움을 줄 뿐이었다. 몇 번을 안고, 얼마의 시간이 지났는지 생각조차 나지 않았다.

입고 있던 옷을 벗어 던진 그가 지안의 몸을 자신에게 밀착시켰다.

"분명 내가 나았다고 할 때까지 곁에 있겠다고 하였다?"

그의 말에 지안의 눈이 꿈틀댔다.

"감모가 아니었잖아요!"

폐하라는 호칭과 존대는 완전히 잊어버린 듯 제하의 억지에 지안이 목소리를 높였다. 하지만 그녀의 반항은 여성에 깊숙이 들어오는 남성에 멈추었다. 고개를 뒤로 젖힌 지안에게서 버거운 숨이 흘러나왔다.

고개를 젖히면서 드러난 가는 목에 그가 입술을 깊게 묻었다. 그녀의 생생한 맥을 느끼며 희롱하던 가슴을 손안 가득 붙잡은 그가 허리를 움직였다.

그의 남성을 깊게 받아들일 때마다 지안이 몸을 떨었다. 강하게 들어오는 남성을 본능적으로 힘껏 조였다. 거친 움직임에 지안이 그의 목에 팔을 감았다.

그녀의 몸에 흔적을 남기는 것은 제하의 손이었지만 온몸에 느껴지는 감각은 뜨거운 불이었다. 당장에라도 태워 버릴 듯 온몸을 휘감은 열정이 그를 완전히 뒤흔들어 놓았다.

"하읏."

어느 때보다도 거친 움직임에 지안의 입에서 달뜬 숨소리가 흘러나왔다. 그녀가 주는 쾌락이 미칠 듯 좋았다. 이러면 안 된다면서도 지안은 그를 밀어내지 않았다. 지안의 작은 몸에 그가 남긴 흔적들이 곳곳에 생겨날수록 그의 집착도 더 강렬해졌다.

이 여인을 그렇게까지 무너뜨릴 수 있는 사람은 자신뿐이다.

그리고 그의 전부를 아무런 조건 없이 줄 수 있는 여인 또한 그녀뿐이었다.

움켜쥐고 있던 가슴의 꽃을 손가락으로 비트니 지안의 입에서 짧은 비명이 들려왔다. 언제나 품에 안아 탐하고 또 탐하여도 질리기는커녕 점점 더 빠져들었다. 끝까지 밀어 넣었다가 서서히 빠져나오고, 다시 힘껏 밀어 넣으며 그가 거친 숨을 몰아쉬었다.

달금한 숨을 내쉬는 지안의 입술에 깊게 입을 묻으며 그의 움직임이 격렬해졌다. 풍랑이 불었다가 빠져나가듯 광포한 움직임에 그녀의 몸이 속절없이 흔들렸다.

갈증을 풀듯 그녀의 입안을 전부 삼킬 기세로 감긴 혀에서 나오는 체액을 삼키고 삼켰다.

휘몰아치듯 함께하는 시간이 정점을 향해 치달았다. 지안을 안은 그가 낮은 신음과 함께 자신을 전부 쏟아 냈다.

힘든 숨을 내쉬는 지안의 가슴골에 그가 얼굴을 묻었다.

몇 년 내내 쉬지 않고 달려온 보상을 하루 만에! 전부 받아내는 기분이었다.

제하의 머리카락을 지안의 손가락이 천천히 쓸어내렸다. 그녀의 손길을 느끼던 그가 나른한 숨을 내쉬며 몸을 들었다.

"이제 감모는 나았나요?"

지안의 지친 손이 제하의 뺨을 쓸었다. 그녀의 손을 잡아 입술을 묻은 그가 의뭉스러운 미소를 지었다.

"글쎄? 조금 더 지켜봐야 할 것 같다."

제하의 말에 지안의 눈이 작게 꿈틀댔다.

감모가 심하다는 말에 온 걸음이 결국 그에게 잡아먹히기 위해 제 발로 들어간 함정이었다. 이미 잡힌 이상 빠져나올 수도 없었다.

"그럼 다 나으면 말씀하세요."

포기한 지안이 마음대로 하라는 의미로 제하의 목을 팔로 감쌌다.

그녀의 승낙 아닌 승낙에 제하가 즐거운 웃음을 지었다.

황후가 황제의 침소에서 나온 것은 그로부터 열흘 후였다.

❀ ❀ ❀

"다가오지 마세요. 폐하."

황제가 감모에서 낫자 이번에는 황후가 감모에 걸렸다.

황후의 지독한 감모에 당황한 황제는 태의에게 반 시진마다 진맥을 하라는 엄명을 내렸다. 하지만 그것으로는 안심할 수 없는지 하루에도 몇 번씩, 시간이 날 때마다 소운궁을 찾았다.

"콜록."

열도 없고, 기침도 없었던 제하와는 달리 고열의 지안이 힘겨운 숨을 내쉬었다. 힘들어하는 모습에 제하가 미리 준비되어 있던 따뜻한 차를 따라 그녀에게 건네었다.

제하가 건넨 차를 힘들게 마신 지안이 그를 흘겨보았다.

"폐하 때문이에요. 콜록."

지안의 힐난에 제하의 눈이 지안을 외면하였다. 꾀병을 부리기는 했지만, 감모는 아니었기에 모처럼 마음껏 그녀와 함께 있었다. 설마 지안이 이렇게까지 감모에 걸릴 줄은 꿈에도 생각하지 못하였다.

"콜록. 콜록."

"안 되겠다. 우선 눕자."

힘들어하는 지안을 자리에 눕힌 제하가 그녀의 머리에 물에 적신 천을 올렸다. 열이 나는 머리에 차가운 천이 닿자 지안이 편안한 숨을 내쉬었다.

열에 상기된 얼굴이 연신 힘든 숨을 내쉬었다. 제 욕심대로 그녀를 괴롭힌 대가를 이렇게 받다니 왠지 억울하면서도 심란하였다.

"신첩은 괜찮아요. 감모라도 옮으면 큰일 나니 오시지 마세요."

"……."

제하의 무거운 표정을 보던 지안이 미소를 지었다.

"폐하 때문이 아니에요. 그냥 조금 투정을 부린 거예요."

지안의 다독임에도 제하의 굳은 표정은 풀리지 않았다. 결국 지안이 풀이 죽은 제하의 손을 붙잡았다.

"그럼 폐하께서 신첩의 곁을 지켜 주세요. 이번에는 폐하께서 제 손이 되어 주시면 되잖아요."

지안의 말에 제하의 눈이 내려갔다.

시간이 흐를수록 지안에 대한 연모는 식기보다는 점점 더 진해졌다. 수많은 여인들이 황궁에 있었지만 그가 마음을 열고 전부를 함께할 여인은 지안뿐이었다.

지안의 초췌한 모습을 보고 있던 제하가 입술을 맞추기 위해 고개를 숙였다.

"폐하! 감모 걸리세요! 안 돼요!"

"상관없어."

"안 된다니까요!"

안 된다는 지안과 상관없다며 고집을 부리는 제하의 목소리가 소운궁 너머로 울렸다.

황제와 황후의 감투를 잠시 내려놓은 둘이 오랫동안 말씨름을 하였다.

원하국의 황제가 권좌에 앉은 지 사 년,

둘의 연모는 여전하였다.

또 다른 이야기 二 · 하윤과 가윤

눈이 소복이 내린 날, 황후가 황녀를 낳았다.

황자를 낳을 때 곁에 있지 못했던 황제는 황녀를 낳을 때만큼은 산실청 밖에서 자리를 지켰다. 내심 여아를 기대했던 황제는 딸의 모습에 만족스러워하며 이름을 가윤이라 지었다.

"아바마마. 여쭈어 볼 것이 있습니다."

장계를 보는 제하의 무릎에 앉아 있던 하윤이 작은 입을 오물거렸다.

최근 말이 늘면서 하윤의 호기심도 함께 커져 갔다. 산후 조리와 액운을 막기 위해 지안과 아이가 산실청에서 머물자 하윤은 아버지인 제하가 국정을 처리하는 집무실로 달려왔다.

"무엇을 묻고 싶은 것이냐?"

"왜 소자와 아바마마는 가윤이를 볼 수 없는 것입니까? 소자, 상궁들이 산실청을 오고 가는 것을 눈으로 직접 보았습니다."

"짐과 황자는 사내이지 않으냐? 황실의 법도에서는 출산한 여인과 아이에게 횡액이 옮기지 않도록 열흘 동안 사내의 출입을 막아야 한단다."

공식적인 자리에서의 제하는 근엄하였지만, 단둘이 있을 때의 그는 지엄한 황제이기보다는 하윤의 아버지였다.

지금 이 순간에도 산처럼 쌓여 있는 장계를 처리해야 하면서도 하윤의 물음에 귀찮은 내색 없이 답을 해 주고 있었다.

"하지만 가윤이 태어났을 때는 얼굴을 보지 않았습니까?"

"그때야 산실청 밖에서 기다리고 있었지 않았느냐. 만약 산실청 밖에서 기다리고 있지 않았다면 가윤의 얼굴도 보지 못했을 것이다."

"아바마마께서는 가윤이 보고 싶지 않으십니까?"

하윤의 당돌한 물음에 제하의 입꼬리가 올라갔다.

"어찌 아니 보고 싶겠느냐? 이틀 후면 열흘이니 그때면 볼 수 있을 것이다."

이틀이라는 말에 하윤이 긴 한숨을 내쉬었다. 얼마 전 태어나자마자 본 가윤의 모습은 솔직히 하윤의 눈에는 너무 못생겼었다. 얼굴과 손의 주름은 그렇다 쳐도 붉은 피부에 감겨 있는 눈이 보면 볼수록 이상하였다.

자신의 동생이 못생겼다는 사실에 실망한 것도 잠시, 곁을 지키던 내관과 상궁들이 그에게 새로운 이야기를 알려 주었다. 처음만 그럴 뿐, 지금은 완전히 다른 모습일 것이라고 하였다.

또 그런 이야기를 들으니 가윤의 모습이 궁금해졌다.

이틀이라니, 하윤에게는 너무나도 멀게 느껴졌다.

"아바마마. 아기는 원래 그렇게 못생긴 것입니까?"

마무리한 장계를 옆으로 옮기고 새 장계에 손을 대던 제하가 하윤의 물음에 눈을 좁혔다. 하지만 곧 하윤의 의도를 깨달은 제하가 피식 실소를 터트렸다.

"가윤이가 그리 못나 보였느냐?"

"가윤이가 아니옵고 그러니까…… 죄송하옵니다."

거짓말을 못하는 하윤이 고개를 푹 숙였다. 지안과 그의 아이는 영특하여 하나를 가르치면 그 이상을 깨우치는 아이였다. 하지만 처음 본 아이의 모습이 충격이었는지 하윤은 조심스러워하면서도 가윤에 대한 물음을 멈추지 않았다.

주눅이 든 하윤의 등을 토닥이며 제하의 의자에 몸을 기댔다.

"짐은 하윤이 네가 태어났을 때 곁을 지켜 주지 못했다만 궁인들에게 들은 이야기로는 너 또한 처음 태어났을 때는 가윤과 똑같았다고 하더구나."

"소자의 얼굴이 그렇게 못생겼었단 말입니까?"

가윤과 똑같았다는 말에 놀란 하윤의 눈이 커졌다. 그 모습이 마치 지안이 놀랐을 때와 똑같아 보였다. 지안과 내관들은 하윤의 모습이 제하와 똑 닮았다고 말을 하였지만, 제하의 눈에 하윤은 지안의 모습을 많이 가지고 있었다.

"하지만 짐이 너를 보았을 때는 붉은 피부도 아니었고, 주름이 있지도 않았단다. 그러니 걱정하지 않아도 된다. 이틀 후에 볼 가윤이는 네가 처음 봤었던 그 모습이 아닐 것이다."

다른 사람도 아닌 아버지인 제하가 다를 것이라 하니 믿음이 생겼다.

가윤이 못생겼을지도 모른다는 걱정이 사라지니, 이틀 뒤에 보게 될 가윤의 모습이 자못 궁금하였다. 가윤을 생각하던 하윤의 입가에 미소가 생겨났다.

제하의 무릎에서 내려온 하윤이 고개를 푹 숙였다.

"소자. 얌전히 기다리겠습니다. 그럼 처소로 가 보겠습니다."

꾸벅 고개를 숙인 하윤이 작은 걸음으로 방을 나갔다.

하윤의 걸음 소리가 완전히 사라질 때까지 귀를 기울이던 제하의 입가에 옅은 미소가 지어졌다. 아직 황제의 재목인지, 어떤지는 알 수 없다. 무엇보다도 그런 잣대에 하윤을 세워 두고 싶지 않았다.

모든 것을 잃어버린 그가 지안을 만난 후, 하윤을 낳고, 가윤을 얻으며 가족을 만들어 갔다. 그 혼자서는 이룰 수 없었던 것, 그렇기에 하윤만큼이나 지안과 가윤이 보고 싶은 그였다.

하지만 법도는 법도.

그에게는 지키기 귀찮은 것이었지만, 그렇다고 완전히 무시할 수도 없었다.

애써 감정을 삼키며 제하가 장계를 다시 들었다.

❀ ❀ ❀

"황녀마마께서는 볼수록 황후마마를 닮으셨습니다."

지안의 산후 수발을 드는 상궁이 가윤을 보며 미소를 지었다. 가윤에게 모유를 먹이고 옷매무새를 다듬던 지안이 상궁의 말에 가윤을 바라보았다.

"그러한가?"

"폐하께서도 보시면 무척이나 기뻐하실 것입니다."

상궁의 말에 지안의 입가에 옅은 미소가 생겨났다. 지안의 미소를 물끄러미 보던 상궁이 미소를 지으며 지안에게 물었다.

"어쩜 그리 폐하와 마마께서는 한결같으신지 부럽습니다. 언제나 함께하시면서도 그렇게도 폐하가 좋으신 것입니까?"

"폐하께서 날 귀하게 여겨 주시니 나 또한 그리하는 것이 당연하지 않겠느냐."

어느새 잠든 가윤을 안아 든 지안이 천천히 아이의 몸을 토닥였다. 언제나 곁을 지켜 주던 그가 없으니 왠지 모르게 마음이 허전하였다.

지켜야 할 법도였기에 서운한 마음을 내비칠 수 없었지만 내심 시간이 빨리 흘렀으면 하는 바람이었다.

"폐하께서 가윤이를 마음에 들어 하셨으면 좋겠다."

"황후마마에게서 얻으신 귀한 황녀마마이시옵니다. 어찌 아니 예뻐하시겠습니까?"

황제에게 거듭 후비를 들이라 청했던 귀족들 중 현재 황궁에 남아 있는 사람은 단 한 사람도 없었다. 자신의 대한 비판은 웃으며 받아들이는 황제였지만, 황후에 대한 공격은 작은 여지도 넘어가지 않았다.

황제의 역린은 황후라는 말이 나올 정도로 제하는 지안을 극진히 여겼다.

"태자 전하께서 산실청 앞을 계속 왔다 갔다 하셨습니다."

"태자가?"

"황녀마마를 뵙고 싶어 하시는 눈치셨는데 어쩔 수 없는 일이라 말씀드렸더니 기운 없이 돌아가셨습니다."

"아이에게는 열흘도 긴 시간이 아니더냐."

동생의 존재에 시샘할 나이였기에 내심 걱정한 것도 있었지만, 다행히 하윤은 동생인 가윤을 거부하지는 않는 듯하였다.

잠들어 있던 아이가 작게 칭얼거리자, 지안의 손이 다시 아이를 천천히 토닥였다.

멈춰 있던 눈을 다시 천천히 내렸다.

닫힌 창 너머로 희미하게 보이는 눈을 지안이 오랫동안 바라보았다.

❋ ❋ ❋

열흘이 되는 새벽, 잠에서 깬 하윤이 일어나자마자 내관을 닦달해 옷을 갖춰 입었다.

해조차 뜨지 않았지만, 궁에서 나온 아이가 산실청을 향해 바쁜 걸음을 옮겼다. 미끄러운 눈에 넘어지기도 했지만, 무엇이 급한지 하윤이 부산히 걸음을 옮겼다.

놀란 내관과 상궁의 인사를 넘기며 하윤이 지안의 방에 도착하였다.

"태자 전하. 어찌 이 시간에……."

산실청을 지키던 상궁이 하윤을 보자 몸을 숙였다. 가쁜 숨을 몰아쉬며 하윤의 눈이 어두운 방을 살폈다.

역시 너무 이른 시간에 온 것일까? 어두운 방에서는 어떠한 소리도 들리지 않았다.

주저하듯 상궁을 보던 하윤이 작은 목소리로 속삭였다.

"어마마마께서는 주무시지?"

"조금 전, 황녀마마께서 깨셨던 터라 모유를 주시고는 다시 잠드셨사옵니다."

"그래?"

주눅이 든 하윤이 고개를 푹 숙였다.

가윤을 보고 싶어 새벽부터 온 걸음이었지만, 자신의 욕심에 지안을 깨울 수는 없었다. 이럴 줄 알았다면 조금만 더 일찍 올 것을. 아쉬운 마음에 하윤의 어깨가 힘없이 내려갔다.

"알았어. 해가 뜨면 다시 올게."

애써 마음을 달래며 하윤이 몸을 돌렸다.

그때, 굳게 닫혀 있던 방 안에서 익숙한 목소리가 들려왔다.

"태자를 안으로 들여라."

지안의 목소리에 하윤의 얼굴에 미소가 번졌다. 지안의 명령에 안으로 들어간 상궁이 꺼진 등잔에 다시 불을 붙였다. 들어와도 된다는 허락에 떨리는 심장을 애써 진정시키며 하윤이 방으로 들어갔다.

"가까이 오거라."

열흘 만에 보는 지안의 모습에 주저하던 하윤이 단숨에 품에 안겨 들었다. 아들의 이마에 짧게 입술을 맞춘 지안이 작은 얼굴을 손으로 쓸었다.

"열흘 동안 아바마마의 말씀은 잘 들었느냐?"

"네. 소자가 모르는 내용을 아바마마께서 많이 알려 주셨습니다."

지안의 물음에 답을 한 하윤이 침상의 옆에 누워 있는 아이를 뚫어지게 바라보았다.

"어마마마. 가윤이입니까?"

하윤의 물음에 지안이 고개를 끄덕였다. 지안의 품에서 빠져나온 하윤이 잠든 가윤의 옆으로 가까이 다가갔다. 열흘 전에 보았던 못난이는 어디에도 없었다. 솜털이 보송보송 난 하얀 피부에 작은 손과 발이 못생기기보다는 만지면 부서져 버릴 것처럼 작고 약했다.

차마 만져 볼 엄두조차 나지 않았다. 그가 잘못 만지면 가윤이 아프다며 울음을 터트리는 것이 아닐까. 불안한 하윤이 지안을 바라보았다.

"어마마마. 너무 작습니다."

"태자도 이리 작았었단다. 물론 지금도 작지만 말이다."

"소자, 그래도 하윤이보다는 큽니다."

지안의 말에 항변하듯 하윤이 목소리를 높였다. 하윤의 당찬 말에 지안의 입가에 부드러운 미소가 생겨났다. 지안이 팔을 벌리자 하윤이 담뿍 품에 안겼다.

하윤의 등을 토닥이며 지안이 다정한 목소리로 말하였다.

"태자는 가윤이의 하나뿐인 오라버니이니. 이제부터 태자가 가윤이를 지켜 주어야 한다."

"소자. 가윤이를 꼭 지켜 줄 것입니다."

주저 없이 나오는 말에 지안이 환한 미소를 지었다.

가윤이를 보겠다며 새벽부터 온 탓인지 지안의 품에 안긴 하윤이 크게 하품을 하였다. 꾸벅꾸벅 조는 아들을 품에 안은 지안의 손이 작은 등을 토닥였다. 그녀의 품에서 잠든 하윤을 가윤의 옆에 내려놓은 지안이 피곤한 눈을 비볐다.

하윤과 가윤을 오랫동안 다독이던 지안은 자신도 모르게 잠에 빠져들었다.

❋ ❋ ❋

아이의 울음소리가 들렸지만 잠에 취한 눈은 쉽게 떠지지 않았다.

눈조차 제대로 뜨지 못한 채, 지안이 몸을 일으키려 하였다. 하지만 일어나려는 그녀를 익숙한 손이 말렸다. 익숙하지만 언제나 설레게 하는 손길에 몸을 맡기며 지안이 감고 있던 눈을 떴다.

울음을 터트리던 아이가 그의 품에 안겨 방긋 웃고 있었다. 하윤을 어색하게 안았던 손길은 이제 능숙하게 가윤을 안아 달랠 정도로 달라져 있었다.

"폐하."

"조금 더 자도 된다."

제하의 말에 고개를 저은 지안이 자리에서 일어났다. 제하의 곁으로 다가간 지안이 뒤에서 그를 안았다. 허리를 감싸는 지안의 손을 그가 아이를 안지 않은 다른 손으로 붙잡았다.

"널 닮아 아이가 참 곱다."

"이 모든 것이 폐하께서 신첩을 어여삐 여겨 주신 덕분입니다."

"나 혼자만으로 이룰 수 있는 것이 아니었다. 네가 내 곁에 있어 주었기에 가능한 일이었다."

황제가 되고, 압도적인 힘과 권력을 얻었음에도 지안을 대하는 그의 행동은 전혀 변함이 없었다. 그녀가 마음으로 받아들이고 연모하는 유일한 사내. 혼인을 하고 짧지 않은 시간이 흘렀지만 여전히 그와 함께 있으면 심장이 떨렸다.

"연모해요. 제하."

지안의 고백에 제하가 미소를 지었다. 고개를 돌리니 설레는 미소로 지안이 그만을 보고 있는 것이 보였다.

"연모해."

대답은 짧았지만, 그 안에 담긴 감정은 말로는 다 담을 수 없는 것이었다.

제하의 어깨에 지안이 몸을 기댔다.

그의 넓은 등에 몸을 기대니 열흘 동안 느꼈던 아쉬움이 한순간에 사라지는 기분이었다.

그의 체온에 몸을 맡기며 지안이 눈을 감았다.

❀ ❀ ❀

"박 상궁. 가윤이는 왜 이가 없어?"

아이를 낳은 지 석 달 후, 햇볕이 따뜻한 오후에 지안과 가윤이 밖을 나왔다. 내내 방 안에서 볼 수 있었던 가윤을 밖에서 볼 수 있다는 생각에 하윤이 한달음에 둘에게 달려왔다.

상궁의 품에 안겨 있는 가윤을 까치발로 보던 하윤이 생각났다는 듯 물었다.

"아직 어리셔서 그러하옵니다. 조금 더 크시면 이도 나오시고 전하처럼 걸으실 수도 있으십니다."

"언제? 언제 그렇게 크는데?"

"아직 많이 기다리셔야 하옵니다. 전하."

가윤이 빨리 커서 자신과 놀았으면 했건만, 아직 멀었다는 말에 하윤의 어깨가 축 늘어졌다. 하윤의 한숨에 상궁을 보던 가윤의 눈동자가 그를 향하였다.

가윤의 시선에 언제 그랬느냐는 듯 하윤의 입가에 미소가 생겨났다.

"박 상궁! 봤지! 가윤이가 지금 날 쳐다봤어!"

아직 하윤을 보기에는 가윤이 너무 어렸지만, 상궁은 별다른 말을 하지 않았다. 황궁에 어린아이는 하윤뿐이라서 그런지, 태어난 동생을 무척이나 좋아하였다.

"황녀마마가 그렇게 좋으십니까?"

상궁의 물음에 하윤이 격하게 고개를 끄덕였다.

"작고 예쁘잖아! 작은 어마마마를 보는 것 같아!"

하윤의 또랑또랑한 목소리에 상궁이 미소를 지었다. 상궁의 다리에 몸을 기댄 채, 한참을 가윤을 보고 또 보던 하윤이 뒤에서 들리는 소리에 고개를 돌렸다.

"아바마마!"

언제 온 것인지 지안의 이마에 제하가 입술을 맞추고 있었다. 제하를 발견한 하윤이 그에게로 달려갔다. 부지런히 달려오던 하윤의 다리가 엉키고, 넘어지려는 찰나 제하의 팔이 하윤의 몸을 들었다.

"조심해야지."

"아바마마!"

넘어질 뻔한 하윤을 제하가 안아 들자, 웃음을 터트리며 제하의 목에 하윤이 팔을 감았다.

"폐하! 가윤이가 예쁘고 또 예쁘고 또또 예쁩니다."

하윤의 말에 제하가 크게 웃음을 터트렸다. 달려오느라 땀이 송골송골 맺힌 아이의 이마를 닦아 주며 제하가 곁으로 온 지안에게 말하였다.

"태자가 황녀를 귀하게 여겨 주니 다행이다."

"태자께서 황녀를 지켜 주신다는 약조도 하였습니다."

지안의 말에 하윤이 고개를 끄덕였다.

"제가 가윤이를 꼭 지켜 줄 것입니다."

아이의 대답에 지안과 제하의 입가에 즐거운 미소가 감돌았다.

제하의 품에 안겨 있던 하윤이 다시 동생에게로 달려가고, 지안을 자리에 앉힌 제하가 그녀를 뒤에서 안았다. 어깨를 감싸고 있는 제하의 손을 지안이 붙잡았다.

"폐하."

지안의 부름에 제하가 그녀를 바라보았다.

제하가 주는 절대적인 연모를 받으며 그녀의 삶에 하나씩 귀한 존재가 생겨났다.

한때는 죽어도 상관없다는 마음을 먹었었다. 복수를 위해 살아남았을 뿐, 숨을 쉬고 하루하루를 살아 내는 것이 고통스럽고 힘든 시기가 있었다.

이제는 악몽을 꾸지도, 두려움에 몸을 떨지도 않았다.

삶의 의미조차 없었던 그녀에게 제하는 새로운 세상을 열어 주었다.

"감사해요."

지안의 말에 제하가 환한 미소를 지었다.

그를 바라보는 그녀의 눈에는 빛만이 가득하였다.

제하의 손을 감싸니 굳건한 손이 그녀를 힘껏 붙잡았다.

제하와 함께하는 세상에서 지안은 행복하였다.

—完

작가 후기

이제야 확실히 흑월이 끝났다는 느낌이 드네요.

글을 완결할 때는 느끼지 못했던 묘한 기분이 후기를 쓰는 지금에서야 좀 느껴집니다.

흑월은 원래 '꽃이 피는 시간'을 연중한 후에 배경만 따온 새로운 글입니다. 애매한 사정으로 꽃피를 연중한 후 쓰게 된 글이라 내심 걱정도 많이 하고 의심도 많이 했던 글입니다.

부족한 글쟁이가 그래도 완결까지 보게 되니 새삼 안심이 되기도 하고 어느 때보다도 아쉽기도 합니다. 그래도 예쁜 책으로 나오니 그것으로 위안을 삼고자 합니다.

종종 독자님들께서 종이 책으로는 왜 시대물만 쓰냐는 질문을 하십니다. 현대물 울렁증이 있는 것도 사실이지만, 아직까지는 시대물이 저에게는 좀 더 매력적으로 다가오는 것 같습

니다. 부족한 필력에, 여러 부분에서 배워야 할 점이 많지만요 ^^;

지칠 때마다 위안을 주는 로맨스 화원 작가님들, 고운 독자님들 감사합니다. 덕분에 시작할 때마다 오는 울렁증도 잘 이겨 내고, 완결까지 볼 수 있었습니다.

어린 나이에도 글 쓰느라 언니들 챙기느라 고생하는 비향 작가님. 은밀하게 할 일 다 하면서도 잘 놀아 주고 날카로운 조언도 해 주는 박윤애 작가님. 언제나 예쁜 말로 기운 주는 루연 작가님. 모두모두 고맙습니다.

그리고 언제나 글 고민, 인생 고민, 재산 고민 다 들어 주면서 성질 다 받아 주는 꽃신 작가님!

이번 글의 제목도 지어 준 덕분에 제목 걱정 안 하고 넘어갔습니다. 언제나 말하고 또 말하지만 죽을 때까지 싸우지 말고 잘 살아 봅시다(님과 내가 싸우면 일이 아주 피곤해집니다. 나도 성질 좀 죽일 테니 싸우지 말아요! 이참에 공증이라도 받아 놓을까요? 어허허).

글로 표현하기에도 미안할 만큼 힘든 일도 많았지만, 앞으로도 잘 부탁합니다! 말주변이 좋은 편은 아니지만 언제나 고마워하고 있습니다. 그러니 좋은 관계 오랫동안 유지해 보아요!(약속!!!!)

마지막으로 덤벙거리고, 실수투성이에, 시도 때도 없이 물어보고, 괴롭히는 저와 함께 일하시느라 고생하신 정 팀장님.

진심으로 감사드립니다. 덕분에 즐겁고 편안하게 마무리할 수 있었습니다(팀장님이 어떠신지는…… 모르겠습니;;).

예쁜 표지 만들어 주시느라 고생하신 표지 디자이너님께도, 그리고 흑월이 나오기까지 고생하신 모든 분께 감사드리며, 좋은 기회를 주신 봄 출판사에도 진심으로 감사합니다.

마지막으로 이 안에 다 적을 수는 없지만, 머리에는 기억하고 또 기억하려 하는 고운 독자님들! 감사하다는 말씀밖에 매번 드리지 못하지만 덕분에 로맨스의 로도 모르는 제가 여기까지 오게 되었습니다.

앞으로도 열심히, 노력하는 글로 인사드리겠습니다.(그러니 여주에게 원한을 가지고 있는 것이 아니냐는 의심을 거두어 주십시…… 언제나 말씀드리지만 전 여주를 아주아주 예뻐하는 글쟁이입니다!)

사… 사… 사…… 사랑합니다♡ 그리고 감사합니다!

하루하루가 고되지만 그 안에서 소소한 즐거움과 행복을 느끼시기를 바라며 이만 인사드리겠습니다.

—무연 올림.